UM TRABALHO SUJO

Do Autor:

O CORDEIRO

Um Trabalho Sujo

Um anjo burro

CHRISTOPHER MOORE

UM TRABALHO SUJO

2ª edição

Tradução
Carlos Irineu

BERTRAND BRASIL

Copyright © 2006, Christopher Moore

Título original: *A Dirty Job*

Capa: Marcelo Martinez/Laboratório secreto

Editoração: DFL

Texto revisado segundo o novo
Acordo Ortográfico da Língua Portuguesa

2013
Impresso no Brasil
Printed in Brazil

CIP-Brasil. Catalogação na fonte
Sindicato Nacional dos Editores de Livros, RJ

M813t	Moore, Christopher, 1957-
2ª ed.	Um trabalho sujo / Christopher Moore; tradução Carlos Irineu. – 2ª ed. – Rio de Janeiro: Bertrand Brasil, 2013.
	448p.: 23 cm
	Tradução de: A dirty job
	ISBN 978-85-286-1513-5
	1. Romance americano. I. Costa, Carlos Irineu da. II. Título.
	CDD – 813
11-3519	CDU – 821.111(73)-3

Todos os direitos reservados pela:
EDITORA BERTRAND BRASIL LTDA.
Rua Argentina, 171 – 2º andar – São Cristóvão
20921-380 – Rio de Janeiro – RJ
Tel.: (0xx21) 2585-2070 – Fax: (0xx21) 2585-2087

Atendimento e venda pelo reembolso postal
mdireto@record.com.br ou (0xx21) 2585-2002

Este livro é dedicado a Patricia Moss, que compartilhou conosco sua
morte com a mesma generosidade com que compartilhou sua vida

e

a voluntários e funcionários de asilos do mundo inteiro.

SUMÁRIO

PARTE UM

LUTO: UM BOM NEGÓCIO

Aquilo que você procura, nunca encontrará.
Pois, quando os deuses fizeram o homem,
Guardaram a imortalidade para si mesmos.
Encha a sua barriga.
Faça festa o dia inteiro.
Deixe os Dias transbordarem de alegria.
Ame a criança que segura a sua mão.
Deixe que a sua esposa se delicie com o seu abraço
Porque somente essas são as preocupações do homem.

O Épico de Gilgamesh

COMO EU NÃO PUDE PARAR PARA A MORTE, ELA GENTILMENTE PAROU PARA MIM

Charlie Asher caminhava sobre a terra da mesma forma que uma formiga caminha sobre a superfície da água, como se o mais leve passo em falso pudesse fazê-lo atravessar a superfície e ser sugado para as profundezas. Abençoado com a imaginação do Macho Beta, tinha passado grande parte da vida olhando de viés para o futuro, a fim de descobrir de que maneiras o mundo estava conspirando para matá-lo — a ele, sua mulher, Rachel, e, agora, a recém-nascida Sophie. Porém, apesar de todo o seu cuidado, da sua paranoia, da sua incessante inquietação, desde o momento em que Rachel urinara e uma listra azul surgira na tira do teste de gravidez, até o momento em que a levaram de cadeira de rodas para o parto, no hospital Saint Francis Memorial, a Morte, sorrateiramente, fez-se presente.

— Ela não está respirando — disse Charlie.

— Ela está respirando normalmente — tranquilizou Rachel, afagando as costas do bebê. — Quer segurá-la?

Charlie já havia segurado a pequena Sophie por alguns segundos, um pouco mais cedo naquele mesmo dia, e a havia entregado rapidamente a uma enfermeira, insistindo para que alguém mais qualificado do que ele fizesse a contagem dos dedos das mãos e dos pés. Ele contara duas vezes, e o resultado dava sempre vinte e um.

— Eles agem como se o básico já fosse suficiente. Como se, caso a criança tenha, no mínimo, dez dedos nas mãos e dez nos pés, tudo esteja bem. E se houver coisas a mais? Hein? Dedos extras? E se a criança tiver um rabo?

Charlie jurava ter visto um rabo na ultrassonografia de seis meses. Cordão umbilical uma ova! Tinha guardado uma cópia impressa.

— Ela não tem rabo, Sr. Asher — assegurou a enfermeira. — E são dez mais dez, todos nós verificamos. Talvez o senhor devesse ir para casa e descansar um pouco.

— Vou continuar a amá-la, mesmo com um dedo extra na mão.

— Ela é completamente normal.

— Ou no pé.

— Realmente sabemos do que estamos falando, Sr. Asher. É uma menina linda e saudável.

— Ou um rabo.

A enfermeira suspirou. Era baixinha, corpulenta e tinha uma cobra tatuada no alto da panturrilha direita que aparecia através da meia-calça branca do uniforme. Ela passava quatro horas massageando bebês prematuros, com as mãos enfiadas nas aberturas de uma incubadora, como se estivesse manipulando uma faísca radioativa lá dentro. Falava com eles, brincava, dizia o quanto eram especiais, e sentia seus coraçõezinhos palpitando no tórax menor que um par de meias enrolado. Chorava pela condição de cada um deles e acreditava que suas lágrimas e seu toque passavam um pouco de sua própria vida para dentro daqueles corpos minúsculos, o que achava ótimo porque tinha energia de sobra. Havia vinte anos que era enfermeira neonatal e, durante todo esse tempo, nunca levantara a voz para um papai de primeira viagem.

— Não há rabo algum, seu idiota! Veja! — Ela levantou o cobertor e lhe apontou os fundilhos da pequena Sophie, como se ela fosse descarregar uma fuzilaria de cocô de fabricação militar que aquele Macho Beta ingênuo nunca tinha visto.

Charlie deu um salto para trás — era um trintão magro e ágil — e, tão logo percebeu que a bebê não estava carregada, endireitou as lapelas de sua jaqueta de lã com um gesto de genuína indignação.

— Você pode muito bem ter removido o rabo dela na sala de parto, e nunca iríamos saber.

Ele não tinha como saber. Haviam lhe pedido para deixar a sala de parto, primeiro o obstetra, depois Rachel. ("Ele ou eu", dissera ela. "Um de nós tem que sair.")

No quarto de Rachel, Charlie disse:

— Se tiraram o rabo dela, quero guardá-lo. Ela vai querer vê-lo quando for mais velha.

— Sophie, seu papai não é maluco de verdade. É só porque não dorme há dois dias.

— Ela está olhando para mim — disse Charlie. — Está olhando para mim como se eu tivesse apostado todo o dinheiro de seus estudos em corridas de cavalo e agora ela precisasse rodar bolsinha para financiar seu MBA.

Rachel segurou a mão do marido.

— Querido, acho que os olhos dela ainda nem conseguem focar, e, além disso, é um pouco nova para se preocupar em rodar bolsinha para conseguir um MFA.

— MBA — corrigiu Charlie. — Começam muito cedo hoje em dia. Até eu descobrir como se chega no hipódromo, ela já vai ter idade suficiente. Meu Deus, seus pais vão me odiar.

— Que novidade...

— Eles vão ter novas razões. Agora transformei a neta deles numa shiksa.

— Ela não é uma shiksa, Charlie. Já conversamos sobre isso. É minha filha e, portanto, é tão judia quanto eu.

Charlie se ajoelhou perto da cama e segurou uma das minúsculas mãos de Sophie entre os dedos.

— Papai lamenta ter feito de você uma shiksa.

Ele baixou a cabeça, enterrando o rosto na quina da cama onde estava a bebê, ao lado da mãe. Rachel contornou seu couro cabeludo com a unha, fazendo um U ao redor de sua testa estreita.

— Você precisa ir para casa e dormir um pouco.

Charlie resmungou algo entre os cobertores. Quando olhou para a frente, havia lágrimas em seus olhos.

— Ela parece quente.

— Ela está quente. É normal. Mamíferos são assim, sabia? Vem junto com a amamentação. Por que você está chorando?

— Vocês duas são tão bonitas.

Começou a ajeitar o cabelo preto de Rachel sobre o travesseiro, levando à testa de Sophie uma longa madeixa, que começou a pentear como se fosse um aplique para bebês.

— Não vai ter problema se não crescer cabelo nela. Tinha aquela cantora irlandesa meio raivosa que raspava o cabelo e era atraente. Se tivéssemos o rabo dela, poderíamos usá-lo para fazer um implante de raízes.

— Charlie! Vá para casa!

— Seus pais vão me culpar. A neta shiksa e careca deles rodando bolsinha e se formando em Administração de Empresas... vai ser tudo culpa minha.

Rachel agarrou a campainha sobre o cobertor e a segurou como se ela estivesse conectada a uma bomba.

— Charlie, se você não for para casa dormir um pouco neste minuto, juro que vou chamar a enfermeira e mandar ela expulsar você daqui.

Rachel soou dura, mas estava sorrindo. Charlie gostava de admirar aquele sorriso, sempre gostara; dava impressão de aprovação e permissão ao mesmo tempo. Permissão para ser Charlie Asher.

— Está bem, eu vou. — Esticou o braço para tocar a testa dela. — Você está com febre? Parece cansada.

— Acabei de dar à luz, seu bobalhão!

— Só estou preocupado com você.

Ele não era um bobalhão. Ela o estava culpando pelo rabo de Sophie, por isso é que havia dito bobalhão e não idiota, como qualquer outra pessoa diria.

— Querido, vá. Agora. Para eu poder descansar um pouco.

Charlie afofou os travesseiros, checou o jarro de água, ajeitou os cobertores, beijou a testa de Rachel, beijou a cabeça da bebê, afagou-a, depois começou a arrumar o arranjo de flores que sua mãe tinha enviado, trazendo os grandes lírios para a frente, destacando-os...

— Charlie!

— Já estou indo. Nossa! — Deu uma conferida no quarto pela última vez e depois se dirigiu para a porta.

— Você quer que eu traga algo de casa?

— Vou ficar bem. O kit que você embrulhou tem de tudo, acho eu. Na verdade, é provável que eu nem precise do extintor de incêndio.

— É melhor ter e não precisar do que precisar e...

— Vá! Eu vou descansar um pouco, mais tarde o médico vem ver Sophie e nós vamos levá-la para casa pela manhã.

— Parece muito cedo.

— É o normal.

— Quer que eu traga mais gás para o fogareiro?

— Vamos tentar economizar.

— Mas...

Rachel segurou a campainha, como se, caso suas exigências não fossem atendidas, as consequências pudessem ser graves.

— Te amo — disse ela.

— Eu também — respondeu Charlie. — Vocês duas.

— Tchau, papai! — disse Rachel, segurando a mãozinha de Sophie como uma marionete e fazendo um gesto de aceno.

Charlie sentiu um nó subir pela garganta. Ninguém jamais o chamara de papai antes, nem mesmo uma boneca. (Ele havia perguntado a Rachel certa vez, durante o sexo, "Quem é seu paizão?", e ela respondera "Saul Goldstein", deixando-o broxa por uma semana e trazendo à tona diversas questões sobre as quais ele realmente não queria nem pensar.)

Retirou-se do quarto, fechando a porta ao sair, e desceu para o saguão, passando pelo balcão de onde a enfermeira neonatal com a tatuagem de cobra lhe lançou um meio-sorriso.

O carro de Charlie era uma minivan de seis anos que ele havia herdado do pai, juntamente com o brechó e o prédio onde a loja funcionava. A minivan sempre tinha um certo cheiro de poeira, naftalina e odores corporais, apesar da verdadeira floresta de árvores de Natal aromatizantes que Charlie havia pendurado em cada gancho, maçaneta e protuberância. Ele abriu a porta do carro, e o odor do indesejado — as mercadorias de um dono de brechó — tomou conta dele.

Antes mesmo de colocar a chave na ignição, avistou o CD de Sarah McLachlan sobre o banco do carona. Rachel sentiria falta daquilo. Era o CD favorito dela, que estava se recuperando sem ele, coisa que Charlie não podia aceitar. Pegou o CD, trancou a van e voltou para o quarto de Rachel.

Para seu alívio, a enfermeira tinha deixado o balcão, de modo que não precisou suportar seu olhar glacial de acusação, ou o que ele supunha ser seu olhar glacial de acusação. Ele havia preparado mentalmente um pequeno discurso sobre como ser um bom marido e um bom pai incluía se antecipar aos desejos e necessidades de sua mulher, e como isso incluía, no caso, prover músicas — bem, ele podia usar o discurso na saída, caso ela lhe lançasse o tal olhar glacial.

Abriu a porta do quarto de Rachel lentamente para não assustá-la, antevendo seu sorriso carinhoso de desaprovação, mas, em vez disso,

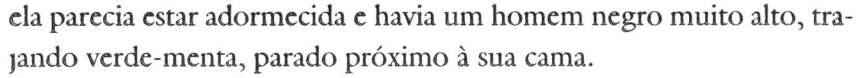

ela parecia estar adormecida e havia um homem negro muito alto, trajando verde-menta, parado próximo à sua cama.

— O que você está fazendo aqui?

O homem de verde-menta se virou, assustado.

— Você consegue me ver? — Ele apontou para a gravata marrom-chocolate que usava, e Charlie se lembrou, apenas por um segundo, daquelas pastilhas de menta que se colocam sobre os travesseiros nos melhores hotéis.

— Claro que sim. O que você está fazendo aqui?

Charlie se aproximou do pé da cama de Rachel, colocando-se entre o estranho e sua família. A pequena Sophie parecia fascinada com o homem negro e alto.

— Isso não é bom — respondeu Mint Green.

— Você está no quarto errado — disse Charlie. — Saia daqui. — Charlie se posicionou atrás do homem e tocou a mão de Rachel.

— Isso não é nada bom.

— Minha esposa está tentando dormir, e o senhor está no quarto errado. Agora vá, por favor, antes que...

— Ela não está dormindo — disse Mint Green. Sua voz era suave, com um sotaque vagamente sulista. — Lamento.

Charlie virou-se para olhar Rachel, esperando ver o seu sorriso, ouvi-la pedir que ele se acalmasse, mas seus olhos estavam fechados e sua cabeça, fora do travesseiro.

— Querida? — Charlie largou o CD que estava segurando e a sacudiu com suavidade.

— Querida?

A pequena Sophie começou a chorar. Charlie encostou a mão na testa de Rachel, pegou-a pelos ombros e sacudiu-a.

— Querida, acorde. Rachel? — Ele pôs o ouvido sobre seu coração e não escutou nada. — Enfermeira!

Charlie subiu na cama para agarrar a campainha que havia escorregado da mão de Rachel e estava sobre o cobertor.

— Enfermeira! — Ele apertou o botão e virou-se para olhar para o homem de verde-menta. — O que aconteceu...

Ele tinha desaparecido.

Charlie correu para o saguão, mas não havia ninguém lá.

— Enfermeira!

Vinte segundos depois, a enfermeira com tatuagem de cobra chegou, seguida, trinta segundos mais tarde, por uma equipe de ressuscitação com desfibriladores.

Não havia nada que eles pudessem fazer.

UM CORTE PROFUNDO

Dores recentes são cortantes, rasgam nervos e nos desconectam da realidade —, mas há compaixão em uma lâmina afiada. Somente com o tempo, conforme o corte sangra, é que a verdadeira dor se faz sentir.

Charlie mal se deu conta de seus próprios gritos desesperados no quarto de Rachel no hospital, de ter sido sedado, da histeria elétrica que pairava sobre tudo que ele fizera durante aquele primeiro dia. Depois disso, só lhe restava a memória de um sonâmbulo, cenas vistas pelo olhar de um zumbi, enquanto vagava, semimorto, pelas explicações, acusações, preparativos e o funeral.

"Foi uma tromboembolia cerebral", dissera o médico. "Um coágulo de sangue se formou nas pernas ou na pélvis durante o trabalho de parto, cortando o fluxo sanguíneo. É muito raro, mas acontece. Não podíamos fazer nada. Mesmo que os enfermeiros tivessem conseguido ressuscitá-la, haveria sequelas graves no cérebro. Ela não sentiu dor alguma: provavelmente ficou sonolenta e depois se foi."

Charlie sussurrava para não gritar.

— O homem de verde-menta! Ele fez alguma coisa com ela. Injetou alguma coisa nela. Ele estava lá e sabia que ela estava morrendo. Eu o vi quando voltei para trazer o CD.

Mostraram-lhe os vídeos das câmeras de segurança. As enfermeiras, os administradores do hospital e os advogados, todos assistiram às imagens dele em preto e branco saindo do quarto de Rachel, do corredor vazio, dele voltando para o quarto. Não conseguiram nem mesmo encontrar o CD.

Privação de sono, disseram. Alucinações provocadas pela exaustão. Trauma. Deram-lhe comprimidos para dormir, comprimidos para ansiedade, comprimidos para depressão, depois o mandaram para casa com a filha recém-nascida.

Jane, a irmã mais velha de Charlie, ficou segurando Sophie enquanto conversavam sobre Rachel e também quando a enterraram no dia seguinte. Ele não se lembrava de ter escolhido um caixão nem de ter tomado as providências necessárias. Eram lembranças de um sonâmbulo: os parentes de Rachel passando por ele, vestidos de preto, como espectros cambaleantes, recitando os clichês de pêsames: *Sentimos muito; ela era tão jovem; que tragédia; se você precisar de alguma coisa...*

O pai e a mãe de Rachel o abraçaram, as cabeças unidas como a ponta de um tripé. O chão da funerária ficou respingado de lágrimas. Cada vez que Charlie sentia os ombros do pai dela se moverem com um soluço, sentia seu próprio coração se partir mais uma vez. Saul segurou o rosto de Charlie entre as mãos e disse:

— Você não consegue imaginar, porque eu não consigo imaginar.

Mas Charlie conseguia imaginar, porque era um Macho Beta e a imaginação, a sua maldição. E conseguia imaginar porque havia perdido Rachel e agora tinha uma filha, aquela pequena estranha que dormia nos braços de sua irmã. Conseguia imaginar o homem de verde-menta levando-a consigo.

Charlie olhou para o chão molhado de lágrimas e disse:

— É por isso que a maioria das funerárias é acarpetada. Alguém pode escorregar e cair.

— Pobre rapaz — disse a mãe de Rachel. — Vamos sentar e passar o shivah com você, é claro.

Charlie atravessou a sala e foi falar com a irmã, Jane, que estava usando um paletó masculino de gabardine cinza-escuro risca-de-giz, que, combinado com seu penteado curto de pop-star anos 1980 e a criança que segurava no cobertorzinho rosa, faziam-na parecer mais estranha do que andrógina. Charlie achou que o terno ficava bem melhor nela do que nele, mas mesmo assim ela deveria ter pedido permissão para usá-lo.

— Não vou conseguir — disse ele. Deixou-se cair para a frente até que as entradas em seus cabelos pretos tocassem a franja cheia de gel do penteado estilo Flock of Seagulls de sua irmã. Aquela parecia ser a melhor posição para partilhar a dor, as testas encostadas, e também porque o fazia lembrar da sensação de estar de pé, bêbado, num mictório, deixando-se cair, até a cabeça bater contra a parede. Desespero.

— Você está se saindo bem — disse Jane. — Ninguém é "bom" nisso.

— E o que é esse negócio de "shivah"?

— Acho que é aquele deus hindu cheio de braços.

— Não deve ser isso. Os Goldstein querem ficar sentados nisso comigo.

— Rachel nunca te ensinou nada sobre os costumes judaicos?

— Eu nunca prestava atenção. Sempre achei que teríamos tempo pra isso mais tarde.

Jane ajeitou Sophie em um de seus braços e colocou a mão livre por trás do pescoço de Charlie.

— Vai dar tudo certo, garoto.

— Sete — disse a Sra. Goldstein. — *Shivah* significa "sete". Antes nos sentávamos durante sete dias, em sinal de luto pelo morto, rezando. Esse é o costume ortodoxo, mas hoje em dia muita gente só fica de luto durante três dias.

E passaram os sete dias sentados em sinal de luto no apartamento de Charlie e Rachel, que ficava em frente à linha do bonde, na esquina das ruas Mason e Vallejo. Era um prédio de quatro andares, estilo edwardiano (em termos de arquitetura, e não de alta-costura cortesã vitoriana, mas ainda assim com babadinhos vulgares o suficiente para deixar um marinheiro de pau duro), construído depois que o terremoto e o incêndio de 1906 destruíram toda a área, que agora abarcava North Beach, Russian Hill e Chinatown. Charlie e Jane herdaram o prédio, assim como o brechó que ocupava o térreo, quando o pai dele falecera, quatro anos antes. Charlie herdara o negócio, o grande apartamento duplex em que tinham crescido e ficara encarregado de cuidar do velho prédio. Jane ficara com metade da renda e um dos apartamentos no andar mais alto, que tinha vista para a Bay Bridge.

Seguindo as instruções da Sra. Goldstein, todos os espelhos da casa foram cobertos com panos pretos e uma grande vela, colocada na mesinha de centro da sala de estar. As pessoas deveriam ficar sentadas em banquinhos ou almofadas, mas Charlie não tinha nenhum desses em sua casa; então, pela primeira vez desde a morte de Rachel, ele desceu as escadas que levavam ao brechó em busca de alguma coisa que pudessem usar. As escadas do fundo saíam de uma despensa atrás da cozinha e desciam para o depósito, onde ficava o escritório de Charlie, em meio a caixas com mercadorias que depois seriam separadas, etiquetadas e colocadas à venda.

Com exceção da luz dos postes na Mason Street que penetrava pela janela, a loja estava escura. Charlie ficou parado no último degrau, a mão no interruptor, olhando em volta. Entre as prateleiras de livros e artigos variados, pilhas de rádios velhos, araras com roupas penduradas, todas escuras, meras sombras na escuridão, ele podia ver que alguns dos objetos tinham um brilho vermelho opaco, quase pulsante, como se

ESTA OBRA FOI COMPOSTA PELA ABREU'S SYSTEM EM WHITMAN
E IMPRESSA EM OFSETE PELA GRÁFICA SANTA MARTA SOBRE PAPEL PÓLEN SOFT
DA SUZANO S.A. PARA A EDITORA SCHWARCZ EM SETEMBRO DE 2022

FSC
www.fsc.org
MISTO
Papel produzido
a partir de
fontes responsáveis
FSC® C011188

A marca FSC® é a garantia de que a madeira utilizada na fabricação
do papel deste livro provém de florestas que foram gerenciadas de
maneira ambientalmente correta, socialmente justa e economica-
mente viável, além de outras fontes de origem controlada.

Agradecimentos

Acho que eu não teria conseguido escrever este livro sem a ajuda de Robin Furth, minha assistente de pesquisas. Ela sabe mais sobre Empis (e Charlie Reade) do que eu. Portanto, agradeço a ela, e também agradeço à minha esposa, Tabby, que me dá tempo para fazer esse trabalho maluco e ter meus sonhos malucos. Agradeço a Chuck Verrill e Liz Darhansoff, meus agentes. Também preciso agradecer a Gabriel Rodríguez e Nicolas Delort, que envolveram minha história em ilustrações fantásticas e fizeram com que ela parecesse algum clássico de mistério e aventura de antigamente, como *A Ilha do Tesouro* ou *Drácula*. O talento fenomenal deles pode ser visto na abertura de cada capítulo. Eu também quero agradecer a você, Leitor Fiel, por investir seu tempo e sua imaginação na minha história. Espero que tenha gostado da sua visita ao Outro mundo.

Mais uma coisa: eu tenho um alerta do Google com o meu nome, e no ano que passou eu vi muitos obituários entre as pessoas que foram perdidas para a covid e que gostavam dos meus livros. Pessoas *demais*. Eu lamento o falecimento de cada um e mando minhas condolências aos amigos e familiares que ficaram.

fossem corações. Um suéter pendurado na arara, um sapo de porcelana em uma cristaleira com bibelôs, um velho engradado de Coca-Cola na vitrine, um par de sapatos — todos com o brilho vermelho.

Charlie ligou o interruptor, as luzes fluorescentes piscaram e acenderam no teto, e a loja ficou iluminada. "Tudo bem", disse para si mesmo, calmamente, como se tudo estivesse realmente bem agora. Apagou as luzes. De novo, coisas vermelhas reluzentes. Sobre o balcão, perto de onde estava, havia um porta-cartões de visita de metal no formato de uma garça, pulsando com um brilho vermelho opaco. Ficou durante um breve momento analisando o objeto, tentando ver se havia alguma luz vermelha do lado de fora que estivesse refletindo no ambiente e que o estivesse deixando preocupado sem motivo. Entrou na loja escura e olhou a garça de outro ângulo. Não, era isso mesmo: o metal, sem dúvida, estava com um brilho vermelho e pulsante. Deu meia-volta e subiu correndo a escada, o mais rápido que pôde.

Quase atropelou Jane, que estava de pé na cozinha embalando Sophie em seus braços, falando baixinho em tatibitate.

— Que foi? — quis saber Jane. — Sei que você tem uns travesseirões lá na loja, em algum canto.

— Não posso — respondeu Charlie. — Estou drogado.

Charlie recostou na geladeira como se ela fosse sua refém.

— Está bem, eu vou lá pegar. Anda, segura a menina.

— Não posso, estou drogado, estou vendo coisas.

Jane aninhou a bebê em seu braço direito e puxou o irmão mais novo com o outro braço.

— Charlie, você está tomando antidepressivos e tranquilizantes, não ácido. Dá uma olhada em volta, não tem ninguém aqui que esteja perfeitamente normal.

Charlie olhou pelo vão da cozinha americana: mulheres de preto, a maioria de meia-idade ou mais velhas, balançando as cabeças, homens de aparência estoica, em pé, espalhados pela sala de estar, cada um segurando um copo pesado de uísque, o olhar perdido.

— Está vendo? Está todo mundo viajando.

— E a nossa mãe? — Charlie fez um gesto com a cabeça em direção à mãe deles, que se destacava entre as outras mulheres de cabelo grisalho vestidas de preto porque usava joias de prata com motivos indígenas e também porque estava tão bronzeada que parecia estar se dissolvendo e se transformando em seu drinque *old-fashioned* sempre que tomava um gole.

— Principalmente a mamãe — disse Jane. — Vou procurar alguma coisa pra gente se sentar e ficar de luto. Não sei por que não podemos usar o sofá. Cuida aqui da sua filha.

— Não posso. Não dá pra confiar em mim pra cuidar dela.

— Pega, sua bicha! — gritou Jane no ouvido de Charlie; na verdade, um latido sussurrado. Havia muito tempo que ficara claro quem, dos dois, era o Macho Alfa, e não era o Charlie. Ela lhe passou o bebê e desceu as escadas.

— Jane — gritou Charlie enquanto ela descia. — Dê uma olhada em volta, antes de acender as luzes. Veja se você nota algo estranho, está bem?

— Algo estranho. Está bem.

Ela o deixou de pé na cozinha, observando a filha, pensando que a cabeça da bebê talvez fosse meio retangular demais, mas que, fora isso, ela se parecia com Rachel.

— Sua mãe adorava a tia Jane — disse ele. — As duas se juntavam contra mim quando a gente jogava War e... Banco Imobiliário... e nas discussões... e na hora de cozinhar. — Charlie deixou-se deslizar pela porta da geladeira, sentando-se de pernas abertas no chão, e enfiou a cara no cobertorzinho da Sophie.

No escuro, Jane deu com a canela numa caixa de madeira cheia de telefones velhos. "Isso foi bem idiota", disse a si mesma, e então acendeu a luz. Nada de estranho ali. Mas, como Charlie podia ser muitas coisas, mas não era maluco, apagou as luzes de novo, só para ter certeza de não ter deixado passar nada. "Certo. Estranho."

Não havia nada de estranho na loja, senão o fato de que ela estava ali de pé, massageando a canela dolorida. Mas então, logo antes de

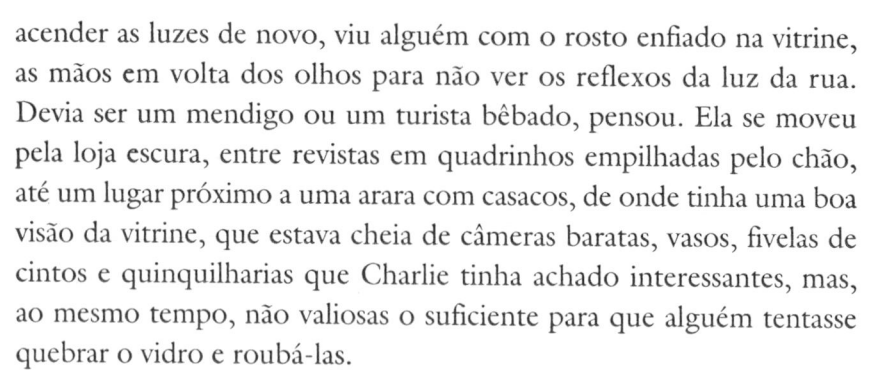

acender as luzes de novo, viu alguém com o rosto enfiado na vitrine, as mãos em volta dos olhos para não ver os reflexos da luz da rua. Devia ser um mendigo ou um turista bêbado, pensou. Ela se moveu pela loja escura, entre revistas em quadrinhos empilhadas pelo chão, até um lugar próximo a uma arara com casacos, de onde tinha uma boa visão da vitrine, que estava cheia de câmeras baratas, vasos, fivelas de cintos e quinquilharias que Charlie tinha achado interessantes, mas, ao mesmo tempo, não valiosas o suficiente para que alguém tentasse quebrar o vidro e roubá-las.

O cara parecia alto e não era um mendigo. Estava bem-vestido, mas usava uma única cor que ela pensou ser amarelo; era difícil dizer sob a luz da rua. Talvez fosse verde-claro.

— A loja está fechada — disse Jane, alto o suficiente para ser ouvida do lado de fora.

O homem continuou olhando para o interior da loja, mas não conseguiu vê-la. Deu um passo para trás, afastando-se da vitrine, e ela pôde ver que ele era alto. Bem alto. A iluminação da rua destacou seu perfil quando se virou. Também era muito magro e muito escuro.

— Estou procurando o dono da loja — disse o homem alto. — Tenho algo que preciso mostrar a ele.

— Um parente dele morreu — respondeu Jane. — A loja vai ficar fechada até o final da semana. Você pode voltar dentro de uma semana?

O homem alto assentiu, olhando para um lado e para o outro na rua. Estava na ponta de um dos pés, como se estivesse prestes a sair correndo, mas impedindo-se de fazê-lo, como um corredor esperando o tiro de largada. Jane estava imóvel. Havia gente na rua, e nem era tão tarde, mas o cara parecia ansioso demais, considerando-se a situação.

— Olha — disse Jane —, se você quiser uma avaliação para...

— Não — interrompeu o homem. — Não. Só diga a ele que ela, ahn... Bom, diga a ele que vai chegar um pacote pelo correio. Não sei bem quando.

Jane sorriu por dentro. O cara provavelmente tinha alguma coisa — um broche, uma moeda, um livro —, um objeto que ele achava que

valia dinheiro, talvez algo saído do armário da avó. Já tinha visto a cena dezenas de vezes. Agiam como se tivessem encontrado a cidade perdida de Eldorado: chegavam com o objeto guardado em seus casacos ou embrulhado com mil camadas de papel de seda e fita adesiva. Em geral, quanto mais fita, menos valia o item — parecia haver uma equação nessa história. Nove em dez vezes era uma porcaria sem valor. Ela tinha assistido o pai massagear aos poucos o ego dos proprietários até gentilmente conduzi-los ao desapontamento, convencendo-os de que era o valor sentimental que tornava uma coisa valiosa e que ele, humilde proprietário de um brechó, não poderia estabelecer um valor adequado para o pertence. Charlie, por sua vez, diria apenas que não entendia nada de broches, moedas ou qualquer outra coisa, e deixaria uma outra pessoa ser portadora das más notícias.

— Está bem, eu digo pra ele — respondeu Jane, ainda escondida atrás dos casacos.

Depois disso, o homem alto se foi, dando largos passos de louva-a-deus e sumindo de vista. Jane deu de ombros, voltou, acendeu as luzes e então foi procurar as almofadas.

Era uma loja grande, ocupando quase todo o térreo do prédio, e não era lá muito organizada, já que cada sistema que Charlie adotava parecia implodir, após algumas semanas, sob o próprio peso, e o resultado não era exatamente uma colcha de retalhos com diferentes formas de organização, mas uma floresta de pilhas sem nexo. Lily, a jovem gótica de cabelos acaju que trabalhava para Charlie três tardes por semana, costumava dizer que o fato de não conseguirem encontrar nada era uma prova da Teoria do Caos em funcionamento, depois resmungava qualquer coisa e saía em direção ao beco para fumar cigarros de cravo e olhar para o Abismo. (Ainda que Charlie tivesse notado que o Abismo se parecia muito com uma caçamba de lixo.)

Jane levou dez minutos para navegar pelos corredores de mercadorias até encontrar três almofadas que pareciam ser grandes o bastante e grossas o suficiente para que se sentassem nelas. Ao voltar para o apartamento de Charlie, encontrou o irmão deitado em posição fetal

ao redor de Sophie, dormindo no chão da cozinha. Os outros enlutados haviam se esquecido completamente dele.

— Ei, tolinho — disse ela, cutucando-o. Ele se virou de costas, com o bebê ainda nos braços. — Estas aqui servem?

— Você viu algo brilhando?

Jane deixou as almofadas caírem.

— O quê?

— Um brilho vermelho. Viu algo na loja pulsando em vermelho?

— Não. Você viu?

— É, acho que sim.

— Me dá.

— O quê?

— Os remédios. Me dá. São obviamente muito melhores do que você me contou.

— Mas você disse que eram só calmantes.

— Para de tomar essas pílulas. Eu vou cuidar da bebê enquanto você faz seu shivah.

— Você não vai poder cuidar da minha filha se estiver dopada.

— Tudo bem. Me passa a pestinha e vai lá ficar sentado.

Charlie entregou a bebê a Jane.

— Você também tem que manter a mamãe no canto dela — disse Charlie.

— Ah, não, isso só com as pílulas.

— Estão no armário de remédios no banheiro, na prateleira de baixo.

Ele tinha se sentado no chão e estava esfregando a testa, como se pudesse cobrir a dor com a pele. Ela o cutucou no ombro com o joelho.

— Olha, garoto, eu lamento, está bem? Você sabe disso, não é?

— Eu sei — respondeu ele, com um sorriso contido.

Ela segurou a bebê na altura dos olhos, depois olhou para baixo como se estivesse em adoração, estilo Madona com Jesus.

— Você acha que devo arrumar um desses para mim também?

— Pode pegar o meu emprestado sempre que precisar.

— Não, acho que eu mesma deveria ter um. Já me sentia mal pegando emprestada a sua esposa.

— Jane!

— Poxa, estou só brincando! Nossa, você é tão careta, às vezes. Vai lá sentar no shivah, vai, anda.

Charlie apanhou as almofadas e foi para a sala ficar de luto com os sogros, um pouco tenso porque a única oração que conhecia era a da hora de dormir, e ele não tinha certeza de que poderia repetir aquilo durante três dias inteiros.

Jane se esqueceu completamente de mencionar o cara do lado de fora da loja.

DEBAIXO DO ÔNIBUS 41

Passaram-se duas semanas antes que Charlie conseguisse sair do apartamento e fosse até o caixa eletrônico na Columbus Avenue, onde, pela primeira vez, matou um sujeito. A arma escolhida foi o ônibus 41, que saía da estação Trans Bay, passava pela Bay Bridge e ia até Presidio pela Golden Gate Bridge. Se você quiser ser atropelado por um ônibus em São Francisco, escolha o 41, porque é quase certo que terá uma vista legal da ponte.

Na verdade, Charlie não imaginava que mataria um cara naquela manhã. Achava que ia pegar umas notas de vinte para o caixa de seu brechó, conferir seu extrato e talvez comprar uma mostarda amarela na delicatessen. (Não era o tipo de cara que gostasse de mostarda escura. No mundo dos condimentos, mostarda escura é o equivalente a saltar de paraquedas — algo bacana para pilotos de carros de corrida e serial killers, mas, para ele, uma linha fininha da amarela já era tempero para uma vida inteira.) Depois do funeral, amigos e parentes deixaram uma montanha de embutidos na geladeira de Charlie, e isso foi tudo que ele comeu nas duas semanas seguintes, mas agora só havia presunto,

pão de centeio e papinha de bebê, e nenhuma dessas coisas era suportável sem a mostarda. Adquiriu o frasco amarelo e se sentiu mais seguro sabendo que estava guardado no bolso de seu paletó, mas, quando o ônibus atingiu o cara, mostarda era a última coisa que passava pela cabeça de Charlie.

Era um dia quente de outubro, a luz sobre a cidade tinha a suavidade do outono, a névoa de verão que emergia todas as manhãs da baía acabara de avançar insistentemente sobre a cidade e soprava apenas uma brisa muito leve, o que fazia com que os poucos veleiros que pontilhavam a baía dessem a impressão de estar posando para um pintor impressionista. No milésimo de segundo em que a vítima de Charlie se dera conta de que estava sendo atropelada, talvez não tivesse ficado contente, mas, sem dúvida, não poderia ter escolhido um dia mais bonito para morrer.

O nome do cara era William Creek. Tinha 32 anos e trabalhava como analista no distrito financeiro de São Francisco, para onde se dirigia naquela manhã quando decidiu parar no caixa automático. Usava um pulôver leve de lã e tênis de corrida. Seus sapatos de trabalho estavam enfiados numa bolsa de couro sob o braço. O cabo de um guarda-chuva compacto projetava-se de um bolso lateral, e foi isso que chamou a atenção de Charlie, porque, embora o tal cabo parecesse feito de imitação de nogueira, brilhava em vermelho fosco, como se tivesse sido aquecido numa forja.

Charlie continuou na fila do caixa eletrônico, tentando não prestar atenção naquilo, tentando parecer desinteressado, mas não conseguia parar de olhar. O negócio brilhava, caralho, será que ninguém estava vendo?

William Creek olhou de relance sobre o ombro enquanto enfiava o cartão na máquina, viu Charlie olhando para ele e, então, tentou expandir o pulôver na forma das asas de uma arraia para bloquear o olhar de Charlie enquanto digitava sua senha. Creek pegou o cartão e o dinheiro que a máquina cuspiu, virou-se e foi embora rápido, na direção da esquina.

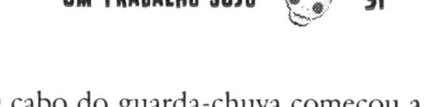

Charlie não aguentava mais. O cabo do guarda-chuva começou a pulsar de tão vermelho, como se fosse um coração batendo. Quando Creek chegou ao meio-fio, Charlie disse:

— Moço! Com licença!

Quando Creek se virou, Charlie continuou:

— O seu guarda-chuva...

Naquele momento, o ônibus 41 estava vindo pela interseção da Columbus com a Vallejo, a uns cinquenta quilômetros por hora, aproximando-se do meio-fio para a sua próxima parada. Creek olhou para a sacola que levava embaixo do braço e para a qual Charlie apontava, fazendo com que seu calcanhar esbarrasse na reentrância do meio-fio. Começou a perder o equilíbrio, como pode acontecer a qualquer um em qualquer dia ao andar pela cidade: tropeçar numa rachadura na calçada e depois dar uns dois passos mais rápidos para recuperar o equilíbrio. Mas William Creek só deu um passo. Para trás. Para fora do meio-fio.

A essa altura não dá mais para suavizar a história, certo? O 41 o atingiu em cheio. Ele voou uns 15 metros antes de atingir o vidro de trás de um SAAB, como se fosse uma peça de carne envolta em gabardine, e depois quicou de volta para a calçada, começando a vazar líquidos. Seus pertences — a bolsa, o guarda-chuva, um prendedor de gravata de ouro, um relógio Tag Heuer — deslizaram pela rua, ricocheteando em pneus, sapatos, tampas de bueiro, e alguns deles foram parar quase no outro quarteirão.

Charlie ficou ali em pé, no meio-fio, tentando respirar. Ouvia um som agudo, semelhante ao apito de um trenzinho de brinquedo — era só o que conseguia ouvir, mas aí alguém colidiu contra ele, fazendo-o se dar conta de que era o som dos seus próprios gemidos ritmados. O cara — o cara do guarda-chuva — acabara de ser varrido para sempre da face da Terra. Pessoas corriam, juntavam-se ao redor dele, umas dez gritando em seus celulares, e o motorista do ônibus quase derrubou Charlie enquanto corria para a calçada, em direção à carnificina. Charlie o seguiu, cambaleante.

— Eu só ia perguntar pra ele...

Ninguém olhou para Charlie. Ele precisara de uma boa dose de força de vontade e também que sua irmã lhe falasse sério para sair do apartamento — e agora uma coisa dessas acontecia?

— Eu só ia avisar que o guarda-chuva dele estava pegando fogo... — disse Charlie, como se estivesse se defendendo de acusações. Mas, na verdade, ninguém o acusava. Passavam correndo por ele, alguns na direção do corpo, outros na direção contrária; esbarravam nele e olhavam para trás, perplexos, como se tivessem esbarrado em uma corrente de ar violenta ou em um fantasma, em vez de um homem.

— O guarda-chuva — disse, procurando a prova.

E, então, ele o avistou, quase na esquina, caído na sarjeta, ainda brilhando em vermelho, pulsando como uma luz néon com mau contato.

— Ali! Viram?

Mas as pessoas continuavam em volta do cadáver, formando um grande semicírculo de gente com a mão na boca, e ninguém prestava atenção no homem magro e assustado que não falava coisa com coisa atrás deles.

Charlie foi abrindo caminho pela multidão em direção ao guarda-chuva, determinado agora a confirmar suas suspeitas, chocado demais para sentir medo. Quando estava a uns três metros do objeto, olhou para a rua, para ter certeza de que nenhum ônibus estava vindo, antes de aventurar-se a descer do meio-fio. Olhou de volta exatamente no instante em que uma mão delicada, e negra como piche, saiu do bueiro e agarrou o guarda-chuva.

Ele deu um passo para trás, olhando em volta para ver se alguém também tinha visto, mas ninguém vira. Ninguém sequer olhava diretamente para ele. Um policial passou correndo, e Charlie agarrou a manga de sua jaqueta, porém, quando o policial, confuso, se virou e o encarou com olhos arregalados e, em seguida, com uma expressão que parecia ser de verdadeiro horror, ele o soltou.

— Desculpe. Sei que você tem trabalho a fazer. Desculpe.

O policial estremeceu e foi abrindo caminho pela multidão de observadores, na direção do cadáver de William Creek.

Charlie começou a correr, atravessando a Columbus e subindo a Vallejo, até que sua respiração e os batimentos cardíacos que ressoavam em seus ouvidos afogassem todos os sons da rua. Quando estava a um quarteirão de distância da sua loja, uma grande sombra passou sobre ele, como uma aeronave voando baixo, ou um grande pássaro, e, naquele instante, sentiu um arrepio subir pela sua espinha. Abaixou a cabeça, enrijeceu os braços e virou a esquina da Mason, no momento em que um bonde passava, cheio de turistas que nem pareciam notá-lo. Olhou de relance para cima, só por um segundo, e achou que viu alguma coisa desaparecendo sobre o telhado do prédio vitoriano de seis andares do outro lado da rua; então, entrou correndo pela porta da loja.

— E aí, chefe — disse Lily.

Era uma menina de 16 anos, branquela, de traseiro grande e formas ainda indecisas, em transição entre bundinha-de-bebê e quadril de parir bebês. Naquele dia, o cabelo dela estava lilás: estilo dona-de-casa anos cinquenta, um capacete em tom pastel de celofane de ovos de Páscoa.

Charlie estava debruçado, apoiado numa estante cheia de cacarecos perto da porta, sorvendo em baforadas profundas o ar bolorento do recinto.

— Eu… acho… que… acabei… de… matar… um… cara — disse, ofegante.

— Maravilha — respondeu Lily, ignorando tanto o que ele dizia quanto o estado em que se encontrava. — A gente vai precisar de troco pro caixa.

— Com um ônibus — completou Charlie.

— O Ray ligou — continuou ela.

Ray Macy era o outro funcionário de Charlie, um solteirão de 39 anos, com total incapacidade de diferenciar a Internet da vida real.

— Ele está indo de avião pra Manila, pra conhecer o amor da vida dele. Uma tal de *srta. TeAmoDesdeSempre*. O Ray tem certeza de que são almas gêmeas.

— Tinha alguma coisa no esgoto — disse Charlie.

Lily ficou olhando para um pedaço descascado do esmalte em sua unha pintada de preto.

— Então, não fui pra escola pra poder cobrir o Ray. E estou fazendo isso desde que você... hã... se ausentou. Vou precisar de um bilhete pra escola.

Charlie ficou ereto e se dirigiu para o balcão.

— Lily, você ouviu o que eu disse?

Ele a agarrou pelos ombros, mas ela conseguiu se desvencilhar.

— Aaai! Porra! Sai fora, Asher! Seu sádico! Eu fiz uma tatuagem nova!

Ela deu um soco no braço dele, um soco forte, e se afastou, esfregando o próprio ombro.

— Já saquei, já saquei. Deixa de viagem, *s'il vous plaît* — complementou.

Nos últimos tempos, depois que descobrira as *Fleurs du Mal* de Baudelaire numa pilha de livros usados na salinha dos fundos, Lily pontuava o que dizia com frases em francês. "O francês expressa melhor a profunda *noirness* da minha existência", dizia ela.

Charlie colocou as duas mãos sobre o balcão para fazê-las parar de tremer e então falou, devagar e calmamente, como se estivesse se dirigindo a um estrangeiro:

— Lily, este mês está sendo meio ruim pra mim e eu fico grato por você abandonar os estudos pra vir até aqui ignorar os clientes no meu lugar, mas se você não sentar agora e demonstrar um pingo que seja de compaixão humana, puta que pariu, eu vou te demitir.

Lily sentou na banqueta de cromo e vinil atrás do caixa e tirou sua comprida franja lilás da frente dos olhos.

— Então, você quer que eu preste atenção na sua confissão de assassinato? Que eu tome nota, ou talvez pegue um gravador velho ali

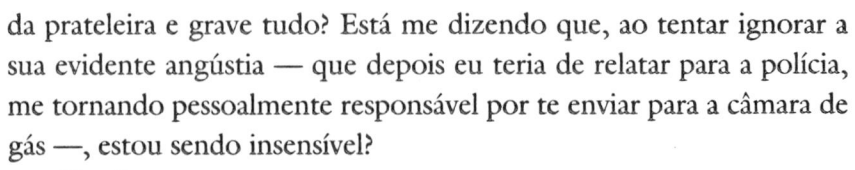

da prateleira e grave tudo? Está me dizendo que, ao tentar ignorar a sua evidente angústia — que depois eu teria de relatar para a polícia, me tornando pessoalmente responsável por te enviar para a câmara de gás —, estou sendo insensível?

Charlie estremeceu.

— Caramba, Lily!

Sempre ficava surpreso com o quanto o raciocínio lúgubre dela era rápido e perfeito. Era uma criança-prodígio quando o assunto era esquisitice. Por um lado mais positivo, aquele lado radicalmente dark o fizera perceber que ele provavelmente não iria parar na câmara de gás.

— Não foi esse tipo de assassinato. Tinha uma coisa me seguindo e...

— Silêncio! — disse Lily, erguendo a mão. — É melhor eu não demonstrar meu empenho como funcionária, decorando todos os detalhes do seu crime hediondo com a minha memória fotográfica, para depois relembrar tudo no tribunal. Portanto, só vou dizer que vi você, mas que você parecia normal, considerando-se que é completamente tapado.

— Você não tem memória fotográfica.

— Tenho, sim. É uma praga. Nunca consigo me esquecer da futilidade de...

— Você se esqueceu de levar o lixo pra fora, pelo menos, umas oito vezes no último mês.

— Não esqueci, não.

Charlie soltou um profundo suspiro. A familiaridade de uma briga com Lily, na verdade, o acalmava.

— Está bem, então. Sem olhar, qual a cor da camisa que você está usando? — perguntou Charlie, erguendo uma sobrancelha, como se a tivesse encurralado.

Lily sorriu e, durante um segundo, ele pôde perceber que ela era apenas uma criança, bonitinha e sonsa, sob toda aquela maquiagem pesada e aquela atitude.

— Preta.

— Deu sorte.

— Você sabe que só uso preto — disse ela, com um sorriso maroto.

— Que bom que não perguntou a cor do meu cabelo, mudei hoje de manhã.

— Isso aí não faz bem, não é? Essa tinta tem toxinas.

Lily levantou a peruca lilás para revelar os cachinhos curtos, de um castanho-avermelhado, e colocou-a de volta.

— Meu cabelo é natural.

Ela se sentou e deu um tapinha no banquinho.

— Senta, Asher. Vai, confessa. Me mata de tédio.

Lily apoiou as costas contra o balcão e deixou a cabeça meio de lado para parecer interessada, mas, com a maquiagem escura ao redor dos olhos e o cabelo lilás, ela mais parecia uma marionete com um dos fios arrebentado. Charlie deu a volta no balcão e sentou sobre o tamborete.

— Eu estava numa fila atrás desse cara, chamado William Creek, e aí vi o guarda-chuva dele brilhando...

E Charlie contou toda a história para ela: o guarda-chuva, o ônibus, a mão que saiu do bueiro, a corrida para casa com a gigantesca sombra negra sobrevoando os telhados e, quando terminou, Lily perguntou:

— Mas como você sabe o nome dele?

— Hã? — respondeu Charlie.

Por que, de todas as coisas horríveis e fantásticas que ele contara, ela queria saber aquilo?

— Como é que você sabe o nome do cara? — repetiu Lily. — Mal falou com ele antes que morresse. Você viu o nome no comprovante do banco ou algo assim?

— Não, eu...

Ele não tinha a menor ideia de como sabia o nome do sujeito, mas, de repente, havia uma imagem na sua cabeça, com o nome dele escrito em letras grandes e garrafais. Levantou do banquinho com um pulo.

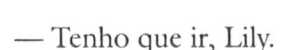

— Tenho que ir, Lily.

Saiu correndo, passou pelo depósito e subiu a escada.

— Eu vou precisar de um bilhete para a escola! — gritou Lily lá de baixo, mas Charlie já estava atravessando correndo a cozinha, passando por uma russa corpulenta que balançava sua filhinha ainda bebê nos braços, até entrar no quarto, onde pegou a agenda que deixava na mesinha de cabeceira, perto do telefone.

Ali, na sua própria caligrafia quadrada, estava escrito o nome William Creek e, logo abaixo, o número 12. Charlie deixou-se sentar na cama, segurando a agenda como se fosse um frasco com alguma substância explosiva.

Logo atrás vieram os passos pesados da Sra. Korjev, que o seguira até o quarto.

— Sr. Asher, algum problema? O senhor corre feito um urso em chamas.

E como Charlie era um Macho Beta, e como ao longo de milhões de anos uma reação Beta padrão para coisas inexplicáveis havia evoluído, respondeu:

— Alguém está de sacanagem comigo.

Lily retocava os pontos descascados em seu esmalte preto com um pilot preto quando Stephan, o carteiro, surgiu na porta da loja.

— E aí, Darque? — disse Stephan, enquanto fazia a triagem em uma pilha de correspondência na bolsa.

Stephan tinha 40 anos e era um homem baixo, forte e negro. Usava um óculos de sol do tipo que tapa a lateral do rosto, o qual quase sempre estava descansando sobre sua cabeça, por cima de seu cabelo com trancinhas grudadas no couro cabeludo. Lily não sabia dizer se gostava dele ou não. Por um lado, gostava, porque ele a chamava de Darque, uma abreviação de Darquewillow Elventhing, o nome que ela usava para receber correspondências na loja, mas, por outro, como era um sujeito alegre e parecia gostar das pessoas, ela desconfiava fortemente dele.

— Preciso que você assine — disse Stephan, oferecendo a ela uma agenda eletrônica, na qual ela rabiscou *Charles Baudelaire* com um grande floreio, sem nem mesmo olhar.

Stephan deixou a correspondência sobre o balcão.

— Trabalhando sozinha de novo? Cadê o resto do pessoal? — perguntou.

— Ray foi para as Filipinas e Charlie está traumatizado — respondeu ela, com um suspiro. — E aí o mundo cai na minha cabeça.

— Pobre Charlie — disse Stephan. — Dizem que é a pior coisa que pode acontecer com alguém, perder a mulher ou o marido.

— É, tem isso também. E hoje ele está ainda mais traumatizado porque viu um cara ser atropelado por um ônibus na Columbus.

— Ah, me contaram. Mas ele vai ficar bem.

— Puta merda, Stephan, claro que não, o sujeito foi atropelado por um ônibus.

Lily deixou de olhar para as próprias unhas, pela primeira vez.

— Estou falando do Charlie — disse Stephan com uma piscadela, apesar do tom rude dela.

— Ah, o Charlie é o Charlie, sabe como é.

— E como vai a bebê?

— Aquela lá, sem dúvida, solta umas substâncias tóxicas — respondeu Lily, balançando o pilot sob o nariz, como se com isso pudesse disfarçar o cheiro de fruta podre da bebê.

— Tudo certo, então — sorriu Stephan. — Por hoje é só. Tem alguma coisa aí pra mim?

— Recebi umas plataformas de vinil vermelhas ontem. Tamanho 42, de homem.

Stephan colecionava indumentária vintage de cafetões da década de 1970. E cabia a Lily ficar de olho, caso qualquer coisa do gênero entrasse na loja.

— Qual a altura?

— Salto 10.

— Baixa altitude — disse Stephan, como se aquela fosse uma boa explicação. — Se cuida, Darque.

Lily acenou com o pilot enquanto ele saía, e depois começou a fazer a triagem na correspondência. Havia basicamente contas, uns dois panfletos, mas também um envelope preto e grosso que parecia conter um livro ou um catálogo. Estava endereçado a Charlie Asher, "aos cuidados de" Asher Artigos de Segunda Mão, e tinha um carimbo postal da Night's Plutonian Shore, que certamente ficava em algum Estado que começava com a letra *U*. (Lily achava geografia não apenas uma coisa absurdamente chata, como também, na era da Internet, irrelevante.)

Mas não está aos cuidados da Asher Artigos de Segunda Mão?, ponderou Lily. E não era ela, Lily Darquenwillow Elventhing, a responsável pelo balcão, a única funcionária — não, melhor ainda: a gerente de fato daquele brechó? E não era seu direito — não, melhor ainda: sua responsabilidade — abrir aquele envelope e poupar Charlie de tarefa tão enfadonha? Avante, Elventhing! Seu destino está traçado e, mesmo que não seja, de fato, o seu destino, sempre resta o conceito de negação capciosa, o que, no jargão dos políticos, dá no mesmo.

Pegou a adaga incrustada de joias embaixo do balcão (com as pedras avaliadas em mais de 73 centavos), abriu o envelope, puxou lá de dentro o livro, e se apaixonou.

A capa era brilhante, como se fosse um livro para crianças, com uma ilustração colorida de um esqueleto sorridente com pessoinhas empaladas nas pontas dos dedos, e todas pareciam estar se divertindo para valer, como se estivessem num brinquedo de parque de diversões onde a atração era ter um buraco enorme aberto no peito. Era uma imagem festiva — muitas flores e doces em cores primárias, no estilo arte popular mexicana. *O Fantástico Grande Livro da Morte* era o título, enunciado na parte superior da capa em uma fonte alegre, feita de fêmures humanos.

Lily abriu o livro na primeira página, onde havia uma notinha presa num clipe.

Este livro deve explicar tudo. Sinto muito.
— MF

Lily retirou a nota e abriu o livro no primeiro capítulo: "Você Agora É a Morte: Eis Aqui o que Será Preciso."

E aquilo já tinha sido suficiente. Aquele era, sem sombra de dúvida, o livro mais legal que ela já vira na vida. E, certamente, não era algo que Charlie saberia apreciar, principalmente em seu estado atual de intensa neurose.

Colocou o livro em sua mochila e, em seguida, rasgou a nota e o envelope em minúsculos pedacinhos, e os enterrou no fundo da lixeira.

O MACHO BETA EM SEU
AMBIENTE NATURAL

— Jane, eu estou convencido, julgando pelos acontecimentos das últimas semanas, que forças ou pessoas malévolas, não identificadas mas nem por isso menos reais, estão ameaçando a vida tal como a conhecemos e, na verdade, talvez tenham a intenção de pôr um fim à própria tessitura da nossa existência — disse Charlie.

— E é por isso que tenho que comer mostarda amarela?

Jane estava sentada perto da bancada da cozinha americana do apartamento de Charlie, comendo, de café da manhã, minissalsichas direto da embalagem, mergulhando-as numa tigelinha com mostarda amarela. Sophie, a bebê, estava sentada sobre a bancada da pia, em seu bebê-conforto/cadeirinha/paradinha-que-lembrava-o-capacete-de-um-Stormtrooper-de-Guerra-nas-Estrelas.

Charlie andava para lá e para cá na cozinha, pontuando seus argumentos mais pertinentes com uma salsicha.

— Primeiro teve esse cara no quarto da Rachel, que desapareceu misteriosamente das fitas de segurança.

— Porque ele nunca esteve lá. Olha, a Sophie gosta de mostarda amarela feito você.

— Em segundo lugar — continuou Charlie, apesar da persistente indiferença da irmã —, todas aquelas coisas na loja brilhavam como se fossem radioativas. Não coloca isso na boca da criança!

— Ai, meu Deus, Charlie, a Sophie é hetero! Olha só como ela está doida pela salsicha.

— E, em terceiro, aquele tal de Creek, que foi atropelado por um ônibus ontem. Eu sabia o nome dele, e ele estava com um guarda-chuva que brilhava em vermelho.

— Estou tão decepcionada — disse Jane. — Eu queria criar ela pra jogar no time das meninas, dar a ela as vantagens que eu nunca tive. Mas olha só o jeito dela com essa salsicha. É um talento natural.

— Tira isso da boca da criança!

— Relaxa, ela não consegue comer. Ela nem tem dentes. E também não tem nenhum Teletubby gemendo na outra ponta da salsicha. Ih, caramba, vou precisar de muita tequila pra esquecer essa imagem.

— Ela não pode comer carne de porco, Jane. Ela é judia! Você está tentando transformar a minha filha numa shiksa?

Jane tirou a minissalsicha da boca de Sophie e a examinou, mesmo com um fiozinho de baba parecendo fibra ótica ainda ligando a salsicha à criancinha.

— Acho que nunca mais vou conseguir comer isso. Sempre vou ter essa imagem da minha sobrinha pagando boquete num fantoche feito de toalha.

— Jane!

Charlie tirou a salsicha da mão dela e a jogou na pia.

— Quê?

— Você não está me ouvindo?

— Estou, estou, você viu um cara ser atropelado por um ônibus e agora sua tessitura está se descosturando. E aí?

— E aí que tem alguém de sacanagem comigo.

— E isso é novidade desde quando, Charlie? Você acha que tem alguém de sacanagem com você desde que tinha 8 anos.

— E estavam. Provavelmente. Mas, dessa vez, é de verdade. Pode ser de verdade.

— Ei, essas salsichas são de carne de vaca. A Sophie não é uma *shikster*, afinal de contas.

— Shiksa!

— Que seja.

— Jane, você não está me ajudando com o meu problema.

— Que problema? Você está com problema?

O problema de Charlie era que o poder de sua imaginação de Macho Beta o afligia feito agulhas enfiadas sob suas unhas. Enquanto os Machos Alfa são agraciados com atributos físicos superiores (tamanho, força, velocidade, beleza), tendo sido selecionados pela evolução depois de eras de sobrevivência dos mais fortes — e, basicamente, conseguindo todas as mulheres —, o gene do Macho Beta sobreviveu não por se deparar com a adversidade e superá-la, e sim por antecipá-la e evitá-la. Ou seja, enquanto os Machos Alfa estavam atacando mastodontes, os Machos Beta conseguiam antever tratar-se de uma péssima ideia atacar com um pedaço de pau afiado um bicho que, em essência, era um trator raivoso e peludo. Então, ficavam para trás, em seus acampamentos, consolando as viúvas chorosas. Quando os Machos Alfa saíam para conquistar as tribos vizinhas, demonstrar sua bravura como guerreiros e decepar cabeças, os Machos Beta podiam predizer que, caso houvesse uma vitória, a chegada de novas fêmeas escravas geraria um excesso de mulheres sem parceiros. Trocadas por mulheres-troféus mais novas, as outras não teriam nada a fazer além de salgar as cabeças decepadas e recontar as bravuras da batalha. Algumas delas acabariam se consolando nos braços de qualquer Macho Beta que fosse esperto o suficiente para sobreviver. No caso de uma derrota, voltamos à tal situação das viúvas. O Macho Beta raramente é o mais forte ou o mais rápido, mas, como consegue prever o perigo, ele excede em muito

o número de Machos Alfa rivais. O mundo é liderado pelos Machos Alfa, porém suas engrenagens só giram com os rolamentos dos Machos Beta.

O problema (o problema de Charlie) é que a imaginação do Macho Beta tornou-se supérflua no mundo moderno. Assim como as presas do tigre dentes-de-sabre ou a testosterona do Macho Alfa, os Machos Beta possuem mais imaginação do que é possível usar de fato. Consequentemente, muitos Machos Beta tornam-se hipocondríacos, neuróticos, paranoicos ou ficam viciados em pornografia ou videogames.

Porque, embora a imaginação do Macho Beta tenha evoluído para ajudá-lo a evitar o perigo, um efeito colateral é que somente sua imaginação lhe dá acesso ao poder, ao dinheiro ou a lindas mulheres de pernas bem-torneadas que, na vida real, não se dignariam a lhes dar um chute nos rins mesmo que fosse para tirar um inseto de seus sapatos. A rica vida fantasiosa do Macho Beta muitas vezes acaba vazando para a vida real, manifestando-se em níveis quase geniais de autoilusão. Na verdade, muitos Machos Beta, contrariamente a qualquer prova empírica, acreditam que são Machos Alfa. Seu criador lhes deu uma espécie de carisma discreto que, embora seja conceitualmente fantástico, passa totalmente despercebido por qualquer mulher que não seja feita de fibra de carbono. Toda vez que uma supermodelo se divorcia do marido astro-do-rock, o Macho Beta fica secretamente feliz (ou, melhor dizendo, sente-se inundado por ondas de inútil esperança), e toda vez que uma linda atriz de cinema se casa, o Macho Beta tem uma sensação de oportunidade perdida. Toda a cidade de Las Vegas — a opulência artificial, a riqueza dos jogos, os prédios vulgares e as belas garçonetes de seios impossíveis servindo drinques — foi construída sobre a autoilusão do Macho Beta.

E essa autoilusão do Macho Beta teve um papel importante na primeira vez em que Charlie abordou Rachel, naquele dia chuvoso de fevereiro, cinco anos antes, quando ele se escondeu numa livraria chamada Um Local Limpo, Bem-Iluminado para Livros para escapar de

uma tempestade e Rachel lançou em sua direção um tímido sorriso por sobre uma pilha de livros de Carson McCullers que ela estava colocando nas prateleiras. Logo se convenceu de que ela sorria porque ele estava espalhando charme juvenil à sua volta quando, na verdade, era porque estava espalhando água da chuva.

"Você está ensopado", dissera ela.

Tinha olhos azuis, pele clara, e seus cachos soltos e escuros emolduravam o rosto. Lançou-lhe um olhar de soslaio — o suficiente para estimular seu ego de Macho Beta.

"É, pois é", dissera Charlie, chegando mais perto.

"Quer que eu pegue uma toalha pra você?"

"Não, tudo bem, estou acostumado."

"Você está pingando em cima do Cormac McCarthy."

"Desculpe."

Charlie enxugou a capa de *All the Pretty Horses* com a manga enquanto tentava, ao mesmo tempo, ver se ela tinha um corpo bonito por baixo daquele suéter folgado e da calça cargo.

"Você vem sempre aqui?"

Rachel levou um tempinho antes de responder. Ela estava com um crachá, mexendo no estoque com um carrinho de metal ao lado, e tinha quase certeza de que já vira aquele cara na loja antes. Então, ele não estava se fazendo de bobo: era esperto. Mais ou menos isso. Ela não resistiu e riu.

Charlie encolheu os ombros úmidos e sorriu.

"Eu me chamo Charlie Asher."

"Eu sou Rachel."

Trocaram um aperto de mãos.

"Rachel, você gostaria de tomar um café ou outra coisa qualquer dia desses?"

"Acho que depende, Charlie. Preciso que você me responda umas coisas antes."

"Claro", respondera Charlie. "Se você não se importa, eu também queria fazer umas perguntas."

Ele estava pensando: *Como você é quando está nua?* e *Vai demorar muito para eu saber?*

"Tudo bem, então."

Rachel pousou o livro *The Ballad of the Sad Café* que tinha na mão e contou as perguntas nos dedos.

"Você tem um emprego, um carro e um lugar para morar? E as duas últimas coisas são a mesma coisa?"

Afinal, tinha 25 anos e já estava solteira havia um tempo. Aprendera a classificar seus pretendentes.

"Hã... sim, sim, sim e não", respondera ele.

"Ótimo. Você é gay?"

Afinal, já estava solteira havia algum tempo e morava em São Francisco.

"Bom, eu te convidei pra sair..."

"Isso não significa nada. Já saí com caras que só perceberam que eram gays depois de sair algumas vezes comigo. Parece que é a minha especialidade."

"Nossa, você só pode estar brincando", disse ele, olhando-a de cima a baixo e decidindo que ela provavelmente devia ter um corpo lindo debaixo daquelas roupas folgadas. "Eu imaginaria o contrário..."

"Boa resposta. Está bem, então. Eu saio para tomar um café com você."

"Ei, alto lá. E as *minhas* perguntas?"

Rachel pôs o quadril meio para o lado, revirou os olhos e soltou um suspiro.

"Está bem. Manda."

"Na verdade, não tenho perguntas, só não queria que você achasse que eu era fácil demais."

"Mas você perguntou se eu podia sair com você trinta segundos depois de me conhecer."

"E eu lá tenho culpa? Você estava aí, com seus olhos e seu sorriso e o cabelo sem chuva, segurando livros legais..."

"Vai, pergunta logo!"

"Você acha que tem alguma chance de, sei lá, depois que a gente se conhecer melhor, você gostar de mim? Digo, você acha que rola?"

Não importava que ele estivesse forçando a barra — quer fosse astuto ou só esquisito, ela se sentia indefesa perante o charme sem carisma daquele Macho Beta e já tinha uma resposta.

"Sem chances", mentira.

— Sinto falta dela — disse Charlie, desviando o olhar da irmã e dirigindo-o para a pia, como se lá houvesse alguma coisa que precisasse muitíssimo de sua atenção. Os ombros estremeceram com um soluço. Jane foi até o irmão e o abraçou enquanto ele caía de joelhos.

— Sinto tanta falta dela.

— Eu sei.

— E odeio essa cozinha.

— Concordo plenamente.

Ela era uma irmã boazinha.

— Olho pra essa cozinha e vejo o rosto dela, não dá pra aguentar.

— Dá, sim. As coisas vão melhorar.

— Talvez eu devesse me mudar daqui, sei lá.

— Faça o que acha que precisa fazer, mas a dor sabe seguir a gente direitinho.

Jane massageou os ombros e o pescoço do irmão, como se sua dor fosse um nó de tensão que pudesse ser eliminado sob pressão direta.

Depois de alguns minutos, voltou ao normal e sentou-se perto da bancada, perto de Sophie e Jane, bebendo uma xícara de café.

— Você acha que eu estou imaginando tudo isso?

Jane suspirou.

— Charlie, Rachel era o centro do seu universo. Qualquer pessoa que visse vocês dois juntos percebia isso. A sua vida girava em torno dela. Agora que ela se foi, é como se você não tivesse um centro. Você está sem chão, está vacilante, instável, então tudo parece irreal. Mas você *tem* um centro.

— Tenho?

— Sim, é você mesmo. Eu não tenho uma Rachel, ou ninguém parecido com ela na minha vida, mas não estou fora de controle.

— Então, você está dizendo que preciso ser egocêntrico, assim como você?

— Talvez seja isso mesmo que eu esteja dizendo. Acha que isso faz de mim uma pessoa ruim?

— E você, por acaso, liga para o que eu penso?

— Tem razão. Mas você vai ficar bem? Preciso sair pra comprar uns DVDs de ioga. Vou começar a fazer aula amanhã.

— Se você vai fazer aula de ioga, pra que precisa dos DVDs?

— Preciso dar a impressão de que sei o que estou fazendo, senão ninguém vai sair comigo. Você vai ficar bem?

— Não se preocupe. Só não posso entrar na cozinha, nem olhar pra nada no apartamento, nem ouvir música, nem ver TV.

— Está bem, então. Divirta-se — disse Jane, apertando o nariz da bebê antes de sair.

Charlie ficou sentado perto da bancada durante alguns instantes, olhando para Sophie. O esquisito era que ela era a única coisa no apartamento que não o fazia se lembrar de Rachel. Ela era uma estranha. Sophie fitava o pai (aqueles olhos azuis arregalados) com um olhar estranho, meio vidrado. Não com a adoração ou admiração que se esperava de um bebê, e sim como alguém que tivesse bebido e que daria o fora dali assim que achasse a chave do carro.

— Me desculpe — disse Charlie, desviando o olhar para uma pilha de contas vencidas perto do telefone.

Sentia a menina olhando para ele e imaginando, pensava ele, quantos boquetes em fantoches de tecido atoalhado ela teria de fazer até ter um pai decente. Mesmo assim, verificou se ela estava seguramente presa à sua cadeirinha de transporte e foi pegar as roupas que precisava lavar, porque, na verdade, ia ser um ótimo pai.

Os Machos Beta quase sempre dão bons pais. Costumam ser estáveis, responsáveis, exatamente o tipo de cara que uma mulher (que decidisse

não ligar para salários milionários ou para a capacidade atlética do sujeito) gostaria que fosse o pai de seus filhos. É claro que ela preferiria não ter que dormir com ele para que isso acontecesse, mas, depois de ter sido relegada à sarjeta por alguns Machos Alfa, a ideia de acordar nos braços de um cara que iria adorá-la só por estar grato pelo sexo, e que estaria sempre ao lado dela, mesmo quando já não aguentasse mais ter o sujeito por perto, acabava sendo uma proposta aceitável.

Pois o Macho Beta é, no mínimo, leal. Dá um excelente marido e também um excelente melhor amigo. Ajuda na mudança e leva sopinha quando você está doente. Sempre atencioso, o Macho Beta agradece à mulher depois do sexo e muitas vezes também arruma desculpas bem rápido. Ele é ótimo para cuidar da casa, principalmente se você não for muito apegada aos seus bichos de estimação. Um Macho Beta é confiável: sua amiga geralmente está em boas mãos com um amigo Macho Beta, a não ser, é claro, que ela seja uma baita de uma piranha. (Essa *baita de uma piranha* talvez seja, ao longo da história, exclusivamente responsável pela sobrevivência do gene Macho Beta, já que, por mais leal que seja, o Macho Beta sente-se indefeso perante um par não imaginário de seios no ataque.)

E embora o Macho Beta tenha potencial para ser um grande pai e marido, essas são habilidades que ele ainda precisa aprender. Assim, nas semanas seguintes, Charlie não fez nada além de cuidar daquela pequena estranha que estava em sua casa. Na verdade, ela era uma alienígena — uma espécie de máquina de fazer birra que se alimentava e fazia cocô — e ele não sabia nada a respeito de sua espécie. Mas, à medida que cuidava dela, conversava com ela, perdia muitas noites de sono preocupado com ela, dava banho nela, observava-a enquanto dormia e ralhava com ela por causa das substâncias nojentas que escorriam e vazavam dela, começou a se apaixonar. Certa manhã, depois de uma noite particularmente ativa, alimentando-a e trocando fraldas, acordou e encontrou-a observando, com um olhar abobalhado e fixo, o móbile que pairava sobre o berço — e, quando o viu, ela

sorriu. Foi o bastante. Assim como sua mãe, antes dela, Sophie estabeleceu o curso da vida dele com um sorriso. E assim como acontecera com Rachel, naquela úmida manhã na livraria, a sua alma se iluminara. A estranheza, as bizarras circunstâncias da morte de Rachel, os objetos que emitiam um brilho vermelho na loja, a coisa escura e com asas pairando sobre a rua, tudo isso perdia importância se comparado com aquela nova luz em sua vida.

Charlie não entendia que ela o amava incondicionalmente — então, quando acordava no meio da noite para alimentá-la, colocava uma camisa, penteava o cabelo e verificava se não estava com mau hálito. Poucos minutos depois de ser inundado de afeição por sua filha, passou a sentir uma profunda ansiedade e medo pela segurança dela, o que, em poucos dias, cresceu até tornar-se uma grande paranoia.

— Isso aqui está parecendo o Mundo Encantado da Espuma — disse Jane certa tarde, quando trouxe da loja as contas e os cheques que o irmão precisava assinar.

Charlie havia coberto todas as quinas e beiradas do apartamento com espuma e fita adesiva. Colocara também protetores de tomada, travas à prova de crianças em todas as portas dos armários, instalara novos detectores de fumaça, monóxido de carbono e radônio, e ativara o chip de censura na TV, de modo que agora ele não conseguia assistir a nada que não tivesse filhotes de animais ou então programas que ensinavam o alfabeto.

— Os acidentes são a causa número um de morte infantil nos EUA — disse Charlie.

— Mas ela ainda nem consegue virar de barriga pra cima sozinha.

— Quero estar preparado. Tudo que já li diz que, num dia, você está amamentando e, no outro, você acorda e eles já estão saindo da faculdade.

Charlie trocava a fralda da bebê na mesinha de centro e, se a contagem de Jane estivesse certa, já tinha usado dez lenços umedecidos.

— Eu acho que isso é uma metáfora, sabe? Quer dizer que crescem rápido.

— Bom, de qualquer maneira, está tudo pronto para quando ela aprender a engatinhar.

— Por que você não faz uma roupa de látex pra ela? É mais fácil que amortecer o mundo inteiro. Charlie, este lugar dá medo. Você nunca vai poder trazer uma mulher aqui, ela vai achar que você é doido.

Charlie olhou para a irmã durante um longo segundo sem nada dizer; só ficou ali, parado, segurando uma fralda descartável em uma das mãos, e os tornozelos cruzados de sua filha entre os dedos da outra.

— Quando você estiver pronto — emendou Jane. — Quer dizer, não estou dizendo que você traria uma mulher aqui.

— Certo. Porque eu não vou.

— Claro que não. Não era o que eu queria dizer. Mas você precisa sair do apartamento. Afinal, precisa ir lá embaixo, na loja. Ray transformou o computador da loja num serviço de encontros e a inspetora da escola já apareceu lá três vezes procurando pela Lily. Eu não posso ficar fazendo as contas e supervisionando as coisas, e ainda cuidar do meu trabalho ao mesmo tempo, Charlie. Papai tinha bons motivos pra ter deixado o negócio pra você.

— Mas não tem ninguém pra cuidar de Sophie.

— Tem a Sra. Korjev e a Sra. Ling aqui no prédio mesmo; deixa uma delas cuidar da Sophie. Pô, eu cuido dela durante algumas horas à noite, se isso ajuda.

— Eu não vou descer lá de noite. É quando as coisas ficam radioativas.

Jane depositou a pilha de papéis na mesinha de centro, perto da cabeça de Sophie, e deu um passo para trás, os braços cruzados.

— Repita pra você mesmo o que acabou de dizer, por favor.

Charlie repetiu e, então, encolheu os ombros.

— Está bem, soa meio maluco.

— Vai lá na loja, Charlie. Só uns minutinhos para lembrar como é. Para meter medo no Ray e na Lily. Está bem? Eu termino de trocar a fralda dela.

Jane se apertou entre o sofá e a mesa de centro, empurrando de leve seu irmão para que ele saísse dali. Nisso ela esbarrou na fralda suja, que caiu aberta no chão.

— Ai, meu Deus! — disse Jane, que teve ânsia de vômito e virou a cabeça.

— Aí está outro bom motivo para não comer mostarda marrom, hein? — disse Charlie.

— Palhaço!

Ele se afastou.

— Está bem, eu desço. Tem certeza de que você vai ficar bem aí?

— Vai logo! — disse Jane, fazendo um gesto impaciente com uma das mãos para que ele saísse e tapando o nariz com a outra.

AS TREVAS COMEÇAM A FICAR ANIMADINHAS

— E aí, Ray? — disse Charlie, enquanto descia a escada que levava até o depósito. Ele sempre tentava fazer bastante barulho com os pés e geralmente dizia um "oi" bem alto, para avisar os funcionários de que estava chegando. Tivera alguns empregos antes de voltar a tomar conta do negócio da família e aprendera, com a experiência, que ninguém gostava de chefes sorrateiros que apareciam do nada.

— E aí, Charlie — disse Ray.

Ray estava sentado num banquinho atrás do balcão. Tinha quase 40 anos, era alto, estava ficando careca e andava sem nunca virar a cabeça. Não podia. Seis anos antes, quando era policial em São Francisco, fora atingido por uma bala disparada por um membro de uma gangue, e aquela fora a última vez que conseguira olhar para trás sem usar um espelho. Ray vivia com uma generosa aposentadoria da prefeitura, por invalidez, e trabalhava para Charlie em troca do aluguel do apartamento no quarto andar; assim, a transação não constava na contabilidade de nenhum dos dois.

Ray girou o banquinho para ficar de frente para Charlie.

— Ei... hã... eu só queria dizer que, bom, a sua situação, digo, a sua perda... Todo mundo gostava da Rachel. Se você precisar de alguma coisa...

Era a primeira vez que Charlie via Ray desde o funeral; então, ainda era preciso aguentar a estranheza dos pêsames atrasados.

— Você já fez mais do que o suficiente cobrindo o meu turno. No que está trabalhando? — perguntou Charlie, tentando desesperadamente não notar os diversos objetos na loja que emitiam um brilho vermelho.

— Ah, nisso aqui — Ray girou o banquinho e recuou para que Charlie pudesse ver a tela do computador, onde havia fileiras de retratos de jovens e sorridentes mulheres asiáticas. — O nome é Filipinas Desesperadas pontocom.

— Foi aí que você conheceu aquela moça, a TeAmoDesdeSempre?

— Não era esse o nome dela. Foi a Lily que te disse isso? Aquela garota tem problemas.

— É... garotas, você sabe como é — disse Charlie, percebendo de repente uma matrona vestida em lã xadrez, olhando os bibelôs nas prateleiras da frente da loja. Ela segurava um sapo de porcelana que emitia um brilho vermelho e opaco.

Ray clicou em uma das fotos e abriu um perfil.

— Olha só essa, chefe. Diz aqui que ela gosta de segurar o remo. — Ray girou na banqueta mais uma vez e olhou para Charlie, movendo rapidamente as sobrancelhas.

Charlie fez força para desviar sua atenção da mulher com o sapo que brilhava e voltou a olhar para a tela.

— Ela está falando de barcos, Ray.

— Não está não. Aqui diz que ela foi timoneira na faculdade. — Mais uma vez, fez um movimento de sobrancelhas.

— Ela está falando de barcos — disse Charlie, deixando o ex-policial boiando. — A pessoa que fica atrás no barco, controlando os remadores, se chama timoneiro.

— Sério? — disse Ray, decepcionado.

Ele já tinha se casado três vezes e fora abandonado pelas três mulheres devido à sua incapacidade de desenvolver as habilidades sociais esperadas de um homem adulto. Ray reagia ao mundo como se ainda fosse policial e, embora muitas mulheres achassem isso atraente no início, imaginavam que, em algum momento, deixaria de lado tanto aquela atitude quanto a arma de serviço, ao chegar em casa. Não era assim, contudo. Quando Ray fora trabalhar na Asher Artigos de Segunda Mão, Charlie levara dois meses para convencê-lo a parar de dizer "vamos saindo, não há nada para se ver aqui" para os clientes. Ray passava grande parte do tempo decepcionado consigo mesmo e com a humanidade como um todo.

— Mas, pô, cara... quem sabe ela gosta de segurar no remo! — disse Charlie, tentando melhorar a situação.

Ele gostava do ex-policial, apesar de sua esquisitice. No fundo, Ray era um cara legal: tinha bom coração, era leal, dava duro, era pontual. E, acima de tudo, Ray estava ficando careca mais rápido do que Charlie.

Ray suspirou.

— Talvez eu devesse procurar outro site. Que palavra pode dar a ideia de que meu padrão já passou do ponto de completo desespero?

Charlie continuou lendo a página.

— Essa mulher fez mestrado em Literatura Inglesa em Cambridge, Ray. E olha só pra ela. É maravilhosa. E tem 19 anos. Por que ela estaria desesperada?

— Ei, espera um pouco. Mestrado aos dezenove? Essa menina é inteligente demais pra alguém como eu.

— Não, não é. Ela está mentindo.

Ray girou o banquinho como se Charlie tivesse enfiado um lápis no seu ouvido.

— Não!

— Ray, olha só pra ela. Parece uma daquelas modelos asiáticas que anunciam salgadinhos de lula com sabor de maçã verde.

— Existe isso?

Charlie apontou para o lado esquerdo da janela da frente.

— Ray, deixa eu te apresentar Chinatown. Chinatown, este é o Ray. Ray, esta é Chinatown.

Ray sorriu, encabulado. Havia uma loja, uns dois quarteirões para cima, que não vendia nada além de partes secas de tubarão. As vitrines estavam abarrotadas de fotos de belas mulheres chinesas segurando baços e olhos de tubarão como se tivessem acabado de ganhar um Oscar.

— Bom, é verdade que a última mulher que eu conheci por meio desse site tinha alguns erros e omissões no perfil.

— Por exemplo? — perguntou Charlie.

Charlie observava a mulher vestida em lã xadrez que segurava o sapo brilhante e que agora vinha em direção ao balcão.

— Bom, ela disse que tinha 23 anos, um metro e cinquenta e dois e pesava 105 libras, o que dá uns 47 quilos. Aí eu pensei, "Está bom, posso me divertir com uma mulher *mignon*". Mas, na verdade, ela tinha 105 *quilos.*

— Então, não era exatamente o que você esperava, hein? — disse Charlie, sorrindo para a mulher que se aproximava, sentindo o pânico aumentar. Ela ia comprar o sapo!

— Um metro e cinquenta e 100 quilos. Sério, fisicamente parecia uma caçamba de lixo. Eu até podia relevar isso, mas ela nem sequer tinha 23 anos, tinha era 63. Um dos netos tentou vender a velha pra mim.

— Senhora, sinto muito, mas não pode comprar isso aí — disse Charlie para a mulher.

— A gente ouve essa expressão o tempo todo, que fulano vendeu até a avó, mas raramente encontra alguém que, de fato, esteja vendendo a avó — continuou Ray.

— Por que não? — perguntou a mulher.

— Cinquenta dólares — disse Ray.

— Que absurdo — respondeu a mulher. — A etiqueta diz 10.

— Não, 50 é o que estão pedindo pela avó que o Ray está paquerando — disse Charlie. — O sapo não está à venda, senhora. Sinto muito. Está com defeito.

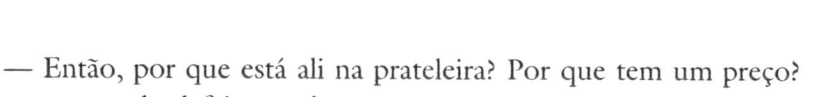

— Então, por que está ali na prateleira? Por que tem um preço?
Não estou vendo defeito nenhum.

Obviamente ela não conseguia perceber que aquele sapo de porcelana idiota não só estava brilhando em suas mãos como também tinha
começado a pulsar. Charlie esticou a mão por cima do balcão e arrancou
o sapo das mãos dela.

— Ele está radioativo. Eu sinto muito. A senhora não pode levar.

— Eu não estava saindo com ela — explicou Ray. — Só peguei um
avião até as Filipinas para conhecê-la.

— Ele não está radioativo — disse a mulher. — Você só está tentando aumentar o preço. Está bem, pago vinte.

— Não, minha senhora, trata-se de uma questão de segurança
pública — disse Charlie, esforçando-se para parecer consternado,
segurando o sapo perto do peito como se quisesse protegê-la da
perigosa energia. — E, francamente, é um sapo ridículo. Perceba que
ele está tocando um banjo que só tem duas cordas. Uma verdadeira
farsa. Por que não deixa o meu colega mostrar outro item? Um macaco
que toca pratos? Ray, pode mostrar o macaco para essa jovem, por favor?

Charlie esperava que o "jovem" fizesse efeito.

A mulher se afastou do balcão, segurando a bolsa diante dela
como se fosse um escudo.

— Não sei se quero comprar nada de vocês dois. Vocês são doidos.

— Alto lá! — protestou Ray, como se quisesse dizer que só havia
um doido ali, e não era ele.

Mas a mulher não se deu por satisfeita: aproximou-se com passos
rápidos de uma estante de sapatos e pegou um par de All Stars, tamanho
44, vermelho. Eles também pulsavam e brilhavam.

— Vou levar estes aqui.

— Não! — exclamou Charlie, jogando o sapo por cima do ombro
na direção de Ray, que o agarrou sem jeito e quase o deixou cair. —
Esses aí também não estão à venda.

A mulher vestida de tweed foi se afastando na direção da porta,
segurando os tênis atrás de si. Charlie a perseguiu pelo corredor, tentando agarrar o All Star.

— Me dá eles aqui!

Quando a mulher esbarrou com o traseiro na porta da frente e a sineta na ombreira tocou, ela olhou para cima e Charlie aproveitou a oportunidade para fingir seguir pela esquerda e depois ir pela direita; esticou o braço ao redor dela e agarrou os cadarços dos tênis; no processo, acabou agarrando também um bom naco do traseiro gordo envolto em tweed. Voltou rapidamente para o balcão, jogou os tênis para Ray e depois virou e ficou parado, em posição de sumô, desafiando a mulher.

Ela ainda estava na porta, com uma cara de quem não conseguia decidir se ficava aterrorizada ou enojada.

— Vocês deviam ir pro hospício. Vou denunciar vocês pro Instituto de Defesa do Consumidor *e também* para a associação local de lojistas. E o senhor, Sr. Asher, pode avisar para a Srta. Severo que eu *vou* voltar.

E, com isso, a mulher saiu pela porta e desapareceu.

Charlie encarou Ray.

— "Srta. Severo"? A Lily? Ela veio ver a Lily?

— É a inspetora da escola — respondeu Ray. — Já veio aqui algumas vezes.

— Você podia ter me avisado.

— Eu não queria perder a venda.

— Então, a Lily...

— ... escapa pela porta dos fundos quando vê ela chegando. A mulher também queria checar com você se os bilhetes enviados justificando as ausências de Lily eram legítimos. Eu confirmei.

— Bom, a Lily vai voltar a frequentar a escola. E, a partir de hoje, estou de volta ao trabalho.

— Ótimo. Hoje ligaram pra cá sobre um espólio lá em Pacific Heights. Muitas roupas femininas legais — disse Ray, depositando com um tapinha um pedaço de papel sobre o balcão. — Não sou o mais indicado.

— Deixa comigo. Mas, primeiro, precisamos colocar as coisas em dia. Coloque a plaquinha de "fechado" e tranque a porta da frente, por favor, Ray.

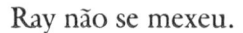

Ray não se mexeu.

— Claro, mas... Charlie, você tem certeza de que já esta preparado para voltar a trabalhar? — Acenou com a cabeça na direção dos tênis e do sapo sobre o balcão.

— Ah, sim. Essas coisas aí. Acho que tem alguma coisa de errado com elas. Você não vê nada de estranho nesses objetos?

Ray olhou mais uma vez.

— Não.

— E nem achou esquisito o fato de que, assim que eu tomei o sapo dela, ela foi direto pegar um par de tênis que obviamente nem é do tamanho dela?

Ray avaliou o peso da verdade contra o excelente acordo que tinha com Charlie: um apartamento no prédio, uma renda por debaixo dos panos e um chefe que sempre tinha sido um cara decente antes de pirar de vez, e então disse:

— É, foi meio esquisito, mesmo.

— Arrá! — disse Charlie. — Eu só queria saber onde posso conseguir um contador Geiger.

— Eu tenho um contador Geiger — respondeu Ray.

— Tem?

— Claro. Quer que eu pegue?

— Talvez mais tarde. Apenas tranque a porta e me ajude a separar algumas mercadorias.

Durante uma hora, Ray ficou observando enquanto Charlie retirava da loja itens que pareciam ser aleatoriamente escolhidos e os levava para a salinha dos fundos, proibindo-o terminantemente de colocá-los de volta ou vendê-los para quem quer que fosse. Depois foi pegar o contador Geiger, que tinha conseguido em troca de uma raquete de tênis grande demais e sem cordas. E, então, verificou a radioatividade de cada um dos objetos, como Charlie havia instruído. É claro que estavam tão inertes quanto poeira.

— E você não vê nada brilhando ou pulsando ou qualquer coisa assim nesta pilha? — perguntou Charlie.

— Não. Desculpe — respondeu Ray, balançando a cabeça, sentindo-se meio sem graça por estar testemunhando aquilo. — Mas, enfim, foi um bom dia de volta ao trabalho — continuou Ray, tentando melhorar o clima. — Talvez você devesse dar o dia por encerrado, ir ver a bebê e aí dar aquele telefonema sobre o espólio amanhã de manhã. Eu vou encaixotar tudo isto aqui e deixar marcado para que a Lily não venda e nem troque.

— Está bem — disse Charlie. — Mas não jogue fora. Vou tentar descobrir o que está errado.

— Pode deixar, chefe. Te vejo amanhã de manhã.

— Sim. Obrigado, Ray. Você pode ir pra casa quando terminar.

Charlie voltou para o apartamento, examinando as mãos o tempo todo para ver se estavam com o brilho vermelho da pilha de objetos, mas pareciam normais. Mandou Jane para casa, alimentou e banhou Sophie, e leu para ela algumas páginas do *Matadouro 5* até que dormisse. Depois foi para a cama cedo, mas não dormiu bem. Acordou na manhã seguinte meio confuso, depois deu um pulo e sentou-se, ereto, ainda na cama, os olhos arregalados e o coração batendo rápido quando viu o bilhete em cima da mesinha lateral. Outro bilhete. Percebeu que, daquela vez, a letra não era sua, que o número era obviamente de telefone e soltou um suspiro. Era só a nota com as informações sobre o espólio, o encontro que Ray tinha marcado para ele. Deixara-a sobre a mesa ao lado da cama para não se esquecer. A nota dizia: *Sr. Michael Mainheart*, e embaixo *peles e roupas sofisticadas para mulheres*, sublinhado duas vezes. O número de telefone tinha um código local. Ele pegou a nota e viu que debaixo dela havia outro pedaço de papel, dessa vez com o mesmo nome, escrito com a sua própria letra e, embaixo do nome, o número 5. Ele não se lembrava de ter escrito aquela nota. Nesse momento, uma coisa grande e escura passou pela janela do quarto do segundo andar, mas, quando ele olhou, já havia sumido.

Uma camada de névoa cobria a baía, e lá de Pacific Heights as grandes torres laranjas da Golden Gate Bridge atravessavam a névoa feito

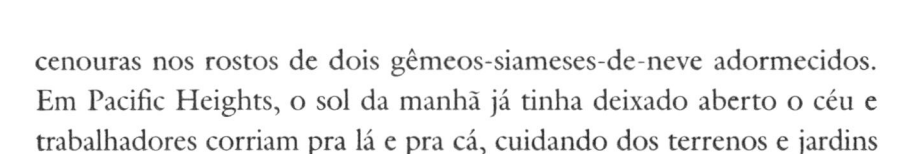

cenouras nos rostos de dois gêmeos-siameses-de-neve adormecidos. Em Pacific Heights, o sol da manhã já tinha deixado aberto o céu e trabalhadores corriam pra lá e pra cá, cuidando dos terrenos e jardins ao redor das mansões.

Quando chegou à casa de Michael Mainheart, a primeira coisa que Charlie percebeu foi que ninguém notou a sua presença. Havia dois sujeitos trabalhando no terreno. Charlie acenou para eles, mas não acenaram de volta. Depois o carteiro, que estava saindo do grande vestíbulo da entrada, fez com que ele tivesse que se afastar da calçada e se meter na grama úmida, sem sequer dizer "com licença".

— Não há de quê! — gritou Charlie, em tom sarcástico, mas o carteiro estava com fones de ouvido, escutando alguma coisa que aparentemente o fazia ter vontade de mexer a cabeça feito um pombo ciscando anfetaminas, e partiu dançando. Charlie estava prestes a dizer algo espertamente devastador para o carteiro, mas mudou de ideia porque, embora já fizesse um tempo, lembrando-se dos ataques de violência da parte de carteiros nos anos 90, achou melhor não abusar da sorte.

Ser chamado de doido por uma completa desconhecida num dia e ser empurrado para fora da calçada por um funcionário público no outro: aquela cidade estava virando uma selva.

Charlie tocou a campainha e ficou esperando perto da porta de blindex com quase 4 metros de altura. Um minuto depois, ouviu passos leves e arrastados se aproximando e viu uma silhueta diminuta movendo-se atrás do vidro. A porta abriu-se lentamente.

— Sr. Asher — disse Michael Mainheart. — Muito obrigado por vir.

O velho estava praticamente nadando dentro de um terno quadriculado que devia ter comprado havia uns trinta anos, quando era um cara robusto. Ao apertar a mão de Charlie, a pele dele parecia um pastel chinês, fria e poeirenta. Charlie tentou não parecer surpreso enquanto o velho o conduzia por uma grande rotunda de mármore, com janelas de blindex que iam até a abóbada de um teto de uns 12 metros de altura e uma escada circular que subia até uma plataforma

que dava acesso às alas superiores da casa. Charlie, muitas vezes, ficava imaginando como seria ter uma casa com alas. Como as pessoas conseguiam achar a chave do carro?

— Por aqui — disse Mainheart. — Vou mostrar para o senhor onde minha esposa guardava as roupas dela.

— Sinto muito pela sua perda — disse Charlie, automaticamente.

Ele já tinha feito inúmeras visitas para cuidar de espólios. *Não dê a impressão de que é um urubu,* dizia seu pai. *Sempre elogie a mercadoria; para você, pode ser uma porcaria, mas podem ter muito da alma de seus donos. Elogie, mas nunca cobice. Você pode lucrar e também preservar a dignidade de todo mundo envolvido no processo.*

— Caralho — soltou Charlie quando seguiu o velho até um closet aberto, do tamanho do seu próprio apartamento. — Ops, digo… a sua esposa tinha muito bom gosto, Sr. Mainheart.

Havia fileiras e mais fileiras de roupas de estilistas famosos, de todos os tipos, desde vestidos de festa até araras com dois andares de *tailleurs,* organizados por cor e nível de formalidade — um arco-íris opulento de seda, linho e lã. Suéteres de cashmere, casacos, capas, jaquetas, saias, blusas, roupas íntimas. O closet era em T, com uma grande penteadeira e um espelho no vértice, e acessórios em cada uma das alas (até o closet tinha alas!): sapatos de um lado, e cintos, echarpes e bolsas do outro. Uma ala inteira de sapatos, italianos e franceses, feitos à mão com peles de animais que antes levavam vidas felizes e perfeitas. Havia espelhos de corpo inteiro nos dois lados da penteadeira, no fim do closet, e Charlie viu o seu reflexo e o de Michael Mainheart, ele em seu terno risca-de-giz cinza de segunda mão e Mainheart em seu terno quadriculado excessivamente largo, como se fossem dois esboços em cinza e preto, austeros e sem vida em meio a um jardim vibrante de cores.

O velho foi até a cadeira da penteadeira e sentou. A cadeira estalou e rangeu.

— Imagino que você vá levar um tempo para avaliar tudo isso — disse.

Charlie ficou no centro do closet olhando em volta durante alguns instantes antes de responder.

— Vai depender, Sr. Mainheart, das coisas de que o senhor quiser se desfazer.

— Tudo. Cada peça de roupa. Não suporto a presença dela aqui — respondeu, a voz embargada. — Quero que tudo suma.

O velho desviou o olhar de Charlie e virou-se para a ala de sapatos, tentando ocultar as lágrimas.

— Eu entendo — disse Charlie, sem saber direito o que dizer.

Aquela coleção estava acima de suas possibilidades.

— Não, não entende, meu jovem. Você não tem como entender. Emily era a minha vida. Eu acordava de manhã por ela, ia trabalhar por ela, construí a minha empresa por causa dela. Mal podia esperar para chegar em casa e contar para ela como fora o meu dia. Eu ia para cama com ela e sonhava com ela enquanto dormia. Era a minha paixão, a minha esposa, a minha melhor amiga, o amor da minha vida. E, um dia, sem nenhum aviso, ela se foi. E minha vida ficou vazia. Você não tem como entender.

Mas Charlie entendia.

— O senhor tem filhos, Sr. Mainheart?

— Dois filhos. Vieram para o funeral e depois voltaram para suas próprias famílias. Eles se oferecem para ajudar no que for possível, mas...

— ... eles não podem ajudar — completou Charlie. — Ninguém pode.

Agora o velho olhou para ele, o rosto desolado e árido, igual ao de um basset hound mumificado.

— Eu só quero morrer.

— Não diga isso — ponderou Charlie, porque era a coisa a se dizer nesses momentos. — Isso vai passar — completou, porque todo mundo ficava repetindo isso para ele. Mas ele sabia que só estava repetindo clichês idiotas.

— Ela foi... — a voz de Mainheart ficou presa na garganta, num soluço.

Era um homem forte, ao mesmo tempo tomado pela tristeza e constrangido por demonstrá-la.

— Eu sei — disse Charlie, pensando no quanto Rachel ainda ocupava um lugar em seu coração; quando se virava na cozinha para dizer alguma coisa e ela não estava lá, ele ficava sem ar.

— Ela era...

— Eu sei... — interrompeu Charlie, tentando aliviar para o velho, porque sabia o que Mainheart estava sentindo. Ela era o significado, a ordem, a luz, e agora que tinha partido, o caos caía como uma nuvem escura e pesada.

— Ela era extremamente burra.

— Quê?

Charlie virou a cabeça tão rápido que ouviu uma vértebra estalar no pescoço. Não imaginava que ele fosse dizer aquilo.

— A jumenta comeu sílica gel — disse Mainheart, tão irritado quanto atormentado.

— Quê? — perguntou Charlie, balançando a cabeça, como se quisesse soltar alguma coisa. "Sílica gel? Hã?"

— Sílica gel! Sílica gel! Sílica gel, seu idiota!

Charlie pensou se não deveria responder gritando o nome de alguma coisa esdrúxula: *Pois é... simeticona! Simeticona! Simeticona, seu bunda-suja!* Mas, em vez disso, respondeu:

— O que usam para aumentar os seios? Ela comeu aquilo?

A imagem de uma mulher mais velha e bem-vestida comendo uma colherada gelatinosa de gosma usada em peitos artificiais começou a assombrar seus lobos cerebrais feito um inexorável pesadelo.

Mainheart ficou de pé, perto da penteadeira.

— Não. Aqueles pacotinhos com uma substância que vêm junto com câmeras e equipamentos eletrônicos.

— Aquele negócio que diz "Não Ingerir"?

— Exatamente.

— Mas tem um aviso na embalagem... Ela comeu aquilo?

— Comeu. A loja de peles colocou pacotinhos junto com as peles dela quando instalou aquele armário — disse Mainheart, apontando.

Charlie virou e, atrás da grande porta do closet, por onde haviam entrado, encontrava-se um armário de vidro iluminado — e dentro dele estavam pendurados mais ou menos uns dez casacos de pele. O armário, provavelmente, tinha um aparelho de ar condicionado próprio para controlar a umidade, mas não foi isso que chamou a atenção de Charlie. Mesmo sob a luz embutida fluorescente lá de dentro, um dos casacos estava obviamente emitindo um brilho vermelho e, além disso, pulsava. Charlie virou-se lentamente para Mainheart, tentando não reagir de forma exagerada, mas, sem saber exatamente o que seria um reação exagerada no caso, tentou parecer calmo, mas sem vontade de ser sacaneado.

— Sr. Mainheart, sinto muito pela morte da sua esposa, mas tem alguma coisa a mais acontecendo aqui que o senhor não me contou?

— Desculpe, não estou entendendo.

— Digo... Por que, de todos os vendedores de roupas usadas na Bay Area, o senhor decidiu entrar em contato logo comigo? Existem pessoas muito mais qualificadas para lidar com uma coleção deste tamanho e desta qualidade.

Com passos firmes, Charlie dirigiu-se até o armário de peles e escancarou a porta, que fez um *ffff-shtá* de porta de geladeira quando é aberta. Agarrou o casaco que brilhava — pele de raposa, aparentemente.

— Ou foi por causa disto aqui? O seu telefonema tem a ver com isto aqui? — perguntou Charlie, brandindo o casaco como se estivesse segurando a arma usada em um assassinato diante do acusado. *Em outras palavras*, pensou ele, sem de fato dizer, *o senhor está de sacanagem com a minha cara?*

— Na lista telefônica, você era o primeiro negociante de roupas usadas.

Charlie deixou cair a mão que segurava o casaco.

— Asher Artigos de Segunda Mão? — perguntou Charlie.

— Começa com a letra *A* — disse Mainheart, lenta e cuidadosamente, e, claro, resistindo à vontade de chamar Charlie de idiota mais uma vez.

— Então, não tem nada a ver com este casaco?

— Bom, tem também a ver com esse casaco. Eu gostaria que você o levasse embora junto com o restante das roupas.

— Ah — disse Charlie, tentando se recompor. — Sr. Mainheart, agradeço o seu telefonema, e essa, sem dúvida, é uma coleção muito bonita, maravilhosa, de verdade, mas eu não tenho condições de assumir esse tipo de inventário. E, vou ser franco com o senhor, mesmo que meu pai possa estar se revirando no túmulo por eu dizer isso, sem dúvida, as roupas nesse closet devem valer um milhão de dólares. Talvez mais. E, descontando o tempo e o espaço necessários para revender tudo, provavelmente a coleção valeria um quarto disso. Mas eu não tenho tanto dinheiro assim.

— Podemos chegar a um acordo — sugeriu Mainheart. — Só para tirar daqui de casa...

— Eu poderia pegar algumas das roupas em consignação, talvez...

— Quinhentos dólares — disse Mainheart.

— Quê?

— Você me dá 500 dólares e tira tudo daqui até amanhã, e, pronto, a coleção é sua.

Charlie pensou em contestar, mas quase conseguia sentir o fantasma do pai surgindo para bater-lhe na cabeça com uma cuspideira se ele não fechasse a boca. *Nosso serviço tem valor, filho. Somos uma espécie de orfanato da arte e do artefato, porque estamos dispostos a lidar com as coisas que não são mais desejadas, estamos dispostos a dar-lhes valor.*

— Eu não posso fazer isso, Sr. Mainheart, eu me sentiria como se estivesse me aproveitando do seu luto, da sua dor.

Ah, pelo amor de Deus, seu idiota, você não é meu filho. Eu não tenho um filho. Era o fantasma do pai de Charlie, arrastando correntes dentro

de sua cabeça? Por que, então, o fantasma tinha a voz e o vocabulário da Lily? E será que a voz da consciência pode ser gananciosa?

— Mas o senhor já vai estar me fazendo um favor, Sr. Asher. Um grande favor. Se o senhor não levar, meu próximo telefonema vai ser para uma caridade. Eu prometi a Emily que, se algo acontecesse com ela, eu não iria simplesmente doar suas coisas. Por favor.

E havia tanta dor na voz do velho que Charlie precisou desviar o olhar. Ele sentia pena do velho porque *realmente* entendia. Não podia fazer nada para ajudá-lo, não podia dizer *Vai ficar tudo bem*, como todos diziam para ele. Porque não estava ficando bem. As coisas podiam ficar diferentes, mas não melhoravam. E aquele homem tinha 50 anos a mais que Charlie para carregar suas esperanças, ou, no caso, sua história de vida.

— Vou pensar a respeito. Vou dar uma olhada no meu estoque. Se eu puder pegar, ligo para o senhor amanhã. Pode ser?

— Eu ficaria muito grato — respondeu Mainheart.

E então, sem saber por quê, Charlie disse:

— Posso levar este casaco comigo? Para servir como exemplo da qualidade da coleção, caso eu tenha que dividi-la entre outros vendedores.

— Sem problema. Eu o acompanho até a porta.

Assim que passaram pela rotunda, uma sombra deslizou pelas janelas de blindex, uns três andares acima. Uma sombra grande. Charlie ficou parado na escada, esperando a reação do homem, mas ele continuou descendo, naquele andar cambaleante, apoiando-se no corrimão. Quando Mainheart chegou à porta, virou-se para Charlie e estendeu a mão.

— Peço desculpas pelo meu... hã... mau humor lá em cima. Não sou a mesma pessoa desde que...

Assim que o homem começou a abrir a porta, alguma coisa surgiu lá fora, projetando a sombra de um pássaro do tamanho de um homem através do vidro.

— Não! — exclamou Charlie, pulando para a frente, derrubando o velho e batendo a porta contra a cabeça do grande pássaro, o pesado bico negro dando estocadas e se fechando como uma grande tesoura afiada, derrubando um porta guarda-chuvas e espalhando o que havia dentro dele pelo chão de mármore. O rosto de Charlie estava a poucos centímetros do olho do pássaro, e ele empurrava a porta com o ombro, tentando impedir o bico de arrancar uma de suas mãos. As garras do pássaro arranhavam o vidro, deixando uma rachadura em um dos grossos painéis chanfrados, e o animal se debatia, tentando se libertar.

Charlie empurrou o quadril contra a ombreira da porta e deslizou por ela, deixou cair o casaco de raposa e agarrou um dos guarda-chuvas que estavam no chão. Deu um golpe com o guarda-chuva, mirando nas penas do pescoço, mas acabou perdendo a pressão que fazia na ombreira da porta — e, então, uma das garras negras penetrou pela fresta e fez um movimento rápido, de cima para baixo, em seu antebraço, cortando através do paletó e da camisa até chegar na carne. Charlie concentrou toda a sua força e deu um golpe com o guarda-chuva, fazendo com que o pássaro tirasse a cabeça do vão da porta.

O corvo soltou um guincho e alçou voo, as asas gerando um grande lufar de vento. Charlie ficou deitado de costas, sem ar, olhando fixamente para os painéis de blindex, como se esperasse a qualquer momento a volta da sombra do corvo gigante, e então olhou para Michael Mainheart, que estava deitado de lado, todo amarfanhado, como se fosse uma marionete mole. Ao lado de sua cabeça havia uma bengala com um castão de marfim, esculpida no formato de um urso polar, que tinha caído do porta guarda-chuvas. A bengala estava vermelha e brilhava. O velho não respirava mais.

— Putz, que merda! — disse Charlie.

HERÓIS COM VELOCIDADES VARIÁVEIS

No beco atrás da Asher Artigos de Segunda Mão, o Imperador de São Francisco alimentava manualmente suas tropas com focaccia de azeitona e tentava impedir que baba de cachorro caísse sobre seu café da manhã.

— Tenha paciência, Bummer — disse o Imperador para o boston terrier que pulava no pão redondo amanhecido como se fosse uma bola de borracha peluda, enquanto Lazarus, o solene golden retriever amarelo, ficava ali parado, esperando sua parte. Bummer resfolegou uma resposta impaciente (daí a baba de cachorro). Ele tinha ficado com aquela fome toda porque o café da manhã estava atrasado naquele dia. O Imperador dormira num banco perto do Maritime Museum e, durante a noite, seu joelho que sofria de artrite ficara exposto, fora da proteção de seu sobretudo de lã, naquele frio úmido, o que transformara num lento e doloroso suplício a caminhada até North Beach, onde ficava a padaria italiana que lhes dava pão velho de graça.

O Imperador gemeu e sentou sobre um engradado de leite vazio. Era praticamente um urso de tão grande, os ombros largos, mas um

pouco fracos de tanto carregar o peso da cidade nas costas. Um emaranhado branco de cabelo e barba circundava seu rosto feito uma nuvem carregada. Se a memória não falhava, ele e as tropas vigiavam a cidade desde sempre, mas, pensando melhor, talvez fosse só desde quarta-feira. Ele não tinha certeza.

O Imperador decidiu fazer uma proclamação às suas tropas, discorrendo sobre a importância da compaixão em face à crescente onda de odiosa putaria e engodalização política no reino vizinho, os Estados Unidos. (Descobriu que sua plateia prestava mais atenção em suas proclamações quando as focaccia de carne ainda estavam escondidas na despensa dos bolsos de seu sobretudo, e, naquele momento, um pão de pepperoni e parmesão jazia fragrantemente nas profundezas de lã, então os cães da realeza estavam fascinados.) Mas assim que ele pigarreou para limpar a garganta e começar a falar, um furgão surgiu na esquina, fazendo a curva, cantando pneu e ficando apenas sobre duas rodas, avançando sobre uma fileira de latas de lixo e deslizando até parar, uns 15 metros adiante. A porta do motorista abriu com violência e um homem magro, de terno, pulou lá de dentro, carregando uma bengala e um casaco de pele feminino, e foi direto para a porta dos fundos do brechó. Mal o homem subiu dois degraus, caiu no concreto, como se tivesse sido atingido por trás, e então rolou e ficou deitado de costas, e em seguida começou a se debater contra o ar, com a bengala e o casaco. O Imperador, que conhecia quase todo mundo, reconheceu Charlie Asher.

Bummer teve um ataque e começou a latir, mas Lazarus, mais sensato, rosnou uma vez e saiu em disparada na direção de Charlie.

— Lazarus! — gritou o Imperador, mas o retriever prosseguiu, agora seguido por seu parceiro de olhos esbugalhados.

Charlie voltou a ficar de pé, brandindo a bengala como se estivesse esgrimando com um fantasma e usando o casaco como escudo. Como morava nas ruas, o Imperador já tinha visto muita gente lutando contra demônios invisíveis, mas Charlie aparentemente estava acertando

os bichos. A bengala fazia um barulho contra o que parecia ser puro ar — mas não, havia alguma coisa ali... uma sombra, talvez?

O Imperador ficou de pé e seguiu mancando até aquela algazarra, mas, antes mesmo que desse dois passos, Lazarus deu um salto e pareceu estar atacando Charlie; o cão, porém, voou sobre o dono da loja e fincou os dentes em algum ponto acima de sua cabeça — e ficou lá, pendurado, as mandíbulas cravadas em algo que era feito de ar.

Charlie aproveitou a distração, deu um passo para trás e golpeou com a bengala um ponto acima do cão que levitava. Ouviu-se uma pancada, e Lazarus se soltou, mas agora era Bummer que se lançava contra o inimigo invisível. O cão errou o alvo, o que quer que fosse, e acabou encestado numa lata de lixo.

Charlie correu mais uma vez para a porta de aço da loja, mas descobriu que estava trancada e, enquanto tentava pegar a chave, alguma coisa o agarrou por trás.

— Solta, seu cara de cu! — guinchou a sombra.

O casaco de pele que Charlie segurava parecia estar sendo arrancado de suas mãos e puxado para o alto. Acabou sendo jogado por cima do prédio de quatro andares, até sumir de vista.

Charlie virou e ficou segurando a bengala, preparado para o combate, mas o que quer que estivesse lá parecia já ter ido embora.

— Você não devia ficar somente sentada em cima de uma porta dizendo *nunca mais*, sendo poética e coisa e tal? — bradou ele para o alto. E, então, acrescentou, para arrematar: — Sua puta maligna!

Lazarus latiu e depois choramingou. Um latido agudo e metálico veio da lata de lixo; era Bummer.

— Bom, taí uma coisa que a gente não vê todo dia — disse o Imperador enquanto caminhava mancando até Charlie.

— Você conseguiu ver aquilo?

— Bem, na verdade, não. Só uma sombra, mas eu vi que tinha alguma coisa aí. Havia *mesmo* alguma coisa aí, não é, Charlie?

Charlie fez que sim, tentando recuperar o fôlego.

— E vai voltar. Me seguiu pela cidade toda até aqui — contou Charlie, enfiando a mão no bolso em busca da chave. — É melhor vocês se esconderem na loja comigo, Sua Majestade.

É claro que Charlie conhecia o Imperador. Todo mundo em São Francisco conhecia o Imperador.

O Imperador sorriu.

— É muita gentileza da sua parte, mas vamos ficar bem. Por hora, só preciso libertar o meu protegido de sua prisão de lata.

O grandalhão inclinou a lata de lixo, e Bummer saiu rosnando e meneando a cabeça, como se estivesse pronto para arrancar a bunda de qualquer homem ou animal tolo o suficiente para cruzar seu caminho (e ele teria feito isso mesmo, contanto que sua vítima batesse na altura do joelho ou abaixo).

Charlie ainda estava com dificuldades com a chave. Sabia que deveria ter trocado a fechadura, mas ela ainda funcionava se fosse aberta com jeitinho; por isso, nunca encarara aquilo como prioridade. Afinal, quem, diabos, iria imaginar que precisaria entrar rapidamente em casa para escapar de um pássaro gigante? E, então, ouviu um guincho agudo. Virou-se e viu não apenas um, mas dois enormes corvos vindo do telhado e mergulhando no beco. Os cães lançaram uma saraivada de latidos arfados e frenéticos na direção dos intrusos emplumados, e Charlie fez tanta força sacudindo a chave na fechadura que sentiu um músculo atrofiado romper-se em seu quadril.

— Elas voltaram. Me dê cobertura — disse Charlie, jogando a bengala para o Imperador e preparando-se para o impacto.

Assim que a bengala tocou a mão do velho, os pássaros desapareceram. Quase dava para ouvir o vácuo no ar substituindo o espaço que antes eles ocupavam. Os cães pararam na metade do pulo; Bummer choramingou.

— O que houve? — perguntou o Imperador. — O que houve?

— Foram embora.

O Imperador olhou para cima.

— Você tem certeza?

— Por enquanto.

— Eu vi duas sombras. Vi, de verdade, dessa vez — respondeu o Imperador. — Sim, dessa vez havia duas.

— O que são elas?

— Não faço a menor ideia, mas, quando você pegou a bengala, elas... bom, sumiram. Você realmente as viu?

— Tenho certeza. Como dois e dois são...

Finalmente a chave girou na fechadura e a porta que dava para o depósito nos fundos da loja abriu.

— Você devia entrar. Descansar. Eu peço alguma coisa pra gente comer.

— Não, não, eu e meus homens precisamos fazer a ronda. Decidi fazer uma proclamação essa manhã e precisamos ver o tipógrafo. Você vai precisar disso aqui — disse o Imperador, presenteando a bengala para Charlie como se estivesse entregando uma espada de sua corte.

Charlie esticou a mão para pegá-la, mas então pensou melhor.

— É melhor que Sua Majestade fique com ela. Acho que poderá precisar dela — disse Charlie, fazendo um gesto de cabeça, indicando o joelho barulhento do Imperador.

O Imperador segurou a bengala.

— Não sou adorador das coisas materiais, entende?

— Sim, entendo.

— Acredito firmemente que o desejo é a fonte de grande parte do sofrimento humano e que não há maior e mais vil culpado do que o desejo pelo ganho material.

— Eu toco o meu negócio com base nesses mesmos princípios. Ainda assim, insisto para que fique com a bengala. Como um favor para mim, se assim o desejar.

Charlie percebeu que estava imitando o padrão formal de fala do Imperador, como se, de repente, tivesse sido transportado para uma corte real onde um nobre era discernível pelas migalhas de pão em sua barba e onde a guarda real não se importava de lamber o próprio saco.

— Bem, como um favor, eu aceito. Sem dúvida, é uma bela e bem-trabalhada peça.

— Mas o mais importante é que ela irá ajudá-lo a fazer suas rondas mais rápido

O Imperador agora traía o desejo de seu coração ao deixar escapar um largo sorriso, abraçando a bengala contra o peito.

— Ela é mesmo bonita. Charlie, preciso confessar algo a você, mas peço que confie em mim como confia em um homem com quem testemunhou, como amigo, a visão de duas sombras gigantes na forma de corvos.

— Claro, diga — pediu Charlie, sorrindo, embora, um segundo ante, ele desse seu próprio sorriso como perdido em algum lugar dos últimos meses que se haviam passado.

— Espero que você não me considere indigno, mas, assim que toquei essa bengala, senti como se estivesse à espera dela durante toda a minha vida.

E então, sem saber por quê, Charlie respondeu:

— Sim, eu sei.

Alguns minutos antes, dentro da loja, Lily estava emburrada. Não emburrada do jeito normal, sua reação típica frente a um mundo onde todos eram idiotas, em que a vida não fazia sentido e o mero ato de viver era fútil, principalmente quando a sua mãe se esquecia de comprar café. Dessa vez, estava emburrada de forma mais específica, algo que começara quando chegara no trabalho e Ray dissera que era a vez dela de usar a tiara-de-princesa-do-aspirador, insistindo que, se usasse a tiara, ela precisaria mesmo passar o aspirador na loja. (Na verdade, ela gostava de colocar a tiara de imitação de diamantes que Charlie, com sua desavergonhada dissimulação burguesa, designara que seria a coroa a ser usada por quem quer que fosse varrer e passar o aspirador naquele dia, e em nenhum outro momento. Era da parte de passar o aspirador e varrer que ela não gostava. Sentia-se manipulada, usada,

e, no geral, sentia que abusavam dela, e não no bom sentido.) Mas, depois de guardar a tiara e o aspirador, e finalmente tomar umas duas canecas de café, o emburramento continuou, crescendo até chegar à mais completa angústia, e aí percebeu que precisava descobrir o que fazer com aquela coisa de faculdade-carreira, porque, apesar do que dizia *O Fantástico Grande Livro da Morte*, ela não havia sido escolhida como a sombria e fiel escudeira da destruição. Que merda!

Estava na salinha dos fundos, olhando para os itens que Charlie havia colocado ali no dia anterior: sapatos, luminárias, guarda-chuvas, bibelôs de porcelana, brinquedos, uns dois livros, uma velha televisão preto-e-branco e uma pintura de palhaço sobre veludo preto.

— Ele disse que estas coisas estavam brilhando? — perguntou a Ray, que estava parado na porta da loja.

— Sim. Ele me fez verificar todas com o meu contador Geiger para ver se não estavam radioativas.

— Ray, putaquepariu, por que, diabos, você tem um contador Geiger?

— Lily, por que você tem um piercing no nariz com o formato de morcego?

Lily ignorou a pergunta e pegou o sapo de cerâmica da noite anterior, que agora tinha um papel colado com fita que dizia: NÃO VENDER NEM COLOCAR À MOSTRA, na letra quadradinha e meticulosa de Charlie.

— Isto aqui era uma das coisas? Isto aqui?

— Esse foi o primeiro objeto que fez ele pirar — disse Ray, num tom despreocupado. — A inspetora da escola tentou comprar. Foi aí que começou.

Lily ficou abalada. Voltou para a mesa de Charlie e se sentou na barulhenta cadeira giratória de madeira.

— E você vê alguma coisa brilhando ou pulsando, Ray? Ou chegou a ver?

Ray balançou a cabeça e disse:

— Ele está muito estressado, perdeu a Rachel e precisa tomar conta da bebê. Talvez esteja precisando de ajuda. Eu sei que, depois que tive que sair da polícia... — Ray interrompeu o que ia dizer.

Ouviu-se uma comoção ali no beco, cachorros latindo, gente gritando, então alguém tentou abrir com chave a porta de trás. Um segundo depois, Charlie entrou, meio esbaforido, as roupas sujas aqui e ali, uma manga do paletó rasgada e manchada de sangue.

— Asher! — exclamou Lily. — Você está ferido.

Ela saiu rapidamente da cadeira dele enquanto Ray pegava Charlie pelos ombros e o fazia sentar.

— Eu estou bem — disse Charlie. — Não foi nada demais.

— Eu pego o kit de primeiros socorros — disse Ray. — Tira esse paletó dele, Lily.

— Eu estou bem — repetiu Charlie. — Parem de falar de mim como se eu não estivesse aqui.

— Ele está delirando — disse Lily, tentando libertar Charlie de seu paletó. — Você tem analgésico aí, Ray?

— Eu não preciso de analgésico — disse Charlie.

— Fica quieto, Asher, não é pra você — disse Lily, automaticamente, e então ela pensou no livro, na história que Ray contara, nas notas coladas em todos os itens no quarto dos fundos, e estremeceu. Aparentemente, Charlie Asher não era apenas o idiota infeliz que ela sempre achara que fosse. — Desculpa, chefe. Deixa que a gente te ajuda.

Ray voltou com um pequeno kit plástico de primeiros socorros. Enrolou a manga de Charlie e começou a limpar a ferida com gaze e água oxigenada.

— O que aconteceu?

— Nada — respondeu Charlie. — Eu escorreguei e caí no cascalho.

— Mas a ferida está limpinha, não tem nenhum vestígio de sujeira nela. Deve ter sido uma queda e tanto.

— É uma longa história — disse Charlie, com um suspiro. — Aaai!

— O que foi aquele barulho todo no beco? — perguntou Lily, precisando fumar urgentemente, mas incapaz de sair dali. Ela não conseguia compreender como Charlie Asher era o escolhido. Como era possível que fosse ele? Ele era tão, tão *indigno*. Ele não entendia o oculto lado negro da vida como ela entendia. Mas era ele quem via os objetos brilhando. Era ele. Estava inconsolável.

— Ah, só os cachorros do Imperador correndo atrás de uma gaivota no lixo. Nada demais. Eu caí quando estava na entrada de uma casa em Pacific Heights.

— Ah, o tal espólio — disse Ray. — E como foi lá?

— Não muito bem. O marido estava de luto, muito triste, e teve um ataque cardíaco na minha frente.

— Você tá brincando.

— Não estou não. Ele ficou muito emocionado pensando na esposa e capotou. Fiquei tentando ressuscitá-lo até os paramédicos chegarem e o levarem para o hospital.

— Então — disse Lily —, você pegou... hã... você pegou alguma coisa especial lá?

— O quê? — Charlie arregalou os olhos. — Como assim, especial? Não havia nada de especial.

— Calma, chefe. Eu só quis saber se a gente vai receber as roupas da tal vovó. — *É ele*, pensou Lily. O filho da puta.

Charlie balançou a cabeça.

— Eu não sei, é tão estranho. A coisa toda é tão estranha. — E seu corpo estremeceu quando falou isso.

— Estranho como? — perguntou Lily. — Estranho de um jeito legal e sombrio ou estranho porque você é o Asher e está fora do ar na maior parte do tempo?

— Lily! — ralhou Ray. — Vai lá pra loja. Vai espanar alguma coisa.

— Você não é o meu chefe, Ray. Só estou aqui demonstrando a minha preocupação.

— Tudo bem, Ray.

Charlie parecia estar pensando em como, exatamente, ele poderia definir *estranho*, mas sem conseguir pensar em nada. Finalmente, disse:

— Bom, pra começo de conversa, os bens dessa mulher estão muito acima do nosso nível. O marido disse que nos telefonou porque éramos a primeira loja de roupas de segunda mão na lista telefônica, mas ele não parecia o tipo de cara que fazia coisas assim.

— Mas isso não é estranho — disse Lily. *Vamos, confesse*, pensou ela.

— Você disse que ele estava de luto, muito triste. Então, talvez estivesse fazendo as coisas de um jeito diferente — disse Ray, aplicando com um algodão um líquido antisséptico nos cortes de Charlie.

— Sim, e ele estava com raiva da mulher, também, por causa do modo como ela morreu.

— Como ela morreu? — perguntou Lily.

— Ela comeu sílica gel.

Lily olhou para Ray, em busca de alguma explicação, já que sílica gel soava como coisa de *tecno-geeks*, área de especialização do lado *geek* de Ray. E ele disse:

— É aquela substância dessecante que colocam junto com os aparelhos eletrônicos e outras coisas sensíveis à umidade.

— Aquele negocinho que diz "Não Ingerir"? — perguntou Lily.

— Ah, meu Deus, que velha idiota. Todo mundo sabe que não se pode comer o negocinho que diz "Não Ingerir".

— O Sr. Mainheart estava inconformado — continuou Charlie.

— Bom, imagino que sim. Ele se casou com uma completa imbecil retardada — disse Lily.

Charlie fez uma careta.

— Lily, não é legal dizer isso.

Lily deu de ombros e revirou os olhos, impaciente. Ela odiava quando Charlie dava uma de pai.

— Está bem, está bem. Vou lá fora fumar.

— Não! — disse Charlie, pulando da cadeira e se colocando entre Lily e a porta dos fundos. — Vai lá pra frente da loja. A partir de hoje, se você precisar fumar, vai lá pra frente.

— Mas você disse que eu fico parecendo uma prostituta mirim quando fumo na frente da loja.

— Pois mudei de ideia. Você já amadureceu.

Lily fechou um olho, como se assim pudesse ver melhor dentro da alma dele e descobrir suas intenções. Ela ajeitou a saia preta de vinil, que emitiu rangidos sofridos e agudos ao toque.

— Você tá tentando dizer que a minha bunda é grande, não é?

— De jeito nenhum — insistiu Charlie. — Só estou dizendo que a sua presença na frente da loja é um trunfo e que provavelmente irá atrair clientes que andam de bonde.

— Ah. Está bem.

Lily pegou na mesa seu maço de cigarros de cravo, passou pelo balcão e foi lá para fora ficar emburrada — na verdade, se lastimar, porque, por mais que desejasse, ela não era a Morte. O livro era de Charlie.

Naquela noite, Charlie estava tomando conta da loja e se perguntando por que havia mentido para seus funcionários quando vira um brilho vermelho passando pela vitrine da frente. Um segundo depois, uma ruiva absurdamente pálida entrou. Usava um vestido preto curto e sapatos pretos de salto alto, tipo *me fode*. Caminhou com passos largos por entre as prateleiras, como se estivesse fazendo um teste para um videoclipe. O cabelo caía em longos cachos sobre seus ombros e costas feito um grande véu avermelhado. Tinha olhos de um verde-esmeralda e, quando percebeu que ele a observava, sorriu e parou, a uns três metros de distância.

Charlie sentiu uma pontada quase dolorosa que parecia emanar de algum lugar perto de sua virilha e, um segundo depois, reconheceu que era uma reação autônoma de tesão. Ele não sentira nada parecido desde que Rachel falecera e isso o deixou um pouco envergonhado.

Ela o examinava, olhava para ele como se olhasse para um carro usado. Ele tinha certeza de que seu rosto estava pegando fogo.

— Olá — disse Charlie. — Posso ajudar?

A ruiva sorriu de novo, só um pouquinho, e então pôs a mão numa pequena bolsa preta que estava usando e que ele não havia notado.

— Eu achei isto aqui — disse ela, segurando uma cigarreira de prata. Era algo que Charlie não via muito, mesmo trabalhando no ramo de vendas de quinquilharias. A cigarreira brilhava, pulsava, igual aos objetos na salinha dos fundos. — Eu estava andando pela vizinhança e, de repente, pensei que talvez pudesse ser daqui.

Então se dirigiu até o balcão, ficou de frente para Charlie e colocou a cigarreira na frente dele.

Charlie mal conseguia se mover. Ele olhava fixamente para ela, sem perceber que, para evitar seus olhos, estava olhando fixamente para o seu decote. E ela parecia estar examinando a área ao redor da cabeça e dos ombros de Charlie, como se estivesse seguindo uma rota de insetos que zanzavam ao seu redor.

— Me toque — pediu ela.

— Hein?

Charlie olhou para o rosto dela e viu que falava sério. Ela esticou a mão; suas unhas tinham passado por uma manicure e estavam pintadas num tom de vermelho-escuro, igual ao batom. Pegou na mão dela.

Assim que ele a tocou, ela retirou a mão.

— Você está quente — disse ela.

— Obrigado — respondeu. Foi quando se deu conta de que *ela* não estava. Os dedos dela estavam gelados.

— Então, você não é um de nós?

Tentou pensar o que poderia ser "nós". Irlandeses? Gente com pressão baixa? Ninfomaníacos? Por que pensou nisso, aliás?

— Nós? Como assim, "nós"?

Ela deu um passo para trás.

— Não. Você não leva só os fracos e doentes, não é? Você leva qualquer um.

— Leva? Como assim, "leva"?

— Você nem sabe do que eu estou falando, não é?

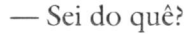

— Sei do quê?

Charlie estava ficando muito nervoso. Como Macho Beta, ele já achava bastante difícil agir sendo observado por uma mulher bonita, mas aquela ali era excepcional.

— Espera. Você vê isso brilhando? — perguntou ele, segurando a cigarreira.

— Brilho nenhum. Só achei que podia ser daqui — respondeu ela.

— Qual o seu nome?

— Charlie Asher. Sou o dono aqui.

— Bom, Charlie, você parece ser um cara legal. Não sei exatamente o que você é, e parece que você também não sabe, não é?

— Eu ando passando por algumas mudanças — disse Charlie, sem saber por que se sentira impelido a partilhar essa informação.

A ruiva assentiu, como se estivesse confirmando algo para si mesma.

— Certo. Eu sei como é... hã... acabar no meio de uma situação em que forças além do seu controle estão transformando você em alguém... em algo que você não sabe o que é. Entendo o que é não saber. Mas, em algum lugar, alguém sabe. Alguém vai poder te dizer o que está acontecendo.

— Do que exatamente você está falando?

Ele sabia do que ela estava falando. O que não sabia era como ela poderia saber.

— Você faz as pessoas morrerem, não é, Charlie?

Ela disse isso no mesmo tom de alguém que reúne coragem para informar a outra pessoa que ela está com um pedaço de espinafre entre os dentes. Mais como ajuda do que como acusação.

— Mas como é que você...?

Como é que ela...

— Porque é o que eu faço também. Não como você, mas é o que eu faço. Encontre a pessoa, Charlie. Pense nos acontecimentos desde o começo e descubra quem era a pessoa que estava lá quando o seu mundo mudou.

Charlie olhou para ela, e depois para a cigarreira, e depois para a ruiva de novo, que não estava mais sorrindo, e sim andando de costas na direção da porta. Tentando manter contato com o mundo normal, ele se concentrou na cigarreira e disse:

— Acho que eu posso fazer uma avaliação...

Ouviu o tilintar da sineta sobre a porta e, quando olhou, ela já havia sumido.

Charlie não a viu mover-se perto das janelas de nenhum dos lados da porta; ela simplesmente sumira. Ele correu para a frente da loja e foi até a calçada. O bonde da Mason Street acabara de chegar no topo do morro perto da California Street e ele podia ouvir sua sineta. Uma fina névoa, subindo da baía, criava halos coloridos ao redor dos anúncios em neon das outras lojas, mas não havia nenhum sinal da ruiva-de-cair-o-queixo na rua. Ele foi até a esquina e olhou a Vallejo até o fim, mas nada de ruiva. Lá só estava o Imperador, sentado com as costas apoiadas no prédio, com seus cães.

— Boa-noite, Charlie.

— Sua Majestade, você viu uma ruiva passar por aqui agorinha mesmo?

— Ah, sim. Falei com ela. Mas não sei se você tem chance com a moça, Charlie. Acho que ela já tem dono. E ela me disse para ficar longe de você.

— Por quê? Ela disse por quê?

— Ela disse que você era a Morte.

— Eu sou? Eu sou? — questionou Charlie. Ficou sem ar, pensando nos outros acontecimentos do dia. — E se eu for mesmo?

— Sabe, filho — disse o Imperador —, não sou especialista quando o assunto é mulher, mas talvez seja melhor guardar essa informação até a terceira vez que saírem juntos, para dar um tempo de vocês se conhecerem melhor.

TÂNATOS(TADO)

Embora a imaginação de Macho Beta de Charlie muitas vezes o tivesse impelido a ser tímido e até mesmo paranoico, quando o assunto era aceitar o inaceitável, ela lhe era tão útil quanto papel higiênico feito de Kevlar — à prova de balas, mas um tanto desagradável na sua aplicação. A incapacidade de acreditar no inacreditável não seria a sua ruína. Charlie Asher jamais seria um inseto esmagado no para-brisa fumê da falta de imaginação.

Ele sabia que todas as coisas que tinham acontecido com ele no último dia estavam além dos limites do possível para a maioria das pessoas e, como a única testemunha a seu favor era um homem que acreditava ser o Imperador de São Francisco, Charlie sabia que nunca conseguiria convencer ninguém de que tinha sido perseguido e atacado por corvos gigantes e desbocados, e que depois havia sido nomeado guia turístico para o mundo desconhecido por um voluptuoso oráculo usando sapatos *me fode*.

Nem mesmo Jane confiaria nele a esse ponto. Apenas uma pessoa confiaria, poderia confiar, e, pela milionésima vez, ele sentiu o peso da

ausência de Rachel em seu peito, feito um buraco negro em miniatura. Portanto, Sophie tornou-se sua cúmplice.

A menininha, vestindo um macacão com estampa do Elmo e botinhas Doc Martens (cortesia da tia Jane), estava sentada em seu bebê-conforto, na bancada da cozinha, perto do aquário dos peixinhos dourados. (Charlie tinha comprado para ela seis peixinhos dourados, mais ou menos na época em que ela começara a perceber objetos em movimento. Uma menina precisa de animais de estimação. Ele dera nomes de advogados de seriados de TV aos peixinhos. Naquele momento, Matlock estava perseguindo Perry Mason, tentando comer um longo filamento de cocô de peixe que estava saindo do popô de Perry.)

Sophie começava a dar mostras do cabelo escuro de sua mãe e, se Charlie estivesse vendo direito, ela exibia a mesma expressão de afeição confusa em relação a ele (além de um fio de baba).

"Então, eu sou a Morte", refletiu Charlie enquanto tentava montar um sanduíche de atum. — O papai é a Morte, meu amor.

Verificou a torrada, sem confiar no mecanismo automático da torradeira porque, às vezes, esses caras das torradeiras só estão a fim de sacanear você.

— A Morte. Putz! — disse Charlie, quando o abridor de lata escorregou e ele bateu com a mão com curativo na bancada. — Au!

Sophie gorgolejou e soltou um balbucio de bebê feliz, que Charlie interpretou como *Conta, por favor, papai! Por favor, continua, me conta, vai.*

— Eu não posso nem sair de casa, com medo de que alguém caia duro aos meus pés. Eu sou a Morte, querida. Claro, você está rindo agora, mas nunca vai conseguir entrar num bom jardim de infância tendo um pai responsável por encaminhar as pessoas pra terra dos pés juntos.

Sophie soltou uma bolha de saliva, em solidariedade. Charlie ejetou a torrada manualmente. Ainda não estava no ponto, mas, se ele a empurrasse de novo para baixo, ela tostaria, a não ser que ficasse olhando o

tempo todo e a tirasse manualmente mais uma vez. A essa altura do campeonato, ele provavelmente já estava infectado com um raro e debilitante agente patogênico vindo de torradas malpassadas. Era a doença da torrada louca! *Esses filhos da puta fabricantes de torradeiras.*

— Esta aqui é a torrada da Morte, mocinha — disse, mostrando a ela a torrada. — A torrada da Morte.

Colocou a torrada na bancada e voltou a atacar a lata de atum.

— Será que ela estava falando metaforicamente? Digo, talvez a ruiva só estivesse querendo dizer que, sei lá, eu era mortalmente chato. Claro que isso, na verdade, não explica todas as outras coisas esquisitas que aconteceram. Que que você acha? — perguntou a Sophie.

Olhou para ela, esperando uma resposta, e a menina estava sorrindo daquele jeito rachelesco, aquele sorriso de sabichona (mas sem os dentes). Ela estava se divertindo com a sua agonia e, estranhamente, ele se sentia melhor ao saber disso.

O abridor de lata escorregou de novo, espirrando o líquido do atum em sua camisa e fazendo a torrada sair deslizando pelo chão. E agora havia sujeira grudada nela. Sujeira em sua torrada! Sujeira na torrada da Morte. Que diferença fazia ser o Senhor do Submundo se havia sujeira na sua torrada malpassada.

— Putaquepariu!

Pegou a torrada do chão e fez ela voar por cima de Sophie até chegar na sala. A bebê seguiu a torrada com os olhos e depois olhou de volta para o pai, com um gritinho de quem estava adorando, como se dissesse *Faz de novo, papai! Faz de novo!*

Charlie ergueu-a da cadeirinha e a apertou contra si, sentindo seu cheirinho agridoce de bebê, suas próprias lágrimas absorvidas pelo macacão que ela usava. Ele conseguiria aguentar se Rachel estivesse ali, mas não conseguia, e não iria conseguir, sem ela.

Simplesmente não sairia mais de casa. Seria essa a solução. A única maneira de manter as pessoas de São Francisco seguras seria ficar em casa. Então, nos quatro dias seguintes, ficou no apartamento com

Sophie, pedindo à Sra. Ling, que morava no andar de cima, para fazer suas compras. (E ele estava acumulando uma grande coleção de legumes cujos nomes desconhecia e muito menos sabia como preparar, já que a Sra. Ling, independentemente do que ele pusesse na lista, sempre fazia as compras nos mercados de Chinatown.) E, depois de dois dias, quando um novo nome surgiu na agenda perto de sua cama, a reação de Charlie foi esconder a agenda sob o catálogo telefônico, dentro de uma gaveta da cozinha.

Foi no quinto dia que ele viu a sombra de um corvo contra o telhado da entrada do edifício que ficava do outro lado da rua. No começo, não teve certeza se era um corvo gigante ou somente um corvo de tamanho normal projetando uma sombra, mas quando percebeu que era meio-dia e qualquer sombra normal estaria diretamente abaixo, sua última esperança de negação desapareceu num instante. Baixou as persianas daquele lado do apartamento e, no sábado, ficou sentado com Sophie no quarto fechado, junto com uma caixa de Pampers, uma cesta de alimentos, seis latas de leite em pó para bebê e um refrigerante sabor laranja, e ficou escondido ali até o telefone tocar.

— O que você acha que está fazendo? — disse uma voz de homem bem grave do outro lado da linha. — Você ficou louco?

Charlie ficou surpreso; olhando para o bina do telefone, imaginou que fosse engano.

— Eu? Estou aqui comendo um negócio sem saber se é um melão ou uma abóbora.

Ele olhou para a coisa verde, que tinha gosto de melão mas parecia uma abóbora com espinhos. (A Sra. Ling respondeu que aquilo se chamava "cala-a-boca-e-come-que-faz-bem".)

O homem continuou:

— Você está fodendo tudo. Você tem um trabalho a fazer. Faça o que diz o livro ou todas as coisas que são importantes pra você irão desaparecer. Estou falando sério.

— Que livro? Quem está falando? — perguntou Charlie.

Achou que já tinha ouvido a voz do outro lado da linha em algum lugar e isso imediatamente o deixou alarmado, por algum motivo.

— Não posso dizer, sinto muito — respondeu o homem. — Sinto muito mesmo.

— Eu tenho um identificador de chamadas, tolinho. Sei qual é o seu número.

— Ih... — disse o homem.

— Você devia ter pensado nisso. Que tipo de poder sinistro das trevas você é, se nem mesmo tem bloqueador de bina?

No pequeno visor no telefone estava escrito *Fresh Music* e um número. Charlie ligou para o número, mas ninguém atendeu. Correu até a cozinha, pegou o catálogo na gaveta e procurou Fresh Music. Era uma loja de discos que ficava depois da rua Market, no bairro de Castro.

O telefone tocou novamente e ele atendeu com tanta violência que quase lascou um dente.

— Filha da puta sem sentimentos! — gritou Charlie no telefone. — Você tem ideia do que eu estou passando, seu monstro sem coração?

— Ah, vai se foder, Asher! — disse Lily. — Só porque sou novinha não significa que eu não tenha sentimentos também. — Desligou.

Charlie ligou de volta.

— Asher Artigos de Segunda Mão — atendeu Lily —, loja de família de babacas burguesinhos há mais de trinta anos. Como posso ajudar?

— Lily, sinto muito, achei que fosse outra pessoa. Por que você me ligou?

— *Moi? Je me fous de ta gueule, espèce de gaufre de douche.*

— Lily, para de falar em francês. Eu já pedi desculpas.

— Tem um policial aqui embaixo querendo te ver — disse ela.

Charlie desceu a escada dos fundos com Sophie presa num canguru contra seu peito, como se fosse um bebê-bomba de terrorista. Ela tinha acabado de chegar ao estágio em que já sabia ficar com a cabeça

ereta, então ele a deixou com o rosto para fora, para poder olhar o mundo. Do jeito que seus braços e pernas se moviam enquanto Charlie andava, parecia que ela estava fazendo um esporte radical, usando um nerd magrinho como paraquedas.

O policial estava de pé, do outro lado do balcão, de frente para Lily, parecendo modelo de um anúncio de conhaque: usava um terno de seda crua azul escuro, de botões duplos, corte italiano, sobre uma camisa de linho bege e gravata amarela. Tinha uns 50 anos, era de ascendência hispânica, magro e com feições angulosas parecendo uma ave de rapina O cabelo estava escovado para trás e as faixas grisalhas nas têmporas davam a impressão de que ele estava vindo na sua direção, embora estivesse parado.

— Inspetor Alphonse Rivera — disse o policial, estendendo a mão. — Obrigado por aparecer. A mocinha disse que o senhor estava trabalhando na segunda-feira passada.

Segunda-feira. O dia em que lutara com os corvos no beco, o dia em que a ruiva pálida entrara na loja.

— Você não tem obrigação de responder nada pra ele, Asher — disse Lily, obviamente voltando a demonstrar lealdade, apesar da babaquice burguesa de seu chefe.

— Obrigado, Lily. Por que você não tira uma folguinha e vai ver como as coisas andam no abismo?

Ela resmungou, depois pegou alguma coisa na gaveta, sob a máquina registradora, talvez os cigarros, e saiu pela porta dos fundos.

— Por que ela não está na escola? — perguntou Rivera.

— Ela é especial — respondeu Charlie. — Estuda em casa.

— É por isso que ela está tão "animada"?

— Este mês ela está estudando os existencialistas. Pediu para tirar um dia de folga, na semana passada, para matar um árabe na praia como exercício.

Rivera sorriu e Charlie relaxou um pouco. O inspetor tirou do bolso interno do paletó uma fotografia e a segurou para que Charlie pudesse vê-la. Sophie fez um gesto como se quisesse agarrá-la. Na foto-

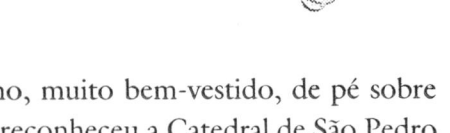

grafia, havia um senhor mais velho, muito bem-vestido, de pé sobre os degraus de uma igreja. Charlie reconheceu a Catedral de São Pedro e São Paulo, que ficava a poucos quarteirões dali, na Washington Square.

— O senhor viu este homem na segunda à noite? Ele estava usando um sobretudo cinza-escuro e um chapéu.

— Não, sinto muito. Não vi — respondeu Charlie. E não tinha mesmo. — Fiquei aqui na loja até umas dez. Alguns clientes apareceram, mas não esse aí.

— Tem certeza? O nome dele é James O'Malley. Ele não anda muito bem. Tem câncer. A mulher dele disse que ele deu uma saída mais ou menos no fim da tarde, na segunda-feira, e nunca mais voltou.

— Não. Sinto muito — disse Charlie. — O senhor perguntou pro motorneiro do bonde?

— Já falei com os caras que trabalharam na linha naquela noite. Achamos que ele sofreu um colapso em algum lugar e ainda não foi encontrado. Depois desse tempo todo, não deve estar muito legal.

Charlie meneou a cabeça afirmativamente, tentando parecer pensativo. Ficou tão aliviado por aquele policial não estar ali por algum motivo relacionado a ele que se sentia quase bêbado de felicidade.

— Talvez fosse bom perguntar pro Imperador. Você o conhece, não é? Ele está mais a par dos recônditos bizarros da cidade do que a maioria de nós.

Rivera fez uma careta ao ouvir o nome do Imperador, mas depois relaxou, dando outro sorriso.

— É uma boa ideia, Sr. Asher. Vou ver se consigo achá-lo.

Entregou a Charlie um cartão e continuou:

— Se o senhor se lembrar de mais alguma coisa, me ligue, por favor.

— Ligo sim. Hã... inspetor... — disse Charlie, e Rivera parou, a poucos passos do balcão. — Mas esse caso não é muito rotineiro para ter um inspetor investigando?

— Sim, no geral, os policiais comuns lidam com essas coisas, mas este caso pode ter relação com outro em que estou trabalhando, então aqui estou eu.

— Ah, entendi. Terno muito bonito, a propósito. Não pude deixar de notar. Afinal, trabalho no ramo.

— Obrigado — respondeu Rivera, olhando para suas mangas, meio melancólico. — Tive um pouco de sorte e me dei bem um tempinho atrás.

— Que bom — respondeu Charlie.

— Mas passou — continuou Rivera. — Bebê muito bonitinha, a sua. Cuidem-se.

E saiu pela porta.

Charlie virou-se para subir e quase deu de encontro com Lily. Os braços dela estavam cruzados sob a frase "O Inferno são os outros", em sua camiseta, e ela parecia estar mais intolerante do que de costume.

— E aí, Asher, alguma coisa que você queira me contar?

— Lily, eu não tenho tempo pra...

Ela mostrou a cigarreira de prata que a ruiva tinha dado a ele. A cigarreira ainda estava brilhando, um brilho vermelho. Sophie esticou o bracinho, querendo pegá-la.

— O que foi? — quis saber Charlie.

Será que Lily conseguia ver também? Será que ela via o brilho vermelho esquisito?

Lily abriu a cigarreira e a aproximou do rosto de Charlie.

— Leia o que está gravado — disse ela.

James O'Malley, diziam as letrinhas floreadas.

Charlie deu um passo para trás.

— Lily, eu não... eu não sei de nada sobre esse senhor. Olha, eu preciso pedir para a Sra. Ling olhar a Sophie enquanto eu vou até o Castro. Eu explico depois, está bem? Prometo.

Ela pensou durante um instante, olhando para ele, um olhar acusador, como se o tivesse apanhado dando cereais coloridos para sua *bête noire*, mas resolveu ceder.

— Vai, então — disse.

UM BONDE CHAMADO CONFUSÃO

Charlie Asher avançava pelo Castro, uma bengala-espada antiga da loja no banco do passageiro do furgão, a mandíbula retesada, o semblante num estado de temível intensidade. De quarteirão em quarteirão, sem trégua, avançando pelo Vale das Lojas de Suco com Preços Astronômicos e adentrando o Território das Mechas Louras, prosseguia o Macho Beta justiceiro. E que fosse amaldiçoado o tolo mandrião que havia ousado sacanear aquele vendedor de segunda mão da morte, pois sua vida inútil logo estaria na seção de promoções. *Vamos ter um showdown na Gay Town*, pensou Charlie, *e disparo minhas balas para fazer justiça.*

Bom, não se tratava exatamente de *disparar balas* — ele tinha uma espada dentro de uma bengala, e não um revólver —, então, era mais como *dou estocadas para fazer justiça* —, mas aí perdia aquela conotação de anjo vingador que ele buscava — estava possesso e ia sair detonando, só isso. Então, sabe como é, melhor tomar cuidado. (Coincidentemente, *Dando estocadas para Fazer Justiça* era o segundo filme mais

popular da Locadora de Vídeos Castro, ganhando por pouco de *Nasce uma Estrela: Versão do Diretor*, perdendo só para *Policiais sem Calças*, que era, de longe, o número um.)

Charlie virou na Market Street. Bem na esquina da Noe Street avistou a placa da Fresh Music em letras maiúsculas, num vitral artesanal. Sentiu os pelinhos da nuca eriçados e uma certa urgência em sua bexiga. Seu corpo tinha entrado no modo lute-ou-fuja e, pela segunda vez no espaço de uma semana, estava indo contra a sua natureza de Macho Beta, pois escolhia lutar. Ah, que seja, pensou. Que seja. Ele iria confrontar a pessoa que o atormentava e acabaria com ela assim que achasse uma vaga para estacionar — mas não achou.

Deu uma volta no quarteirão, cortando caminho entre cafés e bares, o tipo de comércio abundante ali no Castro. Subiu e desceu as ruas laterais, ladeadas por fileiras de casas vitorianas imaculadamente preservadas (e exorbitantemente caras), sem misericórdia para seu fiel corcel. Depois de meia hora orbitando as redondezas, seguiu na direção do centro e encontrou uma vaga num estacionamento em Fillmore, e então pegou um bondinho antigo para descer a Market Street na direção do Castro. Era um bonde tradicional e bonitinho, italiano, verde, com assentos de carvalho, balaustradas de latão e molduras de janela feitas de mogno — e que tinha um encantador sino de latão e velocidade máxima de, mais ou menos, 30 quilômetros por hora: foi assim que Charlie Asher lançou-se à batalha. Tentou imaginar uma horda de hunos pendurados nas laterais do bonde, agitando suas terríveis espadas e atirando flechas enquanto o veículo passava pelos murais do bairro Mission, talvez vikings invasores, escudos presos nas laterais do bonde, o som de tambores retumbando enquanto remavam seus barcos para pilhar as lojas de antiguidades, os bares gays, os sushi bars, os sushi gays (nem pense em perguntar) e as galerias de arte no Castro. E, naquele momento, até mesmo a formidável imaginação de Charlie era insuficiente. Desceu do bonde na esquina da Castro com

a Market e teve que andar de volta um quarteirão até a Fresh Music. Parou do lado de fora da loja, perguntando-se que diabos iria fazer.

E se a pessoa que ligara só tivesse pedido para usar o telefone da loja? E se ele entrasse de repente, gritando e ameaçando, e houvesse apenas um garoto confuso do outro lado do balcão? Mas, quando olhou pela porta, de pé atrás do balcão, totalmente sozinho, havia um homem negro absurdamente alto, totalmente vestido de verde-menta, e foi nesse momento que Charlie perdeu a cabeça.

— Você matou ela! — gritou Charlie, passando correndo pelas prateleiras de CDs, na direção do homem de verde.

Tirou a espada de dentro da bengala enquanto corria, ou pelo menos tentou, esperando sacá-la de sua bainha de madeira num único movimento fluido, rasgando a garganta do assassino de Rachel. Mas a bengala-espada havia ficado muito tempo no depósito da loja e, com exceção de umas três vezes em que Abby, amiga de Lily, tentara sair da loja com ela (uma vez tentando comprá-la, quando Charlie se recusou a lhe vender, e duas vezes tentando roubá-la), havia anos a espada não era sacada. O pequeno fecho de latão que devia ser pressionado para liberar a lâmina estava emperrado; então, quando Charlie deu o golpe mortal, acabou girando a bengala inteira, que era mais pesada — e mais lenta — do que seria só a espada. O homem de verde-menta — muito rápido para o seu tamanho — se abaixou e Charlie acabou golpeando toda uma fileira de CDs da Judy Garland, perdeu o equilíbrio, quicou no balcão, virou-se e tentou de novo o gesto seco de sacar a espada e golpear que tinha visto tantas vezes nos filmes de samurais e que praticara mentalmente inúmeras vezes quando estava a caminho da loja. Dessa vez, a espada se libertou da bainha e fez um arco mortal a um metro do homem de verde, decapitando totalmente uma Barbra Streisand de papelão em tamanho natural.

— Putaquepariu, isso passou completamente dos limites! — disse o homem alto, numa voz de trovão.

Enquanto Charlie tentava recuperar o equilíbrio para dar um golpe de trás pra frente, viu algo grande e escuro descendo sobre ele,

algo que reconheceu no último segundo: uma caixa registradora antiga sendo jogada em sua cabeça. Houve um lampejo, um ding!, e tudo ficou escuro e molenga.

Quando Charlie voltou a si, estava amarrado numa cadeira na sala dos fundos da loja de discos, que tinha uma semelhança notável com a sala dos fundos de sua própria loja, com a exceção de que as caixas empilhadas estavam cheias de discos e CDs, em vez das mais variadas quinquilharias usadas. O homem negro e alto estava de pé, perto dele, e Charlie pensou que ele estava se transformando em névoa ou em fumaça, mas então se deu conta de que era só sua visão que ainda estava embaçada, e aí a dor acendeu dentro de sua cabeça como uma luz estroboscópica.

— Ai.

— Como está o pescoço? — perguntou o homem alto. — Acha que fraturou? Consegue sentir seus pés?

— Anda, me mata, seu covarde de merda — disse Charlie, dando pinotes com a cadeira, tentando se lançar sobre seu algoz e se sentindo como o Cavaleiro Negro no *Monty Python em Busca do Cálice Sagrado*, depois que seus braços e pernas foram cortados. Se o cara desse um passo à frente, Charlie tinha certeza de que conseguiria acertá-lo com uma bela cabeçada nas bolas.

O homem alto pisou forte nos dedos do pé de Charlie, um pé calçando um mocassim de couro leve, tamanho 50, impulsionado por 120 quilos de experiência como mercador da morte e de discos usados.

— Aaaai! — Charlie fez um pequeno círculo com a cadeira por causa da dor do pisão. — Caramba! Aaai!

— Então, você sente os pés?

— Anda logo com isso! Anda, me mata.

Charlie esticou o pescoço como se o oferecesse para ser cortado — sua estratégia era fazer seu algoz ficar mais perto, partir a artéria do fêmur do homem com os dentes e depois exultar com o sangue que

escorreria sobre suas calças verde-menta até o chão. Charlie soltaria uma longa risada maligna enquanto a vida se esvaía daquele desgraçado, e então iria pulando em sua cadeira até a rua, subiria no bondezinho na rua Market, pegaria o ônibus 43 na Van Ness, desceria na Columbus e subiria, saltitando, dois quarteirões até sua casa, onde alguém iria desamarrá-lo. Ele tinha um plano (e um bilhete de ônibus válido por mais quatro dias); portanto, aquele filho da puta tinha escolhido o cara errado pra sacanear.

— Eu não tenho intenção nenhuma de te matar, Charlie — disse o homem alto, mantendo uma distância segura. — Desculpa por ter batido em você com a caixa registradora. Mas você não me deu outra opção.

— Você poderia ter sentido o gosto mortal da minha espada!

Charlie olhou em volta, procurando a bengala-espada, para o caso de o sujeito a ter deixado a seu alcance.

— É, pois é, tinha essa opção, mas achei melhor escolher outra que não tivesse sangue no chão e um funeral.

Charlie tentou forçar suas amarras, que, agora ele percebia, eram sacos plásticos de supermercado.

— Você está mexendo com a Morte, sabia? Eu sou a Morte.

— É, eu sei.

— Você sabe?

— Claro.

O homem alto pegou outra cadeira de madeira, girou-a e sentou nela ao contrário, de frente para Charlie. Seus joelhos batiam na altura dos cotovelos e ele parecia um grande sapo verde, agachado, prestes a saltar sobre um inseto. Charlie percebeu, pela primeira vez, que ele tinha olhos de uma cor dourada, um contraste agudo com o tom escuro de sua pele.

— Eu também sou — disse o malévolo homem-sapo verde-menta.

— Você? Você é a Morte?

— *Uma* morte, não *A* Morte. Acho que não exista *A* Morte. Pelo menos, não existe mais.

Charlie não conseguia entender aquilo, então lutou contra suas amarras fazendo a cadeira cambalear a ponto de o homem alto ter de esticar o braço e segurá-lo para que ele não caísse.

— Você matou a Rachel.

— Não, não matei.

— Eu te vi lá.

— Sim, viu. Isso é um problema. Você pode, por favor, parar de se mexer? — pediu ele, chacoalhando a cadeira de Charlie. E continuou: — Mas eu não tive nenhuma participação na morte de Rachel. Não é o que nós fazemos, pelo menos não mais. Você nem abriu o livro?

— Que livro? Você falou alguma coisa sobre um livro ao telefone.

— *O Fantástico Grande Livro da Morte*. Eu mandei pra sua loja. Falei para uma mulher no balcão que ia enviar e depois recebi a confirmação da entrega, então eu sei que chegou na sua loja.

— Que mulher… a Lily? Ela não é uma mulher, é só uma menina.

— Não, era uma mulher mais ou menos da sua idade, com um cabelo meio *new wave*.

— A Jane? Não. Ela não falou nada. E eu não recebi livro nenhum.

— Que merda! Isso explica por que elas estão aparecendo. Você nem sabe de nada.

— Quem? O quê? Elas quem?

A Morte Verde-Menta soltou um longo suspiro.

— Acho que a gente vai ficar por aqui um bom tempo. Vou fazer café. Você aceita?

— Isso, tenta me dar uma falsa sensação de segurança, aí você dá o bote.

— Você está todo amarrado, seu branquelo de merda. Não preciso te dar sensação de porra nenhuma. Você andou fodendo a base da existência humana. Alguém precisava te dar um sossega-leão.

— É, isso mesmo, manda um papo de negão pra cima de mim! Faz a coisa parecer uma questão racial.

O Verdão ficou de pé e caminhou na direção da loja.

— Você quer leite no seu?

— E dois cubinhos de açúcar, por favor — pediu Charlie.

— Isto aqui é muito legal, por que você quer devolver? — perguntou Abby Normal.

Abby era a melhor amiga de Lily, e as duas estavam sentadas no chão da sala dos fundos da Asher Artigos de Segunda Mão, olhando *O Fantástico Grande Livro da Morte*. O nome verdadeiro de Abby era Alison, mas ela não conseguia mais suportar a humilhação do que dizia ser seu "nome diurno de escrava". Todos gostavam mais de chamá-la por seu novo nome do que chamar Lily de Darquewillow Elventhing, que Lily precisava sempre soletrar para os outros.

— Acabou que, no fim das contas, era o Asher, não eu — disse Lily.

— Ele vai ficar muito puto se descobrir que fui eu que peguei. E ele agora é a Morte, acho eu; então posso me dar mal.

— Você vai contar pra ele que ficou com o livro?

Abby coçou o piercing prateado de aranha na sobrancelha; era um piercing novo que ainda estava cicatrizando e ela não conseguia parar de mexer nele. Abby, assim como Lily, estava toda vestida de preto, das botas ao cabelo, com a diferença de que a estampa na sua camiseta era a ampulheta vermelha formada pelo corpo de uma viúva-negra, além de ser mais magra e ter um ar mais doentio em sua esquisitice pretensiosa.

— Não. Vou dizer que foi parar na caixa errada. Acontece muito por aqui.

— E por quanto tempo você ficou pensando que era você?

— Tipo um mês.

— E os sonhos e nomes e essas coisas todas no livro, você não teve nada disso, não é?

— Achei que eu ainda estivesse desenvolvendo meus poderes. Fiz um monte de listas com gente que eu queria que morresse.

— É, também faço isso. E você descobriu ontem que era o Asher?

— Foi.

— Que merda — disse Abby.

— A vida é uma merda — disse Lily.

— Bom, e agora? — perguntou Abby. — Vai entrar para um curso técnico?

As duas assentiram com a cabeça, tristes, e olharam para dentro das profundezas de seus respectivos esmaltes de unha para evitar encarar a humilhação de uma delas ter sido rebaixada de semideusa sombria para a fracassada da turma num instante. Viviam suas vidas esperando que algo grandioso, sombrio e sobrenatural acontecesse, e então, quando aconteceu, aceitaram com mais naturalidade do que era salutar. O medo é, afinal de contas, um mecanismo de sobrevivência.

— Então, todas essas coisas são objetos para as almas? — perguntou Abby, tão alegremente quanto sua integridade pessoal permitia, fazendo um gesto na direção das pilhas de coisas que Charlie havia marcado com avisos de "Não Vender". — Tem, tipo, as almas das pessoas ali dentro?

— De acordo com o livro, sim. O Asher diz que consegue vê-las brilhando.

— Eu gosto do All Star vermelho.

— Pode levar. São seus — disse Lily.

— Sério?

— Claro.

Pegou o All Star da prateleira e os entregou para Abby.

— Ele nunca vai notar.

— Legal. Tenho uma meia arrastão vermelha perfeita pra usar com ele.

— Aí dentro provavelmente tem a alma de algum atleta suarento — disse Lily.

— Ele vai poder fazer adorações aos meus pés — respondeu Abby, dando uma pirueta e um arabesque (ambos resquícios, junto com seu distúrbio alimentar, de dez anos de aulas de balé).

— Então você está dizendo que sou uma espécie de ajudante de Papai Noel da Morte?! — perguntou Charlie, gesticulando com a caneca de café.

O homem alto havia desamarrado um de seus braços para que ele pudesse tomar o café, e Charlie batizava o chão do almoxarifado com o café a cada gesto. O Sr. Fresh fechou a cara.

— De que, diabos, você tá falando, Asher?

Fresh se sentia mal por ter batido em Charlie com a registradora e por tê-lo amarrado, e agora estava desconfiado de que o golpe pudesse ter causado algum dano cerebral.

— Estou falando do Papai Noel da loja Macy's, Fresh. Quando você é criança e percebe que o Papai Noel da Macy's usa uma barba falsa e que tem, pelo menos, uns seis Papais Noéis do Exército da Salvação trabalhando na Union Square, você pergunta pros seus pais e eles te dizem que o Papai Noel verdadeiro fica no Pólo Norte, que está muito ocupado, então todos aqueles caras são os ajudantes do Papai Noel, ajudando com o trabalho dele. É isso que você está dizendo, que somos os ajudantes de Papai Noel da Morte?

Fresh, antes, estava de pé perto de sua mesa, mas agora tinha se sentado de novo, de frente para Charlie, para poder olhá-lo direto nos olhos. Muito calmamente, disse:

— Charlie, mas agora você sabe que isso não é verdade, certo? Digo, essa coisa dos ajudantes do Papai Noel.

— Claro que eu sei que não existe Papai Noel. Estou usando uma metáfora, seu idiota.

O Sr. Fresh aproveitou a oportunidade para esticar o braço e bater na cabeça de Charlie. Mas se arrependeu imediatamente.

— Ei! — exclamou Charlie, colocando na mesa a caneca e esfregando uma das entradas de seu cabelo, que estava vermelha com o golpe.

— Seja mais educado — disse o Sr. Fresh.

— Então, você está querendo dizer que existe Papai Noel? — perguntou Charlie, fazendo uma careta de antecipação, esperando outro tapa — Meu Deus do céu, até onde vai essa conspiração toda?

— Não, não existe porra de Papai Noel nenhum, caramba. O que eu estou tentando dizer é que não sei o que somos. Não sei se existe uma grande Morte, com M maiúsculo, embora o livro dê a entender que antes existia. Só estou dizendo que existem muitos de nós, pelo menos uns dez, que eu saiba, bem aqui nesta cidade — pessoas que resgatam receptáculos de almas e que fazem de tudo para que caiam nas mãos certas.

— E isso com base em alguém que entra aleatoriamente na sua loja e compra um disco? — perguntou Charlie.

E aí Charlie arregalou os olhos, caindo em si. E perguntou:

— O CD da Sarah McLachlan da Rachel. Foi *você* que pegou?

— Sim.

Fresh olhou para o chão, não por estar com vergonha, mas para evitar a dor que via nos olhos de Charlie Asher.

— E onde ele está? Deixa eu ver.

— Eu vendi.

— Pra quem? Você precisa achar o CD. Eu quero a Rachel de volta.

— Eu não sei. Pra uma mulher. Não anotei o nome dela, mas tenho certeza de que era ela quem devia pegar. Você vai ser capaz de saber essas coisas.

— Vou? Por quê? Por que eu? Eu não quero matar gente.

— Nós não matamos ninguém, Asher. Isso é uma ideia errônea. Nós simplesmente facilitamos a ascensão da alma.

— Bom, um cara morreu porque eu disse uma coisa pra ele e outro teve um ataque do coração por causa de uma coisa que eu fiz. Uma morte que é resultado das nossas ações quer dizer basicamente que matamos alguém, a não ser que você seja um político, certo? Então, por que eu? Eu não tenho grandes habilidades para enganar os outros. Por que eu, então?

O Sr. Fresh refletiu sobre o que Charlie dizia e sentiu um arrepio sinistro subir-lhe a espinha. Em todos aqueles anos, ele não se lembrava sequer de uma ocasião em que suas ações resultassem diretamente na morte de alguém e nunca tinha ouvido falar disso em relação a outros

Mercadores da Morte. É claro que, às vezes, eles apareciam na hora em que a pessoa estava morrendo, mas não frequentemente, e nunca como a causa.

— E aí? — perguntou Charlie.

O Sr. Fresh encolheu os ombros.

— Porque você me viu. Sem dúvida, você percebeu que ninguém vê você quando vai pegar um receptáculo de alma.

— Eu nunca fui pegar nenhum receptáculo de alma.

— Sim, já foi, e você vai, ou, pelo menos, deveria estar pegando. Você precisa começar a agir, Asher.

— É, você já disse. Então, você... hã... nós ficamos invisíveis quando vamos pegar esses receptáculos de almas?

— Não invisível, no sentido literal. É só que ninguém nos vê. Você pode entrar na casa das pessoas que elas nunca vão perceber você ali bem do lado delas, mas, se você falar com alguém na rua, as pessoas vão te ver. As garçonetes anotam seu pedido, os taxistas param pra você — bom, pra mim não, já que eu sou negão, mas, bom, enfim, eles parariam. É força de vontade, acho. Já testei. Os animais podem nos ver, aliás. É melhor tomar cuidado com os cachorros quando você for pegar um receptáculo.

— Então, foi assim que você se tornou um... como é mesmo o nosso nome?

— Mercadores da Morte.

— Ah, sai fora. Sério?

— Não está no livro. Eu é que inventei.

— É... é bem legal.

— Obrigado.

O Sr. Fresh sorriu, aliviado momentaneamente por não estar pensando na gravidade da transição peculiar de Charlie para Mercador da Morte. E completou:

— Na verdade, acho que é o nome de um personagem de uma capa de disco, um cara atrás de uma caixa registradora, os olhos com um brilho vermelho, mas eu não sabia disso quando inventei.

— Bom, faz todo o sentido.

— É, também achei — disse o Sr. Fresh. — Quer mais café?

— Sim, por favor. — Charlie esticou o braço, segurando a caneca vazia. — Então, alguém te viu. Foi assim que você se tornou Mercador da Morte?

— Não, foi assim que *você* se tornou um. Acho que você talvez... hã...

Fresh não queria confundir o pobre rapaz, mas, por outro lado, não sabia, ao certo, o que tinha acontecido. Continuou:

— Acho que você talvez seja diferente do restante de nós. Ninguém me viu. Eu estava trabalhando como segurança em um cassino em Las Vegas quando o negócio meio que murchou pra mim. Já tinham me falado que tenho sérios problemas com a autoridade. Então, vim pra São Francisco e abri essa loja, comecei a vender discos e CDs usados, basicamente jazz, no começo. Depois de um tempo, simplesmente começou a acontecer: os receptáculos de alma brilhantes, as pessoas entrando com eles, encontrando os receptáculos no saldão. Não sei como nem por quê, mas aconteceu, e eu não contei nada pra ninguém. E aí o livro chegou pelo correio.

— Lá vem você de novo com esse papo de livro. Não tem um outro por aí?

— Só existe um exemplar. Que eu saiba, pelo menos.

— E você simplesmente despachou ele pelo correio?

— Era correspondência registrada! — respondeu Fresh, com voz de trovão. — Alguém na sua loja acusou o recebimento. Acho que eu fiz a minha parte.

— Tá bem, desculpa. Continua.

— Enfim, quando cheguei no Castro, o lugar era uma tristeza só. Os únicos caras que a gente via na rua ou eram muito velhos ou muito jovens. Os outros todos ou haviam morrido, ou tinham AIDS, andavam com bengalas, arrastando cilindros de oxigênio. A morte estava em todo lugar. Era como se aqui precisasse haver uma estação de trânsito de almas, e eu estava aqui, vendendo discos. Então, o livro chegou

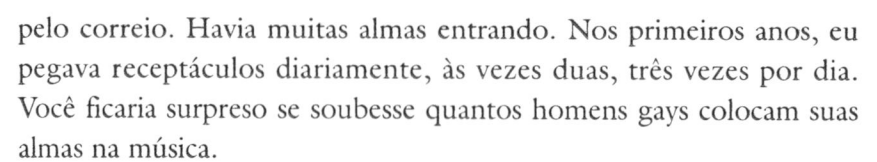

pelo correio. Havia muitas almas entrando. Nos primeiros anos, eu pegava receptáculos diariamente, às vezes duas, três vezes por dia. Você ficaria surpreso se soubesse quantos homens gays colocam suas almas na música.

— E você vendeu todos?

— Não. Entram e saem. Sempre sobra um estoque.

— Mas como você pode ter certeza de que a pessoa certa está pegando a alma certa?

— Não é problema meu, certo? — disse o Sr. Fresh, encolhendo os ombros.

No começo, ele se preocupava com isso, mas parecia que as coisas aconteciam do jeito que deviam acontecer e ele acabou se deixando levar, confiando em algum mecanismo ou poder por trás disso tudo.

— Bom, se é assim que você se sente a respeito da função, por que você faz? Eu não quero esse emprego. Já tenho um emprego e uma filha.

— Você precisa fazer. Pode acreditar, depois que eu recebi o livro, tentei não fazer. Todos nós tentamos. Pelo menos, aqueles com quem conversei tentaram. Acho que você já viu o que acontece se você não tenta. Você começa a ouvir vozes e as sombras começam a aparecer. O livro diz que elas são habitantes do Mundo Inferior.

— Os corvos gigantes? Aquilo?

— Até você aparecer, eram só sombras indistintas e vozes. Tem algo acontecendo. Algo que começa com você e continua com você. Você deixou que elas pegassem um receptáculo de almas, não foi?

— Eu? Você disse que há um monte de Mercadores da Morte.

— Mas os outros sabem o que fazem. Foi você. Você fodeu com tudo. Acho que eu vi uma voando por aqui no começo desta semana. E aí teve hoje, quando eu caminhava, as vozes estavam bem ruins. Bem ruins. Foi quando liguei para você. Foi você, não foi?

Charlie meneou a cabeça.

— Eu não sei. Como eu poderia saber?

— Então eles pegaram um?

— Dois — respondeu Charlie. — Uma mão saiu do bueiro. Foi no meu primeiro dia.

— Bom, então foi isso — disse Fresh, segurando a cabeça entre as mãos. — Acho que agora estamos fodidos.

— Você não pode afirmar isso — disse Charlie, tentando ser otimista. — A gente já podia estar fodido antes. Olha só: somos donos de brechós para pessoas mortas; isso meio que já é a definição de *fodido*.

O Sr. Fresh olhou para ele e disse:

— O livro diz que se a gente não fizer o nosso trabalho, tudo poderá virar trevas, ficar igual ao Mundo Inferior. Eu não sei como é o Mundo Inferior, Sr. Asher, mas já tive alguns vislumbres e não quero saber mais nada. E você?

— Talvez seja Oakland — zombou Charlie.

— Talvez o quê seja Oakland?

— O Mundo Inferior.

— Oakland não é o Mundo Inferior!

O Sr. Fresh ficou de pé de repente; não era um homem violento, nem precisava ser, já que era daquele tamanho, mas...

— Tenderloin, então? — sugeriu Charlie.

— Não me obrigue a te bater. Nenhum de nós quer que isso aconteça. Certo, Sr. Asher?

Charlie balançou a cabeça e disse:

— Eu vi os corvos, mas não ouvi voz nenhuma. Que vozes são essas?

— Elas falam com você quando você está na rua. Às vezes, ouço vozes vindas de uma grade do aquecimento, de uma calha de chuva ou de um bueiro. São elas, sem dúvida. Vozes femininas que ficam zombando da gente. Passo anos sem ouvir, quase esqueço, e aí vou pegar um receptáculo e uma delas me chama. Eu ligava para os outros mercadores, perguntava para eles se tinham feito alguma coisa, mas paramos com isso rapidinho.

— Por quê?

— Porque a gente acha que isso as atrai. Não devemos entrar em contato. Levamos um tempo para descobrir isso. Eu só conhecia seis dos mercadores da cidade naquela época e a gente almoçava juntos uma vez por semana, falando sobre o que sabíamos, comparando notas... e foi aí que a gente viu a primeira sombra. Na verdade, só por garantia, essa vai ser a última vez que eu e você entramos em contato.

O Sr. Fresh deu de ombros mais uma vez e começou a desamarrar Charlie, pensando: *Tudo mudou naquele dia, no hospital. Esse cara mudou tudo. E estou deixando ele ir feito um boi pronto pro abate — ou talvez seja ele quem vá abater alguma coisa. Talvez ele seja O Cara...*

— Espera, eu não sei de nada — suplicou Charlie. — Você não pode me mandar embora pra fazer isso sem falar mais coisas. E a minha filha? Como eu vou saber pra quem devo vender as almas? — Charlie estava em pânico, tentando fazer todas as perguntas antes de ser libertado.

— O que são os números depois dos nomes? É assim que você consegue os nomes? Quanto tempo vou ter que fazer isso antes de me aposentar? Por que você sempre veste roupas verdes?

Enquanto o Sr. Fresh desfazia as amarras de um tornozelo, Charlie tentava amarrar o outro de volta à cadeira.

— O meu nome — disse o Sr. Fresh.

— Hein? — questionou Charlie, parando de se amarrar.

— Uso roupas verde-menta por causa do meu primeiro nome. É Minty.

Charlie esqueceu completamente aquilo que o preocupava.

— Minty? O seu nome é Minty Fresh?

Foi quando Charlie fez uma cara de quem parecia estar tentando segurar um espirro, mas deixou sair uma risada explosiva. Depois se abaixou bem rápido.

O DRAGÃO, O URSO E O PEIXE

No corredor do terceiro andar do prédio de Charlie, ocorria uma assembleia entre os grandes poderes asiáticos: a Sra. Ling e a Sra. Korjev. Ling, como estava com Sophie nos braços, tinha a vantagem estratégica, enquanto que a Sra. Korjev, que tinha duas vezes o tamanho da Sra. Ling, era a ameaça de vasta força retaliatória. O que elas tinham em comum, além de serem viúvas e imigrantes, era o grande amor que sentiam pela pequena Sophie, o precário domínio da língua inglesa e a profunda convicção de que Charlie Asher era incapaz de criar a filha sozinho.

— Ele tava brava quando sair hoje. Como uma urso — disse a Sra. Korjev, que tinha certa compulsão atávica para fazer comparações ursídeas.

— Ele diz que não pode polco — disse a Sra. Ling, que se limitava a usar os verbos somente no presente, como sinal de devoção às suas crenças Chan budistas (ou pelo menos era o que ela dizia). — Quem dá polco pla bebê?

— Porco é boa prrra bebê. Faz crescer forte — respondeu a Sra. Korjev, apressando-se para acrescentar: — Como a urso.

— Ele diz que tlansfoma bebê em shih tzu. Shih tzu é cacholo. Como pai pensa que menina tlansfoma em cacholo?

A Sra. Lin era particularmente solícita com menininhas, tendo sido criada numa província da China em que todos os dias pela manhã um homem aparecia com uma carroça para recolher os corpos das meninas que haviam nascido durante a noite e que eram jogadas na rua. Ela tivera sorte, já que sua própria mãe a mandara às pressas para o campo e se recusara a voltar para casa até que a nova filha fosse aceita como parte da família.

— Não é *shih tzu* — corrigiu a Sra. Korjev. — *Shiksa*.

— Sim-sim, *shiksa*. Cacholo é cacholo — respondeu a Sra. Ling. — É ilesponsável.

— É palavro iídiche para menina não judia. Rachel é judia, sabia? — explicou a Sra. Korjev.

A Sra. Korjev, ao contrário da maioria dos imigrantes russos que ainda morava naquele bairro, não era judia. Sua família tinha vindo das estepes da Rússia, e ela, na verdade, era descendente de cossacos — os quais, em geral, não são considerados uma raça muito amiga dos hebreus. Expiava os pecados de seus ancestrais tentando proteger Rachel ao máximo (como se fosse uma mãe ursa) e agora Sophie.

— Os flores precisam água hoje — disse a Sra. Korjev.

No fim do corredor, havia uma grande janela vazada, da qual dava para ver o prédio do outro lado da rua, que tinha uma jardineira na janela cheia de gerânios vermelhos. À tarde, os dois grandes poderes asiáticos ficavam no corredor admirando as flores, discutindo preços de coisas variadas e reclamando de seus sapatos, cada vez mais descon-fortáveis. Nenhuma das duas ousava começar a cultivar sua própria jar-dineira de gerânios com medo de parecer que havia roubado a ideia do outro prédio e, no processo, quem sabe começar uma competição cada vez mais acirrada entre si, algo que poderia acabar em derramamento de

sangue. Fizeram o pacto silencioso de admirar — mas não cobiçar — as flores vermelhas.

A Sra. Korjev gostava do tom vermelho intenso delas. Sempre tivera raiva dos comunistas por terem cooptado essa cor, que, não fosse isso, seria capaz de evocar nela uma felicidade desenfreada. Mas, de qualquer modo, a alma russa, condicionada por mil anos de angústia, realmente não estava preparada para a felicidade desenfreada; então, no fundo, era melhor que fosse assim.

A Sra. Ling também admirava a cor vermelha dos gerânios, pois, em sua cosmologia, aquela cor representava boa sorte, prosperidade e vida longa. Os próprios portões dos templos eram exatamente daquele tom de vermelho; então, as flores representavam um dos muitos caminhos para o *wu* — para a eternidade, a iluminação —; em essência, era o universo em uma flor. E ela também achava que elas deviam ficar deliciosas numa sopa.

Sophie tinha acabado de descobrir as cores, e aquelas explosões em vermelho contra a parede cinza já bastavam para colocar um sorriso desdentado em seu rostinho.

E lá estavam as três, observando a alegria das flores vermelhas, quando, de repente, um pássaro negro atingiu a janela, provocando uma rachadura em formato de teia de aranha ao seu redor. Mas, em vez de cair para trás, o pássaro parecia estar vazando pela rachadura, espalhando-se, feito tinta preta, pela janela, e depois pelas paredes do corredor.

E os grandes poderes asiáticos fugiram correndo em direção à escada.

Charlie esfregava o pulso esquerdo onde tinha sido amarrado com sacos plásticos.

— O que foi? A sua mãe, por acaso, se inspirou num anúncio de antisséptico bucal?

O Sr. Fresh, com um ar fragilizado para alguém de seu tamanho, disse:

— Pasta de dente, na verdade.

— Sério?

— Sério.

— Desculpe, eu não sabia. Você podia ter mudado de nome, não?

— Sr. Asher, há um limite quando as pessoas tentam resistir a ser quem são. Em algum momento, decidem que é melhor seguir o destino. No meu caso, isso tem a ver com o fato de ser negro, ter dois metros e dez de altura — e, mesmo assim, não ser jogador profissional de basquete —, ser chamado de Minty Fresh e ter sido recrutado como Mercador da Morte.

Fez uma pausa e ergueu uma sobrancelha, como se estivesse acusando Charlie, e acrescentou:

— Eu aprendi a me conformar e a aceitar essas coisas todas.

— Pensei que você fosse dizer que era gay também — disse Charlie.

— Hein? Não é preciso ser gay para usar verde-menta.

Charlie ficou olhando para o terno verde do Sr. Fresh, feito de algodão e leve demais para a estação, e sentiu uma estranha empatia pelo Mercador da Morte de nome refrescante. Embora não tivesse consciência disso, Charlie estava reconhecendo os sinais de outro Macho Beta. (Claro que existem Betas gays: o namorado Macho Beta é supervalorizado na comunidade gay porque é possível ensiná-lo a se vestir bem e, ao mesmo tempo, permanecer relativamente certo de que ele jamais irá desenvolver um estilo pessoal nem se tornará mais fabuloso que você.)

— Acredito que você tenha razão, Fresh. Sinto muito se imaginei coisas. Peço desculpas.

— Tudo bem. Mas você precisa mesmo ir embora.

— Não, eu ainda não entendo. Como vou saber para quem as almas irão? Quer dizer, depois que essas coisas aconteceram, havia todo tipo de receptáculo de almas na minha loja, e eu nem suspeitava. Como vou saber que não vendi um deles para alguém que já tivesse outro? E se alguém tiver uma coleção deles?

— Isso não pode acontecer. Pelo menos, não até onde sabemos. Olha, você vai ter como saber, é simples. Pode confiar em mim. Quando as pessoas estão prontas para receber a alma, elas recebem. Você já estudou alguma religião oriental?

— Eu moro em Chinatown — respondeu Charlie, e, embora isso fosse meio que verdade, tecnicamente falando, ele sabia dizer apenas três coisas em mandarim: *bom-dia; de queijo, por favor* e *eu sou um demônio branco ignorante*, todas ensinadas pela Sra. Ling. Ele acreditava que a última significava "tenha um ótimo dia".

— Deixa eu reformular a pergunta, então. Você já estudou alguma religião oriental?

— Ah, sim, religiões orientais — disse Charlie, fingindo que havia entendido errado a pergunta anterior, que era a mesma. — Só essas coisas mais Discovery Channel, você sabe: Buda, Shiva, Gandalf... os grandes.

— Você entende o conceito de carma? O modo como as lições não resolvidas são reapresentadas a você em outra vida?

— Sim, claro. Dã! — disse Charlie, revirando os olhos.

— Bom, então pense que você é um agente de transferência de almas. Nós somos agentes do carma.

— Agentes secretos — disse Charlie, melancólico.

— Bom, imagino que eu nem precise dizer que você não pode contar pra ninguém o que você é; então, sim, acho que somos agentes secretos do carma. Ficamos com uma alma até que determinada pessoa esteja pronta para recebê-la.

Charlie balançou a cabeça como se tentasse se livrar da água que houvesse entrado em seus ouvidos.

— Então, se alguém entrar na minha loja e comprar um receptáculo de alma, significa que, até aquele momento, essa pessoa passou a vida sem uma alma? Mas isso é horrível.

— Você acha mesmo? — perguntou Minty Fresh. — Você sabe se tem alma?

— Claro que tenho.

— E como é que você sabe?

— Porque eu sou eu, ora. Eu estou aqui — respondeu Charlie, batendo no peito.

— Mas isso é só a personalidade. Se chegar a tanto! Você poderia ser um receptáculo vazio e jamais saberia a diferença. Talvez você não tenha chegado ainda no ponto da sua vida em que esteja preparado para receber a sua alma.

— Hein?

— A sua alma pode ser mais desenvolvida do que você neste momento. Me diga: se uma criança não passa de ano na escola, você faz ela repetir todos os anos anteriores?

— Não, imagino que não.

— Isso: você faz a criança recomeçar o ano que repetiu. É a mesma coisa com as almas. Elas somente ascendem. Uma pessoa recebe uma alma quando pode levá-la até o nível seguinte, quando está pronta para aprender a lição seguinte.

— Então, se eu vender algum daqueles objetos que brilham para alguém, isso quer dizer que a pessoa passou a vida sem alma?

— Essa é a minha teoria, pelo menos — disse Minty Fresh. — Li muito sobre o assunto com o passar dos anos. Textos de várias culturas e religiões. E esta é a melhor explicação que eu consegui imaginar.

— Então, nem tudo está no livro que você me mandou.

— Ele só dá instruções práticas. Não contém explicações. É bem simples. Ele diz que você precisa pegar um calendário, colocar perto da cama e aí os nomes aparecem pra você. Não diz como você vai achar as pessoas, ou qual o objeto, só diz que você precisa achá-los. Compre uma agenda. É o que eu uso.

— Mas, e o número? Quando eu encontrava um papel com nome escrito perto da minha cama, sempre havia um número junto.

O Sr. Fresh meneou a cabeça e sorriu de um jeito meio sem graça.

— O número indica quantos dias você tem para pegar o receptáculo da alma.

— Quer dizer que o número significa quanto tempo de vida a pessoa tem? Eu não quero saber essas coisas.

— Não, não quanto tempo a pessoa tem até morrer, e sim quanto tempo você tem para pegar o receptáculo, quantos dias restam. Eu investigo isso há um bom tempo e percebi que o número nunca fica acima de quarenta e nove. Imaginei que isso tivesse algum significado importante, então comecei a procurar informações a respeito em livros que falassem da morte. Acontece que quarenta e nove dias é o número de dias do *bardo*, o termo usado no *Livro Tibetano dos Mortos* para a transição entre a vida e a morte. De alguma forma, nós, os Mercadores da Morte, somos o meio para transportar essas almas, mas precisamos chegar lá dentro de quarenta e nove dias — é a minha teoria, pelo menos. Não fique alarmado se, às vezes, acontecer de alguém já ter morrido várias semanas antes de você conseguir o nome. Você ainda tem o número de dias que restam no *bardo* para conseguir o receptáculo da alma.

— E se eu não chegar a tempo?

Minty Fresh balançou a cabeça, pesaroso.

— Bom, aí... Você verá sombras, corvos, coisas malignas que vêm do Mundo Inferior — quem sabe dizer ao certo? O mais importante é que você precisa achar a tempo. E você vai achar.

— Mas como, se não tem endereço nem instrução nenhuma, tipo "procure embaixo do tapete"?

— Às vezes, na maioria das vezes, na verdade, os receptáculos vêm até você. As circunstâncias ajudam.

Charlie pensou na ruiva estonteante que levara a cigarreira de prata até ele.

— Você disse às vezes?

Fresh deu de ombros.

— Tem vezes que você precisa mesmo procurar, encontrar a pessoa, ir até a casa dela... Uma vez, eu até contratei um detetive para me ajudar a encontrar alguém, mas isso começou a chamar as vozes. Você vai saber se está perto observando se as pessoas conseguem notar você.

— Mas eu preciso trabalhar. Eu tenho uma filha...

— Você também vai ter seu ganha-pão, Charlie. O dinheiro vem junto com o trabalho. Você vai ver.

Charlie já tinha visto: as roupas da mulher de Mainheart — ele faturaria dezenas de milhares de dólares se as conseguisse.

— Agora você precisa ir embora — disse Minty Fresh.

Estendeu a mão para cumprimentá-lo e um sorriso rasgou seu rosto, parecendo uma lua crescente no céu noturno. Charlie segurou a mão do homem, sua própria mão desaparecendo no aperto de mão do Mercador da Morte.

— Tenho certeza de que ainda estou com algumas dúvidas. Posso te ligar?

— Não — disse o mentolado.

— Tudo bem, então. Já vou indo — resignou-se Charlie, sem, na verdade, se mexer. — Lá vou eu, totalmente à mercê das forças do Mundo Inferior.

— Tome cuidado — disse Minty Fresh.

— Não tenho a menor ideia do que devo fazer — continuou Charlie, caminhando com passos incertos em direção à porta. — Sinto todo o peso do mundo nas minhas costas.

— Isso, faça sempre um bom alongamento pela manhã — sugeriu o grandalhão.

— A propósito — disse Charlie, de um jeito que não combinava com seu tom de lamúria —, você é gay?

— O que eu sou é solitário. Totalmente, irremediavelmente.

— Certo. Desculpe.

— Tudo bem. Desculpe por ter batido na sua cabeça.

Charlie assentiu com um movimento de cabeça, pegou sua bengala-espada detrás do balcão e saiu da Fresh Music para o dia cinzento em São Francisco.

Bom, ele não era exatamente a Morte, mas também não era um mero ajudante do Papai Noel. Não ligava muito para o fato de que ninguém acreditaria se ele contasse. O título "Mercador da Morte" parecia meio assustador, mas ele gostava da ideia de ser agente secreto.

Um agente da CARMA — Carma Avaliação e Retribuição da Morte e Afins — isso aí, depois ele poderia inventar uma sigla melhor. Mas, enfim, sem dúvida era um agente secreto.

Na verdade, embora não soubesse, Charlie levava muito jeito para ser um agente secreto. Já que operam sem chamar atenção, os Machos Beta dão excelentes espiões. Não aqueles espiões no estilo James Bond, dirigindo um Aston Martin com mísseis, mandando ver com a bela cientista russa sobre uma pele de arminho; era mais no estilo "penteado a vaca lambeu disfarçando careca disfarçado de burocrata pescando documentos encharcados de café no lixo". A postura obviamente não ameaçadora do Macho Beta permite que tenha acesso a lugares e pessoas inacessíveis ao Macho Alfa, cuja testosterona está sempre em evidência. O Macho Beta pode, na verdade, até ser perigoso, não no estilo "Jet Li punhos letais", e sim no estilo "cachaceiro pilotando cortador de grama num ataque à la Luke Skywalker ao depósito de ferramentas".

Assim, enquanto se dirigia para o ponto do bonde na Market Street, Charlie experimentou mentalmente sua nova persona de agente secreto. Estava muito satisfeito com a ideia, quando, ao passar por um bueiro, ouviu uma voz feminina sussurrar, num tom hostil:

— Nós vamos pegar a menina. Você vai ver só, Carne Fresca. Nós a pegaremos em breve.

Assim que Charlie apareceu na loja, vindo do beco, Lily foi correndo encontrá-lo na sala dos fundos.

— O policial veio aqui de novo. Aquele cara morreu. Você matou ele? — Acrescentou ao informe, disparado feito metralhadora: — Hã... digo, patrãozinho.

E aí ela fez uma saudação, uma reverência e aquela coisa japonesa religiosa de curvar o corpo com as mãos juntas.

Charlie foi pego de surpresa com a informação, que lhe foi dada daquele jeito quando ele já estava em pânico, pensando na filha, e tinha acabado de dirigir pela cidade feito louco para chegar ali. Tinha certeza de que os gestos de respeito de Lily eram somente um disfarce soturno

para pedir algum favor ou como desculpas por algo errado. Ou, como costumava acontecer, a adolescente estava de sacanagem com ele. Sentou-se em uma das banquetas altas de madeira, perto da mesa, e perguntou:

— Que policial? Que cara? Explica, por favor. E não matei ninguém.

Lily respirou fundo.

— Aquele policial que esteve aqui no outro dia. Ele voltou. Acontece que o cara que você foi visitar em Pacific Heights na semana passada... — ela fez uma pausa para ler alguma coisa que havia escrito no braço com caneta vermelha —, o Michael Mainheart, ele se matou. E deixou um bilhete pra você. Dizendo que você devia pegar as roupas dele e da mulher e vendê-las a preço de mercado. E aí ele escreveu... — mais uma vez a pausa para ver os garranchos vermelhos no braço — isso: "Que parte de 'Eu só quero morrer' você não entendeu?"

Lily parou de falar e voltou a olhar para Charlie.

— Foi o que ele disse depois que eu tentei fazer massagem cardíaca nele, naquele dia — disse Charlie.

— Mas, e aí? Você matou o velho? Ou sei lá o nome que você dá pra coisa. Pode contar pra mim.

Ela fez outra reverência, o que deixou Charlie mais confuso do que de costume. Há muito tempo ele havia definido que seu relacionamento com Lily estava fundado em uma base sólida de afetuoso desdém; então, aquilo estava desequilibrando tudo.

— Não, não matei. Que raio de pergunta é essa?

— Você matou o cara da cigarreira?

— Não! Eu nem mesmo vi esse cara.

— Você sabe que eu sou sua fiel vassala, certo? — disse Lily, fazendo outra mesura.

— Lily, que diabos está acontecendo com você?

— Nada. Nada, Sr. Asher... digo... Charles. Você prefere que eu chame você de Charles ou Charlie?

— Só agora você pergunta? Que mais que o policial disse?

— Ele queria falar com você. Acho que encontraram o Mainheart vestido com as roupas da mulher dele. Não fazia nem uma hora que

ele tinha chegado do hospital e aí mandou a enfermeira ir embora, vestiu as roupas da mulher e tomou um monte de tranquilizantes.

Charlie apenas assentiu silenciosamente, pensando no quanto Mainheart estava decidido a se livrar das roupas de sua mulher. Ele usava qualquer coisa para se sentir mais próximo dela, mas nada funcionava. E, quando usar as roupas dela não adiantou, decidiu optar pela única maneira que conhecia: juntando-se a ela. Charlie entendia. Não fosse a Sophie, provavelmente já teria tentado juntar-se a Rachel.

— Bem depravada essa história, hein? — comentou Lily.

— Não! — exclamou Charlie. — Não é, Lily, nem um pouco. Nem pense uma coisa dessas. O Sr. Mainheart morreu de tristeza. Pode parecer outra coisa, mas foi isso.

— Desculpe — disse Lily. — O especialista aqui é você.

Charlie estava com os olhos fixos no chão, tentando entender tudo aquilo, imaginando se o fato de ele perder o casaco de pele, que era o receptáculo da alma da Sra. Mainheart, significava que os dois jamais ficariam juntos novamente. E tudo por causa dele.

— Ah, sim — continuou Lily. — A Sra. Ling ligou pra cá toda alterada, gritando um monte de coisas em chinês, falando de um pássaro preto que se chocara contra a janela...

Charlie saltou da banqueta num pulo e subiu as escadas de dois em dois degraus.

— Ela está no seu apartamento! — gritou Lily.

Havia um montinho laranja de advogados de seriados de TV boiando no aquário quando Charlie chegou ao apartamento. Os poderes asiáticos estavam na cozinha, a Sra. Korjev segurando Sophie junto ao peito: a menina estava praticamente nadando, tentando escapar do gigantesco cânion de proteção formado pelo vão entre os maciços melões cossacos. Charlie agarrou a filha quando ela mergulhava pela terceira vez no decote e a abraçou bem forte.

— O que aconteceu? — perguntou ele.

Seguiu-se um bombardeio de palavras em chinês e russo, misturadas com uma ou outra palavra em inglês: *pássaro, janela, quebrada, preto* e *fiz xixi* no *calça*.

— Parem! — berrou Charlie, erguendo a mão que estava livre. — Sra. Ling, o que aconteceu?

A Sra. Ling já havia se recuperado do episódio com o pássaro se espatifando contra a janela e depois da correria insana escada abaixo, mas agora demonstrava uma timidez incomum; estava com medo de que Charlie percebesse a mancha molhada no bolso de seu vestido, onde Barnaby Jones, recém-falecido, jazia laranjamente, aguardando sua apresentação à la wontons, com cebolinha, uma pitada de cinco temperos e a panela de sopa da Sra. Ling. "Peixe é peixe", disse a Sra. Ling para si mesma quando escondeu o danadinho. Afinal, havia mais cinco advogados mortos no aquário. Quem iria dar falta de um só?

— Nada — respondeu a Sra. Ling. — Pássalo quebla janela e assusta nós. Agola tudo bem.

Charlie olhou para a Sra. Korjev e perguntou:

— Onde?

— No nosso andar. A gente conversava no coledor. Falava do melhor pra Sophie, e aí *bum!*, pássaro na janela e tinta preta passando. A gente correu pra cá e trancou porta.

As duas viúvas tinham a chave do apartamento de Charlie.

— Amanhã eu mando consertar a janela — avisou Charlie. — Mas foi só isso? Nada... ahn... ninguém entrou?

— É terceiro andar, Charlie. Ninguém entra.

Charlie olhou para o aquário.

— O que aconteceu ali?

A Sra. Ling arregalou os olhos.

— Estou indo. Noite de mahjongg no templo.

— A gente entrou e fechou porta — explicou a Sra. Korjev. — As peixes vivas. Aí a gente coloca Sophie no bebê-conforta como sempre faz, e aí vai olhar a corredor para ver se caminho limpo. Quando a Sra. Ling olhou de novo, as peixes mortas.

— Eu, não! É gente lussa que vê os peixe moltos — defendeu-se a Sra. Ling.

— Não tem problema — disse Charlie. — Vocês viram algum pássaro, alguma coisa escura no apartamento?

As duas mulheres balançaram as cabeças.

— Só lá em cima — respondeu a Sra. Ling.

— Vamos lá olhar — disse Charlie, passando Sophie para o quadril e pegando a espada-bengala.

Ele conduziu as duas mulheres até o pequeno elevador, calculou rapidamente o tamanho da Sra. Korvej em relação à metragem cúbica disponível e subiu as escadas com as duas. Quando olhou para o vidro quebrado da janela, sentiu uma fraqueza nos joelhos. Não era tanto a janela, e sim o que havia sobre o telhado do outro lado da rua. Refletida mil vezes nos pedaços de vidro estilhaçado estava a sombra, contra o prédio, de uma mulher. Passou a bebê para a Sra. Korjev, aproximou-se da janela e empurrou um pedaço de vidro para fazer um buraco e poder ver melhor. Quando fez isso, a sombra deslizou pela lateral do prédio, pela calçada, e entrou num bueiro, perto do qual uns dez turistas haviam acabado de descer do bonde. Nenhum deles pareceu ter visto nada. Era pouco mais de uma da tarde e o sol projetava sombras quase na vertical. Olhou de volta para as duas janelas.

— Vocês viram isso?

— A janela queblada? — perguntou a Sra. Ling, aproximando-se lentamente da janela e olhando pelo buraquinho que Charlie fizera.

— Não.

— O quê? O quê?

A Sra. Ling olhou para a Sra. Korjev.

— Você tem lazão. Floles plecisam mais água.

Charlie espiou pelo buraco na janela e viu que a Sra. Ling se referia a uma jardineira cheia de gerânios, enegrecidos e mortos.

— Vamos colocar grades de proteção em todas as janelas. Amanhã mesmo — disse Charlie.

* * *

Não muito longe dali, sob a Columbus Avenue, numa ampla junção de diversas galerias de águas pluviais, Orcus, o Ancião, andava como um corcunda, para lá e para cá a passos largos, os espinhos grosseiros que saíam de seus ombros arranhando as laterais do cano, causando faíscas e um cheiro de turfa queimada.

— Você vai acabar fodendo seus espinhos, se ficar andando desse jeito — disse Babd.

Ela estava agachada em um dos canos menores, mais para o lado, perto de suas irmãs, Nemain e Macha. Com exceção de Nemain, que começava a exibir um relevo azul-metálico de penas sobre o corpo, elas não tinham profundidade; eram ausências bidimensionais de luz, a escuridão mais absoluta, até mesmo sob a luz tênue que chegava pelas grades dos bueiros — sombras, silhuetas, na verdade —, ancestrais sombrias das mulheres pintadas nos para-lamas de caminhões. Sombras: delicadas, femininas, ameaçadoras.

— Senta aí, vai. Come alguma coisa. Qual a vantagem de conquistar o Mundo Superior se você continuar com uma aparência dos infernos?

Orcus grunhiu e virou as costas para as Morrigan, as três.

— Passei tempo demais fora do ar! Tempo demais.

Da cesta acoplada a seu cinto, fisgou um crânio humano com uma de suas garras, atirou-o na boca e mastigou.

As Morrigan riram, soando como vento soprando pelos canos, satisfeitas por ele ter gostado do presente. Tinham passado grande parte do dia debaixo dos cemitérios de São Francisco, cavando os crânios, tirando a sujeira e os detritos, polindo, até eles brilharem feito porcelana.

— Nós voamos — disse Nemain, fazendo uma pausa para admirar as penas de um preto azulado sobre seu corpo. — No Mundo Superior — acrescentou, inutilmente. — Estão por toda parte, como maçãs para roubarmos.

— Não vamos roubá-las — corrigiu Orcus. — Você pensa como um corvo. São nossas, é só pegar.

— Ah, é? E onde você estava? Eu peguei isso aqui.

A sombra mostrou o guarda-chuva de William Creek em uma mão e o casaco de pele que arrancou de Charlie Asher na outra. Ainda tinham o brilho vermelho, mas ele se evanescia rapidamente.

— Por causa disso aqui, estive no Mundo Superior. Eu voei — disse ela.

E, como ninguém respondeu nada, Nemain acrescentou:

— Lá em cima.

— Eu voei também — disse Babd, tímida. — Um pouco.

Ela estava meio encabulada por ainda não ter penas ou dimensão.

Orcus abaixou sua enorme cabeça. As Morrigan foram até ele e começaram a acariciar os longos espinhos, que já haviam sido asas.

— Em breve estaremos no Mundo Superior — disse Macha. — Esse novato não sabe o que está fazendo. Do jeito que vai, logo poderemos subir. Olha só até onde conseguimos chegar... Estamos tão perto. Duas de nós no Mundo Superior, em tão pouco tempo... Esse Carne Fresca, esse ignorante, talvez seja tudo de que precisamos.

Orcus levantou sua cabeça taurina e sorriu, revelando dentes pontiagudos.

— Serão como frutas para a colheita.

— Viu? — disse Nemain. — Foi o que eu disse. Sabia que no Mundo Superior dá para ver bem longe? Quilômetros de distância. E que aromas maravilhosos! Nunca tinha me dado conta de como aqui embaixo é úmido e mofado. Existe alguma razão para a gente não ter uma janela?

— Cala a boca! — rugiu Orcus.

— Ai, ai, caramba. Vai, arranca a minha cabeça, então.

— Não me provoque — disse a Morte com cabeça de touro.

Ergueu-se e saiu andando pelo cano, à frente das outras Mortes, as Morrigan, na direção do centro financeiro. Era lá que estava enterrado o navio da época da Corrida do Ouro onde moravam.

PARTE DOIS

ALMAS DE SEGUNDA MÃO

Não busque a morte. A morte irá encontrá-lo.
Mas busque a estrada que transforme a morte em plenitude.

— *Dag Hammarskjöld*

A MORTE SAI PARA DAR UM PASSEIO

De manhã, Charlie gostava de sair para dar um passeio. Às seis, depois de tomar café bem cedo, deixava Sophie aos cuidados da Sra. Korjev ou da Sra. Ling (elas se revezavam) e dava início ao seu dia de trabalho caminhando. Passeava, na verdade, andando a passos largos pela cidade com a espada-bengala, que tinha se tornado parte de sua indumentária, usando sapatos macios de couro preto e um terno caro de segunda mão, que mandara ajustar na lavanderia de que era freguês em Chinatown. Embora fingisse ter um objetivo específico, Charlie andava para poder pensar, experimentar a sensação de ser a Morte, e para olhar as pessoas que saíam de casa pela manhã. Ficava pensando se a moça na banca de flores, de quem ele muitas vezes comprava um cravo para colocar na lapela, tinha alma, ou se entregaria a dela enquanto a assistisse morrer. Ficava observando o cara em North Beach enquanto ele fazia cappuccinos com rostos e folhas desenhadas na espuma e pensando se era possível alguém como ele existir sem ter uma alma. Ou será que a alma estaria no depósito de Charlie, pegando pó? Havia muitas pessoas para ver, muitas coisas em que pensar.

Estando lá, entre os habitantes da cidade que começavam a se mexer, que começavam o dia e se aprontavam para o trabalho, ele passou a sentir não apenas a responsabilidade do seu novo papel como também seu poder, e, finalmente, o quanto aquilo era especial. Não importava que não tivesse a menor ideia do que estava fazendo, ou que tivesse perdido o amor de sua vida para que aquilo acontecesse; ele havia sido escolhido. E, certo dia, ao se dar conta disso, enquanto descia a California Street, passando por Nob Hill e indo para o distrito financeiro, onde sempre se sentira inferior e fora de sintonia com o mundo, enquanto corretores e banqueiros passavam rapidamente por ele, vociferando nos celulares em ligações para Hong Kong, Londres ou Nova York sem jamais fazer contato visual, passou não só a andar a passos leves, mas praticamente a desfilar. Naquele dia, Charlie Asher entrou no bonde da California Street pela primeira vez desde que era criança e se segurou na trave, com o corpo para fora, segurando a bengala-espada como se estivesse num ataque da cavalaria, com Hondas e Mercedes passando na rua ao seu lado, a poucos centímetros de sua axila. Desceu no fim da linha, comprou o *Wall Street Journal* de uma máquina de jornais, foi até a boca-de-lobo mais próxima, esticou o jornal no chão, para não sujar a calça com o óleo da rua, ficou de quatro e gritou para dentro do bueiro:

— Eu fui escolhido! Então, é melhor vocês não ficarem de sacanagem comigo!

Quando levantou, umas dez pessoas estavam de pé em torno de Charlie, esperando o sinal ficar verde. Olhando para ele.

— Foi necessário — disse Charlie, sem se desculpar, apenas explicando.

Banqueiros e corretores, assistentes de executivos e pessoal de RH, além da mulher que servia sopa de mariscos na Boudin Bakery, todos acenaram discretamente com a cabeça na direção dele, sem saber exatamente o porquê — mas todos trabalhavam no distrito financeiro e sabiam o que era ser sacaneado, e, lá no fundo de suas almas, de suas mentes, sabiam que Charlie tinha razões para gritar. Dobrou o jornal,

enfiou-o debaixo do braço, virou-se e atravessou a rua com eles quando o semáforo abriu.

Às vezes, Charlie caminhava quarteirões inteiros pensando só em Rachel, e ficava tão absorto relembrando seus olhos, seu sorriso, seu toque, que acabava esbarrando nas pessoas. Outras vezes, as pessoas esbarravam nele sem nem mesmo surrupiar sua carteira ou pedir desculpas, coisa que talvez seja normal em Nova York, mas que, em São Francisco, significava que ele estava perto de um receptáculo de alma que precisava ser resgatado. Encontrou um, ao ver um atiçador de lareira feito de bronze, deixado junto com o lixo perto do meio-fio, em Russian Hill. Outra vez, viu um vaso com aquele mesmo brilho na de sacada de uma casa vitoriana em North Beach. Criou coragem, bateu à porta e, quando uma jovem mulher atendeu, saiu para ver quem estava batendo e ficou confusa — porque não havia ninguém lá —, Charlie passou por ela, agarrou o vaso e saiu pela porta antes que ela entrasse, o coração batendo feito um tambor, a adrenalina fervilhando por suas veias como uma montanha-russa hormonal. Quando retornou à loja naquela manhã, ele se deu conta, sem um pingo de ironia, que nunca havia se sentido tão vivo até se tornar a Morte.

A cada manhã, Charlie tentava andar numa direção diferente. Às segundas, ele gostava de subir até Chinatown, logo depois do amanhecer, quando as entregas eram feitas — caixas de hortifrutigranjeiros: cenouras, alface, brócolis, couve-flor, melões e dezenas de tipos de repolho, os quais recebiam os cuidados dos latinos em Central Valley e depois eram consumidos pelos chineses em Chinatown, logicamente depois de passar por mãos anglo-saxãs só o tempo necessário para deles extrair o nutritivo dinheiro. Às segundas, as empresas que vendiam peixe entregavam a mercadoria fresca — no geral, fortões italianos cujas famílias trabalhavam no ramo há umas cinco gerações, entregando sua mercadoria para enigmáticos mercadores chineses, cujos ancestrais haviam comprado peixe dos italianos em carroças puxadas por cavalos cem anos antes. Todo tipo de peixe vivo

e recém-morto era transportado de um lado para o outro da calçada: estalinhos, halibutes, cavalas, percas-do-mar, guaiubas, lagostas do Pacífico, caranguejos de Dungeness e os pavorosos tamboris, com dentes compridos que pareciam sabres e um único espinho que saía da cabeça, segurando uma isca luminosa que usavam para atrair as presas, em lugares do oceano tão profundos que nunca havia luz do sol. Charlie era fascinado pelas criaturas das profundezas abissais, a lula de olhos enormes, os chocos, os tubarões cegos que localizavam suas presas com impulsos eletromagnéticos — criaturas que nunca viam a luz. Faziam-no imaginar o que talvez fosse enfrentar no Mundo Inferior, porque, mesmo que tivesse conseguido um bom ritmo para a rotina de encontrar nomes na mesinha de cabeceira e receptáculos de alma nos mais diversos lugares, e mesmo que a aparição de corvos e sombras tivesse diminuído, ele ainda conseguia senti-las embaixo da rua, sempre que passava por um bueiro. Às vezes, conseguia ouvi-las sussurrando entre si, calando-se de repente nos raros momentos em que a rua ficava em silêncio.

Caminhar por Chinatown ao amanhecer era participar de uma dança perigosa, já que não havia portas ou vielas nos fundos para receber os carregamentos; então, todos os produtos passavam pela calçada. E embora Charlie, até aquele momento, não gostasse de dançar e nem de situações perigosas, apreciava ser o parceiro de dança das milhares de pequenas avós chinesas que usavam chinelos pretos ou sapatos de plástico com cor de gelatina e saíam em disparada, indo de mercador a mercador, apertando, cheirando e dando tapas nos produtos, procurando os melhores e mais frescos para suas famílias, disparando ordens e perguntas em mandarim para os mercadores enquanto escapavam, por segundos ou centímetros, de serem atropeladas por peças de carne, grandes caixotes de pato fresco ou carrinhos transportando grandes pilhas de tartarugas vivas. Charlie ainda não havia recuperado nenhum receptáculo de alma em suas caminhadas por Chinatown, mas persistia, já que a passagem do tempo e do espaço inevitavelmente

predizia que, em alguma manhã enevoada, a vovó de alguém iria bater as botas, ou melhor, as sapatilhazinhas chinesas.

Certa manhã, só por diversão, Charlie pegou uma berinjela que uma vovó espetacularmente encarquilhada ia pegar também, mas, em vez de arrancá-la da mão dele com um golpe místico de kung fu, como ele esperava, ela o olhou bem dentro dos olhos e balançou a cabeça — só um movimento leve, quase imperceptível. Poderia ter sido um tique, mas foi um gesto muito eloquente. Charlie interpretou o gesto como se dissesse: *Ó Demônio Branco. Você não deseja furtar de mim este fruto púrpura, pois tenho quatro mil anos de ancestralidade e civilização a mais que você; meus avós construíram as ferrovias e escavaram as minas de prata, meus pais sobreviveram a terremotos, incêndios e a uma sociedade que considerava ilegal o mero fato de ser chinês; e eu tenho dez filhos, sou avó de cem netos e bisavó de uma legião; já ajudei no parto de diversos bebês e dei banho em mortos; sou parte da história, do sofrimento, da sabedoria; sou Buda, sou um dragão; então, tire a porra da sua mão da minha berinjela, se não quer ficar maneta.*

E Charlie tirou.

E ela sorriu, só um pouquinho. Três dentes.

E ele ficou imaginando: se tivesse de recuperar o receptáculo de alma de alguma daquelas encarquilhadas de Chronos, suportaria o peso? Sorriu de volta.

Também pediu o telefone dela, que depois passou para Ray.

— Ela parecia legal — disse Charlie. — Madura, sabe?

Às vezes, as caminhadas de Charlie o levavam também até Japantown, onde viviam os japoneses. Lá, passava pela loja mais enigmática da cidade, a Sapataria Invisível — Reparos & Consertos. Ele realmente queria entrar lá um dia, mas ainda estava se acostumando com a ideia de corvos gigantes, seus adversários do Mundo Inferior, e também com o fato de ser um Mercador da Morte; por isso, não tinha certeza de estar pronto para sapatos invisíveis, quanto mais sapatos invisíveis precisando de consertos. Muitas vezes, tentava ver o que havia por trás

dos manequins japoneses na vitrine, quando passava, mas não via nada, o que, é claro, também não significava nada. Ainda não estava pronto. Mas havia uma loja de animais em Japantown ("O Doce Lar do Peixe e do Gerbilo") onde havia comprado os peixinhos de Sophie. Voltou à loja para substituir os advogados de seriado por seis detetives de seriado, que também tomaram o sonífero perpétuo juntos, uma semana depois. Charlie ficou meio perturbado depois de ver sua filhinha babando na frente de um aquário com mais detetives mortos do que um festival de filme noir; então, depois de dar descarga em todos os seis de uma vez e de ter de usar o desentupidor para fazer Magnum e Mannix descerem, jurou que da próxima vez iria encontrar amiguinhos mais resistentes para sua menina. Estava saindo do Doce Lar certa tarde, com uma casinha Habitrail contendo um casal de hamsters bem resistentes, quando deu de cara com Lily, que estava indo para um café na Van Ness, onde planejava encontrar sua amiga Abby para levar um papinho taciturno à base de *latte*.

— E aí, Lily, como vai?

Charlie tentou parecer descontraído, mas percebeu que o estranho clima que havia surgido entre ele e Lily nos últimos meses não era aliviado pelo fato de ele estar na rua carregando uma caixa plástica com roedores dentro.

— Bonitinhos esses gerbilos — disse Lily.

Ela usava uma saia plissada de uniforme de escola católica sobre meias-calças pretas e coturnos Doc Martens, com um bustiê preto de PVC que deixava pedacinhos pálidos de Lily para fora da blusa, como se fosse massa de biscoito dentro de uma lata que foi batida contra a quina de um balcão. A cor de cabelo *du jour* era fúcsia, pairando acima da sombra violeta nos olhos, que, por sua vez, combinava com as luvas de renda roxas que iam até o cotovelo. Ela olhou de um lado para o outro da rua e, quando viu que não havia ninguém conhecido por perto, começou a caminhar junto de Charlie.

— Não são gerbilos, são hamsters — disse Charlie.

— Asher, você está escondendo alguma coisa de mim?

Ela inclinou a cabeça um pouco, mas não olhou para ele quando fez a pergunta; manteve os olhos voltados para a frente, examinando a rua, para ver se não havia ninguém que poderia testemunhar que ela estava andando junto com Charlie, o que a forçaria a cometer seppuku.

— Caramba, Lily! Esses hamsters são para a Sophie, só isso. Os peixinhos dela morreram, então resolvi comprar uns bichinhos novos para ela. Além disso, essa coisa toda que falam dos gerbilos é pura lenda urbana...

— Não, eu estava falando do fato de você ser a Morte — disse Lily. Charlie quase deixou os hamsters caírem.

— Hein?

— É tão errado... — continuou Lily, seguindo em frente, mesmo depois de Charlie ter parado de repente, de modo que então ele precisara se apressar para alcançá-la. — É tão, tão errado você ter sido escolhido. De todas as decepções da minha vida, eu diria que essa foi a maior.

— Mas você só tem 16 anos — disse Charlie, cambaleando um pouco, zonzo com o modo despreocupado como ela estava abordando o assunto.

— Isso, joga na minha cara, Asher. Eu tenho 16 anos, mas só por mais dois meses, e depois disso vai ser o quê? Num piscar de olhos, a minha beleza não vai passar de um banquete pros vermes e eu serei nada mais que um suspiro esquecido num mar de nada.

— Você faz aniversário daqui a dois meses? Bom, então a gente precisa comprar um bolo legal pra você.

— Não muda de assunto, Asher. Eu sei de tudo a seu respeito e estou sabendo da sua persona da Morte.

Charlie parou de novo e se virou para olhar para ela. Dessa vez, ela parou também.

— Lily, eu sei que tenho agido de maneira meio esquisita desde que a Rachel morreu e sinto muito que você tenha tido problemas na escola por minha causa, mas é que lidar com tudo isso, com a bebê, a loja... O estresse de tudo isso acabou...

— Eu estou com *O Fantástico Grande Livro da Morte* — interrompeu Lily, que teve de segurar os hamsters de Charlie quando ele os deixou escorregar das mãos. — Sei a respeito dos receptáculos de almas, sobre as forças das trevas que surgem se você faz merda, sei de tudo. Tudo. Acho que sei há mais tempo que você.

Charlie não sabia o que dizer. Ele sentia pânico e alívio ao mesmo tempo — pânico porque Lily sabia, e alívio porque, pelo menos, alguém sabia, e acreditava, e de fato tinha visto o livro. O livro!

— Lily, você ainda está com o livro?

— Está lá na loja. Escondi na parte de trás do armário de vidro onde você deixa as coisas caras que ninguém compra.

— Mas ninguém olha naquele armário.

— Oh, não diga! Coloquei lá porque pensei que, se você, por acaso, achasse, eu diria que sempre estivera ali.

— Olha, eu preciso ir.

Ele se virou e começou a andar na direção contrária, mas aí se deu conta de que os dois já estavam andando na direção de casa e teve de se virar de novo.

— Para onde você está indo?

— Tomar um café.

— Eu vou com você.

— Não vai não.

Lily olhou em volta mais uma vez, com medo de que alguém os visse.

— Mas, Lily, eu sou a Morte. Isso deve, pelo menos, me tornar um cara mais bacana.

— É, até pode ser, mas acontece que você conseguiu acabar com tudo que havia de bacana em ser a Morte.

— Ei, isso dói.

— Bem-vindo ao meu mundo, Asher.

— Você não pode contar para ninguém sobre isso, você sabe, não é?

— Como se alguém ligasse para o que você vai fazer com os seus gerbilos.

— Hamsters! E não foi isso que...

— Fica frio, Asher — disse Lily, rindo. — Eu sei o que você quis dizer. Não vou contar pra ninguém. Só a Abby sabe, mas ela não liga. Ela me disse que conheceu um cara que é o "senhor das sombras" dela. Está naquela fase de achar que um pau é uma espécie de varinha mágica mística.

Charlie ajeitou melhor a caixa com os hamsters, sentindo-se um tanto constrangido.

— As mulheres passam por uma fase assim? — Por que ele só estava sabendo daquilo agora? Até os hamsters pareciam meio encabulados.

Lily deu meia-volta e começou a subir a rua.

— Não vou ficar falando dessas coisas com você.

Charlie ficou ali de pé, observando-a ir embora, equilibrando os hamsters e sua bengala-espada totalmente inútil enquanto tentava, ao mesmo tempo, tirar o celular do bolso do paletó. Precisava muito ver aquele livro em menos de uma hora, que era o tempo que ele levaria para chegar em casa.

— Lily, espera! — exclamou. — Vou chamar um táxi, te dou uma carona.

Ela fez um gesto de despedida com a mão, sem olhar para ele, e continuou a andar. E, enquanto esperava a empresa de táxis atender, ouviu a voz. Deu-se conta de que estava bem em cima de um bueiro. Já fazia um mês desde a última vez que ouvira as vozes. Achava que talvez tivessem sumido de vez.

— Ela também será nossa, Carne. Ela é nossa, agora.

Sentiu o medo subir pela garganta como se fosse bile. Fechou o celular e correu atrás de Lily, a bengala chacoalhando e os hamsters balançando.

— Lily, espera! Espera!

Ela virou, rápido, e sua peruca fúcsia só fez um quarto de volta em vez de meia-volta, deixando seu rosto coberto de cabelo quando disse:

— Eu quero um daqueles bolos de sorvete da Thirty-One Flavors, está bem? E, depois, só vou ansiar pelo desespero, pelo nada.

— A gente pede para eles colocarem no bolo também — respondeu Charlie.

AS GAROTAS PODEM FICAR
UM POUCO ENTREVADAS

No fim das contas, *O Fantástico Grande Livro da Morte* não era assim tão grande e muito menos abrangente. Charlie leu todo ele umas dez vezes, tomou notas, copiou trechos, fez pesquisas tentando achar alguma referência aos assuntos abordados, mas tudo que havia nas vinte e oito páginas ricamente ilustradas se resumia ao seguinte:

1. Parabéns, você foi escolhido para agir em nome da Morte. É um trabalho sujo, mas precisa ser feito. É seu dever recuperar os receptáculos das almas dos mortos e dos moribundos e fazer com que passem para o próximo corpo. Se você não conseguir, as Trevas irão abater-se sobre o mundo e o Caos reinará.

2. Um tempo atrás, o Luminatus, ou a Grande Morte, que mantinha o equilíbrio entre a luz e as trevas, deixou de existir. Desde então, as Forças das Trevas tentam ascender do Mundo Inferior. Você é tudo que existe entre essas forças e a destruição da alma coletiva da humanidade.

3. Para controlar as Forças das Trevas, você precisa de um lápis número 2 e de um calendário, de preferência sem fotos de gatinhos.

4. Nomes e números surgirão para você. O número significa quantos dias você tem para recolher o receptáculo da alma. Você saberá reconhecer os receptáculos pelo brilho vermelho que emitem.

5. Não conte para ninguém sobre o que você faz, senão as Forças das Trevas etc. etc. etc.

6. Pode ser que as pessoas não consigam enxergá-lo quando você estiver cumprindo seus deveres como Morte; então, tenha cuidado ao atravessar a rua. Você não é imortal.

7. Não procure outros. Não vacile quanto às suas obrigações; do contrário, as Forças das Trevas irão destruir tudo aquilo que é importante na sua vida.

8. Você não é capaz de causar a morte e nem é capaz de evitá-la. Você é simplesmente um servo do Destino, não seu agente. Então pare de se achar o tal.

9. Não permita, sob hipótese alguma, que um receptáculo de alma caia nas mãos dos que estão no Mundo Inferior: isso seria ruim.

Passaram-se alguns meses antes de Charlie voltar a trabalhar na loja junto com Lily.

— E aí? Você comprou um lápis número 2? — perguntou ela.

— Não, comprei um número 1.

— Seu vacilão! Asher, se toca, as Forças das Trevas...

— Se o equilíbrio do mundo sem esse tal Luminatus é assim tão precário que o tipo de lápis que eu comprar poderá lançar a todos no abismo, talvez já seja a hora.

— Epa, epa, epa, epa — exclamou Lily, como se estivesse tentando acalmar um cavalo arredio. — Uma coisa é eu ser toda niilista e tal, já que para mim é só uma atitude e tenho as roupas que combinam. Mas você não tem como ser uma pessoa que anseia pela morte ao mesmo tempo que usa esses seus ternos Savile Row, de segunda mão, ridículos.

Charlie sentiu orgulho de sua funcionária ser capaz de reconhecer que ele estava usando um Savile Row caro, de segunda mão. Ela estava aprendendo as manhas do negócio, apesar de tudo.

— Estou de saco cheio de ficar com medo — respondeu. — Já lidei com as Forças das Trevas ou sei lá o quê, Lily, e sabe de uma coisa? Eu e elas estamos no mesmo nível.

— Você tem o direito de me dizer essas coisas? Quer dizer, o livro dizia que...

— Acho que sou diferente daquilo que o livro diz, Lily. O livro diz que não causo a morte, mas duas pessoas já morreram mais ou menos devido às minhas ações.

— Repito: você pode me dizer essas coisas? Como você mesmo disse, diversas vezes, eu sou jovem e absurdamente irresponsável. É "*absurdamente* irresponsável" que você diz, não é? Nunca presto muita atenção.

— Você é a única pessoa que sabe o meu segredo. E você tem 17 anos agora, não é mais criança, é uma jovem mulher.

— Para de me sacanear, Asher. Se você continuar falando desse jeito, eu juro que faço outro piercing, tomo ecstasy até ficar desidratada feito uma múmia, fico falando no meu celular até a bateria acabar e depois saio por aí em busca de um cara magricelo e pálido pra eu chupar até ele chorar.

— Tipo uma sexta-feira normal pra você?

— O que eu faço nos fins de semana é problema meu.

— Eu sei!

— Então cala a boca!

— Estou cansado de ficar com medo, Lily!

— Então para de ficar com medo, Charlie!

Os dois desviaram o olhar, constrangidos. Lily fingiu que estava examinando os recibos do dia enquanto Charlie fingia procurar alguma coisa dentro daquilo que ele dizia ser sua mochila e que Jane dizia ser sua bolsa de homem.

— Desculpa — disse Lily, sem tirar os olhos dos recibos.

— Tudo bem — respondeu Charlie. — Também peço desculpas.

Ainda sem levantar os olhos, Lily disse:

— Mas, sério, você pode mesmo me falar essas coisas?

— Talvez não. Mas é que é um fardo meio pesado demais pra mim. É meio que...

— Um trabalho sujo?

Lily agora estava olhando para ele, sorrindo.

— É — disse Charlie, sorrindo aliviado. — Não vou mais tocar no assunto, Lily, pode deixar.

— Não, tudo bem. É até meio *cool.*

— Sério?

Charlie não conseguia lembrar se já tinham lhe dito, alguma vez na vida, que ele era *cool.* Ficou comovido.

— Você não! Essa coisa toda da Morte.

— Ah, tudo bem — respondeu Charlie, feliz por dentro, seu medidor de *coolness* ainda no máximo. Mas continuou:

— Você tem razão, não é seguro. Não podemos mais ficar falando sobre meu... hã... passatempo.

— E nunca mais vou te chamar de Charlie — disse Lily. — Nunca mais.

— Tudo bem. Vamos agir como se nada disso tivesse acontecido. Muito bem. Foi uma excelente conversa. Pode retomar o desdém mal disfarçado que você sente por mim.

— Vai se foder, Asher.

— Essa é a minha garota!

Estavam à sua espera na manhã seguinte, quando saiu para caminhar. Já esperava por isso e elas não o desapontaram. Passou na loja para pegar um terno italiano que tinha acabado de comprar e também um isqueiro de charuto que ficara mofando uns dois anos dentro de um armário cheio de bricabraques no fundo da loja. Enfiou o isqueiro em sua maleta junto com o ursinho de porcelana que brilhava, receptáculo da alma de alguém que havia falecido havia tempos. E então foi para

a rua e ficou bem em cima de um bueiro. Acenou para os turistas no bonde que passou sacolejando.

— Bom-dia — desejou ele, em tom alegre.

Qualquer pessoa que o visse naquele momento pensaria que estava apenas saudando o dia, já que não havia ninguém ao redor.

— Nós vamos arrancar os seus olhos como ameixas maduras — sibilou uma voz feminina de dentro do bueiro. — Leva a gente aí para cima, Carne Fresca. Leva a gente aí para cima para podermos lamber o sangue da ferida escancarada que vamos abrir no seu tórax.

— E esmagar os seus ossos com as nossas mandíbulas, como balinhas — acrescentou outra voz, também feminina.

— É isso aí! Como balinhas! — concordou a primeira voz.

— É isso aí! — disse uma terceira.

Charlie sentiu o corpo todo ficar arrepiado, mas respirou fundo e tentou manter a voz calma.

— Bom, hoje seria um excelente dia para isso. Estou bem descansado, dormi na minha caminha confortável com o meu edredom quentinho. Ou seja, não passei a noite num bueiro fétido.

— Desgraçado! — exclamou um coro de vozes femininas sibilantes.

— Bom, falo com vocês de novo no próximo quarteirão.

Subiu calmamente a quadra até chegar a Chinatown, andando com passos alegres pela calçada, a bengala-espada numa mão e a outra segurando o terno que estava dentro de um porta-terno leve, jogado sobre o ombro. Pensou em assobiar, mas achou que seria clichê demais. Elas já estavam debaixo da próxima esquina quando chegou lá.

— Vou sugar a alma da menina pela moleira e forçar você a ficar olhando, Carne.

— Ah, legal! — disse Charlie, com os dentes cerrados, tentando não soar tão horrorizado quanto, de fato, se sentia. — Ela já está engatinhando direitinho agora; então é bom vocês tomarem um café da manhã reforçado nesse dia porque, se ela estiver com a colherinha de borracha dela, vai acabar com vocês.

Ouviram-se um grito agudo de raiva vindo dos bueiros e, depois, vozes entrecortadas, ríspidas e sibilantes.

— Ele não pode falar essas coisas! Ele pode falar essas coisas? Ele sabe quem somos?

— Vou dobrar à esquerda no próximo quarteirão. Vejo vocês lá.

Um jovem chinês, vestido com roupas de rapper, olhou para Charlie e deu um passo rápido para o lado, para não apanhar qualquer que fosse a doença daquele branquelo doidão. Charlie deu um tapinha na orelha e disse:

— Perdão, é o meu celular com bluetooth.

O chinês metido a rapper fez um movimento cortês de cabeça, como se já soubesse que, apesar de parecer exatamente o contrário, ele não estava viajandão e sim, na verdade, estava numa *nice*; então era melhor cair fora, *chinagangsta*. Atravessou com o sinal aberto, mancando um pouco sob o peso de tantas entrelinhas.

Charlie entrou na Lavanderia Dragão Dourado, e o homem no balcão, o Sr. Hu, que Charlie conhecia desde os 8 anos de idade, cumprimentou seu cliente com um levantar efusivo e cordial da sobrancelha esquerda, seu cumprimento padrão, e também um bom indicador de que o velho ainda estava vivo. Um cigarro estava pendurado na ponta de uma longa piteira, presa entre as dentaduras de Hu.

— Bom-dia, Sr. Hu — disse Charlie. — Dia bonito, não?

— Terno? — perguntou o Sr. Hu, olhando para o terno que Charlie tinha pendurado sobre o ombro.

— Sim. Só um, hoje — disse Charlie.

Charlie trazia todas as suas mercadorias de qualidade para serem lavadas na Dragão Dourado, e nos últimos meses frequentara bastante a loja, já que andava recebendo muitas roupas de espólio. Também fazia ajustes nelas lá, e o Sr. Hu era considerado o melhor alfaiate de três dedos de toda a Costa Oeste e, talvez, do mundo todo. Hu Três Dedos, era como o conheciam em Chinatown — mas, para sermos justos, ele, na verdade, tinha oito dedos. Só não tinha os dois dedos menores da mão direita.

— Ajuste? — perguntou Hu.

— Não, obrigado — disse Charlie. — Este é para revenda, não é para mim.

Hu tomou o terno da mão de Charlie, pôs uma etiqueta e depois gritou "Terno para o Demônio Branco!" em mandarim, e uma de suas netas veio correndo lá dos fundos, agarrou o terno e entrou pela cortina antes que Charlie pudesse ver seu rosto.

— Terno para o Demônio Branco — repetiu ela para outra pessoa nos fundos.

— Quarta-feira — avisou Hu Três Dedos.

Entregou um recibo para Charlie.

— Tem mais uma coisa — disse Charlie.

— Ok, terça. Sem desconto — devolveu Hu.

— Não é isso, Sr. Hu. Olha, sei que faz muito tempo que não preciso disso, mas queria saber se o senhor ainda está naquele outro ramo.

O Sr. Hu fechou um olho e ficou encarando Charlie durante um minuto inteiro antes de responder. Quando respondeu, disse "Vem" e desapareceu atrás da cortina, deixando atrás de si uma nuvem de fumaça de cigarro.

Charlie o seguiu através de uma confusão infernal e barulhenta de vapores de substâncias de limpeza, máquinas de passar roupa automáticas e diversos funcionários correndo de um lado para o outro até chegarem a um pequeno escritório com paredes feitas de compensado, nos fundos da loja. Hu fechou a porta e trancou-a para que discutissem detalhes da negociação, algo que fizeram pela primeira vez havia mais de vinte anos.

Da primeira vez que Hu Três Dedos deixou Charlie Asher entrar naquela misteriosa salinha dos fundos da Lavanderia Dragão Dourado, o Macho Beta tinha 10 anos de idade e também a certeza de que ia ser sequestrado e vendido para trabalhar como escravo no ramo de

lavagem a seco, ia ser esquartejado e transformado em *dim sum* ou então forçado a fumar ópio e lutar contra cinquenta lutadores de kung fu ao mesmo tempo, ainda vestido de pijama (Charlie tinha uma noção muito vaga da cultura de seus vizinhos aos dez anos de idade); mas, apesar do medo, ele se sentia impelido ainda mais pela paixão gravada em seus genes havia milhões de anos: a busca pelo fogo. Sim, fora um astucioso Macho Beta que descobrira o fogo primeiro e, sim, o fogo logo tinha sido quase que imediatamente tomado das mãos dele por um Macho Alfa. (Alfas não chegaram primeiro na corrida da descoberta do fogo, mas como não entendiam as consequências de pegar na extremidade alaranjada e quente do graveto, a invenção da queimadura de terceiro grau é atribuída a eles.) Mesmo assim, a fagulha original ainda brilha nas veias de cada Macho Beta. Mesmo quando os Alfas já tinham abandonado havia tempos os fogos e passado a se dedicar às mulheres e aos esportes, os Betas continuavam buscando a pirotecnia ainda na última fase da adolescência, e muitas vezes até mesmo depois dela. Os Machos Alfa podem até liderar os exércitos do mundo, mas são os Betas que, de fato, explodem a porra toda.

E que prova maior de um Macho Beta fascinado por fogos de artifício do que a ausência de dois importantes dedos? Hu Três Dedos. Quando Hu abriu sua valise grossa e com três partições sobre a mesa, revelando o que tinha, o pequeno Charlie achou que tinha passado pelas chamas do inferno para, finalmente, chegar ao paraíso, e prontamente entregou seu montinho de notas de dólar, amassadas e suadas. E mesmo enquanto compridas cinzas prateadas do cigarro de Hu caíam sobre os estopins, como se fossem uma neve letal, Charlie percebia o prazer do velho. O homem estava tão entusiasmado que quase fez xixi nas calças.

O Charlie mercador-da-morte que saiu da Lavanderia Dragão Dourado naquela manhã, com um embrulho de papel compacto enfiado embaixo do braço, sentia um entusiasmo parecido, pois, por mais que aquilo fosse contra a sua natureza, ele estava, mais uma vez,

enfrentando o perigo. Foi até o bueiro e, balançando acima dele o ursinho de porcelana brilhante que tirou de sua mochila, gritou:

— Vou andar um quarteirão e depois vou subir quatro, suas vadias. Gostariam de me acompanhar?

— O Demônio Branco ficou doido de vez — disse a décima primeira neta de Hu Três Dedos, Cindy Lou Hu, que estava de pé próximo do balcão, perto de seu venerável e digitalmente prejudicado ancestral.

— Dinheiro dele não é doido — disse Hu.

Charlie tinha percebido aquele beco em uma de suas caminhadas até o bairro financeiro. O beco ficava entre as ruas Montgomery e Kearney e tinha todas as coisas que um bom beco deve ter: escadas de incêndio, caçambas de lixo, diversas portas de metal pichadas, um rato, duas gaivotas, lixo de tipos variados, um sujeito desmaiado embaixo de um pedaço de papelão e umas seis placas de "proibido estacionar", três delas com buracos de bala. Era o ideal platônico de beco, mas o que o distinguia dos outros becos daquela área era que ele possuía duas aberturas que levavam até o sistema de águas pluviais, com menos de cinquenta metros de distância entre elas, uma num canto da rua e a outra no meio, oculta entre duas caçambas. Como havia recentemente passado a prestar atenção em bueiros, Charlie não teve como não perceber.

Escolheu o bueiro mais escondido da rua, agachou-se a pouco mais de um metro de distância e abriu o pacote que recebera de Hu Três Dedos. Tirou do pacote oito explosivos M80 e aparou, com o cortador de unha que carregava no chaveiro, os estopins de cinco centímetros à prova d'água até que ficassem com cerca de um centímetro de comprimento. (Os M80 são fogos de artifício bem grandes, supostamente com o poder explosivo de um quarto de um bastão de dinamite. As crianças da área rural os utilizam para explodir caixas de correio ou encanamento da escola, mas, nas áreas urbanas, perderam lugar para a Glock de 9mm como instrumento favorito para travessuras.)

— Ei, meninas! — gritou Charlie para dentro da boca-de-lobo. — Vocês estão aí? Desculpem, mas eu não sei os nomes de vocês.

Sacou a espada de dentro da bengala, apoiou-a perto do joelho, e depois tirou o ursinho de porcelana da maleta e o colocou perto do outro joelho.

— Olha só o que eu trouxe — exclamou Charlie.

Ouviu-se um sibilar inumano vindo do bueiro e, por mais que achasse que já estava totalmente escuro lá dentro, ficou ainda mais escuro. Conseguia enxergar formas circulares prateadas movimentando-se na escuridão, como moedas girando num oceano negro, mas em pares: eram olhos.

— Me dá, Carne. Me dá — sussurrou uma voz feminina.

— Vem pegar — disse Charlie, tentando controlar a pior tremedeira que já sentira na vida. Era como se alguém estivesse passando gelo seco na sua espinha e tudo que ele podia fazer era tentar não tremer.

A sombra no bueiro começou a vazar para o asfalto, só uns dois centímetros, mas ele pôde vê-la, como se a luz tivesse mudado. Mas não tinha. A sombra assumiu a forma de uma mão feminina e se aproximou mais uns dez centímetros do urso que brilhava. Foi aí que Charlie agarrou a espada e deu-lhe um golpe. A espada não atingiu o asfalto, e sim algo mais macio — e então ouviu um grito agudo ensurdecedor.

— Seu merda! — gritou a voz, agora com raiva, não dor. — Seu desgraçado... seu...

— Vivos e mortos, minhas caras — disse Charlie. — Vivos e mortos. Vamos lá, tentem de novo.

Uma segunda sombra com formato de mão serpenteou para fora do bueiro, à esquerda, e outra à direita. Charlie empurrou o urso para longe do bueiro enquanto pegava no bolso o isqueiro de charuto. Acendeu os estopins de quatro M80 e os jogou dentro do bueiro enquanto as sombras se esticavam para fora.

— O que foi isso?

— O que foi que ele jogou?

— Chega pra lá, eu não estou conseguindo...

Charlie colocou os dedos nos ouvidos. Os M80 explodiram e ele sorriu. Embainhou a espada na bengala, pegou suas coisas e foi correndo até o outro bueiro. Dentro de um espaço fechado, o barulho deveria ser cruel, até mesmo ensurdecedor. Continuou a sorrir.

Podia ouvir um coro de vozes que gritavam e vociferavam em umas seis línguas já mortas, algumas delas se sobrepondo, como se alguém estivesse girando um sintonizador de rádio que mudasse o tempo e o espaço. Ficou de joelhos, prestando atenção aos sons que vinham do bueiro, tomando cuidado para continuar a um braço de distância. Podia ouvi-las vindo em sua direção, perseguindo-o por baixo da rua. Achava que elas não conseguiriam sair de lá e esperava que estivesse certo, mas, mesmo se conseguissem, ele tinha uma espada, e todo o ambiente onde chegava a luz do sol era seu território. Acendeu mais quatro M80, estes com estopins mais compridos, e os jogou um a um dentro do bueiro.

— Quem é o Carne Fresca agora, hein? — perguntou.

— Quê? Que foi que ele disse? — perguntou uma das vozes no bueiro.

— Não estou conseguindo ouvir porra nenhuma.

Charlie balançou o ursinho de porcelana na frente do bueiro.

— Vocês querem isso aqui?

Jogou outro M80.

— Vocês gostam disso aqui, não gostam? — gritou Charlie, jogando a terceira bombinha. — Isso vai ensinar vocês a manter o bico bem longe do meu braço, suas harpias filhas da puta!

— Sr. Asher — disse uma voz atrás dele.

Charlie virou a cabeça e viu Alphonse Rivera, o inspetor da polícia, de pé, ao seu lado.

— Ah, oi — disse Charlie, e depois, percebendo que estava segurando um M80 aceso, continuou: — Com licença, é rapidinho.

E jogou a bombinha no bueiro. Naquele momento, os M80 começaram a explodir.

Rivera havia recuado alguns passos e estava com a mão dentro do paletó, possivelmente segurando a arma. Charlie colocou o ursinho de porcelana dentro da maleta e ficou de pé. Podia ouvir as vozes gritando para ele, vociferando palavrões.

— Seu fracassado, seu bosta! — gritou um dos seres das trevas. — Vou fazer uma cesta com as suas tripas e carregar dentro dela a sua cabeça decepada!

— Isso mesmo! — disse outra voz. — Uma cesta.

— Acho que você já fez essa ameaça — disse uma terceira voz.

— Não fiz não — respondeu a primeira.

— Calem a boca, caralho! — gritou Charlie para o bueiro, e depois olhou para Rivera, que agora havia sacado a arma e a estava segurando ao lado do corpo.

— Então... o senhor está tendo problemas com... hã... alguém no bueiro? — perguntou o detetive.

Charlie sorriu e disse:

— Ah, o senhor não consegue ouvir, não é?

As vozes continuavam a vociferar, mas agora em uma língua que parecia precisar de bastante muco nasal para ser pronunciada de maneira adequada, como gaélico, alemão ou algo do gênero.

— O que eu consigo ouvir claramente é um zumbido nos meus ouvidos, Sr. Asher, resultante das suas bombinhas obviamente ilegais. Fora isso, não estou ouvindo nada.

— Ratos. Odeio ratos — explicou Charlie, inconscientemente erguendo uma sobrancelha, como quem pensa *você vai mesmo acreditar nessa mentira absurda que eu estou contando?*

— Arrã — respondeu Rivera, num tom monocórdio. — Então, os ratos machucaram o seu braço com seus bicos e obviamente o senhor acha que eles têm um desejo secreto por bibelôs baratos com formato de bichinhos. Certo?

— Ah, *essa parte* o senhor ouviu?

— Pois é.

— Imagino que o senhor tenha ficado intrigado, não?

— É. Mas o seu terno é bonito. Armani?

— Canali, na verdade. Obrigado, mesmo assim — respondeu Charlie.

— Não é o que eu escolheria usar se fosse jogar bombas dentro de bueiros, mas cada um sabe de si.

Rivera não havia se mexido. Estava de pé, logo atrás do meio-fio, a uns três metros de distância de Charlie, o braço que segurava a arma ainda ao lado do corpo. Um sujeito que estava correndo passou por eles e aproveitou a deixa para apertar o passo. Charlie e Rivera o cumprimentaram com um educado movimento de cabeça quando ele passou.

— Bom, você é o profissional aqui. E agora, o que faremos? — perguntou Charlie.

Rivera encolheu os ombros e perguntou:

— O senhor, por acaso, está tomando algum medicamento? Será que não tomou o seu medicamento em excesso?

— Ah, bem que eu queria — respondeu Charlie.

— Então... passou a noite bebendo, foi expulso de casa pela mulher, ficou louco de tanto arrependimento?

— A minha mulher faleceu.

— Meus pêsames. Há quanto tempo?

— Fez um ano agora.

— Bom, acho que isso não vai servir. O senhor tem algum histórico de doença mental na família?

— Não.

— Bom, agora tem. Parabéns, Sr. Asher. Pode usar essa desculpa da próxima vez.

— O senhor vai desfilar comigo por aí algemado? — perguntou Charlie, tentando imaginar como iria explicar o fato para as assistentes sociais. Pobre Sophie: com um pai ex-detento que também era a Morte, a vida na escola ia ser difícil para ela.

Charlie acrescentou:

— Este terno é feito sob medida, acho que não dá para ficar cobrindo a cabeça com ele quando eu for preso. Eu vou ser preso?

— Não, não por mim, pelo menos. Você acha que seria fácil para mim explicar isso? Sou um inspetor, não saio prendendo gente por jogar bombinhas e por ficar gritando pra dentro de bueiros.

— Mas, então, por que o senhor sacou a arma?

— Eu me sinto mais seguro.

— Dá pra perceber — respondeu Charlie. — Devo ter parecido meio desequilibrado.

— Ah, o senhor acha?

— E então? O que vai acontecer agora?

— Isso aí dentro do saco é o resto das suas... substâncias?

Rivera fez um gesto com a cabeça, apontando o saco de papel cheio de bombinhas debaixo do braço de Charlie. Charlie fez que sim.

— Que tal você jogar isso aí no bueiro? Vamos deixar por isso mesmo — sugeriu Rivera.

— De jeito nenhum. Não tenho a menor ideia do que poderão fazer se tiverem bombinhas.

Agora foi a vez de Rivera erguer a sobrancelha.

— Os ratos?

Charlie jogou o saco no bueiro. Podia ouvir sussurros lá embaixo, mas tentou não demonstrar para o inspetor.

Rivera guardou a arma no coldre e ajeitou a lapela.

— E então? Você recebe muitos ternos assim na sua loja? — perguntou.

— Mais do que antes. Ando negociando com espólios.

— Você ainda tem o meu cartão. Me dá uma ligada se receber um 40L italiano, leve, de lã. Ou de seda crua, pode ser.

— É, seda é perfeita para o clima daqui. Claro, será um prazer guardar algo para o senhor. A propósito, inspetor: como é que o senhor apareceu do nada num beco de uma ruazinha lateral no meio de uma manhã de terça-feira?

— Não preciso lhe dizer isso — respondeu Rivera, sorrindo.

— Não?

— Não. Tenha um bom dia, Sr. Asher.

— O senhor também.

Então, agora ele estava sendo seguido *tanto acima quanto embaixo* do asfalto? Por que outro motivo um detetive que investiga homicídios estaria ali? Nem *O Fantástico Grande Livro da Morte* e nem Minty Fresh mencionaram nada sobre policiais. Como conseguiria manter em segredo essa coisa de lidar com a morte se um policial vigiava o que ele fazia o tempo todo? A euforia que sentia por ter entrado em combate com o inimigo, algo que era totalmente contra a sua natureza, evaporou. Não sabia dizer ao certo por quê, mas algo lhe dizia que tinha ferrado tudo.

Embaixo da rua, as Morrigans olhavam umas para as outras, surpresas.

— Ele não sabe — disse Macha, examinando suas garras, que brilhavam feito aço inoxidável escovado à luz fraca que vinha lá de cima. Seu corpo começava a apresentar o relevo azul-metálico das penas e seus olhos não eram mais somente discos prateados: agora tinham o ar astuto dos olhos de uma ave predadora. Havia tempos, ela voava sobre os campos de batalha ao norte, na forma de uma gralha-cinzenta, e, pousando sobre os soldados que morriam por causa dos ferimentos, bicava suas almas. Os celtas chamavam as cabeças decepadas de seus inimigos de oferenda para Macha, mas não sabiam que ela não se importava nem um pouco com suas oferendas ou tribos; ela só cobiçava seu sangue, suas almas. Fazia mil anos desde a última vez que ela havia visto suas garras de mulher daquele jeito.

— Ainda não estou conseguindo ouvir direito — disse sua irmã, Nemain, arrumando as penas preto-azuladas de seu próprio corpo, sibilando de prazer ao deslizar suas garras pontiagudas sobre seus seios.

Ela também estava ganhando caninos que marcavam seus lábios negros e delicados. Sua função, antes, era derramar veneno sobre aqueles que ela marcava para morrer. Não havia guerreiro mais valente do que aqueles que haviam sido tocados pelo veneno de Nemain, pois, não tendo nada a perder, entravam no campo de batalha sem medo,

numa fúria que lhes dava a força de dez homens, e arrastavam consigo outros para a morte.

Babd passou suas garras redescobertas pela lateral do aqueduto, fazendo cortes profundos no concreto.

— Adoro estas garras. Até havia me esquecido delas. Aposto que podemos ir para o Mundo Superior. Querem ir para o Mundo Superior? Acho que consigo ir pra lá. Hoje à noite, poderemos ir para o Mundo Superior. Poderíamos arrancar as pernas dele e ficar olhando ele se arrastar sobre o próprio sangue. Seria divertido.

Babd era a responsável pelos gritos — diziam que seu grito agudo no campo de batalha fazia com que exércitos batessem em retirada; mais de cem fileiras de soldados morriam de puro medo. Ela era tudo que havia de mais brutal, furioso, e não particularmente inteligente.

— O Carne não sabe — repetiu Macha. — Por que perderíamos nossa vantagem em um ataque prematuro?

— Porque seria divertido — respondeu Babd. — Lá em cima? Diversão? Já sei! Em vez de uma cesta, você podia fazer um chapéu com as tripas dele e depois colocar na cabeça.

Nemain lançou um pouco de veneno de suas garras e ele sibilou fervendo pelo concreto.

— A gente precisa falar com o Orcus. Ele deve ter um plano.

— Sobre o chapéu? Mas você precisa dizer pra ele que a ideia foi minha. Ele adora chapéus — disse Babd.

— Não. A gente precisa dizer pra ele que o Carne Fresca não sabe.

As três começaram a se mover feito fumaça pelos canos, na direção do grande navio, para transmitir a Orcus a novidade: seu mais novo inimigo, entre outras coisas, não sabia o que era, e nem o que havia lançado sobre o mundo.

O LIVRO DOS MORTOS DA BAÍA DE SÃO FRANCISCO

Charlie chamou os hamsters de Parmesão e Romano (ou, para ficar só nos apelidos, Parm e Romy) porque, quando chegou a hora de pensar em nomes, ele estava lendo o rótulo de um pote de molho Alfredo. Esse foi todo o esforço que fez para pensar nos nomes, e já estava de ótimo tamanho. Na verdade, Charlie até achou que tivesse exagerado ao dar a eles nomes de comida, já que, quando voltou para casa, no dia do grande vexame com os explosivos no bueiro, encontrou sua filha batendo alegremente na bandeja de sua cadeirinha com um hamster duro feito pedra.

Era Romano que estava sendo golpeado contra a bandeja. Charlie sabia disso porque colocara um tiquinho de esmalte de unha entre suas pequenas orelhas, para poder diferenciá-lo de seu companheiro, Parmesão, que estava igualmente duro feito pedra na caixa de plástico Habitrail. Na parte de baixo da rodinha giratória, para ser mais exato. Morto debaixo da roda.

— Sra. Ling! — chamou Charlie.

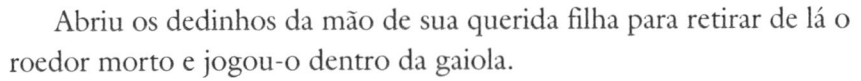

Abriu os dedinhos da mão de sua querida filha para retirar de lá o roedor morto e jogou-o dentro da gaiola.

— É Vladlena, Sr. Asher — disse uma voz poderosa, vinda do banheiro.

Ouviu-se uma descarga, e a Sra. Korjev saiu do banheiro ajustando as fivelas de seu macacão e depois disse:

— Desculpe, dor de barriga de urso. Sophie tava segurrro no cadeirrra.

— Ela estava brincando com um hamster morto, Sra. Korjev.

A Sra. Korjev olhou para os dois hamsters na gaiolinha de plástico; deu um tapinha na gaiola, balançou-a de um lado para o outro.

— Dormindo.

— Não estão dormindo. Estão mortos.

— Mas estavam bem quando eu fui na banheira. Brincando, correndo no roda, divertindo a valer.

— Não estavam se divertindo a valer. Estavam mortos. Sophie estava segurando um.

Charlie observou com mais cuidado o roedor que Sophie havia amaciado. A cabeça do bicho parecia estar totalmente molhada.

— Ela colocou o hamster na boca.

Charlie pegou uma toalha de papel do rolo sobre a bancada e começou a limpar o interior da boca de Sophie. Ela fez "lá-lá-lá" enquanto tentava comer a toalha, que ela achava ser parte da brincadeira.

— Onde está a Sra. Ling, afinal de contas?

— Ela teve sair para pegar um receita, então eu fico olhando Sophie. E ursinhos felizes quando eu fui na banheirrro.

— Sra. Korjev, são hamsters, não ursos. Quanto tempo a senhora ficou lá dentro?

— Talvez cinco minuto. Agora sinto cãibra na portinha do fundo, fiz muito força.

— Iiiiiiiiiiih!

Era a Sra. Ling de volta, correndo com passinhos curtos até Sophie.

— Passou da hola de dolmi — falou a Sra. Ling para a Sra. Korjev, irritada.

— Podem deixar que cuido dela — disse Charlie. — Uma de vocês fica aqui com ela enquanto eu me livro dos H-A-M-S-T-E-R-S.

— Ele diz ursinho — disse Sra. Korjev.

— Eu jogo fola — respondeu a Sra. Ling. — Sem ploblema. Que acontece com eles?

— Dormindo — disse a Sra. Korjev.

— Sras. Ling e Korjev, por favor, podem ir embora. Vejo uma de vocês amanhã de manhã.

— É minha vez — disse a Sra. Korjev, triste. — Sou despedida? Não tem Sophie pra Vladlena mais?

— Não. Hã... tá, tem. Está tudo bem, Sra. Korjev. Vejo a senhora pela manhã.

A Sra. Ling balançou a gaiolinha. Sem dúvida, dormiam feito pedra, aqueles hamsters. Ela gostava de presunto.

— Eu cuido — disse ela, enquanto enfiava a gaiola embaixo do braço e recuava até a porta, acenando. — Tchau, Sophie. Tchau.

— Tchau, *bubeleh* — falou a Sra. Korjev.

— Tchau — disse Sophie, fazendo um aceno de bebê.

— Quando foi que você aprendeu a dizer *tchau*? Não posso ficar longe nem um segundo que você já aprende coisas — disse Charlie.

Mas ficou longe dela no dia seguinte, para achar substitutos para os hamsters. Dessa vez, levou o furgão até a loja de animais. A coragem ou a insolência que havia sentido e que permitira que atacasse as harpias do esgoto havia se dissipado, e agora não queria nem chegar perto de um bueiro. Na loja de animais, escolheu duas tartarugas pintadas, cada uma mais ou menos do tamanho de uma tampa de vidro de maionese. Comprou para elas uma grande bacia com formato de rim, a qual tinha sua própria ilha, uma palmeirinha de plástico, algumas plantas aquáticas e um caramujo. Imaginou que o caramujo havia sido colocado ali para estimular a autoestima das tartarugas: "Você acha

que nós somos lentas? Olha só aquele cara ali." E, para estimular também a autoestima do caramujo, havia uma pedra. Todo mundo fica mais feliz se tiver alguém para desprezar e também alguém para admirar, principalmente se guardam rancor de ambos. Essa não é somente a estratégia que o Macho Beta usa para sobreviver; também é a base do capitalismo, da democracia e de grande parte das religiões.

Depois de ficar quinze minutos fazendo inúmeras perguntas para o vendedor a respeito da vitalidade das tartarugas, e de receber dele a garantia de que elas provavelmente sobreviveriam a um ataque nuclear, desde que houvesse bichinhos para comerem, Charlie fez um cheque e começou a chorar em cima dos répteis de casco.

— O senhor está bem, Sr. Asher? — perguntou o vendedor.

— Me desculpe — disse Charlie. — É que este é o último cheque no talão.

— O seu banco não lhe deu outro?

— Não, eu tenho outro. Mas este é o último talão em que a minha mulher escreveu. Agora que chegou ao fim, nunca mais na vida eu vou ver a letra dela no canhoto do talão.

— Eu sinto muito — disse o moço da loja de animais, que, até aquele momento, havia pensado que a parte mais difícil daquele dia tinha sido consolar um cara por causa de dois hamsters mortos.

— Tudo bem — disse Charlie. — Vou pegar minhas tartarugas e partir.

E partiu, apertando o canhoto do talão de cheques na mão enquanto dirigia. A cada dia ela ficava um pouquinho mais distante.

Uma semana antes, Jane tinha aparecido para pegar dinheiro emprestado e achara a gelatina de ameixa de que Rachel tanto gostava no fundo da geladeira, com uma penugem verde por cima.

— Meu querido irmãozinho, isso aqui precisa ir pro lixo — disse Jane, fazendo uma careta.

— Não. Era da Rachel.

— Eu sei, criança, mas ela não vai voltar pra comer. Que mais que você t... ai, meu Deus!

Ela se afastou da geladeira e perguntou:

— O que era aquilo?

— Lasanha. A Rachel que fez.

— Isso está aqui há mais de um ano?

— Não tive coragem de jogar fora.

— Olha, virei aqui no sábado para limpar o seu apartamento. Vou jogar fora todas as coisas da Rachel que você não quer mais.

— Mas eu quero tudo.

Jane fez uma pausa no movimento de passar a lasanha verde e roxa para a lata de lixo, com a vasilha e tudo o mais.

— Não, não quer, Charlie. Esse tipo de coisa não te ajuda a lembrar-se da Rachel, só serve pra te ferir. Você precisa se concentrar na Sophie e na vida de vocês dois. Você é um cara jovem, não pode desistir de tudo. Todos nós amávamos a Rachel, mas você precisa seguir em frente. Talvez sair um pouco.

— Não estou pronto. E você não pode vir nesse sábado, é o meu dia de ficar na loja.

— Eu sei. Será melhor se você não estiver por aqui.

— Mas não dá para confiar em você, Jane — disse Charlie, como se aquilo fosse tão óbvio quanto o fato de Jane ser irritante. — Você vai jogar fora tudo que for da Rachel e vai roubar as minhas roupas.

Jane andava afanando os ternos de Charlie com bastante regularidade desde que ele começara a se vestir melhor. Naquele momento, ela estava usando um paletó feito sob medida, com duas fileiras de botões, que tinha ido pegar na loja de Hu Três Dedos havia poucos dias. Charlie nem tinha usado o terno ainda.

— E por que você continua a usar terno, aliás? A sua nova namorada não é professora de ioga? Você não devia usar aquelas calças largas feitas de cânhamo e fibras de tofu, como ela? Você está parecendo o David Bowie, Jane. Pronto, falei. Sinto muito, mas alguém precisava dizer.

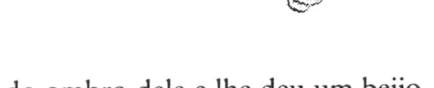

Jane colocou o braço em volta do ombro dele e lhe deu um beijo na bochecha.

— Você é um fofo. O Bowie é o único homem que já achei atraente na vida. Deixa eu limpar o seu apartamento, vai. Também cuido da Sophie no dia. Dá um dia de folga pras viúvas, aí elas vão poder se engalfinhar lá na loja de um-e-noventa-e-nove.

— Tá bem. Mas só roupas e coisas assim. Nada de fotos. E coloca as coisas dela no porão, dentro de caixas. Não joga nada fora.

— Até comida? Porque, pô, a lasanha...

— Tá, a comida vai pro lixo. Mas não deixe a Sophie saber o que você está fazendo. E deixe o perfume da Rachel e a escova de cabelo dela também. Quero que a Sophie saiba qual era o cheiro da mãe dela.

Naquela noite, quando terminou o serviço na loja, ele desceu ao porão e foi até o pequeno depósito com grade reservado para o seu apartamento, com o intuito de fazer uma visita às caixas com todas as coisas que Jane havia empacotado. Quando notou que aquilo não bastava, abriu as caixas e se despediu de cada item — pedacinhos de Rachel. Tinha a impressão de que estava sempre se despedindo de pedacinhos de Rachel.

No caminho para casa, saindo da loja de animais, Charlie parou em uma loja da livraria Um Lugar Limpo, Bem-Iluminado para Livros porque ela também era um pedacinho de Rachel e ele precisava de mais alguma coisa para se lembrar dela, e também porque precisava fazer uma pesquisa. Tinha vasculhado a Internet em busca de informações sobre a morte e, apesar de descobrir um mundo de pessoas que queriam se vestir como a morte, ficar nuas com gente morta, olhar para fotos de gente nua e morta ou até vender remédios para auxiliar a ereção dos mortos, não havia nenhuma dica sobre como levar a vida de morto, ou da Morte. Não havia ninguém que tivesse ouvido falar de Mercadores da Morte, de harpias que viviam no esgoto, nem nada do tipo. Saiu da loja com uma pilha de meio metro: livros a respeito da Morte e do Ato de Morrer. Ele supunha, como tipicamente supõe um Macho Beta, que, antes de tentar entrar em combate com o inimigo mais uma

vez, seria melhor descobrir alguma coisa sobre aquilo com que estava lidando.

Naquela noite, ajeitou-se no sofá, ao lado de sua filha, e ficou lendo enquanto as novas tartarugas, Picape e Jipe (que receberam esses nomes porque ele tinha a esperança de que isso fosse fazê-las durar mais), comiam insetos ressecados e assistiam à *CSI Safari-land* na TV a cabo.

— Bom, querida, de acordo com essa mulher aqui, a tal da Kübler-Ross, as cinco etapas da morte são a raiva, a negação, a negociação, a depressão e a aceitação. A gente passou por todas essas etapas quando perdemos a Mamãe, não foi?

— Mamãe — disse Sophie.

Da primeira vez que ela disse "mamãe", Charlie chorou. Ele estava segurando uma foto de Rachel à frente dos dois, olhando por trás do ombrinho da filha. Na segunda vez, foi menos comovente. Ela estava na cadeirinha, perto da bancada de café da manhã, e falava com a torradeira.

— Essa aí não é a mamãe, Sophie. É a torradeira.

— Mamãe — insistiu Sophie, esticando o bracinho na direção da torradeira.

— Você está a fim de me sacanear, não é? — disse Charlie.

— Mamãe — repetiu Sophie, falando com a geladeira.

— Ah, mas que ótimo — disse Charlie.

Continuou a ler, dando-se conta de que a Dra. Kübler-Ross estava certa, afinal. Toda manhã, quando Charlie acordava e encontrava outro nome e outro número na agenda sobre a mesinha de cabeceira, ele passava por todas as cinco etapas antes de terminar de tomar o café da manhã. Mas agora que essas etapas tinham nome, passara a reconhecê-las quando os parentes de seus clientes também passavam por elas. Era esse o termo que ele usava para se referir às pessoas cujas almas resgatava: clientes.

Depois, leu um livro chamado *O Último Saco*, que falava sobre como se matar usando um saco de plástico. Mas não deve ter sido um

livro muito eficaz, já que viu, na contracapa, dois outros livros que eram continuação do primeiro. Imaginou as cartas enviadas pelos fãs do livro:

Caro Autor de O Último Saco:
Eu quase morri, mas aí meu saco plástico ficou todo embaçado e eu não conseguia mais ver TV, então abri um buraquinho perto do olho. Pretendo tentar novamente com o seu próximo livro.

O livro não foi lá de grande utilidade para Charlie, exceto para fazer com que ele adquirisse mais uma paranoia: os sacos plásticos.

Nos meses seguintes, ele leu *O Livro Egípcio dos Mortos*, no qual aprendeu a puxar o cérebro das pessoas pela narina com um pedaço de arame, informação que, ele sabia, um dia seria útil; uma dezena de livros sobre como lidar com a morte, o luto, o enterro e os mitos do Mundo Inferior, nos quais aprendeu que sempre houvera representações da Morte, desde tempos imemoriais, e que nenhuma delas se parecia com ele; e *O Livro Tibetano dos Mortos*, no qual ele aprendeu que *bardo*, a transição entre esta vida e a próxima, durava 49 dias e que durante esse processo a pessoa encontraria 30 mil demônios, todos descritos nos mínimos detalhes, mas nenhum parecido com as harpias do esgoto, e que o morto deveria ignorar todos eles, sem sentir medo, pois não eram reais, já que pertenciam ao mundo material.

— Que estranho. Todos esses livros falam sobre como o mundo material não tem importância, mas mesmo assim preciso recuperar a alma das pessoas e essas almas estão ligadas a objetos materiais — disse Charlie para Sophie. — Parece que a morte é, no fim das contas, meio irônica, não acha?

— Não — disse Sophie.

Com um ano e meio de idade, Sophie respondia todas as perguntas com "Não", "Biscoito" e "igual um urso" — sendo que a última resposta Charlie imaginava ser efeito de deixar sua filha tempo demais

sob os cuidados da Sra. Korjev. Depois que as tartarugas, mais dois hamsters, um caranguejo-eremita, um iguana e dois sapos abandonaram esta vida para ir parar no grande *wok* do céu (ou, para ser mais preciso, no terceiro andar), Charlie finalmente aceitou a situação e trouxe para casa uma barata de Madagascar, que ganhou o nome de Urso, para que sua filha não passasse a vida falando coisas sem sentido.

— Igual um urso — disse Sophie.

— Ela está falando da barata — disse Charlie certa noite, quando Jane foi visitá-lo.

— Ela não está falando da barata. E que tipo de pai compra uma barata para a filha, hein? — perguntou Jane. — Que nojo!

— Dizem que nada é capaz de matar as baratas. Estão por aí há uns cem milhões de anos. Era isso ou um tubarão branco, mas parece que é difícil cuidar de um tubarão branco.

— Por que você não desiste, Charlie? Deixa ela com os bichinhos de pelúcia, e pronto.

— As crianças precisam de bichinhos de estimação. Principalmente uma menina que mora na cidade.

— A gente sempre morou em cidade e nunca tivemos bichos de estimação.

— Eu sei. E olha só como ficamos — disse Charlie, fazendo um gesto de vaivém entre os dois.

Afinal, um deles lidava com a morte e tinha uma barata gigante de Madagascar chamada Urso, enquanto a outra já estava na terceira namorada-professora-de-ioga num período de seis meses e trajava o mais novo terno Harris de tweed do irmão.

— Viramos ótimas pessoas. Pelo menos um de nós virou — disse Jane, indicando com um gesto o esplendor de seu terno, como se fosse uma apresentadora de programa de TV mostrando o grande prêmio para o vencedor da competição *Melhor Andrógino do Ano.* — Mas, olha, você *precisa* engordar um pouquinho. Esse terno está justo demais aqui na bunda — continuou ela, mais uma vez se perdendo em sua auto-obsessão. — Vem cá, aqui na frente está meio capô de fusca?

— Lá-lá-lá-lá, não quero nem ver, não quero nem ver, não quero
nem ver — cantarolou Charlie.

— Ela não ia precisar de bichos se saísse do apartamento — disse
Jane, puxando para baixo a parte da frente da calça para aliviar o terrível
efeito do formato de capô. — Leva ela pra passear no zoológico,
Charlie. Deixa ela ver o mundo lá fora, o mundo além desse apartamento. Leva ela pra passear.

— Eu vou levar. Amanhã. Vou sair com ela e mostrar a cidade —
respondeu Charlie.

E ele teria ido, sem dúvida, só que acordou e encontrou o nome
de Madeline Alby escrito em sua agenda e, perto do nome dela, o
número 1.

Isso e a barata, morta.

— Eu vou te levar pra passear — dizia Charlie enquanto colocava
Sophie em sua cadeirinha para tomar o café da manhã. — Vou sim,
querida. Prometo. Você acredita que me deram um dia só?

— Não — respondeu Sophie. — Suco! — acrescentou ela, porque
estava na cadeirinha e era hora do suco.

— Sinto muito pelo Urso, querida — disse Charlie, escovando o
cabelo da filha para um lado, depois para o outro, e depois desistindo.

— Ele era uma barata bacana, mas morreu. A Sra. Ling vai enterrá-lo.
Aquela jardineira na janela dela já deve estar lotada de bichos.

Charlie não se lembrava de haver uma jardineira na janela da
Sra. Ling, mas quem era ele para duvidar?

Charlie abriu o catálogo telefônico e, felizmente, encontrou o
nome "M. Alby", com endereço em Telegraph Hill, que não ficava
nem a dez minutos dali, a pé. Nenhum cliente estivera tão perto dele.
Depois de quase seis meses sem ouvir nenhum pio nem ver nenhuma
sombra das harpias do esgoto, começava a achar que já estava manjando
aquela coisa de ser Mercador da Morte. Até transferira a maioria dos
receptáculos de alma que havia coletado. Mas a urgência daquele
número 1 parecia algo ruim. Bem ruim.

A residência era uma casa vitoriana estilo italiano sobre o morro que ficava logo abaixo da Coit Tower, a grande coluna de granito construída em homenagem aos bombeiros de São Francisco que haviam perdido a vida no exercício de seu trabalho. Embora se diga que ela fora inspirada na extremidade de uma mangueira de incêndio, quase ninguém que visse a torre resistiria à vontade de comentar o quanto se parecia com um pênis gigante. A casa de Madeline Alby, um retângulo branco com telhado plano e ornamentos na beirada, coroado por uma cornija com querubins entalhados, parecia um bolo de casamento que se equilibrava sobre o escroto da torre.

Então, enquanto escalava o saco de São Francisco, Charlie se perguntava como, exatamente, iria entrar na casa. Em geral, ele tinha tempo, podia esperar e entrar depois de alguém, ou mesmo inventar alguma desculpa, mas dessa vez só tinha um dia para entrar, achar o receptáculo da alma e sair. Esperava que Madeline Alby já estivesse morta. Não gostava muito de ficar perto de gente doente. Quando viu um carro estacionado na frente, com o pequeno adesivo verde de uma casa de repouso, suas esperanças de encontrar a cliente morta foram destruídas feito um docinho esmagado por uma marreta.

Subiu os degraus da entrada, do lado esquerdo da casa, e ficou esperando perto da porta. Será que ele mesmo poderia abri-la? Será que as pessoas o veriam, ou será que sua "invisibilidade" especial se estendia também aos objetos que ele movimentava? Achava que não. Mas, então, a porta se abriu e uma mulher, mais ou menos da idade de Charlie, saiu para a varanda.

— Só vou fumar um cigarro — disse ela, dirigindo-se para alguém dentro da casa, e, antes mesmo que pudesse fechar a porta atrás de si, Charlie se esgueirou e entrou.

A porta da frente dava em um vestíbulo; à sua direita, Charlie viu o que originalmente tinha sido a sala de visitas. Havia uma escada à sua frente e também outra porta mais além, que ele imaginou que levasse até a cozinha. Podia ouvir vozes na sala de visitas e esticou a cabeça para espiar pela quina: viu quatro senhoras mais velhas sentadas em

dois sofás, um de frente para o outro. Estavam trajando vestidos e chapéus e tinham a aparência de quem acaba de vir da igreja, mas Charlie imaginou que estavam ali para se despedir da amiga.

— A gente sempre pensa que a pessoa vai ter o bom-senso de parar de fumar quando a mãe está no andar de cima morrendo de câncer — disse uma das senhoras, de saia cinza e casaco com chapéu combinando, com um grande broche esmaltado na forma de uma vaca preta e branca.

— Bom, ela sempre foi uma moça teimosa — disse outra senhora, trajando um vestido que parecia ser feito do mesmo tecido floral do sofá. — Sabia que, às vezes, ela encontrava o meu filho Jimmy lá em Pioneer Park, quando eram pequenos?

— Ela dizia que ia se casar com ele — afirmou outra mulher, que parecia irmã da primeira.

As senhoras riram, um tom de brincadeira e tristeza mesclado em suas vozes.

— Bom, não sei o que essa moça tinha na cabeça, o meu filho é cheio de caprichos — disse a mãe do rapaz.

— É. E meio maluco — acrescentou a irmã.

— Bom, sim. Agora ele é.

— Desde que foi atropelado — continuou a irmã.

— Mas ele não se atirou bem na frente de um carro? — perguntou uma das senhoras, que até o momento não havia falado nada.

— Não, ele correu na direção do carro. Na época, estava usando drogas — explicou a mãe. E depois, suspirando: — Eu sempre disse que tive um de cada: um menino, uma menina e um Jimmy.

Todas assentiram em silêncio. Não era a primeira vez que aquele grupo fazia esse tipo de coisa, imaginou Charlie. Pareciam aquelas mulheres que compram cartões de pêsames em grande quantidade, que toda vez que ouvem a sirene de uma ambulância passando pela rua lembram-se de ir pegar o vestido preto na lavanderia.

— Sabe, a Maddy está parecendo bem mal — disse a senhora vestida de cinza.

— Ué, ela está morrendo, querida. É assim mesmo.

— É, acho que sim.

Outro suspiro.

Barulho de pedras de gelo dentro de copos.

Todas estavam com drinques bem-feitinhos nas mãos. Charlie imaginou que tinham sido preparados pela mulher mais jovem, a que estava fumando lá fora. Olhou em volta, procurando algo que emitisse um brilho vermelho. Havia uma cômoda-papeleira de carvalho no canto, e ele quis abri-la para dar uma olhada, mas precisaria esperar. Saiu do vestíbulo e foi para a cozinha, onde dois homens perto dos quarenta, talvez com quarenta e poucos anos, estavam sentados a uma mesa de carvalho, jogando Scrabble.

— A Jenny vai voltar? É a vez dela.

— Ela deve ter subido com uma daquelas senhoras para ver a mamãe. A enfermeira da casa de repouso só deixa subir uma de cada vez.

— Queria que isso acabasse logo. Não suporto essa expectativa. Preciso voltar pra minha família. Sério, estou prestes a ter um ataque.

O mais velho dos dois homens esticou o braço sobre a mesa e colocou dois pequenos comprimidos azuis perto das peças do irmão.

— Isso aqui ajuda.

— O que é isso?

— Morfina de liberação lenta.

— Sério?

O irmão mais velho parecia chocado.

— Mal dá para sentir o efeito. Só tira um pouco do nervosismo. A Jenny está tomando há duas semanas.

— É por isso que vocês estão aceitando tudo tão bem e eu estou péssimo? Vocês estão se drogando com o remédio pra dor que a mamãe usa?

— É.

— Eu não uso drogas. Isso aí é uma droga. E você também não usa.

O irmão mais velho se recostou na cadeira.

— É um medicamento para aliviar a dor, Bill. Você acha que está sentindo o quê?

— Não. Não vou tomar o remédio da mamãe.

— Você é quem sabe.

— E se ela precisar do remédio?

— Tem morfina naquele quarto em quantidade suficiente para anestesiar um urso. E, se ela precisar de mais, a casa de repouso traz.

Charlie ficou com vontade de chacoalhar o irmão mais novo e gritar *Toma o remédio, seu imbecil*. Talvez fosse a experiência. Já havia presenciado aquela situação diversas vezes, vendo familiares velando um ente querido, completamente transtornados devido ao luto e à exaustão, amigos saindo e entrando da casa feito fantasmas, despedindo-se ou só fazendo sala para dizer que haviam comparecido, para que talvez eles mesmos não morressem sozinhos. Por que nenhum dos livros sobre os mortos falava disso? Por que as instruções não falavam sobre toda a dor e confusão que ele veria?

— Vou atrás da Jenny. Vou ver se ela quer comer alguma coisa. A gente pode terminar o jogo mais tarde, se você quiser — disse o irmão mais velho.

— Tudo bem. Eu estava perdendo mesmo — disse o irmão mais novo, recolhendo as pecinhas e depois guardando o tabuleiro. — Vou lá em cima ver se consigo dormir um pouco. Esta noite eu é que vou ficar cuidando da mamãe.

O irmão mais velho saiu e Charlie ficou olhando enquanto o mais novo colocava os comprimidos azuis no bolso de sua camisa e saía da cozinha, dando ao Mercador da Morte a oportunidade de vasculhar a despensa e os armários, procurando o receptáculo de alma. Mas ele sentiu, antes mesmo de começar a buscar, que o objeto não estava ali. Precisaria subir a escada.

Ele odiava muito, *mesmo*, ficar perto de pessoas enfermas.

Madeline Alby estava apoiada em travesseiros na cama, toda empacotada, com um edredom até o pescoço. Estava tão magra que seu corpo mal aparecia por debaixo das cobertas. Charlie imaginou que ela devia pesar uns 30, 35 quilos, no máximo. Seu rosto estava emaciado e ele podia ver o contorno das órbitas e da mandíbula por baixo da pele amarelada. Charlie imaginou que fosse câncer no fígado. Uma das amigas que antes estava lá embaixo agora se encontrava sentada perto da cabeceira. A funcionária da casa de repouso, uma mulher corpulenta, usando roupa hospitalar, estava numa cadeira do outro lado do quarto, lendo. Um cachorrinho, que para Charlie parecia ser um yorkshire terrier, dormia todo encolhido entre o ombro e o pescoço de Madeline.

Quando Charlie entrou no quarto, Madeline disse: — Olá, moço.

Charlie parou, congelado. Ela olhava diretamente para ele: olhos de um azul cristalino. E também sorrira. Será que o chão tinha feito barulho? Será que ele tinha esbarrado em alguma coisa?

— O que você está fazendo aqui, moço? — disse ela, com uma risadinha.

— Quem você está vendo, Maddy? — perguntou a amiga.

A amiga seguiu o olhar de Madeline, mas seu olhar atravessou Charlie.

— Um moço bem ali.

— Certo, Maddy. Você quer beber um pouco d'água?

A amiga esticou a mão para pegar o copinho de criança, com um canudinho embutido, que estava na mesinha de cabeceira.

— Não. Mas diga para aquele moço vir até aqui. Entre, rapaz.

Madeline tirou os braços debaixo das cobertas e começou a mexer as mãos fazendo movimentos de costura, como se estivesse bordando uma tapeçaria no ar.

— Bom, melhor eu ir andando — disse a amiga. — Vou deixar você descansar um pouco.

A amiga lançou um olhar de relance para a enfermeira, que retribuiu por cima dos óculos de leitura, sorrindo com os olhos. Era a única especialista na casa, a que dava permissão para ir e vir.

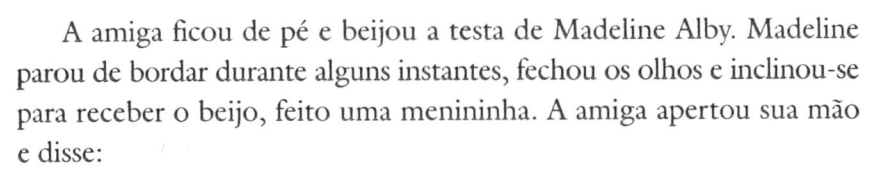

A amiga ficou de pé e beijou a testa de Madeline Alby. Madeline parou de bordar durante alguns instantes, fechou os olhos e inclinou-se para receber o beijo, feito uma menininha. A amiga apertou sua mão e disse:

— Tchau, Maddy.

Charlie deu um passo para o lado e deixou a mulher passar. Percebeu que os ombros dela sacudiram levemente com um soluço de choro quando passou pela porta.

— Ei, rapaz. Vem cá, sente-se aqui — disse Madeline.

Fez uma pausa na costura, longa o suficiente para fitar bem dentro dos olhos de Charlie, o que o deixou bastante perturbado. Ele olhou de relance para a enfermeira, que levantou os olhos do livro e logo voltou à leitura. Charlie apontou para si mesmo.

— É, você — disse Madeline.

Charlie estava entrando em pânico. Ela conseguia vê-lo, mas a enfermeira não — era o que parecia, pelo menos.

O alarme do relógio de pulso da enfermeira soou e Madeline pegou o cachorrinho e o segurou contra a orelha.

— Alô? Oi, como vai você?

Ela olhou para Charlie e disse:

— É a minha filha mais velha.

O cachorrinho olhou para Charlie também, com uma expressão veemente de "me tira daqui" nos olhos.

— Hora de tomar o remédio, Madeline — disse a enfermeira.

— Não está vendo que estou ao telefone, Sally? Espere um pouquinho.

— Está bem, eu espero.

A enfermeira pegou um frasco marrom com um conta-gotas. Encheu o conta-gotas, verificou a dosagem e esperou.

— Tchau. Também te amo — disse Madeline, e depois, estendendo o cachorrinho na direção de Charlie: — Você pode desligar para mim?

A enfermeira pegou o cachorrinho e o colocou na cama, perto de Madeline.

— Abra a boca, Madeline.

Madeline abriu-a bem e a enfermeira espirrou o conteúdo do conta-gotas na boca da velha.

— Hmmm! Morango! — disse Madeline.

— Isso mesmo, morango. Quer beber um pouco d'água para tirar o gosto? — perguntou a enfermeira, pegando o copo de criança.

— Não. Queijo. Eu queria comer queijo.

— Eu posso ir lá pegar queijo para você.

— Queijo cheddar.

— Cheddar, então. Já volto.

Ajeitou as cobertas ao redor de Madeline e saiu do quarto. A velha voltou a olhar para Charlie.

— Agora que ela foi embora, você pode falar?

Charlie encolheu os ombros e olhou em volta, a mão sobre a boca, parecendo alguém desesperado para cuspir uma garfada de frutos do mar estragados.

— Não fica aí fazendo mímica, querido. Ninguém gosta de mímicos.

Charlie soltou um longo suspiro. Não havia mais nada a perder. Ela conseguia enxergá-lo.

— Oi, Madeline. Meu nome é Charlie.

— Eu sempre gostei desse nome, Charlie. Como é que a Sally não viu você?

— Só você pode me ver agora.

— É porque estou morrendo?

— Acho que sim.

— Está bem. Você é um rapaz muito bonito, sabia?

— Obrigado. A senhora também não faz feio.

— Estou com medo, Charlie. Eu não sinto dor. Antes eu tinha medo, pensava que ia doer, mas agora estou com medo do que vai acontecer depois.

Charlie sentou na cadeira perto da cama.

— Acho que é por isso que estou aqui, Madeline. Você não precisa ter medo.

— Eu bebi conhaque demais na vida, Charlie. Foi por isso que fiquei doente.

— Maddy... Posso chamá-la de Maddy?

— Claro, rapaz. Somos amigos.

— Sim, somos amigos. Olha, Maddy, ia acontecer de qualquer jeito. Você não fez nada para causar isso.

— Bem, isso é bom.

— Maddy, você tem alguma coisa para me dar?

— Tipo um presente?

— Tipo um presente que você mesma se daria. Alguma coisa que eu possa guardar para você e devolver depois, quando voltar a ser surpresa?

— A minha almofada de alfinetes. Quero que você fique com ela. Era da minha avó — respondeu Madeline.

— Vai ser uma honra guardar para você, Maddy. Onde ela está?

— Na minha caixa de costura, na última prateleira daquele armário — disse ela, apontando para um armário de estilo antigo, do outro lado do quarto. — Ah, com licença. Telefone.

Madeline ficou falando com a filha mais velha através de uma das extremidades do edredom. Enquanto isso, Charlie pegou a caixa de costura da última prateleira do armário. A caixa era feita de palha trançada e ele podia ver o brilho vermelho do receptáculo da alma lá dentro. Tirou de lá a almofada de alfinetes, feita de veludo vermelho pregueado, com fitas de prata de verdade, e segurou para que Madeline a visse. Ela sorriu e fez um sinal de OK com o polegar, e nisso a enfermeira entrou, segurando um pratinho com queijo e biscoitos.

— É a minha filha mais velha — explicou Madeline para a enfermeira, segurando o pedaço do edredom contra o peito para que a filha não ouvisse. — Ah, é o meu queijo?

A enfermeira fez que sim.

— E eu trouxe biscoito cream cracker também.

— Ligo depois para você, querida. Sally trouxe queijo pra mim e não quero que ela pense que sou mal-educada.

Desligou o edredom e deixou que Sally colocasse em sua boca pedacinhos de queijo e biscoito.

— Acho que esse é o queijo mais gostoso que já comi na vida.

Charlie podia perceber, pela expressão no rosto dela, que aquele era, de fato, o melhor queijo que ela já havia comido. Cada pedacinho de seu ser estava empenhado em sentir o gosto dos quadradinhos de cheddar e ela soltava pequenos gemidos de prazer enquanto mastigava.

— Quer um pouco de queijo, Charlie? — perguntou Madeline, espirrando um monte de pedacinhos de biscoito cream cracker sobre a enfermeira, que se virou para olhar o canto onde Charlie estava, com a almofada já segura dentro do bolso de seu paletó.

— Ah, você não consegue vê-lo, Sally — disse Madeline, dando um tapinha na mão da enfermeira para chamar-lhe a atenção. — Ele é bonitão, viu? Mas meio magrinho.

E então disse, para Sally somente, mas alto o bastante para que Charlie pudesse ouvir também:

— Putaquepariu, ele bem que está precisando comer um queijinho.

E aí riu, espalhando mais pedacinhos de biscoito cream cracker sobre a enfermeira, que também ria e tentava não derrubar o prato.

— O que foi que ela disse? — perguntou uma voz no corredor.

E então os dois filhos e a filha entraram no quarto, primeiro estranhando o que tinham ouvido, mas depois rindo com a enfermeira e a mãe.

— Eu estava dizendo que este queijo é ótimo — disse Madeline.

— É, mãe. É, sim — respondeu a filha.

Charlie ficou ali no canto, observando-os comer queijo e rir, pensando: *"O livro devia falar dessas coisas também."* Ficou observando enquanto a ajudavam a usar a comadre, davam-lhe de beber, limpavam seu rosto com um tecido úmido — e viu que ela mordia o pano como Sophie fazia quando ele lavava seu rosto. A filha mais velha, que,

Charlie percebeu, já tinha falecido havia um bom tempo, telefonara mais umas três vezes, uma no cachorro e duas no travesseiro. Por volta do meio-dia, Madeline ficou cansada e dormiu. Depois de meia hora dormindo, ela começou a ficar ofegante. Em seguida, parou e não respirou durante um minuto inteiro. E aí respirou bem fundo. E depois parou de vez.

E Charlie saiu do quarto com sua alma dentro do bolso.

GRITE 'AOS INFERNOS' E LIBERTE
OS AU-AUS DE GUERRA!

Ver Madeline Alby morrer deixou Charlie abalado. Não tanto a morte dela, e sim a vida que pôde ver nela minutos antes que morresse. Pensou: *Se é preciso olhar a Morte nos olhos quando ela tira uma vida, quem melhor para isso do que o homem que barbeia o rosto da Morte?*

— O livro não fala do queijo — disse Charlie para Sophie, saindo com ela da loja em seu novo carrinho de bebê, um cruzamento entre uma bicicleta de fibra de carbono e um carrinho de bebê que parecia uma daquelas motocicletas de *Mad Max*. Mas era um carrinho forte, fácil de empurrar, e deixava Sophie protegida dentro de sua estrutura de alumínio.

Por causa do queijo, ele não colocou um capacete na filha. Queria que ela pudesse olhar para todas as direções, ver o mundo à sua volta, estar presente nele. Foi por ter visto Madeline Alby comendo queijo com cada pedacinho de seu ser, como se fosse a primeira vez, a melhor vez, que se deu conta de que nunca havia, de fato, sentido o gosto de queijo, ou de biscoito cream cracker, ou da vida. Não queria que

a filha vivesse daquele jeito. Tinha passado Sophie para o quarto dela na noite anterior, o quarto que Rachel havia decorado para ela, com nuvens pintadas no teto e um balão sorridente que carregava pelo céu, dentro da cesta, um monte de animais felizes, amigos seus. Ele não dormira bem e levantara cinco vezes durante a noite para verificar como ela estava. E sempre a encontrava dormindo tranquilamente. Mas se o preço a pagar para que Sophie pudesse viver a vida sem medo era uma noite maldormida, valia a pena. Ele queria que ela experimentasse todo o maravilhoso queijo da vida.

Passearam por North Beach. Charlie resolveu parar no meio do caminho e comprar um café para ele e um suco de maçã para Sophie. Os dois dividiram um cookie gigante de manteiga de amendoim, e uma multidão de pombos foi atrás deles pela calçada, banqueteando-se no rastro de migalhas caídas do carrinho de Sophie. Os jogos da Copa do Mundo estavam passando nos televisores dos bares e cafés; havia diversas pessoas nas calçadas e nas ruas assistindo ao jogo, torcendo, vaiando, abraçando-se, xingando, tomadas por ondas de felicidade ou decepção na companhia de pessoas desconhecidas que estavam visitando aquele bairro ítalo-americano, vindas de todos os lugares do mundo. Sophie também vibrou com os fãs de futebol e soltou um gritinho de felicidade ao vê-los felizes. Quando a multidão ficava desapontada — um chute bloqueado, uma jogada ruim — Sophie ficava triste e olhava para o pai, como se estivesse lhe pedindo que desse um jeito na situação, que deixasse todo mundo feliz de novo. E o papai resolvia, porque, alguns segundos depois, todos ficavam felizes de novo. Um alemão alto ensinou Sophie a cantar "Gooooooooooooool!" como o narrador fazia, praticando com ela até conseguir ficar cinco segundos na letra "o", e ela continuou a praticar mesmo a três quarteirões dali, e aí Charlie precisou fazer o gesto de encolher os ombros para as pessoas perplexas, como que dizendo: *A menina é fã de futebol, fazer o quê?*

Quando era quase hora da soneca de Sophie, Charlie começou a voltar para casa, atravessando o Washington Square Park. Lá havia

pessoas lendo e descansando à sombra, um sujeito tocando violão e cantando músicas do Bob Dylan por uns trocados, dois garotos brancos com cabelo rastafári jogando futebol com uma bolinha de tecido e, no geral, pessoas aproveitando o agradável dia de verão sem vento. Charlie viu um gatinho preto sair sorrateiramente de uma sebe perto da movimentada Columbus Avenue, aparentemente tentando perseguir uma embalagem de McMuffin, e apontou para ele, chamando a atenção de Sophie.

— Olha, Sophie. Um gatinho... miau.

Charlie se sentia mal por causa da morte de Urso, a barata. Talvez, naquela tarde, pudesse passar na loja de animais e comprar um novo amigo para Sophie.

Sophie gritou de alegria e apontou o dedo para o gatinho.

— Você consegue falar "miau"? — perguntou Charlie.

Sophie apontava e sorria, babando.

— Você quer um miau? Você consegue falar "miau", Sophie?

Ela apontava para o gato.

— Miau — disse ela.

O bichano caiu morto.

— Fresh Music, boa-tarde — disse Minty Fresh ao atender o telefone, sua voz um timbre de jazz de saxofone baixo.

— Que porra é essa? Como assim você não me falou sobre isso? Por que o livro não fala nada a esse respeito? Que merda é essa?

— Acho que você ligou errado, aqui não é da biblioteca e nem da igreja. Aqui é uma loja de discos, não temos respostas.

— Aqui é o Charlie Asher. Que merda foi essa que você fez? O que você fez com a minha filha?

Minty franziu a testa e passou a mão pela careca. Tinha se esquecido de raspar a cabeça de manhã; devia ter desconfiado que algo ruim ia acontecer.

— Charlie, você não pode me ligar. Eu te disse isso, lembra? Sinto muito se alguma coisa aconteceu com a sua filha, mas juro pra você que eu...

— Ela apontou para um gato, falou "miau" e aí ele caiu duro no chão, morto.

— Bom, isso é só uma infeliz coincidência, Charlie. Os gatos têm alta taxa de mortalidade.

—Ah, é? Pois bem, aí ela apontou para um velho que estava alimentando uns pombos, falou "miau" e ele também caiu duro no chão.

Minty Fresh ficou aliviado por não ter mais ninguém ali na loja naquele momento: assim, ninguém veria a cara que ele tinha feito, porque, sem dúvida, o impacto do arrepio que subira pela sua espinha acabara de vez com aquela aparência de pessoa calma e impassível.

— Essa menina tem problemas de dicção, Charlie. Melhor levar ela num especialista.

— Problema de dicção! Problema de dicção! Agora o jeitinho fofo e mole que ela tem de falar é um problema de dicção! A minha filha *mata* pessoas usando a palavra *miau*. Tive que ficar tapando a boquinha dela o tempo todo até a gente chegar em casa. Aposto que alguém até deve ter filmado a cena. As pessoas devem ter pensado que eu era um desses pais que vemos nas lojas batendo nos filhos.

— Não seja ridículo, Charlie. As pessoas adoram os pais que batem nos filhos, nas lojas. São os pais que deixam os filhos fazerem bagunça que todo mundo odeia.

— Dá pra você não mudar de assunto, Fresh, por favor? O que você sabe a esse respeito? O que você descobriu durante todos esses anos como Mercador da Morte?

Minty Fresh sentou no banquinho atrás do balcão da loja e ficou olhando fixamente para os olhos da Cher de papelão, como que esperando uma resposta dela. Mas a desgraçada não abriu a boca

— Charlie, não sei de nada. A menina estava no quarto quando você me viu, e você viu o que aconteceu com você. Sabe-se lá o que aconteceu com ela? Eu te falei que achava que você era diferente de nós. Bom, talvez a sua menina seja diferente também. Nunca ouvi falar de um Mercador da Morte que pudesse matar alguém falando "miau" ou que fizesse alguém bater as botas de outra maneira que

não os meios normais e mortais. Você já tentou fazer ela usar outras palavras? Tipo *au-au*?

— Sabe, até pensei em fazer isso. Mas aí pensei que eu ia foder com o mercado imobiliário se todo mundo do meu bairro caísse duro no chão de repente! Não, óbvio que eu não tentei outras palavras. Não quero nem obrigar a menina a comer peixe com medo de que ela fale miau pra mim.

— Olha, tenho certeza de que você deve ter algum tipo de imunidade a isso.

— O *Fantástico Grande Livro da Morte* diz que não somos imunes à morte. Acho que, da próxima vez que aparecer um gatinho no Discovery Channel, a minha irmã vai ter que começar a procurar caixões.

— Desculpa, Charlie, mas não sei o que dizer. Vou dar uma olhada nos livros que tenho em casa. Mas me parece que a sua filha se aproxima bem mais do que a gente das descrições que as lendas fazem da Morte. Mas tudo tende ao equilíbrio. Talvez exista um lado positivo nesse... hã... nesse distúrbio dela. Enquanto a gente tenta descobrir, talvez você deva dar um pulo lá na Berkeley pra ver se não acha alguma coisa na biblioteca de lá. É um repositório, todos os livros publicados vão pra lá.

— E você já não tentou isso?

— Já, mas eu não estava pesquisando uma coisa específica como essa. Olha, só toma cuidado ao ir pra lá. Não pega o metrô que passa pelo túnel para Oakland.

— Você acha que as harpias do esgoto estão no túnel do metrô?

— Harpias do esgoto? O que é isso?

— É o nome que dei pra elas — respondeu Charlie.

— Ah. Não sei. Afinal, você vai estar no subsolo. E eu já fiquei preso dentro de um metrô quando a energia acabou. Acho melhor você não arriscar. É o território delas. Por falar nisso, por aqui elas andaram estranhamente silenciosas nos últimos seis meses, mais ou menos. Nem um pio.

— É, por aqui também. Mas imagino que esse meu telefonema vá mudar as coisas.

— É, provavelmente. Mas, com esse negócio da sua filha, talvez a gente esteja em uma situação totalmente diferente, também. Vê se toma cuidado, hein, Charlie Asher.

— Você também, Minty.

— Me chama pelo sobrenome, Fresh.

— Desculpe, Sr. Fresh.

— Tchau, Charlie.

Em sua cabine, no grande navio, Orcus palitava os dentes com a ponta afiada de um fêmur quebrado de bebê. Babd penteava a crina preta dele com as garras enquanto a morte cabeça-de-touro refletia sobre aquilo que as Morrigan tinham visto quando estavam dentro de um bueiro na Columbus Avenue: Charlie e Sophie no parque.

— Já chegou a hora. Já não estamos esperando demais? — perguntou Nemain, batendo as garras como castanholas, impaciente, o que fez com que gotas de veneno respingassem nas paredes e no chão.

— Será que você não pode tomar mais cuidado? Essa merda aí mancha. Acabei de colocar carpete novo — repreendeu Macha.

Nemain mostrou para ela uma língua preta e disse:

— Sua lavadeira.

— Sua puta — respondeu Macha.

— Não gosto disso — disse Orcus. — Essa menina me preocupa.

— A Nemain tem razão. Olha só como estamos mais fortes — disse Babd, acariciando as fibras que voltavam a crescer entre os espinhos nos ombros de Orcus; era como se ali houvesse leques, como se fosse a decoração de uma armadura de samurai. — Vamos em frente. Pode ser que o sacrifício da criança traga as suas asas de volta.

— Você acha que vai conseguir?

— A gente consegue se for de noite — respondeu Macha. — Há mil anos não ficamos tão fortes assim.

— Quero que só uma de vocês vá, com cuidado e sem ser vista — disse Orcus. — O poder dela é muito antigo, mesmo nesse novo corpo. Se ela conseguir controlá-lo, teremos de esperar mais mil anos. Mate a menina e traga o corpo dela para mim. Não deixe que ela veja você até que a ataque.

— E o pai? Devo matá-lo?

— Você não está forte o suficiente. Mas, se ele acordar e descobrir que a filha morreu, talvez a dor que ele sinta já seja capaz de destruí-lo.

— Você não tem a menor ideia do que está fazendo, não é? — disse Nemain.

— Esta noite você fica aqui — respondeu Orcus.

— Droga — disse Nemain, atirando veneno na parede. — Oh, peço desculpas por duvidar de vossa exaltada majestade. Mas, diga-me, se você tem cabeça de touro, o que é que sai da sua outra extremidade, hein?

— Rá! — disse Babd. — Essa foi boa.

— E que minhocas você tem na cabeça, por baixo das penas? — perguntou Orcus.

— Ih! Agora ele te pegou, Nemain. Fica aí pensando no que ele te disse enquanto eu estiver matando a criança hoje à noite.

— Eu estava falando com você. A Macha é quem vai — disse Orcus.

Ela entrou pelo telhado, quebrando a claraboia arredondada sobre o quarto andar e pulando para o corredor. Movimentava-se lentamente, feito uma sombra, até que chegou à escada; depois pareceu flutuar até o andar de baixo, os pés mal tocando os degraus. No segundo andar, parou perto da porta e examinou as fechaduras. Havia duas trancas a mais, além da fechadura principal. Olhou para cima e viu a pequena janela acima da porta com seu vidro decorado, presa por um pequeno fecho de latão. Passou a garra pelo vão e, com um movimento do pulso, fez o fecho de latão cair e tilintar no chão de madeira, do lado

de dentro. Deslizou pela janela acima da porta e ficou achatada no chão, do lado de dentro, esperando — uma poça feita de sombra.

Podia sentir o cheiro da criança, ouvir o ronco suave que vinha do outro lado do apartamento. Foi até o centro da grande sala e parou. O Carne Fresca também estava ali. Podia sentir sua presença: ele dormia no quarto em frente ao da criança. Se ele interferisse, ela arrancaria sua cabeça e a levaria de volta para o navio, para provar a Orcus que ele jamais deveria subestimá-la. Afinal, já se sentia mesmo tentada a matá-lo, mas só faria isso depois de matar a menina.

Uma luz noturna de criança, no quarto da menina, projetava uma suave faixa cor-de-rosa no chão da sala. Macha fez um gesto com a mão cheia de garras, e a luz apagou. Ronronou de satisfação. Houve uma época em que ela podia acabar com a vida de uma pessoa da mesma maneira. Quem sabe não recuperaria seu poder em breve?

Chegou ao quarto da criança e parou. Com a luz da lua que atravessava a janela, viu a menina aninhada no berço, deitada de lado, abraçada a um coelhinho de pelúcia. Mas não conseguia enxergar os cantos do quarto — as sombras ali eram tão líquidas e escuras que nem mesmo seus olhos de criatura da noite conseguiam penetrá-las. Foi até o berço e se debruçou. A criança dormia com a boca aberta. Macha decidiu que iria enfiar uma única garra pelo céu da boca da menina até atingir o cérebro. Era algo que não faria barulho e que deixaria bastante sangue para que o pai visse depois. E assim também poderia levar o cadáver da criança preso em sua garra feito um peixe em um anzol. Esticou o braço lentamente e se debruçou mais sobre o berço, para que tivesse o máximo de alcance para o golpe. A luz da lua refletiu sobre sua enorme garra de 10 centímetros e ela recuou, distraída por um segundo pelo beleza do brilho. Foi quando sentiu as mandíbulas em seu braço.

— Filho da p... — exclamou ao ser jogada para longe, contra uma parede.

Outro par de mandíbulas agarrou seu tornozelo. Ela se retorcia, transformando-se em meia dúzia de formas diferentes, mas não conseguia

se libertar: continuava sendo jogada para lá e para cá feito uma boneca de pano, batendo contra a cômoda, o berço e novamente contra a parede. Tentou atingir com as garras quem quer que a estivesse atacando; conseguiu dar um golpe, mas sentiu como se suas garras estivessem sendo arrancadas pelas raízes, então soltou. Não conseguia enxergar nada: só sentia uma movimentação insana, confusa, e os impactos. Deu um chute forte na criatura que estava agarrando seu tornozelo e conseguiu que a soltasse, mas a outra, que lhe atacava o braço, jogou-a através da janela, atravessando o vidro e fazendo-a bater contra as grades do lado de fora. Ouviu os cacos de vidro caindo na rua lá embaixo. Concentrou todas as suas forças para mudar de forma na velocidade mais insana possível, até conseguir sair pelas barras da grade e cair no asfalto.

— Ai! Putzgrila! — um grito na rua, uma voz feminina. — Ai!

Charlie ligou o interruptor e viu Sophie sentada no berço, segurando o coelhinho e rindo. O vidro da janela atrás dela estava quebrado. Cada móvel, com exceção do berço, estava fora do lugar, e, no reboco de duas paredes, havia buracos do tamanho de bolas de basquete. O revestimento de madeira atrás delas também estava quebrado. No chão, penas pretas e algo que parecia sangue; mas, assim que Charlie viu, as penas começaram a se dissipar, transformando-se em fumaça.

— Au-au, papai! Au-au! — disse Sophie. E, então, riu.

Sophie dormiu o resto da noite na cama do papai, e, enquanto isso, o papai ficou sentado numa cadeira, perto dela, de olho na porta trancada, a bengala-espada ao seu lado. O quarto de Charlie não tinha janela, então a porta era a única maneira de entrar e sair. Quando Sophie acordou, logo depois de amanhecer, Charlie trocou sua fralda, deu banho nela e a vestiu. E, então, ligou para Jane e pediu que ela preparasse o café da manhã. Enquanto ela estava na cozinha, limpou o vidro e o reboco no quarto de Sophie e foi até o depósito no porão procurar tábuas de madeira para cobrir a janela quebrada.

Odiava o fato de não poder telefonar para a polícia, não poder telefonar para ninguém, mas, se aquilo era o que um telefonema para outro Mercador da Morte era capaz de causar, não podia mais se arriscar. E o que a polícia diria, afinal, se contasse que vira penas e sangue pretos dissipando-se no ar?

— Alguém jogou um tijolo na janela do quarto da Sophie na noite passada — disse ele a Jane.

— Nossa! Até mesmo no segundo andar. Pensei que você fosse maluco de colocar grades no prédio todo, mas agora acho que tinha razão. Você devia substituir o vidro da janela por aquele que tem uns fios que correm por dentro, só pra garantir.

— É o que farei — disse Charlie.

Mas garantir o quê? Ele não tinha a menor noção do que havia acontecido no quarto de Sophie, mas era assustadora a ideia de que tinha ficado a salvo em meio a toda aquela destruição. Sim, iria mandar colocar um novo vidro na janela, mas decidiu que a menina dormiria em seu quarto a partir daquele dia, até completar 30 anos e se casar com um sujeito musculoso e especialista em táticas ninja.

Quando Charlie voltou do porão com tábuas de madeira, martelo e pregos, viu Jane sentada perto da bancada do café da manhã, fumando um cigarro.

— Jane, pensei que você tivesse parado de fumar.

— É, parei. Tem um mês. Achei esse aqui na bolsa.

— Por que você está fumando dentro de casa?

— É que fui lá no quarto da Sophie dar o coelhinho de pelúcia que ela estava pedindo.

— É? E cadê a Sophie? Não sei se ainda tem caco de vidro no chão, você não...

— Sim, ela está lá dentro. E isso não tem a menor graça, Asher. Essa sua coisa com animais de estimação já passou totalmente dos limites. Vou ter que fazer uma massagem, umas três aulas de ioga e fumar um baseado do tamanho de uma garrafa térmica só pra conseguir me

acalmar. Aqueles bichos me deram um susto tão grande que acho até que me mijei de medo.

— De que, diabos, você está falando, Jane?

— Muito engraçadinho — respondeu ela, sorrindo torto. — Muito engraçado. Estou falando dos "au-aus", papai.

Charlie olhou para a irmã e encolheu os ombros, com cara de *Você consegue ser mais incoerente ou maluca que isso?* Era um gesto que ele havia aperfeiçoado naqueles 32 anos. E aí correu para o quarto de Sophie e escancarou a porta.

Ali, um de cada lado de sua querida filha, estavam os dois cachorros maiores e mais pretos que já tinha visto. Sophie estava sentada, apoiada contra um deles, batendo na cabeça do outro com o coelhinho de pelúcia. Charlie deu um passo na direção de Sophie, com a intenção de resgatá-la, mas então um dos cães atravessou o quarto de um só pulo e jogou Charlie no chão, prendendo-o ali. O outro ficou entre Charlie e a bebê.

— Sophie, o papai vai te salvar! Não tenha medo.

Charlie tentou se arrastar por baixo do cachorro, mas ele abaixou a cabeça e rosnou. Charlie nem conseguia sair do lugar. Percebeu que o cachorro podia muito bem arrancar um pedaço de suas pernas e parte de seu torso com uma só mordida. A cabeça do bicho era maior que a dos tigres de bengala do zoológico.

— Jane, me ajuda! Tira esse bicho de cima de mim!

O cachorrão olhou para Jane, mantendo as patas sobre os ombros de Charlie.

Jane virou-se no banquinho e deu uma forte tragada no cigarro.

— Não, acho que não, irmãozinho. Se vira sozinho, depois de me dar esse susto.

— Mas não foi culpa minha! Nunca vi esses bichos na vida. Ninguém nunca viu esses bichos antes.

— Sabe, nós sapatas até que toleramos bem os cães, mas isso não te dá o direito de agir dessa maneira. Bom, vou deixar você à vontade com os seus bichinhos — disse Jane, pegando a bolsa e as chaves na

bancada. — Fica aí se divertindo com os seus amiguinhos caninos. Vou ligar pro trabalho para dizer que não posso ir porque estou surtada.

— Jane, espera!

Mas ela já tinha ido embora. Charlie ouviu a porta da frente bater.

O cachorrão não parecia ter a intenção de devorar Charlie; só de segurá-lo. Cada vez que ele tentava sair debaixo dele, o bicho rosnava e o segurava com mais força.

— Deita! Rola! Sai! Senta! Rola! Porra, sai de cima de mim, seu monstro! — disse Charlie, experimentando todos os comandos que tinha visto os treinadores usarem nos programas de TV (improvisara no último).

O animal latiu na orelha esquerda de Charlie tão alto que depois ele só conseguia ouvir um zumbido daquele lado. Com o outro ouvido, percebeu que sua filha ria.

— Sophie, meu amor, está tudo bem.

— Au-au, papai. Au-au!

Ela cambaleou, caiu e ficou olhando para Charlie. O cachorrão lambeu o rosto dela, quase derrubando a menina. (Com um ano e meio de idade, Sophie se movimentava, na maioria das vezes, feito uma pessoa bêbada.)

— Au-au, papai — repetiu Sophie.

Agarrou o cachorro gigante pela orelha e puxou-o para que saísse de cima de Charlie. Ou, mais exatamente, o cão deixou que ela o levasse pela orelha, saindo de cima de Charlie, que ficou de pé num pulo e começou a ir na direção de Sophie, mas o outro cão pulou na sua frente e rosnou. A cabeça do bicho batia na altura do peito de Charlie, mesmo com as quatro patas no chão.

Imaginou que os cães deviam pesar mais ou menos 200 quilos cada. Sem dúvida, eram umas duas vezes maiores que o maior cachorro que ele vira na vida, um newfoundland que vira nadando no Aquatic Park, no museu marítimo. Os dois tinham o pelo curto dos dobermans, os ombros largos e o peito dos rottweilers, mas a cabeça quadrada e orelhas eretas pareciam de dogue alemão. Eram tão pretos que

pareciam absorver a luz. Charlie só tinha visto um tipo de criatura que criava o mesmo efeito: os corvos do Mundo Inferior. Para ele estava claro que, de onde quer que aqueles cães de guarda tivessem saído, não eram do seu mundo. Mas também estava claro que não estavam ali para ferir Sophie. Ela nem mesmo seria uma refeição decente para bichos daquele tamanho. E, sem dúvida, já a teriam partido ao meio há muito tempo se quisessem fazer mal a ela.

Os estragos no quarto de Sophie na noite anterior talvez tivessem sido causados pelos cães, mas não haviam sido eles os agressores. Alguma coisa tinha vindo com a intenção de machucá-la e eles a haviam protegido, assim como a estavam protegendo agora. Charlie não queria nem saber por quê. Apenas se sentia grato por perceber que estavam do lado dele. Não saberia dizer onde estavam quando ele entrou no quarto pela primeira vez, depois que a janela quebrara; mas, agora que estavam ali, tinha a impressão de que não iriam mais embora.

— Está tudo bem. Não vou machucar ela — disse Charlie para o cachorro, que relaxou e deu alguns passos para trás. — Está na hora de ela usar o penico — disse Charlie, sentindo-se meio idiota.

Havia acabado de perceber que os dois estavam usando coleiras largas e prateadas, e isso, estranhamente, o perturbava mais do que seu tamanho absurdo. De tão estimulada que fora no último ano e meio, sua imaginação de Macho Beta conseguia aceitar facilmente o fato de que dois cães de guarda gigantes haviam aparecido do nada no quarto de sua filhinha, mas a ideia de que alguém colocara coleiras neles parecia estranha.

Charlie ouviu uma batida à porta da frente e saiu do quarto, de costas.

— Querida, o papai volta já.

LOUCO PRA CACHORRO

Charlie abriu a porta e Lily já foi entrando.

— Jane disse que você está com dois cachorrões pretos aqui. Preciso ver.

— Lily, espera — exclamou Charlie, mas ela já havia atravessado a sala de estar e entrado no quarto de Sophie antes que pudesse impedi-la. Ouviu um rosnar grave e viu Lily saindo do quarto de costas.

— Putz, Charlie — disse ela, com um sorriso gigante. — Eles são o máximo! Onde foi que você comprou?

— Não *comprei* em lugar nenhum. Eles apareceram do nada.

Charlie ficou perto de Lily, na porta do quarto de Sophie, sem entrar. Ela virou para ele, agarrou seu braço e perguntou:

— Eles são, tipo assim, auxiliares nos seus negócios de morte e tal?

— Lily, achei que tínhamos concordado que não falaríamos sobre esse assunto.

E tinham. Na verdade, Lily andava se comportando muito bem. Desde que descobrira que ele era um Mercador da Morte, quase nunca mais tocara no assunto. Ela também conseguira chegar ao final

do ensino médio e começara a fazer um curso sem que sua ficha na polícia ficasse suja. Matriculou-se no Instituto de Culinária, e uma das vantagens era que usava uniforme de chef de verdade, com calças xadrez e tamancos de borracha para trabalhar, e isso acabava suavizando a maquiagem e o cabelo, que continuavam marcantes, sombrios e um tanto assustadores.

Sophie riu e rolou no chão até se encostar em um dos cães. Eles estavam lambendo a menina, de modo que agora ela estava coberta com a baba infernal deles. Seu cabelo estava emplastrado, espetado em umas dez direções diferentes, fazendo com que parecesse um pouco personagem de desenho japonês, com olhos grandes.

Sophie viu Lily na porta e acenou.

— Au-au, Ily! Au-au!

— Oi, Sophie. É, são au-aus bem legais — disse Lily, e depois, virando-se para Charlie: — O que você vai fazer?

— Não sei o que fazer. Eles não me deixam chegar perto dela.

— Isso é bom, então. Estão aqui para protegê-la.

Charlie assentiu.

— É, acho que sim. Alguma coisa aconteceu ontem à noite. Sabe aquelas coisas que *O Fantástico Grande Livro da Morte* fala sobre os outros? Acho que um daqueles seres veio atrás dela na noite passada e esses cachorros apareceram.

— Estou impressionada. Imaginei que você ficaria mais assustado.

Charlie não quis contar que já tinha ficado muito assustado com o que havia acontecido no dia anterior, quando sua filhinha matara um velho usando a palavra *miau*. Lily já sabia coisas demais, e agora estava bem claro que, fossem o que fossem aquelas coisas debaixo da terra, eram, sem dúvida, perigosas.

— É, acho que eu devia estar mais assustado, mas sei que não estão aqui com a intenção de fazer mal a ela. Preciso pesquisar umas coisas na biblioteca de Berkeley, ver se tem algum livro que fale deles. Preciso descobrir como afastá-los da Sophie.

Lily riu.

— Arrã. Como se isso fosse acontecer. Olha, preciso trabalhar e estudar hoje, mas amanhã posso ir lá pesquisar pra você. Enquanto isso, você pode ir tentando fazer amizade com os cães.

— Mas não quero ser amigo deles.

Lily olhou para os cães: Sophie estava batendo em um deles com seus punhos pequenininhos, rindo, toda alegre. Voltou a olhar para Charlie.

— Ah, você quer, sim.

— É, acho que quero, sim — disse Charlie. — Você já tinha visto um cachorro desse tamanho antes?

— Não existem cachorros desse tamanho.

— Esses aí são o quê, então?

— Esses bichos aí não são cachorros, Asher. São hellhounds.

— Como é que você sabe disso?

— Eu sei porque, antes de começar a estudar ervas, reduções de molho e coisas assim, passei um bom tempo lendo sobre As Trevas, e, vez ou outra, um livro mencionava esses cachorros.

— Se a gente já sabe, você vai pesquisar o quê, então?

— Vou tentar descobrir quem mandou eles pra cá — disse Lily, dando-lhe um tapinha no ombro. — Preciso ir lá abrir a loja. Vai lá fazer amizade com os au-aus.

— Que eu dou para eles comerem?

— Ração Purina para Hellhounds.

— Sério, isso existe?

— O que você acha?

— Está bem, está bem — respondeu Charlie.

Só aconteceu depois que se passaram umas duas horas, mas assim que Sophie começou a soltar aquele cheirinho de "presente" na fralda, um dos cães gigantes a empurrou com o focinho na direção de Charlie, como se dissesse: *Limpa a menina e depois traz de volta.* Charlie podia sentir o olhar dos bichos sobre ele enquanto trocava a fralda da filha, aliviado por fraldas descartáveis não precisarem de alfinetes: se espetasse

Sophie sem querer, sem dúvida, um dos hellhounds arrancaria sua cabeça. Os cães continuaram a observá-lo atentamente quando a colocou sobre a bancada do café da manhã e depois ficaram sentados um de cada lado da cadeirinha de Sophie, enquanto Charlie lhe dava de comer.

Só para testar, Charlie fez uma torrada a mais e jogou para um dos cães. O cão agarrou a torrada no ar, engolindo-a de uma vez, lambendo os beiços, agora com os olhos fixos em Charlie e no pão. Então, Charlie fez mais quatro torradas e os cães as pegaram no ar, cada um comendo uma tão rápido que Charlie não sabia dizer ao certo se, de fato, vira uma fumacinha saindo das mandíbulas quando se fecharam.

— Está bem, então. Vocês são criaturas demoníacas de uma outra dimensão e gostam de torrada. Claro.

E aí, quando Charlie começou a pôr para torrar mais quatro fatias de pão, parou no meio, sentindo-se idiota.

— Vocês, na verdade, nem ligam se o pão não estiver torrado, não é?

Jogou uma fatia de pão para o cão mais próximo, que a abocanhou no ar.

— Ótimo, isso vai acelerar as coisas.

Charlie deu todo o resto do pão de forma para eles. Passou uma camada grossa de manteiga de amendoim em algumas fatias, mas isso não surtiu efeito nenhum nos bichos. Depois passou detergente de limão em mais seis fatias. E, aparentemente, também não surtiu efeito algum, por mais que os cães agora arrotassem bolhas bonitinhas, de um verde azulado.

— Passeio, papai — disse Sophie.

— Hoje não tem passeio, querida. Acho que a gente vai ficar aqui no apartamento, tentando entender os nossos novos amigos.

Charlie tirou Sophie da cadeirinha, limpou seu rostinho e seu cabelo sujos de geleia e depois se sentou com ela no sofá. Queria ler para ela os anúncios classificados do *Chronicle*, que era de onde vinham muitos de seus negócios, além dos de Mercador da Morte. Porém, mal havia entrado no ritmo da leitura, quando um dos cães de

guarda veio até ele, pegou seu braço com a boca e o arrastou até o quarto, mesmo com Charlie praguejando, xingando e batendo na cabeça do bicho com uma luminária de latão. O cachorrão soltou o braço de Charlie e ficou olhando fixamente para a sua agenda na mesinha de cabeceira, como se ela estivesse exalando cheiro de carne.

— O que foi? — perguntou Charlie, e então percebeu o que era. Por algum motivo, com toda aquela confusão, ele não havia percebido que havia um novo nome. — Olha só, o número é 30. Ainda tenho um mês inteirinho pela frente para encontrar essa pessoa. Me deixa em paz.

Charlie também viu que havia um nome gravado na coleira prateada do cachorro: ALVIN.

— Alvin? É o nome mais idiota que já vi.

Charlie voltou para o sofá, e o cão o arrastou de volta para o quarto, dessa vez pelo pé. Quando passaram pela porta, Charlie esticou o braço para pegar sua bengala-espada. Quando Alvin o soltou, Charlie deu um pulo, ficou de pé e sacou a espada. O cachorrão rolou no chão e ficou de barriga para cima, choramingando. O outro apareceu na porta, a língua pra fora. (O nome do outro era Maomé, de acordo com a medalhinha na coleira.) Charlie refletiu sobre as possíveis soluções para o seu dilema. Sempre considerara a bengala-espada uma excelente arma, até sentira vontade de lutar com as harpias do esgoto, mas aí pensara que aqueles bichos tinham arrebentado uma das criaturas malignas na noite anterior e poucas horas depois estavam comendo pão com detergente. Ou seja, Charlie não era páreo para eles. Se os cães queriam que ele fosse recuperar o receptáculo de alma, então obedeceria. Mas não estava disposto a deixar sua querida filha sozinha com eles.

— Continuo achando "Alvin" um nome idiota — disse Charlie, embainhando a espada.

Quando a Sra. Korjev chegou, Charlie tinha colocado Sophie no berço para tirar uma soneca, e os hellhounds formavam uma massa escura ao lado, dormindo e roncando em meio a uma grande névoa de bafo aroma limão. Talvez fosse culpa da natureza cada vez mais brincalhona de Charlie o fato de ele deixar a Sra. Korjev entrar no quarto de Sophie sem avisá-la dos cães. Disse apenas que a menina tinha dois bichos de estimação novos. Reprimiu o riso quando a enorme senhora cossaca saiu do quarto de costas, dizendo impropérios em russo.

— Cachorro gigante aí dentro!

— Pois é.

— Mas não cachorro grande normal. Bichos pretos supergigantes, feito...

— Urso? — sugeriu Charlie.

— Não, eu não ia falar "urso", espertinho. Não feito urso. Feito lobo, só que maior, mais forte...

— Como ursos? — arriscou Charlie.

— Você envergonha sua mãe quando caçoa dos outros, Charlie Asher.

— Não é feito urso, então?

— Deixa pra lá. Só levei susto. Vladlena é mulher velha de coração fraco, mas o senhor vá e se diverte, eu fico com Sophie e cachorros grandes.

— Obrigado, Sra. Korjev. Os nomes deles são Alvin e Maomé. Os nomes estão nas coleiras.

— Tem comida para eles?

— Tem uns bifes no congelador. Dá uns dois bifes para cada um e fique longe deles.

— Como gostam dos bifes?

— Congelados, suponho. Eles comem feito...

A Sra. Korjev ergueu um dedo em sinal de aviso; o dedo acabou ficando alinhado com uma grande verruga escura ao lado do nariz dela, e a impressão que dava era a de que ela estava mirando com um fuzil de mentirinha.

— ... feito cavalos. Comem feito cavalos — completou Charlie.

* * *

A Sra. Ling não teve tanta compostura quando foi apresentada a Alvin e Maomé.

— Aaaaaaaaaaai! Shiksas gigantes fazendo cocô! — gritou a Sra. Ling, correndo pelo corredor atrás de Charlie. — Volta aqui! Shiksas fazendo cocô!

Charlie voltou ao apartamento e, de fato, encontrou grandes e fedorentos cilindros de cocô na sala. Alvin e Maomé estavam um de cada lado da porta do quarto de Sophie, feito aqueles enormes cães de pedra chineses que guardam os portões dos templos — mas não ameaçadores como eles: pareciam contritos e envergonhados.

— Que coisa feia! — disse Charlie. — Dando susto na Sra. Ling! Muito feio! Não pode!

Pensou em esfregar o focinho deles no cocô para indicar que tinham feito coisa errada, mas percebeu que só conseguiria se tivesse um guindaste com correntes.

— Sério, meninos, isso é feio — acrescentou, com um tom de voz particularmente bravo.

— Me desculpe, Sra. Ling — disse Charlie para a diminuta matrona. — Eles se chamam Alvin e Maomé. Eu devia ter sido mais específico quando falei que tinha comprado novos bichinhos para Sophie.

Na verdade, ele tinha sido vago de propósito, já que esperava uma reação histérica. Não é que quisesse assustar a velhinha: é que os Machos Beta raramente estão em posição de assustar qualquer um fisicamente; assim; quando se deparam com a oportunidade, às vezes não pensam direito.

— Tudo bem — disse, então, a Sra. Ling, sem tirar os olhos dos hellhounds.

Ela parecia distraída — porque estava, de fato. Depois de se recuperar do choque inicial, estava fazendo as contas mentalmente, em silêncio — um ábaco rápido que calculava o peso e o volume dos

cachorros, cada um do tamanho de um pônei, dividindo-os em postas, bifes, costelas e pedaços de carne para guisado.

— A senhora vai ficar bem aí, então? — perguntou Charlie.

— Não atlasa, tá? Vou na *Seals* — (quis dizer Sears) —, quelo um fleezel hoje. Você tem sela elétlica pla emplestá?

— Serra elétrica? Não, não tenho, mas acho que o Ray deve ter uma. Volto daqui a umas duas horas. Mas deixa eu limpar isso primeiro.

E dirigiu-se para o porão, na esperança de encontrar a pá de carvão que seu pai guardava lá.

Quando eles se despediram naquele dia, tanto Charlie quanto a Sra. Ling contavam com o histórico de alta mortalidade dos bichos de estimação de Sophie: queriam uma solução rápida para seus problemas, cocô e sopa, respectivamente. Mas não foi exatamente isso que aconteceu.

Quando diversas semanas se passaram e os cães continuaram sem apresentar nenhum problema, Charlie aceitou o fato de que talvez aqueles fossem os únicos bichinhos capazes de sobreviver à atenção dada por Sophie. Diversas vezes sentiu-se tentado a ligar para Minty Fresh e pedir alguma orientação, mas como era possível que os cães de guarda tivessem aparecido por causa de seu último telefonema, achou melhor resistir.

A pesquisa de Lily não revelou muita coisa.

— Os livros falam deles o tempo todo — disse Lily, ligando de seu celular, na biblioteca de Berkeley. — A maioria dos textos é sobre como gostam de correr atrás de cantores de blues. E claro que também achei referências a um time alemão de futebol de robôs chamado Hellhounds, mas não me parece relevante. O que os livros sempre falam é que, em diversas culturas, são esses cães que ficam de guarda na passagem entre o mundo dos vivos e dos mortos.

— Bom, faz sentido — disse Charlie. — Eu acho. Mas os livros não falam onde essa passagem fica? Em qual estação de metrô?

— Não, Asher, não falam. Mas achei um livro escrito por uma freira que foi excomungada na década de 1890. Não é o máximo? Essa biblioteca é fantástica. Deve ter uns 9 milhões de livros aqui.

— Sim, a biblioteca é ótima, Lily, mas o que essa ex-freira diz?

— Ela descobriu todas as referências aos hellhounds. Parece que todas dizem que eles obedecem diretamente ao senhor do Mundo Inferior.

— Ela era católica e mesmo assim dizia "Mundo Inferior"?

— Bom, foi por ter escrito esse livro que excomungaram a mulher. Mas é isso mesmo, é o que ela diz.

— E, por acaso, ela dá algum número de telefone para onde a gente possa ligar caso ache os cachorros?

— Olha, Asher, eu estou aqui no meu dia de folga, tentando te fazer um favor. Você vai continuar de gracinha?

— Não, Lily, desculpa. Pode continuar.

— É só isso. Não existe um manual sobre como cuidar deles, como alimentar os bichos. No geral, o que eu achei indica que ter um hellhound por perto costuma ser um mau sinal.

— Ah, e qual o título do livro que diz isso? *O Guia Completo da Obviedade Absoluta*?

— Olha, você vai pagar as despesas, está bem? O meu tempo e o dinheiro da passagem.

— Desculpa. Sim, sim. Então, preciso me livrar deles.

— Eles comem gente, Asher. Quem é otário agora?

Assim, a par dessa última informação, Charlie decidiu que precisava agir. Precisava se livrar dos cães gigantes.

Já que a única certeza que tinha a respeito dos cães de guarda era que eles acompanhariam Sophie para onde quer que ela fosse, resolveu levá-los junto com ela para passear no Zoológico de São Francisco. Mas deixou os dois trancados no furgão, com o motor ligado e uma mangueira de borracha conectada ao escapamento e enfiada numa das janelas. Depois de um passeio bastante satisfatório no zoológico, no qual nenhum animal bateu as botas sob o olhar encantado de sua filha,

Charlie voltou ao furgão. E lá estavam os dois hellhounds, muito doidos mas em excelente estado. Os dois ficaram arrotando uma névoa com cheiro de plástico queimado depois de comerem o revestimento dos assentos.

Diversos experimentos posteriores mostraram que Alvin e Maomé não só eram imunes a várias substâncias tóxicas, como também apreciavam o gosto de inseticida e, por conta disso, lamberam e descascaram toda a tinta dos rodapés do apartamento depois da visita trimestral do serviço de dedetização.

O tempo passava, e Charlie tentava avaliar o que era pior: o perigo que era ter dois cães gigantes por perto ou as sequelas que o sumiço deles poderia causar à psique de Sophie, já que ela obviamente gostava cada vez mais deles. Então, Charlie decidiu dar um tempo e parar de atacá-los diretamente. Parou de jogar salsichas na frente da linha de ônibus expressa, por exemplo. (Essa decisão foi fácil, porque a prefeitura de São Francisco ameaçou processá-lo, caso seus cães dessem perda total em outro ônibus.)

Na verdade, Charlie achava os ataques diretos mais difíceis (a única arte marcial que um Macho Beta realmente dominava dependia da gentileza de estranhos); então, passou a lidar com os hellhounds usando o formidável poder do kung fu de agressão passiva dos Machos Beta.

Começou aos poucos, levando-os para dar um passeio pela East Bay no furgão, atraindo-os até os pântanos de Oakland com pedaços de costela e depois fugindo rápido de lá. Deparou-se com os cães já à sua espera, no apartamento, o chão da sala coberto de pegadas ressecadas de lama. Decidiu então que adotaria uma abordagem ainda mais indireta: colocou os cães dentro de containers e despachou-os por via aérea para a Coreia, na esperança de que se tornassem um prato de entrada por lá, mas encontrou-os na frente da loja, antes mesmo que pudesse limpar todos os pelos de cachorro em seu apartamento.

Achou que talvez pudesse aproveitar os próprios instintos dos cães para fazê-los sumir, depois de ler na Internet sobre a prática de borrifar

essência de urina de puma sobre flores e arbustos, para evitar que cães urinassem neles. Depois de uma busca detalhada na lista telefônica, finalmente achou o número de uma loja que vendia artigos para caça e que também era revendedora autorizada de xixi de puma.

— Claro, vendemos urina de puma, sim — disse o sujeito.

O vendedor tinha voz de quem talvez usasse uma enorme barba e aquelas jaquetas rústicas, feitas com pele de veado, mas talvez Charlie só estivesse projetando seus estereótipos no sujeito.

— E o xixi não deixa os cachorros nem chegarem perto? — perguntou Charlie.

— Funciona que é uma beleza. Com cachorro, veado e coelho. De quanto o senhor precisa?

— Não sei. Uns quatro litros, acho.

Fez-se uma pausa, e Charlie achou que podia ouvir enquanto o sujeito do outro lado da linha catava pedacinhos de carne de alce na barba.

— A gente tem em frascos com trinta, sessenta e cento e cinquenta mililitros.

— Bom, isso não vai adiantar. Vocês não vendem uma embalagem tamanho família? De preferência xixi de puma que só tenha sido alimentado com carne de cachorro durante vários meses? Imagino que esse xixi seja de pumas domesticados, não? Digo, eles não saem pelo mato para coletá-lo, certo?

— Não, senhor. Acho que o produto vem do zoológico.

— O xixi do bicho selvagem deve ser melhor, não? Se você conseguir, é claro. Digo, não você... *você*. Não estou querendo dizer que você fosse até o mato e ficasse seguindo um puma com um copinho na mão. Talvez um profissional... alô?

O cara barbudo com jaqueta de couro de veado já tinha desligado.

Então, Charlie mandou Ray ir até ao furgão e comprar todo o estoque de xixi de puma da loja. Mas, no fim das contas, ele não conseguiu nada além de deixar todo o segundo andar do prédio com cheiro de caixa de areia de gato.

Quando percebeu que nem os mais passivos métodos de agressão funcionavam, Charlie recorreu ao ataque supremo do Macho Beta: tolerar a presença de Alvin e Maomé, mas deixando bem claro o quanto detestava a presença de ambos e soltando comentários sarcásticos sempre que tinha oportunidade.

Alimentar os hellhounds era o mesmo que enfiar pás de carvão em dois motores a vapor esfomeados. Charlie passou a encomendar 20 quilos de ração, que eram entregues a cada dois dias, para conseguir alimentar os bichos. Eles, por sua vez, transformavam a ração em enormes torpedos de cocô que abandonavam pelas ruas e becos perto da Asher Artigos de Segunda Mão, como se estivessem lançando a sua própria campanha militar canina contra a vizinhança.

O lado bom era que Charlie passara meses a fio sem ouvir um pio sequer dos bueiros e também sem ver sombras de corvos sinistros nas paredes sempre que saía em busca de um receptáculo de alma. E, para os assuntos relativos à morte, os cães também tinham utilidade: sempre que um novo nome aparecia no calendário, os cães arrastavam Charlie até ele, todas as manhãs, até que voltasse para casa com o objeto contendo a alma. Assim, Charlie passou dois anos sem esquecer de nenhum compromisso, e também nunca se atrasava. Os cachorrões, é claro, sempre acompanhavam pai e filha em seus passeios, que foram retomados assim que Charlie teve certeza de que Sophie já sabia controlar a sua habilidade "especial" com o idioma. Embora, obviamente, fossem os maiores cães que qualquer pessoa já tivesse visto na vida, não eram gigantes o suficiente para parecerem irreais. Aonde quer que fossem, as pessoas perguntavam a Charlie qual era a raça deles. Cansado de tentar explicar, ele simplesmente dizia: "São hellhounds". E quando perguntavam onde é que os havia comprado, respondia: "Apareceram no quarto da minha filha certa noite e não quiseram mais ir embora", e depois disso as pessoas não só achavam que ele era um mentiroso, como também um babaca. Então, resolveu mudar a resposta e passou a dizer "São hellhounds irlandeses", coisa que, por

algum motivo, as pessoas aceitavam sem problema nenhum (com exceção de um irlandês fanático por futebol, num restaurante em North Beach, que disse: "Eu sou irlandês e esses bichos aí não são irlandeses". Ao que Charlie retrucou: "Não, a raça é *Black Irish*." O sujeito fanático por futebol assentiu, como se aquilo fosse óbvio, e aí desconversou, dizendo para a garçonete: "Me traz mais uma antes que eu morra de sede, garota.").

De certo modo, Charlie passou a apreciar a fama que ganhou, de ser o pai da menininha bonitinha que tinha dois cachorros gigantes. Quando uma pessoa precisa adotar uma identidade secreta, é sempre bom receber um mínimo de atenção. Charlie ficava feliz com isso, pelo menos até o dia em que ele e Sophie foram abordados numa ruazinha lateral de Russian Hill por um homem barbudo, que trajava um longo cáftã de algodão, com um *taqiyah* na cabeça. A essa altura, Sophie já tinha idade para andar quase sempre sozinha, mas Charlie sempre usava um canguru para carregá-la caso ficasse cansada (na maioria das vezes, ele só a equilibrava nas costas de Alvin ou Maomé).

O homem barbudo passou perto demais de Sophie, e Maomé grunhiu e se colocou entre o homem e a menina.

— Maomé, volta aqui — disse Charlie. Ele acabou descobrindo que era possível treinar hellhounds, principalmente se você só os mandasse fazer coisas que já fariam de qualquer maneira. ("Come, Alvin. Isso, bom garoto. Agora faz cocô. Muito bem.")

— Por que você chamou o cachorro de Maomé? — perguntou o homem de barba.

— Porque é o nome dele.

— Você não devia ter dado o nome de Maomé pro cachorro.

— Mas não fui eu que dei esse nome — respondeu Charlie. — Ele já era Maomé quando eu o peguei. Estava na coleira dele.

— É blasfêmia chamar um cachorro de Maomé.

— Eu já tentei chamar de outros nomes, mas ele não atende. Olha só. Steve, pode morder a perna deste homem? Viu? Ele não obedece.

Rex, arranca a perna do homem! Nada, de novo. É como se eu estivesse falando persa com o cachorro. O senhor entende a situação?

— Bom, eu tenho um cachorro chamado Jesus. E aí, o que você me diz?

— Ah, eu sinto muito, então. Não sabia que você tinha perdido o seu cachorro.

— Mas eu não perdi o meu cachorro.

– Não? É que eu vi um pessoal entregando uns folhetos por aí que diziam "Você Já Encontrou Jesus?" Deve ser outro cachorro chamado Jesus, então. O senhor prometeu uma recompensa? Anunciar uma recompensa sempre ajuda.

Charlie percebeu que ultimamente tinha cada vez mais dificuldade de resistir à vontade de sacanear os outros, principalmente quando as pessoas insistiam em se comportar feito imbecis.

— Na verdade, não tenho um cachorro chamado Jesus, e isso não te incomoda porque você é um ateu ímpio e infiel.

— Não, sério, o senhor pode *não* dar o nome que quiser pro seu cachorro, isso não me incomoda. Mas, é verdade, sou ateu ímpio e infiel. Pelo menos, foi como votei na última eleição — disse Charlie, sorrindo.

— Morte aos infiéis! Morte aos infiéis! — exclamou o homem barbudo, em reação ao charme irresistível de Charlie. E começou a rodear o Mercador da Morte, agitando um punho fechado no ar, perto de seu rosto, o que deixou Sophie com tanto medo que ela cobriu os olhinhos e começou a chorar.

— Para com isso. Você está assustando a minha filha.

— Morte aos infiéis! Morte aos infiéis!

Maomé e Alvin ficaram logo entediados vendo aquela dancinha e resolveram sentar, esperando que pedissem para comer o sujeito que usava camisola.

— Estou falando sério — insistiu Charlie. — É melhor o senhor parar.

Ele olhou em volta, sentindo-se constrangido com aquilo, mas não havia mais ninguém na rua.

— Morte aos infiéis! Morte aos infiéis — continuava a dizer o homem barbudo.

— Ei, Maomé, por acaso o senhor notou o tamanho desses cachorros?

— Morte aos... ei, como é que você sabe que me chamo Maomé? Ah, não importa. Morte aos infiéis! Morte aos...

— Nossa, você é muito corajoso — disse Charlie. — Mas, olha, a minha filha é muito pequena e ela está ficando assustada, então é melhor o senhor parar.

— Morte aos infiéis! Morte aos infiéis!

— Miau! — disse Sophie, tirando as mãos dos olhos e apontando para o homem.

— Ah, Sophie... — lamentou Charlie. — Pensei que a gente tinha combinado que você não ia mais fazer isso.

Charlie colocou Sophie nos ombros e continuou a caminhar, levando os cães de guarda para longe do homem barbudo, que agora estava serenamente deitado na calçada. Charlie estava com o pequeno *taqiyah* do homem no bolso. O chapéu emitia um brilho vermelho fosco. Estranhamente, o nome do homem barbudo só apareceu no calendário de Charlie no dia seguinte.

— Viu? É importante ter senso de humor — disse Charlie, fazendo uma careta engraçada, olhando para trás, para sua filha.

— Papai bobo — disse Sophie.

Mais tarde, Charlie sentiu-se mal por sua filha ter usado a palavra "miau" como arma e achou que um bom pai deveria imbuir a experiência de significado — tirar dela alguma lição. Então, pegou Sophie, colocou-a sentada na companhia de dois ursinhos de pelúcia, xicarazinhas cheias de chá invisível, um prato com biscoitos imaginários

e dois cães de guarda gigantes, e deu início à sua primeira conversa séria de pai para filha.

— Querida, você entende por que o papai falou para você nunca mais fazer isso, certo? Você entende por que as pessoas não podem saber que você consegue fazer isso?

— Por que a gente é diferente das outras pessoas? — perguntou Sophie.

— Isso mesmo, querida. Porque somos diferentes das outras pessoas — disse ele para a menina mais linda e mais inteligente do mundo. — E você sabe por quê, não sabe?

— Por que a gente é chinês e não podemos confiar nos Demônios Brancos?

— Não, não é por isso.

— Por que a gente é russo e carrega tristeza *na nossa* coração?

— Não, não tem tristeza *na nossa* coração.

— Por que a gente é forte feito urso?

— Sim, querida, é por isso. Somos diferentes porque somos fortes feito urso.

— Eu sabia. Mais chá, papai?

— Sim, eu adoraria, Sophie.

— Bom, percebo que você pode vivenciar as formas multifacetadas pelas quais a companhia de um bom par de cães enriquece a vida de um homem — disse o Imperador.

Charlie estava sentado nos degraus da porta dos fundos da loja, tirando frangos congelados inteiros de uma caixa e jogando para Alvin e Maomé, um de cada vez. Os cães pegavam os frangos no ar com tanto ímpeto que o Imperador, e também Bummer e Lazarus, agachados do outro lado do beco, olhando desconfiados para os cães, encolhiam-se como se estivessem ouvindo tiros.

— Enriquecimento multifacetado — disse Charlie, jogando outro frango. — É exatamente como eu descreveria a situação.

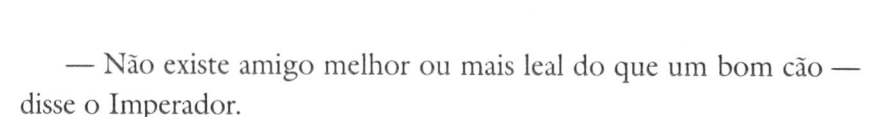

— Não existe amigo melhor ou mais leal do que um bom cão — disse o Imperador.

Charlie fez uma pausa depois de tirar da caixa não um frango, e sim um liquidificador portátil, elétrico.

— Sem dúvida. Sem dúvida.

Maomé engoliu o liquidificador sem nem mesmo mastigar, deixando uns 50 centímetros de fio pendurados pra fora da boca.

— Isso aí não machuca? — perguntou o Imperador.

— Faz bem, é fibra — explicou Charlie, jogando uma galinha congelada como acompanhamento para Maomé, que a engoliu junto com o resto do fio do liquidificador. — Na verdade, esses cachorros não são meus. São da Sophie.

— Crianças precisam ter bichos. Para fazer companhia enquanto crescem. Mas parece que esses camaradas aí já cresceram o que podiam.

Charlie assentiu, jogando um gerador de corrente alternada de um Buick 1983 dentro das ávidas mandíbulas de Alvin. Ouviu-se um barulho metálico e depois o cachorro arrotou, mas continuou abanando o rabo, que batia contra a caçamba, pedindo mais.

— Bom, eles nunca saem de perto dela — disse Charlie. — Pelo menos, agora já estão treinados para ficarem do lado de fora do local onde ela estiver. Houve uma época em que nunca saíam de perto dela. A hora do banho era bem difícil.

— Acho que foi o poeta Billy Collins que escreveu "Ninguém gosta de cachorro molhado".

— É, mas aposto que ele nunca teve que tirar de uma banheira uma menina pequena e rebelde e dois cães de 200 quilos.

— Eles estão mais dóceis, então?

— Sim, tinham que ficar. Sophie começou a ir pra escola. A professora não gostou muito de ter cães gigantes na sala.

Charlie jogou uma secretária eletrônica na direção de Alvin, que a triturou como se fosse mero petisco de cachorro, esparramando cacos de plástico cobertos de baba de cachorro.

— Então, o que você fez?

— Levou uns dias, tivemos que explicar muita coisa, mas eu os treinei para ficarem sentados do lado de fora, na porta da frente da escola.

— E o pessoal da escola deixou?

— Bom, todo dia de manhã eu uso uma tinta de spray neles, com textura de granito, e aí digo para eles ficarem sentados totalmente imóveis, um de cada lado da porta. Ninguém parece notar a presença deles ali.

— E eles obedecem? O dia todo?

— É só durante metade do dia; por enquanto, ela está no jardim de infância. E preciso prometer que vão ganhar biscoito depois.

— Tudo tem seu preço — disse o Imperador, tirando um frango congelado da caixa. — Posso?

— Sim, à vontade — consentiu Charlie.

O Imperador jogou o frango na direção de Maomé, que o engoliu numa mordida só.

— Nossa, é *bem* legal fazer isso — disse o Imperador.

— Isso aí não é nada — respondeu Charlie. — Se der para eles aqueles minicilindros de propano, vão arrotar fogo.

O CHAMADO DO SEXO

— Bonecas infláveis — disse Ray, do nada.

Ele estava num aparelho de step, ao lado de Charlie, os dois suando e olhando fixamente para uma fileira de seis traseiros femininos perfeitamente torneados apontados para eles na fileira da frente de aparelhos.

— Hein? — perguntou Charlie.

— Bonecas de sexo — disse Ray. — É o que elas são.

Ray havia convencido Charlie a frequentar sua academia com a desculpa de que iria ajudá-lo a retomar sua vida de homem solteiro. Na verdade, como Ray tinha sido policial, como analisava as pessoas com mais atenção do que era saudável, como não tinha lá muito o que fazer e também não saía muito, o verdadeiro motivo por que havia convidado Charlie para malhar era para conhecê-lo melhor, longe do ambiente da loja. Ray havia percebido um estranho padrão desde a morte de Rachel: Charlie aparecia com os bens de uma pessoa logo depois do obituário dela sair publicado no jornal. Como Charlie era

um sujeito introspectivo e não falava sobre sua vida fora da loja, Ray suspeitava que ele fosse um serial killer — e isso sem levar em conta todos aqueles bichinhos que apareciam mortos em seu apartamento. Ray decidiu tentar se aproximar mais de seu chefe, descobrir de uma vez por todas se isso era verdade.

— Caramba, Ray, fala baixo — retrucou Charlie.

Como Ray não conseguia virar a cabeça, ele estava falando diretamente para os traseiros das mulheres.

— Mas elas não conseguem me ouvir. Olha só: todas estão com um fone de ouvido.

Era verdade. Cada uma delas estava falando ao celular.

— Você e eu somos invisíveis para elas — continuou Ray.

Como Charlie já tinha efetivamente ficado invisível para as pessoas, ou quase, olhou em volta para entender a situação. Era o meio da manhã e a academia estava cheia de mulheres saradas de vinte e poucos anos, em malhas colantes, com seios desproporcionalmente grandes, pele perfeita e cabelos tratados em salões caríssimos. Todas pareciam enxergar através dele, da mesma maneira que as pessoas faziam quando estava indo atrás de um receptáculo de alma. E, de fato, quando ele e Ray entraram na academia pela primeira vez, Charlie chegou a olhar em volta para ver se não havia algum objeto pulsando na cor vermelha, achando que tivesse pulado algum nome na agenda da manhã.

— Depois que fui baleado, namorei uma fisioterapeuta que trabalhou aqui um tempo — disse Ray. — Era essa a expressão que ela usava para essas meninas: *bonecas de carne e osso*. Todas têm um apartamento comprado por um executivo mais velho, que também paga as mensalidades da academia e o silicone nos peitos. Passam os dias fazendo as unhas e limpeza de pele, e as noites, embaixo de engravatados sem gravatas.

Charlie se sentia extremamente desconfortável com essa litania de Ray, que falava sobre mulheres que estavam a poucos passos de distância deles. Como qualquer Macho Beta, ele já se sentiria naturalmente

embaraçado na presença de tantas mulheres bonitas, mas aquilo só piorava as coisas.

— Então, elas são esposas exibidas como troféus? — perguntou Charlie.

— Não, porque não são esposas. Elas não ficam com o cara, a casa etc. Só existem para ser a gostosona do sujeito.

— Bonecas de sexo? — repetiu Charlie.

— Isso, bonecas — disse Ray. — Mas deixa pra lá. Não foi por elas que você veio até aqui.

Ray estava certo, é claro. Não era por causa delas que Charlie tinha ido para lá. Já tinham se passado cinco anos desde a morte de Rachel, todo mundo dizia que ele precisava voltar à ativa, mas não fora por esse motivo que aceitara o convite para frequentar a academia com o ex-policial. Como Charlie passava muito tempo sozinho, principalmente depois que Sophie começara a ir para a escola, e como ocultava sua identidade e seu passatempo secretos, passara a suspeitar que todas as pessoas também tinham uma identidade secreta. E como Ray ficava sempre na dele, falava demais sobre as pessoas do bairro que tinham morrido e não parecia ter vida social além das moças filipinas que conhecia on-line, Charlie suspeitava que Ray fosse um serial killer. Achou que deveria tentar se aproximar de Ray para descobrir se era verdade.

— Então, elas são amantes dos caras? — perguntou Charlie. — Como fazem na Europa?

— Acho que sim — disse Ray. — Mas você já viu amantes se empenhando tanto para ficarem bonitas assim? Acho que o termo *boneca de sexo* é mais preciso, porque, quando elas ficarem velhas demais e deixarem de ser atraentes pro sujeito, elas não terão mais nada. Vão estar acabadas, como marionetes sem ninguém para manipular as cordas.

— Nossa, Ray. Essa foi pesada.

Talvez o Ray esteja obcecado por alguma dessas mulheres, pensou Charlie. *Talvez esteja perseguindo uma delas.*

Ray deu de ombros.

Charlie olhou de cima a baixo a fileira de bundas perfeitas, sentiu todo o peso dos anos em que estivera solitário ou em companhia de sua filha e dois cachorros gigantes e declarou:

— Eu quero uma boneca de sexo....

Arrá!, pensou Ray, *ele está escolhendo sua próxima vítima*.

— Eu também — disse Ray. — Mas caras como nós não ficam com bonecas de sexo, Charlie: somos ignorados por elas.

Arrá!, pensou Charlie, *o sociopata revoltado se revela*.

— Então, foi pra isso que você me trouxe aqui? Para que eu possa mostrar o quanto estou fora de forma na frente de formidáveis mulheres que nem percebem que existo?

— Não. É legal olhar as bonecas, mas também tem mulheres normais aqui.

Que também não puxam papo comigo, pensou Ray.

— Que também não puxam papo com você — disse Charlie.

Porque elas percebem que você é um psicopata assassino, pensou.

— Vamos ver se é isso quando formos tomar um suco aqui na academia, depois que terminarmos — disse Ray.

E lá eu vou assistir de camarote enquanto você escolhe a sua próxima vítima.

Seu psicopata doente, pensaram ambos.

Charlie acordou e viu não apenas um, mas três novos nomes em sua agenda, e o último, uma tal de Madison McKerny, indicava apenas três dias para ele recuperar o receptáculo de alma. Charlie sempre tinha uma pilha de jornais velhos em casa e geralmente dava uma espiadela no jornal de um mês atrás, em busca do obituário de seu novo cliente. No mais das vezes, quando os cães de guarda o deixavam em paz, simplesmente ficava esperando até que o nome aparecesse na seção de obituários e em seguida saía em busca do receptáculo de alma, sempre nos momentos em que era mais fácil entrar na casa, quando havia pessoas de luto, ou então fingia ser um corretor de imóveis. Mas, dessa vez, ele só tinha três dias, e o nome de Madison McKerny não havia

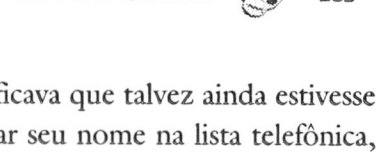

aparecido nos obituários. Aquilo significava que talvez ainda estivesse viva. Também não conseguiu encontrar seu nome na lista telefônica, então precisava começar a agir rápido. Como a Sra. Ling e a Sra. Korjev gostavam de fazer compras aos sábados, ligou para Jane e pediu que tomasse conta de Sophie.

— Eu quero um irmãozinho — anunciou Sophie para sua tia Jane.

— Ah, minha querida, eu sinto muito. Você não pode ter um irmãozinho porque o papai teria que fazer sexo, e isso é uma coisa que nunca mais vai acontecer.

— Jane, não fala essas coisas pra ela — disse Charlie. Ele estava fazendo sanduíches para os três e se perguntando por que era sempre ele quem fazia os sanduíches. Virou para Sophie e disse:

— Querida, por que você não vai lá pro quarto brincar com o Alvin e o Maomé? O papai precisa conversar com a titia Jane.

— Está bem — respondeu Sophie, que saiu saltitando na direção do quarto.

— E não muda mais de roupa, essa aí está ótima. — Voltando-se para a irmã: — Já é a quarta vez que ela troca de roupa hoje. — Ela muda de roupa como você muda de namorada.

— Ui. Pega leve, Chuck. Eu sou sensível e ainda posso acabar com você.

Charlie passou maionese com violência numa fatia de pão integral para mostrar que estava falando sério.

— Jane, não sei se é muito saudável para ela ver um monte de titias diferentes. Ela já teve que passar pelo problema de perder a mãe e agora você foi embora. Não acho que seja bom para ela se apegar a essas mulheres que depois somem da vida dela de repente. Ela precisa de uma influência feminina constante.

— Em primeiro lugar, eu não *fui embora*, só me mudei pro outro lado da cidade. E visito a Sophie tanto quanto visitava quando eu morava aqui no prédio. Em segundo lugar, não sou uma pessoa pro-míscua, só não sou muito boa com essa coisa de relacionamento. Em terceiro lugar, eu e a Cassie estamos juntas há três meses, e até agora

tudo está indo bem, e foi *por isso* que me mudei. E, em quarto lugar, a Sophie não perdeu a mãe dela. Ela nunca teve a mãe com ela, sempre teve você, e, se você quer ser um ser humano decente, precisa transar.

— É disso que estou falando. Você não pode falar assim na frente da Sophie.

— Mas, Charlie, é verdade! Até a Sophie consegue enxergar isso. Ela nem sabe do que se trata, mas aposto que ela percebe que, há tempos, você não dá umazinha.

Charlie parou de fazer os sanduíches e foi para perto da bancada.

— Não tem a ver com sexo, Jane. Tem a ver com contato humano. Não faz muitos dias, eu estava no salão cortando o cabelo e o seio da cabeleireira encostou no meu ombro. Eu quase gozei. E aí eu quase chorei.

— Pra mim, isso aí tem tudo a ver com sexo, irmãozinho. Você já saiu com alguém desde que a Rachel morreu?

— Você sabe que não.

— Mas isso está errado. A Rachel não ia querer isso pra você. Você precisa perceber isso. Afinal, ela teve pena de você, ficou com você, e isso não deve ter sido fácil pra ela, sabendo que podia achar alguém muito melhor.

— Ficou com pena de mim?

— É, isso mesmo. Era um doce de mulher, e agora você está bem pior do que antes, quando ela estava viva. Naquela época, você tinha mais cabelo e não tinha uma filha e dois cachorros do tamanho de Volvos. Caramba, deve até ter uma ordem de freiras que fariam sexo com você, como puro ato de divina misericórdia. Ou penitência.

— Para, Jane.

— As Irmãs do Perpétuo Sofrimento Sem Gozo.

— Eu não sou tão ruim assim — retrucou Charlie.

— A Sagrada Ordem da Santa Bela do Boquete, padroeira da pornografia na Internet e dos punheteiros incuráveis.

— Está bem, está bem, Jane. Peço desculpas pelo que disse antes sobre você trocar de namorada. Passei do ponto.

Jane apoiou-se na banqueta perto da bancada e cruzou os braços, satisfeita mas desconfiada.

— Mas o seu problema continua.

— Estou bem. Tenho a Sophie, tenho a loja, não preciso de namorada.

— Namorada? Namorada é algo ambicioso demais pra você. Você só precisa de alguém pra transar.

— Não preciso não.

— Precisa sim.

— Preciso sim — disse Charlie, finalmente derrotado. — Mas agora tenho que ir. Você fica cuidando da Sophie?

— Claro. Vou levar a menina lá pra casa. Tem um vizinho insuportável na minha rua. Quero apresentar os cachorrinhos pra ele. Eles obedecem se a gente mandar fazer cocô?

— Obedecem se a Sophie mandar.

— Maravilha. A gente se vê à noitinha. Mas prometa que você vai convidar alguém pra sair. Ou, pelo menos, procurar alguém pra convidar pra sair.

— Prometo.

— Ótimo. E você já levou aquele terno azul risca-de-giz para ajustar?

— Nem vem. Nem chega perto do meu guarda-roupa.

— Você não está atrasado, não?

Ray achava que tudo podia ter começado com Charlie matando aqueles bichinhos que comprara para sua filha. Provavelmente o fato de ter comprado os cachorrões pretos fosse uma espécie de pedido de ajuda — afinal, eram bichos cuja morte todo mundo perceberia. De acordo com os filmes, todos começavam assim — matando animais pequenos. E aí passavam a matar pessoas que pediam carona, prostitutas e, em pouco tempo, já estavam mumificando os corpos de um grupo de monitores em um acampamento remoto e colocando cadáveres ressecados ao redor de uma mesa de baralho, na cabana escondida nas

montanhas. A cabana não se encaixava muito no perfil de Charlie, já que ele era alérgico, mas talvez isso só fosse mais um indício de seu gênio diabólico. (Ray já tinha sido policial de rua, então nunca precisara estudar a arte de definir perfis de criminosos. Suas teorias costumavam ser bem "criativas", efeito colateral de sua imaginação de Macho Beta e de sua grande coleção de DVDs.)

Mas Charlie já havia pedido a Ray para usar seus contatos na polícia e no Departamento de Trânsito para localizar pessoas uma seis vezes — e todas elas acabaram morrendo algumas semanas depois. Mas não eram assassinatos. E, embora muitos pertences de recém-falecidos tivessem aparecido na loja naqueles últimos anos, nenhuma dessas pessoas tampouco havia sido assassinada. (Ray tinha encontrado códigos antifurto gravados em uma dezena de artigos e passara os números para um amigo policial que identificara os donos.) Havia algumas vítimas de acidentes, mas a maioria tinha morrido de causas naturais. Ou Charlie era incrivelmente sorrateiro, ou Ray estava ficando louco, possibilidade que ele não descartava por completo — afinal, tinha três ex-mulheres que juravam que ele, de fato, era louco. Assim, bolou a desculpa da malhação para tentar entender Charlie. Por outro lado, Charlie sempre o tratara muito bem, e, se ele acabasse descobrindo que Charlie *não tinha* uma coleção de corpos mumificados numa cabana na floresta, Ray sabia que iria se sentir mal por ter enganado o sujeito.

E se não houvesse nada de errado com Charlie, exceto o fato de que ele precisava transar?

Ray estava batendo papo com Eduardo, sua nova namorada do *FilipinasDesesperadas.com*, quando Charlie apareceu, descendo a escada.

— Ray, preciso que você descubra pra mim o endereço de uma pessoa.

— Espera um instante. Preciso sair do chat. Charlie, dá uma olhada aqui na moça que eu estou paquerando.

Ray abriu na tela a foto de uma mulher asiática com maquiagem pesada, mas atraente.

— Ela é bonita, Ray. Mas, no momento, não posso te dar folga para você ir até as Filipinas. Pelo menos, não até a gente achar alguém para substituir a Lily — disse Charlie, e depois chegou o rosto mais perto da tela. — Cara, o nome dela é *Eduardo*.

— Eu sei. É um nome filipino, tipo Edwina.

— E essa sombra no rosto dela parece barba.

— Você está sendo racista. Algumas raças têm mais pelo no rosto que outras. Eu não ligo pra isso. Só quero uma pessoa honesta, atenciosa e atraente.

— Ela tem pomo de adão.

Ray apertou os olhos para enxergar melhor a tela, depois desligou rápido o monitor, girou na banqueta e voltou-se para Charlie.

— E então? Quem você quer que eu encontre?

— Está tudo bem, Ray. Um pomo de adão não impede a pessoa de ser honesta, atenciosa e atraente. Só diminui as possibilidades.

— Tá. Acho que era só efeito da luz. Enfim... Quem você quer que eu encontre?

— Só tenho um nome. Madison McKerny. Eu sei que ele ou ela mora na cidade, mas é tudo.

— Ela.

— Como?

— Madison é nome de stripper.

Charlie balançou a cabeça, perplexo.

— Você conhece essa mulher?

— Não conheço, embora o nome não me soe estranho. Mas Madison é nome de stripper da nova geração. Tipo Reagan, Morgan.

— Do que você está falando, Ray?

— Já frequentei esses inferninhos de striptease, Charlie. Não tenho orgulho disso, mas é o tipo de coisa que a gente faz quando é policial. E aí você acaba notando um padrão nos nomes das strippers.

— Não sabia disso.

— Pois é. E tem toda uma evolução nos nomes que começa lá na década de 1950. Bubbles, Boom Boom e Blaze deram origem

a Bambi, Candy e Jewel, que deram origem a Sunshine, Brandy e Cinnamon, que deram origem a Amber, Brittany e Brie, que, por sua vez, deram origem a Reagan, Morgan e Madison. Madison é nome de stripper.

— Ray, na década de 1950 você nem era nascido.

— Não, e também não era nascido nos anos 1940, mas sei que ocorreu a Segunda Guerra Mundial e surgiram orquestras de jazz. Gosto de história.

— Certo. Então, eu preciso procurar uma stripper? Não ajuda muito. Nem sei por onde começar.

— Vou verificar as placas de carro e os registros de imposto de renda. Se ela morar na cidade, te dou o endereço hoje à tarde. Mas por que você precisa achar essa mulher?

Charlie fez uma pausa, na qual fingiu achar uma mancha de dedo no mostruário de vidro do balcão. Limpou a mancha inexistente e disse:

— Ah, é sobre um espólio... Um dos espólios que recebemos recentemente tinha objetos que foram deixados para ela.

— Mas a pessoa encarregada pelo espólio não devia resolver isso? Ou o advogado dela?

— É pouca coisa, não está nem no testamento. A pessoa encarregada do testamento me pediu para cuidar do assunto. Te dou 50 dólares, se você me ajudar.

Ray sorriu.

— Tudo bem, já ia te ajudar de qualquer maneira. Mas, se ela for mesmo uma stripper, vou com você. Combinado?

— Combinado — respondeu Charlie.

Três horas depois, Ray deu o endereço a Charlie e ficou de tocaia espiando o chefe, que saiu correndo da loja e pegou um táxi. Por que ele pegara um táxi? Por que não fora com o furgão? Ray quis segui-lo, *precisava* segui-lo, mas também precisava de alguém para ficar no seu

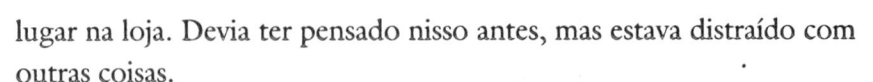

lugar na loja. Devia ter pensado nisso antes, mas estava distraído com outras coisas.

Aliás, Ray ficou distraído com várias coisas desde que conversou com Charlie: não só a busca do endereço de Madison McKerny, como também qual seria a melhor maneira de perguntar, de forma bem natural, "Você tem um pênis?" ao falar com sua amada, Eduardo. Depois de uns dois e-mails provocantes, não aguentou mais e mandou uma mensagem: *Eduardo, não que isso faça diferença, mas estou pensando em te mandar uma lingerie bem sexy, como sinal de minha amizade. E aí fiquei em dúvida: a calcinha precisa ter algum espaço extra?*

E, então, esperou. E esperou. E resolveu dar um desconto, já que ainda eram cinco da manhã em Manila, e que provavelmente ele devia estar pensando bobagem. Será que havia sido vago demais? Ou vago de menos? E agora precisava sair. Sabia para onde Charlie estava indo, mas precisava chegar lá antes que alguma coisa acontecesse. Ligou para o celular de Lily, na esperança de que ela não estivesse no seu outro emprego e pudesse quebrar um galho.

— Fala, desgraçado — respondeu Lily.

— Como você sabia que era eu? — perguntou Ray.

— Ray?

— Sim, sou eu. Como você sabia que era eu?

— Eu não sabia. O que você quer?

— Será que você podia ficar no meu lugar aqui na loja durante umas horas?

E, então, ao ouvir Lily suspirar fundo, um suspiro que certamente era prenúncio de uma torrente de palavrões e xingamentos, acrescentou:

— Te dou 50 dólares.

Ouviu Lily expirar. Oba! Depois de receber o diploma do Instituto de Culinária, Lily conseguira um emprego como *sous chef* num bistrô em North Beach. Mas ainda não ganhava o suficiente para sair da casa de sua mãe; então se deixara convencer por Charlie, que lhe pedira para cobrir alguns horários na loja, pelo menos até que achasse alguém para substituí-la.

— Está bem, Ray. Eu fico algumas horas, mas preciso estar no restaurante às cinco. Então, é melhor você voltar logo, senão fecho a loja mais cedo.

— Valeu, Lily.

Charlie esperava sinceramente que Ray não fosse um serial killer, apesar de todos os indícios do contrário. Ele nunca teria encontrado aquela mulher sem os contatos que Ray tinha na polícia. Além disso, o que faria mais tarde, caso precisasse encontrar alguém e Ray estivesse na cadeia? Mas a sua experiência como policial também podia ser o motivo pelo qual ele não deixava nenhuma pista. Mas, por que, então, ele continuava a procurar mulheres filipinas na Internet se só queria matar gente? Talvez fosse exatamente o que fazia quando viajava para as Filipinas, dizendo que ia visitar suas amadas. Talvez ele matasse filipinas desesperadas. Talvez fosse um serial killer turista. *Melhor pensar nisso depois*, pensou Charlie. *Agora você precisa recuperar um receptáculo de alma.*

Charlie saltou do táxi em frente ao Fontana, um prédio de apartamentos que ficava somente a um quarteirão de distância da Ghirardelli Square, a fábrica de chocolate da orla que virara um shopping center para turistas. O Fontana era um grande prédio recurvado, de concreto e vidro, com vista para Alcatraz e para a Golden Gate Bridge, e também era alvo do desdém dos habitantes de São Francisco desde que fora construído, na década de 1960. Não por ser feio — embora isso fosse inegável —, mas porque, com todas aquelas construções de estilo vitoriano e eduardiano ao redor, parecia um ar-condicionado gigante de uma civilização alienígena atacando um bairro do século XIX. Porém, a vista dos apartamentos era belíssima e o prédio tinha porteiro, garagem subterrânea e uma piscina na cobertura. Então, se a pessoa não ligasse para o estigma de residir em um aborto da arquitetura, aquele era um ótimo lugar para morar.

De acordo com o endereço que Ray lhe passara, Madison morava no vigésimo segundo andar — onde também estava, provavelmente, o receptáculo de sua alma. Charlie não sabia dizer ao certo qual era o grau de sua imperceptibilidade (ele se recusava a pensar nisso como "invisibilidade", porque não era, de fato, invisível), mas esperava conseguir subir os 22 andares sem ser notado. Precisaria passar pelo porteiro e entrar no elevador, e fingir que era um corretor de imóveis não ia funcionar.

Ora, quem não arrisca, não petisca. Se fosse pego, só precisaria pensar em outra maneira de entrar. Esperou perto da porta até que uma jovem vestida feito uma executiva entrou; então, foi atrás dela, adentrando o saguão. O porteiro nem mesmo olhou para ele.

Ray viu Charlie sair do táxi e pediu ao seu próprio motorista que parasse a um quarteirão de distância, onde saltou do táxi, pagou com uma nota de 5 dólares, disse para ele ficar com o troco, depois enfiou a mão no bolso para pagar o restante da viagem enquanto o motorista socava o volante, impaciente, murmurando palavrões em urdu.

— Desculpe. Faz tempo que não pego um táxi — disse Ray.

Na verdade, Ray tinha um carro, um Toyota pequeno e bacana, mas a única vaga que ele conseguira ficava num estacionamento a oito quarteirões de distância de seu apartamento, em um hotel cujo gerente era seu amigo. Quando você finalmente consegue uma vaga em São Francisco, é bom ficar com ela; por isso, Ray basicamente utilizava transportes públicos e só dirigia o carro nos dias de folga, para manter a bateria funcionando. Ele tinha pulado para dentro de um táxi na frente da loja de Charlie, gritando "Siga aquele táxi!" e, com isso, deixando completamente aterrorizada a família japonesa que estava no banco de trás.

— Desculpe — disse Ray. — *Konichiwa*. Faz tempo que eu não pego táxi.

E então saiu do táxi e pegou um outro sem passageiros.

Agora andava sorrateiramente pela rua, indo até um poste, depois até uma máquina de venda de jornais e depois até um quiosque de anúncios, escondendo-se atrás de cada um, mantendo sua posição ninja, sem, de fato, conseguir — a única coisa que conseguiu foi parecer completamente louco para o rapaz que estava na parada de ônibus do outro lado da rua. Chegou à entrada da garagem do Fontana bem na hora em que Charlie estava indo para a porta de entrada. Ray agachou-se atrás da pilastra que acionava o portão.

Não sabia bem o que deveria fazer se Charlie entrasse no prédio. Felizmente havia decorado o telefone de Madison McKerny. Assim, teria como avisá-la de que Charlie estava atrás dela. No táxi, indo para lá, lembrou-se de onde tinha visto o nome da moça: no registro de clientes da academia que frequentava. Madison McKerny era uma das bonecas de sexo da academia e, como Ray já suspeitava, Charlie estava perseguindo a boneca.

Viu Charlie seguir uma jovem vestida de executiva, que subia os degraus da entrada do Fontana, e então, de repente, ele sumiu. Simplesmente desapareceu.

Ray saiu de seu esconderijo e foi para a calçada, em busca de um ângulo melhor. A mulher ainda estava lá, tinha subido alguns degraus, mas Charlie desaparecera. Naquele lugar não havia nenhuma planta, nenhuma parede; a porcaria do saguão era de vidro; então onde, diabos, estava ele? Ray tinha certeza de que não desviara o olhar, sabia que não tinha nem mesmo piscado e, certamente, teria percebido qualquer movimento repentino de Charlie.

Recorrendo à tendência que os Machos Beta têm de se culparem, ficou imaginando se talvez não tivesse sofrido alguma pequena vertigem que o fizera apagar durante um segundo. Mas, quer tivesse tido uma vertigem, quer não, precisava avisar Madison McKerny. Levou a mão ao cinto e sentiu o porta-celular vazio, e então lembrou que havia colocado o aparelho debaixo da caixa registradora quando chegara no trabalho, de manhã.

* * *

Charlie achou o apartamento e tocou a campainha. Se pudesse fazer com que Madison McKerny saísse para o corredor, teria como entrar e procurar o receptáculo de alma ali dentro. No canto do hall de entrada, havia uma mesinha com um arranjo de flores artificiais. Derrubou o arranjo de flores, torcendo para que ela visse o vaso caído e fosse compulsiva ou curiosa o suficiente para sair do apartamento. Se ela não estivesse em casa, bem, aí teria de arrombar a porta. Talvez não houvesse um sistema de alarme em casa, já que havia um porteiro lá embaixo. Mas, e se ela pudesse vê-lo? Às vezes, os clientes conseguiam vê-lo. Nem sempre, mas acontecia, e...

Ela abriu a porta.

Charlie ficou estupefato. A mulher era um espetáculo. Charlie ficou sem ar, não conseguia tirar os olhos dos seios dela.

Não porque ela fosse uma morena jovem e belíssima, com cabelo perfeito e pele perfeita. Nem porque ela estivesse usando um robe de seda branca e fina que mal escondia seu corpo de modelo de biquíni. Nem tampouco porque tinha seios desproporcionalmente grandes e empinados, que esticavam o robe de seda e estavam bem visíveis sob o decote profundo quando ela inclinara o corpo para fora da porta, para ver quem era, embora tudo isso fosse mais do que suficiente para fazer com que o Beta desafortunado ficasse ofegante. A questão era que os seios dela emitiam um brilho vermelho, uma luz que atravessava o robe de seda, brilhando através do decote feito dois sóis nascentes, pulsando como os peitos que se acendem naquelas luminárias cafonas com forma de dançarina havaiana de hula-hula. A alma de Madison McKerny estava em seus implantes de silicone.

— Preciso pôr as mãos neles — disse Charlie, esquecendo-se de que não estava exatamente sozinho e de que não estava exatamente pensando em voz baixa.

E, então, Madison McKerny percebeu que Charlie estava ali, e a gritaria começou.

O CHAMADO DO SEXO II:
RÉQUIEM PARA UMA BONECA DE SEXO

Ray escancarou a porta tão rápido e com tanta força, que a sinetinha se desprendeu do gancho, saiu voando e foi parar tilintando no chão.

— Meu Deus. Você não vai acreditar. Eu mesmo não consigo acreditar.

Lily olhou para Ray por cima de seus óculos de leitura e abaixou o livro de receitas francesas que estava folheando. Na verdade, ela não precisava de óculos de leitura, mas olhar por cima deles transmitia um ar de desdém e condescendência, e ela achava que aquilo lhe caía bem.

— Também tenho uma coisa pra te contar — disse Lily.

— Não — respondeu Ray, olhando em volta para ver se não havia clientes na loja. — O que eu preciso te contar é muito importante.

— Está bem. O que eu tenho pra te contar não é tão importante pra mim. Você primeiro.

— Tudo bem — começou Ray, e depois ele respirou fundo. — Eu acho que Charlie é um serial killer com poderes ninja.

— Pô, essa foi boa. Agora é a minha vez. Uma tal de Srta. 'Mim-Tanto-Tesão' te ligou. Ela queria te avisar que possui 20 centímetros de uma voluptuosa pica.

Lily mostrou para Ray o celular que ele havia deixado embaixo do caixa.

— Ah, meu Deus! De novo não! — disse Ray, segurando a cabeça entre as mãos, debruçado no balcão.

— Ela disse que estava morrendo de vontade de compartilhar aquilo com você — completou Lily, examinando as próprias unhas.

— Então o Asher é um ninja, é?

Ray olhou para ela.

— Sim, e ele está assediando uma boneca de sexo lá da minha academia.

— Imaginação bem fértil a sua, hein, Ray?

— Para, Lily, isso é muito sério. O meu emprego e o meu apartamento dependem de Charlie. Isso sem falar que ele tem uma filha. E, pra completar, eu descubro que o novo amor da minha vida é homem.

— Não é não.

Lily ficou avaliando sua mudança de atitude, abrindo o jogo tão rápido — já não achava mais tanta graça em torturar Ray como antes.

— Hã? O quê?

— Estou só te sacaneando, Ray. Ela não ligou. Eu leio todos os seus e-mails e o seu histórico de mensagens.

— Mas isso é assunto privado!

— E é por isso que você deixa tudo aqui no computador da loja, é?

— Eu fico muito tempo aqui, e com a diferença do fuso horário...

— E, por falar em privacidade, que papo é esse de o Asher ser ninja e serial killer? Como assim, as duas coisas? Ao mesmo tempo?

Ray aproximou-se dela, falando meio encolhido, como se estivesse revelando segredos de uma grande conspiração.

— Ando vigiando ele ultimamente. O Charlie está recebendo um monte de coisas de gente que morreu. Já faz anos que é assim. E ele

sempre sai da loja de repente, do nada, e me pede para ficar trabalhando no lugar dele. E nunca diz para onde vai. Só que, logo depois que isso acontece, algum dos pertences da pessoa falecida aparece na loja. Então, hoje, eu resolvi seguir o Charlie. Ele estava atrás de uma mulher que frequenta a minha academia, que talvez a gente tivesse visto há poucos dias.

Lily deu um passo para trás, cruzou os braços e fez uma cara de nojo para Ray, o que era bem fácil, já que tinha anos de prática.

— Ray, você já parou pra pensar que o Asher trabalha com espólios? E que a loja começou a faturar mais desde que ele começou a conseguir mais espólios? E que a qualidade da mercadoria anda bem melhor? Talvez por ele sempre chegar antes dos outros compradores?

— Eu sei, mas não é isso. Você não fica tanto tempo por aqui como ficava antes, Lily. Eu já fui policial, percebo essas coisas. Por exemplo: sabia que tem um investigador de homicídios atrás do Charlie? Pois é. Ele me deu um cartão com telefone e me falou para ligar se eu desconfiasse de alguma coisa.

— Ah, Ray. Você não fez isso.

— O Charlie desapareceu, Lily. Eu estava olhando para ele e ele simplesmente evaporou bem diante dos meus olhos. E a última vez que eu o vi foi quando ele estava entrando no prédio da boneca de sexo.

Lily teve vontade de pegar o grampeador em cima do balcão e enfiar muito rápido uns cem grampos na testa brilhosa de Ray.

— Seu imbecil ingrato! Você mandou a polícia atrás do Asher? Do cara que te deu um emprego e um lugar pra morar durante, o quê, dez anos?

— Eu não liguei pra polícia. Só pra esse inspetor Rivera. Conheço o cara da época em que eu trabalhava na polícia. Ele sabe ser discreto.

— Vai lá pegar o seu talão de cheques e o seu carro — gritou Lily. — A gente vai lá na cadeia pagar a fiança e tirar ele de lá.

— Mas ele nem deve ter sido fichado ainda — respondeu Ray.

— Caramba, Ray. Seu masturbador patético. Anda. Eu fecho a loja e fico te esperando em frente.

— Lily, você não pode falar comigo desse jeito, não tenho que aturar essas coisas.

Como não conseguia virar a cabeça, Ray não teve tempo de se esquivar e evitar que Lily grampeasse sua testa duas vezes, mas aí ele decidiu que era melhor pegar o talão de cheques e o carro.

— E que porra é uma boneca de sexo? — perguntou Lily a Ray quando ele saiu, um tanto surpresa com sua violenta demonstração de lealdade para com Charlie.

A policial tirou as digitais de Charlie nove vezes. Depois, olhou para o inspetor Alphonse Rivera e disse:

— Esse desgraçado não tem impressão digital.

Rivera pegou a mão de Charlie, virou a palma para cima e examinou seus dedos.

— Mas eu estou vendo o desenho. As impressões digitais dele são totalmente normais.

— Bom, você tira, então — disse a mulher. — Porque tudo que está saindo no papel são borrões.

— Está bem — disse Rivera. — Vem comigo.

Levou Charlie até uma parede com uma grande régua pintada e falou para ele ficar de frente para a câmera.

— O meu cabelo está desarrumado? — perguntou Charlie.

— Não sorria.

Charlie fechou a cara.

— Também não faça careta. Fique só olhando para a frente e... não, o seu cabelo está ótimo, só que agora você está com uma mancha de tinta na testa. Não é difícil, Sr. Asher. Os criminosos fazem isso o tempo todo.

— Mas eu não sou criminoso — respondeu Charlie.

— O senhor burlou a segurança de um prédio e assediou uma jovem. Isso faz do senhor um criminoso.

— Não invadi prédio nenhum nem assediei ninguém.

— Veremos. A moça, a Srta. McKerny, disse que você ameaçou a vida dela. Sem dúvida, ela vai te processar. E, pra falar a verdade, vocês dois têm sorte por eu ter aparecido na hora em que apareci.

Charlie ficou pensando. A boneca de sexo começara a gritar e entrara novamente no apartamento, e ele a seguira, tentando se explicar, tentando imaginar como fazer aquilo funcionar e, ao mesmo tempo, olhando de maneira bastante insistente para os seios dela.

— Eu não a ameacei.

— Você disse que ela ia morrer. Hoje.

Bom, isso ele não tinha como negar. Em meio aos gritos e toda aquela confusão, Charlie, de fato, dissera que precisava pegar os seios da moça porque ela iria morrer naquele dia. Pensando melhor, talvez devesse ter omitido esta informação.

Rivera levou-o por uma escada até o segundo andar e o deixou numa salinha pequena, com uma mesa e duas cadeiras. Exatamente como na TV, Charlie olhou em volta para ver se havia um espelho, mas ficou decepcionado ao ver só paredes de concreto, pintadas com uma tinta brilhante verde-escura, fácil de limpar. Rivera fez com que ele se sentasse, mas depois caminhou em direção à porta.

— O senhor vai ficar aqui um pouco, até a Srta. McKerny aparecer para fazer a denúncia. Aqui é mais agradável do que a detenção. Aceita alguma bebida?

Charlie fez que não.

— Devo ligar para um advogado?

— Você é quem sabe, Sr. Asher. Certamente, o senhor tem todo o direito, mas não posso aconselhá-lo a ligar ou não ligar. Volto em cinco minutos. E aí o senhor poderá dar o seu telefonema, se quiser.

Rivera saiu da sala e Charlie viu o parceiro do inspetor, um sujeito careca e forte, com aparência de durão, chamado Cavuto, do lado de fora da sala, esperando o colega. Aquele sujeito dava medo. Não tanto medo quanto a ideia de ter de retirar os implantes de silicone de

Madison McKerny, ou o que poderia acontecer se ele não conseguisse, mas ainda assim dava medo.

— Pode liberar — disse Cavuto.

— Quê? Liberar? Mas acabei de fazer a ficha dele! A moça, a McKerny...

— Morreu. O namorado atirou nela, e aí, quando nosso pessoal respondeu à denúncia de disparos, o cara se matou.

— Quê?

— O namorado era casado, a moça queria um compromisso mais sério e ia contar pra mulher dele. Então, o cara pirou.

— Você já está sabendo disso tudo?

— Foi o que a vizinha contou para os policiais assim que chegaram. Anda, o caso é nosso, temos trabalho a fazer. Libera o cara. O Ray Macy e uma garota gótica fantasiada de chef estão esperando por ele lá embaixo.

— Foi o Ray Macy que me ligou. Ele achou que o Asher ia matar a moça.

— Eu sei. Crime certo, suspeito errado. Vamos embora.

— Mas ele ainda pode ser indiciado por porte de arma oculta — disse Rivera.

— Uma bengala com uma espada dentro? Qual é? Você quer chegar pro juiz e dizer que prendeu o sujeito, sob suspeita de ser um serial killer, mas ele acabou fazendo um acordo e agora só vai ser acusado de ser um nerd idiota?

— Tá, eu libero o cara. Mas, olha, Nick, esse cara falou para a McKerny que ela ia morrer hoje. Tem alguma coisa estranha aí.

— Você não acha que a gente já lida com muitas coisas estranhas?

— É, tem razão — respondeu Rivera.

Madison McKerny estava linda. Usava um vestido de seda bege, seu cabelo e maquiagem estavam perfeitos, como sempre, e os brincos de diamante, assim como o diamante solitário em seu colar de platina,

combinavam com as alças de prata do caixão feito de nogueira. Para alguém que não respirava mais, ela deixava qualquer um sem fôlego, principalmente Charlie, que era a única pessoa capaz de ver os peitos da moça latejando com uma cor vermelha no caixão.

Charlie não tinha participado de muitos funerais na vida, mas o de Madison McKerny até parecia interessante, muito bem-frequentado para alguém que só vivera 26 anos. Na verdade, Madison fora criada em Mill Valley, perto de São Francisco, então muita gente a conhecia. É claro que, com exceção da família, a maioria das pessoas ali havia perdido contato com ela e parecia um tanto surpresa com o fato de ter sido abatida a tiros pelo namorado, um sujeito casado que a bancava num apartamento caro.

— Ela não era exatamente o tipo de pessoa que, no convite de formatura, é descrita como "um dia irá morrer a tiros" — disse Charlie, tentando puxar papo com um dos colegas de turma dela, um sujeito que acabou ficando ao seu lado nos mictórios do banheiro.

— Como você conheceu a Madison? — perguntou o sujeito, com um tom condescendente na voz. Ele parecia uma dessas pessoas que, no convite de formatura, é descrita como "um dia irá deixar todo mundo irritado por ser rico e ter cabelo bonito".

— Ah, eu? Amigo do noivo — respondeu Charlie. Fechou o zíper e foi para a pia antes que o sujeito-com-cabelo-bonito tivesse tempo de responder.

Charlie ficou surpreso ao ver no funeral algumas pessoas que conhecia: toda vez que se afastava de uma delas, acabava dando de cara com outra.

Primeiro foi o inspetor Rivera, que mentiu.

— Ah, eu precisava vir. Estamos investigando o caso. Acabei conhecendo um pouco a família dela.

Depois foi Ray, que também mentiu.

— Ela malhava na mesma academia que eu. Achei que devia vir dar os pêsames e tal.

E depois Cavuto, o parceiro de Rivera, que não mentiu.

— Eu ainda acho que você é um pervertido. E o mesmo vale para aquele seu amigo ex-policial.

E, por último, Lily, que também foi sincera.

— Eu queria ver de perto uma boneca de sexo morta.

— Mas quem é que está cuidando da loja? — perguntou Charlie.

— Deixei fechada. Morte na família. Você já está sabendo que Ray mandou a polícia atrás de você, não é?

Eles não tiveram oportunidade de se falar desde que Charlie havia sido liberado.

— Eu devia ter desconfiado.

— Ele disse que viu você entrar no prédio da garota que morreu e desaparecer. Ele acha que você tem poderes ninja. Isso faz parte da coisa? — perguntou ela, erguendo as sobrancelhas diversas vezes, com movimentos rápidos, um gesto conspiratório meio Groucho Marx, mas que perdia um pouco o efeito porque suas sobrancelhas eram extremamente finas, desenhadas com lápis vermelho-escuro.

— É, faz parte da coisa, sim. Mas o Ray não desconfia da tal coisa, desconfia?

— Não, eu dei um jeito. Mas ele ainda acha que você talvez seja um serial killer.

— Pois eu achei que *ele* é que era um serial killer.

Lily fez uma cara de espanto.

— Caramba, vocês dois estão precisando de sexo.

— Sem dúvida, mas, no momento, eu estou aqui para fazer uma coisa a respeito da tal coisa.

— Você ainda não pegou a coisa dela para fazer a tal coisa?

— Eu nem imagino como vou pegar aquilo. A coisa dela ainda está dentro daquela coisa — disse ele, fazendo um gesto de cabeça na direção do caixão.

— Você está fodido, então — respondeu Lily.

— Agora a gente precisa ir lá sentar na capela.

E foi com Lily. O velório estava começando.

* * *

Nick Cavuto, que estava de costas a poucos passos de Charlie, foi direto falar com seu parceiro:

— Será que a gente não pode dar um tiro no Asher e depois arranjar uma desculpa? Eu tenho certeza de que o filho da puta fez algo de errado. Ele merece.

Charlie não sabia o que fazer, não tinha noção de como iria retirar os implantes de alma, mas pensou que, no final das contas, teria alguma ideia, pensou que alguma habilidade sobrenatural acabaria se manifestando no último instante. E ficou pensando isso durante toda a cerimônia. Continuava pensando isso quando fecharam o caixão e depois, durante a procissão até o cemitério e também durante a cerimônia junto ao túmulo. Começou a perder as esperanças ao ver as pessoas de luto começarem a se dispersar e quando baixaram o caixão. Quando os coveiros começaram a jogar terra no buraco com uma escavadeira, ele já tinha desistido de ter alguma ideia brilhante.

Claro, havia a opção de arrombar o túmulo depois, mas isso não era exatamente uma ideia, certo? E, mesmo com todos os seus anos de experiência no ramo da morte, Charlie não achava que seria capaz de invadir um cemitério, passar a noite inteira cavando um buraco para abrir o caixão e depois cortar fora os implantes do cadáver de uma mulher. Não era a mesma coisa que simplesmente surrupiar um vaso em cima de um aparador. Por que a alma de Madison McKerny não podia simplesmente estar num vaso em cima de um aparador?

— Não conseguiu pegar o negócio, então — disse uma voz ao seu lado.

Charlie virou e viu o inspetor Rivera a um passo de distância. Ele não o via desde que saíram da capela do funeral.

— Que negócio?

— É, que negócio? — repetiu Rivera. — Você sabe que não enterraram aqueles diamantes com ela, não é?

— Teria sido um desperdício — disse Charlie.

— As irmãs dela ficaram com eles. Sabe, Charlie, a maioria das pessoas não espera para ver os caras cobrirem o caixão.

— Sério? — disse Charlie. — Bom, eu só estava curioso. Queria ver se usavam pás ou outra coisa. E você?

— Eu? Só estou de olho em você. Você já superou aquele seu problema com os bueiros?

— Ah, aquilo? Eu só precisava ajustar a dosagem dos meus remédios.

Era algo que Charlie sempre ouvia Jane dizer. Na verdade, ele não tomava remédio nenhum, mas, pelo jeito, a desculpa sempre colava.

— Bom, então fique de olho na dosagem, Charlie. Enquanto isso, eu fico de olho em você. *Adiós* — disse Rivera, indo embora.

— *Adiós*, inspetor. Ah, a propósito, terno bonito, o seu.

— Obrigado. Comprei na sua loja — respondeu Rivera, sem se virar.

Quando é que ele foi na minha loja?, pensou Charlie.

Durante algumas semanas, Charlie ficou se sentindo como se seu sistema nervoso estivesse ligado na tomada, funcionando acima da voltagem recomendada: quase tremia de ansiedade. Pensou que talvez devesse ligar para Minty Fresh, avisá-lo de que não tinha conseguido recuperar o receptáculo da alma de Madison McKerney, mas, se as harpias do esgoto não haviam aparecido por causa disso, talvez entrar em contato com outro Mercador da Morte as tornasse mais fortes. Em vez disso, resolveu deixar Sophie sempre dentro de casa, vigiada pelos cães de guarda. Na verdade, ele deixava os cães trancados no quarto dela a maior parte do tempo; do contrário, eles continuariam a arrastá-lo para a sua agenda, que não tinha nenhum nome novo. Somente os nomes de Madison McKerny, cujo prazo havia esgotado, e das duas mulheres (Esther Johnson e Irena Posokovanovich) que haviam aparecido no mesmo dia, mas que ainda tinham algum tempo antes de expirarem — ou seja lá como for que isso se chame.

Então, ele voltou a sair para dar seus passeios, tentando ver se conseguia ouvir alguma coisa quando passava por bueiros, mas nem sinal das forças das trevas.

Charlie sentia-se nu ao andar na rua sem a sua bengala-espada, que ficara com Rivera, e então resolveu achar uma substituta, e, no processo, acabou conhecendo mais dois Mercadores da Morte na cidade. Encontrou o primeiro num sebo chamado Book'em Danno, no bairro Mission. Bom, não era exatamente um sebo de livros — o lugar ainda tinha umas duas estantes altas com livros, mas o resto da loja era uma grande mistura de bricabraques, de tubulações hidráulicas a capacetes de futebol americano. Charlie entendia perfeitamente como aquilo era possível. A pessoa começava com uma livraria e aí fazia uma simples e inocente troca, talvez um par de apoios de livros por uma primeira edição. Depois, em outra troca, só para conseguir um item específico, acabava ficando com uma caixa cheia de coisas quando alguém resolvia fazer uma venda em garagem, e logo acabava tendo uma seção com muletas de tamanhos diferentes ou válvulas de rádio obsoletas, e não conseguia mais se lembrar de jeito nenhum como é que uma armadilha de urso tinha ido parar na loja. Mas lá estava ela, ao lado de um saiote de bailarina verde-limão e uma bomba de sucção para aumento do pênis: um brechó descontrolado. Nos fundos da Book' em Danno, perto do balcão, havia uma estante em que cada livro pulsava com uma luz vermelha opaca.

Charlie tropeçou numa cuspideira e acabou se emaranhando num cabideiro de chifres de alce.

— Está tudo bem? — perguntou o dono, levantando os olhos do livro que estava lendo.

O sujeito devia ter uns 60 anos. Tinha a pele manchada, mas, pelo jeito, fazia um bom tempo que não via o sol, já que estava branquelo. Tinha cabelos compridos e grisalhos, que estavam rareando, e usava óculos bifocais excessivamente grandes, que lhe davam o ar de uma tartaruga culta.

— Sim, tudo bem — disse Charlie, forçando-se a parar de olhar para os livros-receptáculos-de-almas.

— Desculpe a bagunça — continuou o homem-tartaruga. — Sempre penso em dar uma arrumada, mas faz trinta anos que planejo dar uma arrumada e até agora não consegui.

— Não, tudo bem, eu gosto da sua loja — disse Charlie. — Você tem uma ótima seleção.

O dono da loja viu o terno e os sapatos caros de Charlie e apertou os olhos para enxergar melhor. Era óbvio que ele percebia que eram roupas de qualidade e que estava classificando mentalmente Charlie como um rico colecionador ou alguém que apreciava antiguidades.

— O senhor está procurando algo específico? — perguntou.

— Uma bengala-espada — disse Charlie. — Não precisa ser uma raridade.

Ficou com vontade de convidar o sujeito para tomar um café e conversar com ele, partilhar histórias sobre como conseguiam pegar os objetos que continham almas, confrontar os habitantes do Mundo Inferior, a vida de Mercador da Morte. Ali estava alguém que finalmente o entendia e, a julgar pelo tamanho de sua coleção de receptáculos de alma, todos livros, ele estava no ramo há mais tempo que Minty Fresh.

O tartaruga balançou a cabeça.

— Faz anos que não vejo uma bengala-espada. Se você me der o seu cartão, posso ver se consigo uma pra você.

— Ah, obrigado. Mas vou continuar procurando. Faz parte da diversão — respondeu Charlie.

Voltou-se para caminhar em direção à porta, mas não podia ir embora sem dizer mais alguma coisa, sem conseguir alguma informação.

— Me diga, o movimento da loja aqui na vizinhança é bom?

— Melhor do que era antes. As gangues estão mais quietas e este pedaço do Mission acabou virando uma área mais moderninha, com gente metida a artista. Isso foi bom pra loja. Você é de São Francisco?

— Nasci e cresci aqui — respondeu Charlie. — Mas nunca vim muito para esses lados. Você não viu nada de esquisito na rua ultimamente, viu?

Agora o homem-tartaruga resolveu olhar bem nos olhos de Charlie. Tinha tirado até seus óculos gigantes.

— Com exceção do som alto dos carros que passam, tudo está tranquilo. Qual é mesmo o seu nome?

— Charlie. Charlie Asher. Eu moro ali perto de Chinatown e North Beach.

— O meu é Anton, Charlie. Anton Dubois. Prazer em conhecê-lo.

— Igualmente. Mas preciso ir andando.

— Charlie... Tem uma casa de penhores perto da Fillmore Street. Entre a Fulton e a Fillmore, acho. A dona tem um monte de facas e espadas. Talvez você encontre a sua bengala por lá.

— Obrigado. E se cuida, hein, Anton.

— Você também — disse Anton Dubois, voltando a atenção para o livro.

Charlie saiu da loja ainda mais ansioso, mas não tão solitário quanto se sentia cinco minutos antes. No dia seguinte, encontrou uma nova bengala-espada na loja de penhores na Fillmore, onde também achou uma caixa com talheres e utensílios de cozinha pulsando com uma luz vermelha. A proprietária era mais jovem que Anton Dubois. Devia ter trinta e alguma coisa, quase quarenta, e carregava um .38 num coldre preso ao ombro, o que deixou Charlie menos surpreso que o fato de ser uma mulher. Ele supôs que todos os Mercadores da Morte fossem homens, mas é claro que não havia motivo para pensar isso. Ela estava usando calça jeans e uma camisa simples de cambraia, mas com muitas e muitas joias que não combinavam, algo que Charlie imaginou ser um luxo que ela se dava e provavelmente justificava por ser "do ramo", assim como ele usava a mesma desculpa para vestir ternos caros. Ela tinha uma espécie de beleza tipo mulher-policial, com um belo sorriso, e Charlie ficou pensando se não deveria convidá-la para sair — e aí ouviu alguma coisa estalar na sua cabeça: era a bolha da burrice autodestrutiva estourando. Arrã, claro, convidá-la para

jantar, ir ao cinema e com isso trazer para este mundo as Forças das Trevas. Sem dúvida, um excelente primeiro encontro. Sim, todo mundo tinha razão, ele estava mesmo precisando fazer sexo.

Comprou a bengala-espada com dinheiro vivo, sem regatear o preço. Saiu da loja sem puxar papo com a dona, mas pegou o cartão da loja no porta-cartões sobre o balcão antes de sair. O nome dela era Carrie Lang. Fez isso para não sucumbir à vontade de adverti-la, dizer a ela para tomar cuidado com o que estava prestes a surgir lá de baixo, mas se deu conta de que a cada segundo que se demorava ali provavelmente aumentava o perigo para todos eles.

Toma cuidado, Carrie, sussurrou para si mesmo enquanto ia embora.

Naquela noite, decidiu que iria fazer alguma coisa para eliminar um pouco a tensão que sentia. Ou, pelo menos, foi isso o que decidiram para ele. Jane e sua namorada, Cassandra, fizeram uma visita e se ofereceram para tomar conta de Sophie.

— Anda, vai achar uma mulher — disse Jane. — Eu fico com a menina.

— Não funciona desse jeito — retrucou Charlie. — Eu fiquei fora o dia todo. Nem tive tempo de ficar com a minha filha.

Jane e Cassandra — uma atraente e atlética ruiva de trinta e poucos anos, que Charlie prometeu a si mesmo que teria convidado para sair se ela não estivesse morando com sua irmã — expulsaram-no de casa, bateram a porta na sua cara e passaram a chave.

— Só volte depois de dar umazinha — exclamou Jane do outro lado da porta, a voz passando pela janelinha lá em cima.

— Isso funciona pra você? — gritou Charlie de volta. — Basta sair procurando alguém pra transar, feito uma caça ao tesouro?

— Toma, aqui tem 500 dólares. Quinhentos dólares funciona pra qualquer um.

Um maço de notas caiu pela janelinha da porta, seguido de sua bengala, um casaco e sua carteira.

— Mas esse dinheiro é meu, não é? — exclamou Charlie.

— É você que precisa transar — gritou Jane. — Anda. E só volte pra casa depois de ter afogado o ganso.

— Mas eu posso mentir pra você.

— Não, não pode — disse Cassie, a namorada de Jane. Ela tinha uma voz doce que dava vontade de pedir que ela contasse uma historinha pra dormir. — O desespero ainda vai transparecer nos seus olhos. E eu digo isso sem maldade, Charlie.

— Claro, de que outra maneira eu poderia entender?

— Tchau, pai! — disse Sophie do outro lado da porta. — Divirta-se.

— Jane!

— Relaxa. Ela acabou de aparecer aqui. Vai logo.

Então, Charlie, expulso de sua própria casa por sua própria irmã, despediu-se de sua filha adorada e saiu em busca de uma completa desconhecida com a intenção de ter um contato íntimo.

— Só uma massagem — disse Charlie.

— OK — disse a moça enquanto organizava os óleos e loções numa prateleira. Era asiática, mas Charlie não saberia dizer de que parte da Asia; talvez Tailândia. Fazia o estilo mignon, com cabelos pretos e compridos, batendo abaixo da cintura. Estava usando um quimono de seda vermelha com estampa de crisântemos. E nunca o olhava diretamente nos olhos.

— Não, sério, só estou tenso. Não quero nada além de uma massagem totalmente honesta e higiênica, exatamente como diz o aviso lá fora.

Charlie estava de pé, nos fundos de um cubículo estreito, totalmente vestido, com a maca de massagem de um lado e a massagista e sua prateleira de óleos do outro.

— OK — respondeu a moça.

Charlie ficava olhando para ela, sem saber o que fazer.

— Tira a roupa. OK? — disse a moça.

Ela colocou uma toalha branca e limpa sobre a maca de massagem, perto de Charlie, fez um gesto de cabeça na direção da toalha e depois virou de costas.

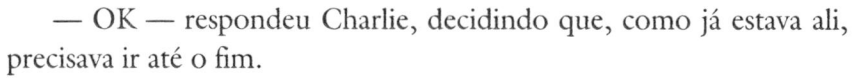

— OK — respondeu Charlie, decidindo que, como já estava ali, precisava ir até o fim.

Ele tinha pagado 50 dólares pela massagem para a mulher na porta, e depois ela fizera com que ele assinasse uma declaração afirmando que tudo que ele receberia era somente uma massagem, que gorjetas eram bem-vindas, mas não implicavam nenhum outro serviço além da massagem, e que, se ele achava que ia conseguir algo além de uma inocente massagem, ele, sem dúvida, seria um Demônio Branco bastante decepcionado. Pediu que ele rubricasse cada uma das cópias da declaração, escrita em seis línguas diferentes, e então deu uma piscadela, lenta e comprida, cujo efeito foi exagerado pelos seus cílios postiços muito compridos, complementada pelo gesto internacionalmente conhecido do boquete, com a boca em "o" e uma língua ritmada pressionando a lateral interna do rosto.

— Flor de Lótus deixa o senhor relaxado, Sr. Macy.

Charlie havia assinado com o nome de Ray. Não fora só uma pequena vingança por Ray ter colocado a polícia atrás dele, mas porque achara que a gerente reconheceria o nome de Ray e lhe daria um desconto.

Charlie tirou a roupa, mas ficou com sua cueca samba-canção. Deitou na cama, mas Flor de Lótus tirou sua cueca suavemente, com a destreza de um mágico que puxa um lenço da manga. Cobriu o traseiro de Charlie com uma toalha e tirou o quimono. Charlie viu o quimono cair e lançou um olhar de soslaio para trás: viu uma mulher pequena e seminua esfregando as palmas das mãos para aquecer o óleo. Desviou o olhar e bateu a testa contra a mesa diversas vezes, sentindo uma ereção ansiosa por liberdade sob seu corpo.

— A minha irmã me mandou relaxar — disse ele. — Eu não queria relaxar.

— OK — disse ela, esfregando óleo em seus ombros.

O aroma era de amêndoa e sândalo. Devia ter mentol, lavanda ou algo assim, porque sentiu a pele formigar um pouco. Cada lugar que ela tocava doía, como se ele tivesse cavado um fosso até o Equador ou tivesse puxado um barco pela baía com uma corda. Era como se ela

tivesse poderes sensoriais especiais: conseguia achar os pontos exatos onde ele se sentia dolorido, então massageava e eliminava a dor. Ele gemia de leve.

— Muito tenso, não é? — disse ela num sotaque carregado, subindo os dedos pela sua coluna.

— Eu não durmo bem há duas semanas — disse Charlie.

— Legal.

Ela esticou os braços para massagear a área de suas costelas e ele sentiu os pequenos seios pressionados contra suas costas. Não conseguiu respirar durante alguns segundos e ela soltou uma risadinha.

— Muito tenso — disse ela.

— É que aconteceu uma coisa no trabalho. Bom, não no trabalho, mas acho que eu fiz uma coisa que pode colocar todo mundo que eu conheço em perigo, e agora eu não posso fazer o que precisa ser feito para resolver a situação. Pessoas podem até morrer.

— Isso bom! — disse Flor de Lótus, massageando seu bíceps com os nós dos dedos.

— Você não fala inglês, não é?

— Ah. Pouquinho. Sem problema. Quer final feliz?

Charlie sorriu.

— Você pode ficar só na massagem?

— Sem final feliz? Ok. Quinze minuto, 20 dólar, ok?

Então, Charlie pagou e continuou a conversar com ela. Ela massageou suas costas, ele pagou mais uma vez e contou todas as coisas que não conseguia dizer para as outras pessoas: todas as suas preocupações, todos os seus medos, todos os seus arrependimentos. Contou para ela o quanto sentia falta de Rachel, mas que, às vezes, ele se esquecia do rosto dela e ia correndo até a cômoda, no meio da noite, para olhar uma foto. Pagou adiantado por mais duas horas e cochilou, sentindo as mãos dela em sua pele. Sonhou com Rachel e com sexo e, quando acordou, Flor de Lótus estava massageando suas têmporas, e suas lágrimas escorriam para dentro de suas orelhas. Disse a ela que era efeito do mentol no óleo, mas era só a solidão que sentia e que agora

finalmente estava botando para fora, assim como a dor nas costas que ele não sabia que tinha até ser massageado.

Ela massageou seu peito, esticando os braços por cima da cabeça dele, deixando os seios roçarem no rosto de Charlie enquanto trabalhava; e quando ele ficou ereto mais uma vez sob a toalha, ela perguntou:

— Quer final feliz agora?

— Não, tudo bem — respondeu. — Final feliz é coisa de filme.

E, então, ele a pegou pelos pulsos, sentou-se, beijou as costas de suas mãos e agradeceu. Deu 100 dólares de gorjeta. Ela sorriu, colocou o quimono e saiu do cubículo.

Charlie colocou suas roupas e saiu do Salão de Massagem Oriental Happy Relax Good Time, pelo qual tinha passado umas mil vezes antes, sempre tentando imaginar o que havia atrás daquela porta vermelha com papel marrom grudado na janela. Agora ele sabia: lá estava o ser patético, frustrado e solitário chamado Charlie Asher, para quem não haveria final feliz.

Foi até a Broadway e subiu pelo morro, na direção de North Beach. Estava a poucos quarteirões de casa quando sentiu que alguém o seguia. Virou para ver quem era, mas tudo que viu foi um sujeito a uns dois quarteirões de distância, comprando jornal em uma máquina automática. Caminhou meio quarteirão e pôde ver o burburinho na rua lá em cima: turistas passeando, esperando mesas em restaurantes italianos, sujeitos que tentavam atrair os turistas para clubes de strip-tease, marinheiros em bares, jovens descolados fumando do lado de fora de uma livraria City Lights, afetando aquele ar literário e *cool* antes do próximo recital de poesia, que iria acontecer em um bar do outro lado da rua.

— Ei, bonitão — disse uma voz ao seu lado. Uma voz feminina, suave e sexy. Charlie virou para ver se havia alguém na ruazinha lateral pela qual havia passado. Conseguiu enxergar uma mulher nas sombras, encostada na parede. Ela usava uma espécie de segunda-pele iridescente ou algo assim, e o contorno prateado de seu corpo era delineado pela

luz de uma lâmpada fosforescente de mercúrio no fim do beco. Os pelinhos de sua nuca ficaram arrepiados, mas ele também sentiu uma fisgada na região dos quadris. Conhecia muito bem aquele bairro, e as prostitutas mexiam com ele desde que tinha 12 anos, mas aquela era a primeira vez que parava e prestava atenção, em vez de continuar andando, dar tchau e sorrir.

— Oi — disse Charlie.

Sentia-se tonto, bêbado, entorpecido. Talvez fossem todas as toxinas de seu corpo, eliminadas depois da longa massagem. Precisou apoiar-se na bengala.

Ela se afastou da parede e a luz delineou sua silhueta, evidenciando suas curvas, que eram de outro mundo. Charlie percebeu que rangia as mandíbulas e que sua rótula direita começou a tremer. Aquele não era o corpo de uma drogada, maltratado pela vida nas ruas; talvez fosse uma dançarina, uma deusa.

— Às vezes — disse ela, sibilando o último *s* —, uma trepada animal num beco escuro é o melhor remédio para um guerreiro cansado.

Charlie olhou em volta: a algazarra um quarteirão à frente, o sujeito que lia o jornal sob a luz do poste, dois quarteirões para trás. Não havia ninguém de tocaia no beco, preparado para atacá-lo.

— Quanto? — perguntou. Não conseguia nem lembrar qual era a sensação de fazer sexo, mas, naquele momento, só conseguia pensar que precisava saciar seu desejo. Precisava de uma trepada animal num beco escuro com aquela... aquela deusa. Não conseguia ver o rosto dela, apenas o contorno de suas maçãs, mas só isso já era belíssimo.

— Só o prazer da sua companhia — respondeu ela.

— Mas por que eu? — perguntou Charlie.

Ele não tinha como não perguntar, era sua natureza de Macho Beta.

— Venha e descubra — disse ela, colocando as mãos nos seios, inclinando-se de costas para a parede e apoiando um dos saltos de seu sapato nos tijolos. — Vem.

Ele entrou no beco, encostou a bengala na parede e pegou o joelho levantado dela em sua mão, um seio na outra, e a puxou para si, no ímpeto de beijá-la. Sua pele parecia veludo, sua boca era quente e tinha um gosto estranho, como carne de caça, ou fígado. Ele nem mesmo sentiu quando ela abriu seu jeans, só sentiu uma mão firme na sua ereção.

— Ah... carne forte — sibilou ela.

— Obrigado. Eu ando malhando.

Ela mordeu seu pescoço, uma mordida forte, e ele apertou seu seio e pressionou o corpo contra a mão dela. Ela o envolveu com a perna que estava levantada e o puxou com força para si. Ele sentiu algo pontiagudo e doloroso contra o escroto e tentou se afastar. Com a perna, ela o puxou para mais perto de si. Era absurdamente forte.

— Carne Fresca — disse ela —, não brigue comigo, senão corto suas bolas fora.

Charlie sentiu a garra em seus testículos e ficou sem ar. Agora, o rosto dela estava a poucos centímetros do dele, e ele procurou seus olhos, mas só conseguia ver um brilho negro de obsidiana refletindo as luzes do poste.

Ela colocou a mão livre na frente do rosto dele, e Charlie viu garras saindo das pontas de seus dedos, algo tipo cromo escovado refletindo a luz do poste, surgindo até ficarem com uns 10 centímetros de comprimento. Ela colocou as garras sobre os olhos dele e Charlie esticou a mão, tentando pegar a bengala-espada na parede. Ela derrubou a bengala e deixou as garras mais uma vez perto de seu rosto.

— Ah, não, Carne. Não dessa vez — disse ela, introduzindo uma das garras em sua narina. — Você acha que eu devo enfiar até o fim? Até chegar no seu cérebro? Assim seria mais rápido, mas eu não quero que seja rápido. Estou há tanto tempo esperando por isso.

Ela aliviou a pressão sobre seus testículos, e Charlie, horrorizado, percebeu que seu membro ainda estava rígido. Ela começou a acariciar sua ereção, enfiando a garra um pouco mais em seu nariz, para deixá-lo quieto.

— Já sei, já sei. Quando você gozar, vou enfiar a garra na sua orelha e puxar. Desse jeito, já arranquei metade da cabeça de um homem. Você vai gostar. Você tem sorte. Se Nemain estivesse aqui no meu lugar, você já estaria morto.

— Sua piranha — Charlie conseguiu dizer.

Ela o acariciava com mais força e ele amaldiçoava seu próprio corpo por traí-lo daquela maneira. Tentou se afastar, mas a perna ao redor dele o prendia com força, deixando-o quase sem ar.

— Não. Você vai gozar e *aí* eu te mato.

Retirou a garra do nariz dele e levou-a em direção à orelha.

— Não me deixe ir embora insatisfeita, Carne — disse ela, mas dessa vez errou a mira e sua garra bateu no couro cabeludo dele, e ele aproveitou para socar as costelas dela com toda a força, usando os dois punhos.

— Seu filho da mãe! — gritou ela.

Ela deixou a perna cair de volta ao chão e o puxou para o lado, pelo pênis, afastando-se para dar um golpe com as garras contra a cabeça dele. Charlie tentou erguer o antebraço para bloquear o golpe, mas então ouviu uma explosão: um pedaço do ombro dela esparramou-se na parede, fazendo-a girar.

Charlie sentiu que ela soltou seu pênis e, então, aproveitou para pular para o outro lado do beco. Ela bateu na parede e ricocheteou, as garras apontadas para seu rosto. Ouviu-se outra explosão e ela foi novamente lançada para trás. Desta vez, caiu virada para a rua e, antes mesmo que tivesse tempo de se recompor para tentar fugir, mais dois tiros a atingiram no peito e ela gritou, o som de mil corvos raivosos em chamas.

Mais cinco tiros rápidos e ela dançava para trás com o impacto; porém, mesmo enquanto era lançada para trás, ela se transformava, os braços ficando mais largos, os ombros sumindo. Mais dois tiros, e o grito que se ouviu em seguida não era nem remotamente humano, mas sim o grito de um enorme corvo. Ela alçou voo no céu noturno

e deixou um rastro de penas e um líquido que parecia sangue, mas era negro.

Charlie ficou de pé, cambaleante, saiu do beco e foi até o inspetor Alphonse Rivera, ainda em posição de tiro, segurando uma Beretta 9mm, apontada para o céu escuro.

— Aposto que eu vou me arrepender se você me disser que, diabos, era aquilo, não é? — perguntou Rivera.

— Provavelmente — respondeu Charlie.

— Amarre o seu casaco na cintura.

Charlie olhou para baixo e viu que a parte da frente de sua calça jeans estava retalhada, como se tivesse sido cortada com lâminas.

— Obrigado.

— Sabe, você poderia ter evitado tudo isso se tivesse aceitado o final feliz, como todo mundo.

FOI BOM PRA VOCÊ?

Na manhã seguinte, Cassie, a namorada de Jane, ouviu alguém no saguão de entrada e abriu a porta. Deparou-se com Charlie, coberto de sangue e de uma substância preta, cheirando a sândalo e óleo de amêndoa. Estava com um corte sobre a orelha, sangue coagulado no nariz, a parte da frente de sua calça em farrapos, além de pequenas penas pretas grudadas nele por toda parte.

— Nossa, Charlie, pelo jeito subestimei você — disse ela, um tanto surpresa. — Quando você decide soltar as feras, não brinca em serviço, hein?

— Banho — disse Charlie.

— Papai! — disse Sophie, lá do quarto. Ela veio correndo para ele com os braços abertos, seguida de dois cachorros gigantes e uma tia lésbica trajando roupas da Brooks Brothers. Quando estava na metade da sala, viu o estado do pai, deu meia-volta e saiu correndo, gritando.

Jane parou perto do sofá e ficou olhando para ele.

— Deus do céu! O que você fez? Tentou trepar com um leopardo?

— Mais ou menos isso — disse Charlie. Passou cambaleante por ela e foi para o banheiro de sua suíte.

Jane olhou para Cassandra, que tentava não deixar que seu sorriso se transformasse numa gargalhada.

— Bom, você queria que ele saísse mais de casa.

— Você já contou sobre a minha mãe? — perguntou Jane.

— Achei melhor você dizer pra ele.

— Olha, armas de fogo são um pé no saco, entendeu? — disse Babd, a última das três divas da morte a tentar fazer sua aparição no Mundo Superior. — Claro, vistas daqui de baixo, parecem uma maravilha, mas de perto... Muito barulhentas, impessoais. Prefiro de longe um machado de guerra, um porrete.

— Eu gosto de porretes — disse Macha, com as garras enfiadas dentro da cabeça decepada de Madison McKerny, fazendo a boca mexer como se fosse um fantoche.

— A culpa é toda sua — repreendeu Nemain.

Ela segurava um dos implantes de silicone de Madison McKerny (pedacinhos gosmentos de carne da boneca de sexo ainda grudados nele) e o pressionava contra os ferimentos de Babd, para curá-los. A carne negra se regenerava e o brilho vermelho do implante diminuía. Nemain continuou:

— Estamos desperdiçando a energia destes aqui. Depois de anos e anos esperando para conseguir outra alma.

Babd suspirou.

— É. Pensando melhor, acho que a punheta não foi uma boa ideia.

— Acho que a punheta não foi uma boa ideia — imitou Macha através do fantoche.

— Eu já fiz isso nos campos de batalha, deixa eu ver..., umas 10 mil vezes? — continuou Babd. — O último prazer do guerreiro moribundo me pareceu o mínimo que eu podia fazer. Sou muito boa nisso, sabe?

É preciso um toque poderoso para fazer um soldado manter a ereção ao mesmo tempo em que suas entranhas escorrem por entre seus dedos.

— Ela é mesmo *muito* boa nisso. Sou testemunha — disse Orcus, recostando-se no trono para mostrar seu entusiasmo com sua ereção de touro, de 1 metro de comprimento, negra e mortífera.

— Agora não, eu acabei de passar batom — disse Macha através da cabeça-fantoche, empurrando os olhos e fazendo-os ficar arregalados, dando a impressão de que a moça morta estava impressionada com o prodigioso membro de Orcus.

Todos riram. Macha fez Orcus e suas irmãs Morrigan rirem a manhã toda com o fantoche, apoiando os implantes numa prateleira e mexendo a cabeça acima deles.

— Mas é claro que os meus peitos são reais! Afinal, ele realmente os comprou, não é?

Estavam bobos de alegria desde que conseguiram tirar do túmulo da boneca inflável os receptáculos de sua alma, e essa vitória até mesmo os fizera esquecer o fato de que Babd não conseguira matar o Mercador da Morte. Mas, quando a luz finalmente se esvaiu dos implantes, ficaram de mau humor. Nemain jogou o implante inútil contra a antepara do navio e ele explodiu, espirrando meleca transparente no chão.

— Que desperdício — rosnou. — Vamos invadir o Mundo Superior e comer o fígado dele, enquanto ele assiste.

— Por que você tem essa mania de comer fígado? — perguntou Babd. — Odeio fígado.

— Tenham paciência, minhas princesas — disse Orcus, segurando o outro implante em uma de suas garras. — Levamos mil anos para chegar aqui, pra participar dessa batalha. E será preciso esperar mais alguns pra ter força suficiente. Mas essa espera só tornará a vitória ainda mais doce.

Tomou a cabeça das mãos de Macha e deu uma mordida, como se ela fosse uma ameixa madura.

— Mas você bem que podia ter deixado passar sem aquela punheta — disse Orcus, cuspindo pedacinhos de cérebro em Babd ao falar.

— Consegui lugar para nós dois num voo com destino a Phoenix, às duas da tarde — disse Jane. — Aí, a gente pega o trem e chega, em Sedona de noite.

Charlie tinha acabado de tomar banho e agora estava vestido somente com uma calça jeans recém-tirada do armário. Secava os cabelos com uma toalha bege, deixando no tecido marcas vermelhas devido ao ferimento em seu couro cabeludo, que ainda sangrava. Sentou na cama.

— Mas, espera. Há quanto tempo ela sabe?

— Deram o diagnóstico há seis meses. Já havia se espalhado do colo do útero para os outros órgãos.

— E ela só agora foi contar pra gente?

— Não foi ela que contou pra gente. Um sujeito chamado Buddy ligou. Obviamente ele está morando com ela. Disse que ela não queria que ficássemos preocupados. O cara chorou ao telefone.

— A mamãe está morando com um cara?

Charlie ficou olhando para as marcas vermelhas na toalha. Tinha ficado acordado a noite inteira, tentando explicar para o inspetor Rivera o que havia acontecido naquele beco, sem, de fato, contar nada de relevante. Estava ferido, sentia-se dolorido, exausto, e, além disso, sua mãe estava morrendo.

— Não dá pra acreditar. Ela pirou quando a Rachel se mudou pra cá antes de a gente se casar — acrescentou Charlie.

— Bom, você pode gritar com ela e chamá-la de hipócrita quando a gente chegar lá hoje à noite.

— Eu não posso ir, Jane. Tem a loja, a Sophie... ela ainda é pequena demais pra passar por uma coisa dessas.

— Eu já liguei pro Ray e pra Lily. Eles vão ficar tomando conta da loja. A Cassandra vai ficar tomando conta da Sophie durante a noite e as Senhoras do Bloco Comunista poderão ficar com ela durante o dia, até a Cassie voltar do trabalho.

— A Cassie não vai com você?

— Charlie, mamãe ainda pensa que eu sou só uma garota sapeca.

— Ah, é verdade. Desculpe.

Charlie suspirou. Sentia saudade da época em que Jane era a aberração da família e ele o cara normal.

— Você vai tentar fazer as pazes com ela? — perguntou ele.

— Não sei. Não estou planejando nada. Nem sei se ela está lúcida. Estou no piloto-automático desde que recebi a notícia. Estava esperando você chegar em casa para poder me acabar de chorar.

Charlie foi até sua irmã e a abraçou.

— Você fez tudo direitinho. Pode deixar que, daqui pra frente, eu cuido de tudo. Você precisa de alguma coisa?

Ela correspondeu ao abraço e depois se desvencilhou, com lágrimas nos olhos.

— Preciso ir pra casa fazer as malas. Apareço aqui ao meio-dia de táxi pra te pegar, tudo bem?

— Vou ficar te aguardando — disse Charlie. Balançando a cabeça, disse: — Não consigo acreditar que mamãe está morando com alguém.

— Pois é. E um cara chamado Buddy, ainda por cima.

— Que vadia.

Com isso, Charlie conseguiu fazer com que Jane risse, que era tudo que ele queria naquele momento.

Lois Asher estava dormindo quando Charlie e Jane chegaram em sua casa, em Sedona. Um homem barrigudo e queimado de sol, usando bermuda e uma camisa cáqui, abriu a porta: era o Buddy. Sentou-se à mesa da cozinha com Charlie e Jane e falou do amor que sentia pela mãe deles, contou sobre sua vida como mecânico de aviões em Illinois, antes de se aposentar, e depois fez um relato de tudo que acontecera desde que Lois recebera o diagnóstico. Ela passara por três rodadas de quimioterapia e aí, ainda doente e totalmente careca, desistira.

Charlie e Jane entreolharam-se, sentindo-se culpados por não estarem presentes para ajudar.

— Ela não queria perturbar vocês — disse Buddy. — Está agindo como se morrer fosse um hobby, algo para fazer no tempo livre, entre os horários marcados no salão de beleza.

Charlie prestou mais atenção no que ele dizia. Era exatamente o que havia pensado diversas vezes, quando estava recuperando um receptáculo de alma: via pessoas num processo tão forte de negação do que estava acontecendo com elas, que ainda compravam calendários para os próximos cinco anos.

— Ah, as mulheres... — disse Buddy, piscando para Jane.

Charlie, de repente, sentiu uma grande afeição por aquele sujeito pequeno, careca e tostado de sol com quem sua mãe vivia.

— Nós estamos muito gratos por você cuidar dela, Buddy.

— É — disse Jane, meneando a cabeça, ainda meio atordoada com tudo aquilo.

— Bom, estou aqui pro que der e vier, caso vocês precisem de alguma coisa.

— Obrigado — disse Charlie. — Vamos precisar, sim.

E iam mesmo, porque estava claro para Charlie que Buddy só iria se manter de pé enquanto achasse que era útil.

— Buddy — chamou uma suave voz feminina, atrás de Charlie.

Charlie virou a cabeça e viu uma mulher corpulenta, de uns 30 anos de idade, com roupa cirúrgica: era mais uma daquelas enfermeiras de casas de repouso, mais uma daquelas mulheres fantásticas que Charlie costumava ver nas residências de pessoas moribundas. Mulheres que ajudavam pessoas a passarem para o outro mundo com o máximo de conforto, dignidade e até mesmo alegria que conseguissem proporcionar — valquírias benevolentes, parteiras da morte. E sempre que Charlie as via trabalhar, percebia que, em vez de agirem de maneira distante ou indiferente, elas se importavam com cada paciente, cada família. Elas estavam *presentes*. Ele as vira compartilhar a dor de centenas de famílias diferentes, participando de situações de intensa emoção,

que grande parte das pessoas só sente algumas vezes na vida. Poder observá-las ao longo dos anos fizera com que Charlie passasse a encarar seu trabalho de Mercador da Morte com mais respeito e reverência. Talvez aquilo fosse, no fundo, uma maldição, mas, no fim das contas, não devia pensar que era ele quem importava. Devia pensar que estava lá para servir, pela transcendência do servir, e foram as enfermeiras que lhe ensinaram aquilo.

No crachá, o nome da mulher: GRACE. Charlie sorriu.

— Buddy, ela acordou. Está chamando você — disse ela.

Charlie ficou de pé.

— Grace, meu nome é Charlie. Sou filho da Lois. Esta é a minha irmã, Jane.

— Ah, ela fala de vocês dois o tempo todo.

— Ah, é? — disse Jane, um pouco surpresa.

— E como. Ela conta que você era uma menina sapeca. E você... — continuou Grace, dirigindo-se a Charlie — ela diz que você era um doce de menino, mas depois algo aconteceu e você ficou diferente.

— É, aprendi a falar — disse Charlie.

— Pois é. Foi quando parei de gostar dele — brincou Jane.

Lois Asher estava deitada, apoiada em um monte de travesseiros. Usava uma peruca grisalha perfeitamente penteada, os cabelos presos do jeito que ela sempre usara. Estava com um colar de prata no estilo índios navajo, brincos e anéis combinando, e uma camisola de seda lilás que se harmonizava com a decoração do quarto; a impressão que dava era de que Lois estava tentando se camuflar. E estava mesmo: mas o espaço que ela havia reservado para si mesma naquele mundo era um pouco maior do que o espaço de que ela, de fato, necessitava. Havia um vão entre sua peruca e o couro cabeludo; sua camisola parecia quase vazia e os anéis tilintavam em seus dedos, soltos feito pulseiras. Charlie, então, se deu conta de que ela não estava dormindo quando chegaram: havia mandado Buddy recebê-los. Assim, Grace teria tempo de vesti-la e deixá-la apresentável para os filhos.

Charlie percebeu que o colar emitia um brilho vermelho sobre a camisola de Lois. Soltou um suspiro longo, profundo, triste. Abraçou a mãe e pôde sentir os ossos de suas costas e seus ombros, tão delicados e frágeis quanto os de um pássaro. Jane tentou segurar o choro assim que viu a mãe, mas só conseguiu soltar um soluço de dor. Caiu de joelhos perto da cama.

Charlie sabia que aquela era talvez a pergunta mais idiota que alguém poderia fazer a uma pessoa moribunda, mas mesmo assim disse:

— Como você está, mãe?

Ela acariciou sua mão com um tapinha de leve.

— Ah, eu queria tomar um drinque. O Buddy não me deixa tomar nada alcoólico, porque vomito tudo. Vocês conheceram o Buddy?

— Parece um cara legal — disse Jane.

— Ah, ele é, sim. Ele tem sido muito bom para mim. Nós somos apenas amigos.

Charlie olhou para o outro lado da cama, para Jane, que ergueu as sobrancelhas.

— Tudo bem, mãe, a gente já sabe que vocês estão morando juntos — disse Charlie.

— Morando juntos? Eu? Você acha que eu sou o quê?

— Deixa pra lá, mãe.

Sua mãe fez um gesto com a mão, como se estivesse espantando aquela ideia absurda feito uma mosca.

— E como é que vai aquela sua menininha judia, Charlie?

— Sophie? Ela está ótima, mãe.

— Não, não é esse.

— Não é esse o quê?

— Não é esse o nome dela, é outro. A moça bonita. Na verdade, bonita demais pra você.

— Ah, você está falando da Rachel, mãe. Faz cinco anos que ela morreu. Você não lembra?

— Bom, não podemos culpá-la, não é? Afinal, você era um menino tão doce, não sei o que houve com você depois. Você lembra?

— Sim, mãe. Eu era um doce de pessoa.

Lois olhou para a filha.

— E você, Jane? Já achou um bom moço pra casar? Odeio pensar que você vai ficar sozinha.

— Pois é, mãe. Ainda estou em busca do meu Príncipe Encantado — disse Jane, fazendo um gesto de cabeça na direção de Charlie, como quem diz *"a gente precisa ir ali fazer uma reunião de emergência"* (gesto que ela sempre fazia perto da mãe, desde que tinha 8 anos).

— Mãe, eu e a Jane vamos ali rapidinho, mas a gente já volta. Podemos ligar para a Sophie depois e você fala com ela, está bem?

— Quem é Sophie? — perguntou Lois.

— É a sua neta, mãe. Você não lembra? A Sophie, tão bonitinha?

— Não seja bobo, Charles. Eu não tenho idade para ser avó.

Fora do quarto, Jane revirou a bolsa e conseguiu achar o maço de cigarros, mas não sabia se fumava ou não.

— Deus do céu e todos os seus anjos pernetas, que porra é essa que está acontecendo com ela?

— Ela tomou muita morfina, Jane. Você não sentiu um cheiro meio cáustico? São as glândulas de suor dela tentando eliminar as toxinas do corpo que os rins e o fígado filtrariam em condições normais. Os órgãos dela estão começando a falhar, o que significa que muitas das toxinas vão parar no cérebro.

— Como é que você sabe essas coisas?

— Eu li a respeito. Olha, ela nunca viveu totalmente no mundo real, não é? Ela odiava a loja, odiava o trabalho do papai, mesmo que isso a sustentasse. Ela odiava a mania que ele tinha de colecionar coisas, mas nesse aspecto não era muito diferente dele. E essa coisa de dizer que o Buddy não mora aqui... Ela só está tentando conciliar quem ela sempre achou que foi com quem ela é de verdade.

— Será por isso, então, que ainda fico com vontade de dar um soco nela? — disse Jane. — É horrível eu sentir isso, não acha?

— Bem, talvez...

— Que pessoa horrível eu sou. A minha mãe está morrendo de câncer, e eu com vontade de bater nela.

Charlie colocou o braço no ombro da irmã e começou a levá-la para a porta da frente, para que ela pudesse sair e fumar.

— Não seja tão dura com você mesma. Você está fazendo a mesma coisa, tentando conciliar todas as mães que a nossa mãe já foi — a mãe que você queria, a mãe que ela foi quando você precisou dela e ela estava presente, a mãe que ela foi quando não conseguia te entender. A maioria de nós não mostra para o resto do mundo só uma identidade. No fundo, temos várias. Quando alguém morre, todas essas identidades se integram na alma, que é a essência do que somos, para além das diferentes máscaras que adotamos durante a vida. Você só sente isso porque está odiando as identidades dela que sempre odiou e amando aquelas que você sempre amou. É normal você se sentir confusa.

Jane parou, afastou-se um pouco dele e disse:

— E como é que você não está confuso?

— Não sei. Talvez por causa do que eu passei com a Rachel.

— Então, você acha que, quando alguém morre de repente, também acontece esse negócio de reconciliação das identidades?

— Não sei. Não acho que seja um processo consciente. Talvez seja mais consciente para você do que para a mamãe, entendeu? Você fica com a sensação de que precisa pôr tudo em pratos limpos antes de ela morrer, e isso é muito frustrante.

— E o que acontece se ela não integra todas essas coisas antes de morrer? E se eu não conseguir?

— Acho que a gente tem uma outra chance.

— Sério? Tipo reencarnação? Mas, e quanto a essa coisa de Jesus e tal?

— Acho que existem muitas coisas que não estão no livro. Em nenhum livro, quero dizer.

— De onde você tirou essas coisas? Você nunca me pareceu uma pessoa muito ligada em assuntos espirituais. Nem mesmo quer fazer ioga comigo.

— Eu não quero fazer ioga com você porque não tenho um corpo flexível, não porque não tenha um lado espiritual.

Chegaram à porta da frente da casa, que fez o mesmo som de uma porta de geladeira quando Charlie a abriu. Quando saíram para a varanda da entrada, ele entendeu por quê: sentiram a baforada de um calor de uns quarenta graus.

— Caramba, você, por acaso, abriu a porta do inferno sem querer? Não estou com tanta vontade de fumar assim. Anda, entra, entra! — disse Jane, e depois o empurrou para dentro e fechou a porta. — Que coisa horrível! Por que alguém ia querer morar num lugar com um clima desses?

— Estou confuso. Você voltou a fumar ou não, afinal?

— Na verdade, não. Só fumo quando fico muito nervosa. É o meu jeito de dar uma banana para a Morte. Você nunca teve vontade de fazer isso, gozar da cara da Morte?

— Ah, nem me fale.

Já que Charlie e Jane estavam ali, dispensaram a enfermeira durante a noite e ficaram tomando conta de Lois, revezando-se a cada quatro horas. Charlie medicava a mãe, limpava-lhe a boca, alimentava-a com o pouco de comida que ela conseguia ingerir, mas a essa altura ela só sobrevivia à base de goles de água ou suco de maçã. Ficava ouvindo a mãe lamentar a perda de sua beleza, recordar os tempos em que era uma linda mulher, sempre a mais bela nas festas que frequentava antes de ele nascer, um objeto de desejo para os homens — algo que evidentemente lhe dava mais satisfação do que ser esposa ou mãe ou qualquer uma das dezenas de máscaras que tivera durante toda a vida. Às vezes, ela voltava as atenções para o filho.

— Eu te adorava quando você era pequeno. Eu te levava para os cafés em North Beach e todo mundo ficava mimando você. Você era um menino tão doce. Tão bonito. Nós dois éramos.

— Eu sei.

— Lembra quando a gente tirava todo o cereal matinal das caixas para você pegar o brinde? Era um submarino, eu acho. Você lembra?

— Lembro, mãe.

— Éramos muito unidos naquela época.

— Verdade.

Charlie, então, pegava sua mão e deixava que ela continuasse a recordar os bons tempos, os bons momentos que nunca tiveram de fato. Já não adiantava mais corrigir fatos, acertar falsas impressões.

Quando ela finalmente se cansou, Charlie deixou que adormecesse e foi ler um livro com uma lanterna numa cadeira perto da cama. E lá estava ele, no meio da noite, lendo um romance policial, quando viu a porta se abrir: um homem magro, de uns 50 anos, entrou sorrateiramente no quarto, parou perto da porta e ficou olhando em volta. Ele estava de tênis, calça jeans preta e uma camiseta de manga comprida também preta — com exceção dos óculos gigantes de aros finos, parecia um agente em uma operação militar secreta; só faltava a granada de mão e o canivete.

— Só não faça muito barulho — disse Charlie, em voz baixa.

— Ela está dormindo.

O homenzinho deu um pulo de, pelo menos, 1 metro de tanto susto e se agachou no chão. Agora estava ofegante. Charlie achou até que ele poderia desmaiar, se não se acalmasse.

— Está tudo bem. O objeto está na primeira gaveta daquela cômoda ali. É um colar de estilo indígena. Pode pegar.

O homenzinho se escondeu atrás da porta e deixou apenas um olho aparecendo, espiando.

— Você consegue me ver?

— Consigo.

Charlie fechou o livro, levantou da cadeira e foi até a cômoda.

— Ai, isso é péssimo. Isso é horrível!

— Não é tão ruim assim — respondeu Charlie.

O homenzinho balançou a cabeça de maneira veemente.

— Não, é horrível! Olha pra lá. Fica olhando pra lá! Finja que eu não estou aqui. Eu não estou aqui, entendeu? Você não consegue me ver.

— Aqui está — disse Charlie. Tirou o colar de sua caixa de veludo, dentro da gaveta, e o segurou no ar.

— O quê?

— O objeto que você está procurando.

— Como você sabe?

— Porque faço o mesmo que você. Eu sou um Mercador da Morte.

— Um o quê?

E aí Charlie lembrou que Minty Fresh havia dito que inventara o termo; então, talvez apenas os Mercadores da Morte de São Francisco conhecessem.

— Eu também resgato receptáculos de alma.

— Não, não. Você não consegue me ver. Você não consegue me ver. Vai, dorme. Dorme — disse o homenzinho, agitando as mãos no ar na direção de Charlie, como se estivesse colocando um véu diante de si, ou tirando teias de aranha.

— Estes não são os droids que você procura — disse Charlie, sorrindo.

— Hein?

— Você não tem poderes Jedi, seu tonto. Pega o colar, anda.

— Não estou entendendo.

— Vem comigo. Eu já tinha que sair mesmo. Já está na hora da minha irmã vir cuidar dela.

Levou o homenzinho para fora do quarto e foi com ele até a sala. Ficaram perto da janela da frente, olhando para o sol que surgia por trás das montanhas rochosas e vermelhas ao redor, que projetavam no chão sombras que pareciam dentes quebrados.

— Qual o seu nome?

— Vern. Vern Glover.

— O meu nome é Charlie. Prazer em conhecê-lo. Quanto tempo ela tem, Vern?

— Como assim?

— Quanto tempo no seu calendário. Quantos dias restam?

— Como você sabe disso?

— Eu já te disse, faço a mesma coisa que você. Consigo te ver e consigo ver o brilho vermelho do colar. Eu sei o que você é.

— Mas isso é impossível. *O Fantástico Grande Livro da Morte* diz que as Forças das Trevas surgirão se eu falar com você.

— Tá vendo este corte aqui perto da minha orelha, Vern?

Vern fez que sim.

— Foram as Forças das Trevas. Que se fodam. Que se fodam as Forças das Trevas, Vern. Quanto tempo a minha mãe tem?

— Ela é sua mãe? Meus pêsames, Charlie. Ela tem mais dois dias.

— Certo — disse Charlie. — Então, é melhor a gente ir comer um donut.

— Como?

— Donut! Donut! Você gosta de donuts, não?

— Sim, mas por quê?

— Porque, para garantir a continuidade da vida humana, nós dois precisamos comer donuts juntos.

— Sério? — perguntou Vern, os olhos arregalados.

— Não. Estou de sacanagem — respondeu Charlie, colocando o braço no ombro de Vern. — Mas vamos lá comer uns donuts. Vou acordar a minha irmã para ficar com ela.

No Dunkin' Donuts, Charlie ligou do celular para casa, para saber como estava Sophie. Depois, satisfeito por ela estar bem, voltou para a mesinha, onde um donut estava à sua espera. Vern havia tirado seu gorro e agora seus cabelos desarrumados e grisalhos apareciam por cima dos óculos grandes, o que lhe dava a aparência de um cientista maluco, bronzeado e magricelo.

— Sério que ela era a maior gostosa?

— Vern, era inacreditável. Estou te falando. O corpo dela era de uma deusa. Coberto com peninhas bem finas, suave feito uma penugem.

Charlie instintivamente reconhecia nele outro Macho Beta, assim como reconhecera outro Mercador da Morte; então, quase se embananou todo de tanta ansiedade para contar sobre sua aventura com a harpia do esgoto, já que sabia que Vern entenderia seu lado.

— Mas ela não ia perfurar o seu cérebro com uma garra?

— É, ela disse que ia, mas, sabe de uma coisa? Acho que rolou uma química forte entre a gente.

— Você não acha que era só porque o seu pau tava na mão dela na hora? Esse tipo de coisa pode atrapalhar o nosso julgamento.

— É, tem isso. Mas, mesmo assim, para pra pensar: de todos os Mercadores da Morte, em todas as cidades do planeta, ela me escolheu para dar a dádiva de uma punheta mortal. Acho que ela se sentiu atraída por mim.

— Bom, você está em São Francisco, a Cidade das Duas Pontes — disse Vern, limpando a cobertura do donut no canto a boca. — É onde dizem que vai acontecer.

— Onde vai acontecer o quê?

Charlie gostava de ser o Mercador da Morte mais experiente: estava agindo como se fosse o líder de Vern, que tinha sido chamado para recrutar almas havia apenas seis meses. E agora, pelo jeito, ele não era mais.

— *O Fantástico Grande Livro da Morte* diz que não podemos falar sobre o que fazemos e nem tentar achar outras pessoas como nós. Do contrário, as Forças das Trevas irão surgir na Cidade das Duas Pontes e haverá uma terrível batalha. E aí o Mundo Inferior surgirá e cobrirá toda a terra, se a gente perder. Em São Francisco tem duas pontes, não tem?

Charlie tentou esconder sua surpresa. Vern obviamente tinha uma versão diferente do *Fantástico Grande Livro da Morte*, diferente da versão usada em São Francisco.

— Bom, sim, temos duas pontes principais. Desculpa, faz muito tempo que eu li o livro pela última vez. Não estou me lembrando de uma coisa· por que mesmo a Cidade das Duas Pontes é tão importante?

Vern fez uma cara de "dã" para Charlie.

— Porque é onde surgirá o novo Luminatus, a Grande Morte.

— Ah, sim, claro, o Luminatus — disse Charlie, batendo na testa. Mas não tinha a menor ideia do que Vern estava falando.

— Você acha que não vão mais precisar da gente depois que a Grande Morte assumir o poder? — perguntou Vern. — Digo... você acha que vão despedir a gente? Porque o *Grande Livro* dá a entender que o surgimento do Luminatus vai ser uma coisa boa, mas eu ando faturando alto desde que consegui esse emprego.

Arrã, tá, vai ser esse o nosso problema, não ter mais emprego, pensou Charlie.

— Acho que vamos ficar bem. Como diz o livro, é um trabalho sujo, mas alguém precisa fazê-lo.

— Certo, certo. Mas, então... esse policial que atirou na sua deusa, ele não fez nada?

— Não, ele fez sim. Primeiro me colocou no banco de trás do carro dele e tentou me obrigar a contar o que estava acontecendo quando ele apareceu e também o que vinha acontecendo durante todos esses anos em que ele andara me investigando.

— E o que você disse?

— Eu disse que eu sabia tanto quanto ele.

— Ele acreditou?

— Não. Mas acreditou quando eu disse para ele que, se eu contasse mais, as coisas poderiam ficar ainda piores. E, então, inventamos uma história para justificar os tiros que ele deu. Que um cara armado tentou atirar nele, depois em mim — descrevemos a cena e tudo. E aí, quando ele teve certeza de que a história não tinha furos, me levou até a delegacia e eu depus.

— E foi só isso? Aí ele te soltou?

— Não. Ele me contou umas histórias da carreira dele, sobre as coisas esquisitas que já encontrara na vida, disse que era por aquilo tudo que não ia me prender. O cara é totalmente maluco. Ele acredita em vampiros, demônios, corujas gigantes... Disse que uma vez teve

que atender um chamado urgente para lidar com um ataque de urso polar em Santa Barbara.

— Nossa — disse Vern. — Então, você deu sorte.

— Eu liguei pra ele antes de vir pra cá. Pedi pra ele ficar de olho no meu prédio até eu voltar, ver se a minha filha está bem.

Charlie não contou para Vern a respeito dos hellhounds.

— Você deve estar muito preocupado com ela. Eu tenho uma filha também. Ela está no primeiro ano do segundo grau. Mora com a minha ex-mulher em Phoenix.

— Então, você sabe como é — disse Charlie. — Diga, Vern, você nunca viu nenhuma dessas criaturas das trevas? Nunca ouviu vozes saindo dos bueiros? Nada do tipo?

— Não. Não do jeito que você conta. Não temos bueiros em Sedona. É um deserto com alguns rios atravessando.

— Sim, mas você já deixou de pegar um receptáculo de alma?

— Sim. No começo, quando recebi o *Fantástico Grande Livro da Morte*, achei que fosse uma brincadeira. Deixei escapar uns três ou quatro.

— E nada aconteceu?

— Bom, não diria isso. Quando eu acordava cedo e olhava para a montanha perto da minha casa, via uma sombra que parecia uma mancha de óleo gigante.

— E aí?

— E aí que a sombra estava do lado errado da montanha. Ficava do mesmo lado do sol. E, durante o dia, desceu pela montanha. Se você não ficasse olhando para ela, nem ia perceber, mas dava pra ver que ela estava descendo para a cidade, lentamente. Peguei o carro e fui até lá, pra ver a sombra, e fiquei à espera dela.

— E aí?

— Podia ouvir um barulho de corvos. Esperei até a sombra ficar a meio quarteirão de mim. Ela se mexia tão devagar que mal dava pra notar, mas o barulho aumentava cada vez mais, como se fosse um enorme bando de corvos. Fiquei morrendo de medo. Fui pra casa e olhei o nome que eu havia escrito no meio da noite: era uma pessoa

que morava no meu bairro. A sombra estava descendo da montanha em busca do receptáculo da alma.

— Ela o pegou?

— Acho que sim. Eu é que não peguei.

— E nada aconteceu?

— Ah, sim, aconteceu. Na vez seguinte, a sombra se movia mais rápido, parecia uma nuvem passando. E eu segui a sombra, e foi batata: ela estava indo na direção da casa de uma mulher cujo nome estava no meu calendário. Foi aí que me dei conta de que o *Fantástico Grande Livro da Morte* estava falando sério.

— Mas essa sombra nunca foi atrás de você?

— Na terceira vez — disse Vern.

— Mas, então, você deixou acontecer uma terceira vez?

— Sim, claro. Ou você não achou que era tudo bobagem quando começou a acontecer com você?

— Certo, tem razão. Desculpe. Continue.

— Na terceira vez, a sombra desceu a montanha, do outro lado da cidade, numa noite de lua cheia. E, dessa vez, dava pra ver os corvos voando. Não ver os corvos, exatamente, mas as sombras deles. Algumas pessoas perceberam. Entrei no carro, peguei o meu cachorro, o Scottie, e o levei comigo. Já sabia pra onde aquela coisa estava indo. Parei o carro a umas duas casas de distância da casa do sujeito. Eu queria avisar o cara. Ainda não tinha sacado a coisa que o livro dizia sobre as pessoas não conseguirem nos ver; do contrário, eu teria entrado pra pegar o receptáculo da alma. Bom, então lá estava eu em frente à casa do cara quando a sombra veio descendo pela rua, as extremidades com formato de corvos, e aí o Scottie começou a latir feito louco e correu na direção dela. Muito corajoso, o meu cachorro. Enfim, assim que a sombra encostou nele, Scottie deu um ganido e caiu duro no chão, morto. Nesse meio tempo, uma mulher apareceu na porta. Aí eu olhei lá dentro e vi uma estátua de bronze de um homem num cavalo, no vestíbulo, atrás dela. A estátua estava com um brilho vermelho, como se fosse ferro em brasa. Passei por ela e peguei a estátua. E aí

a sombra desapareceu. Assim, do nada. Foi a última vez que eu me atrasei pra pegar um receptáculo de alma.

— Sinto muito pelo seu cachorro — disse Charlie. — Mas o que você disse para a mulher?

— Isso é que é esquisito. Eu não falei nada. Ela estava conversando com o marido, que estava em outro aposento e não respondia. Aí ela voltou pra ver o que tinha acontecido com ele. Nem olhou pra mim. O sujeito teve um ataque cardíaco. Peguei a estátua, peguei o corpo do Scottie e fui embora.

— Nossa! Deve ter sido horrível.

— Durante um tempo eu fiquei pensando que eu era a Morte, que eu era especial. Porque o cara bateu as botas exatamente quando eu estava lá. Mas foi só coincidência.

— É, isso aconteceu comigo, também — disse Charlie, ainda perturbado com o que Vern havia dito sobre a tal "grande batalha". — Vern, tudo bem se eu der uma olhada no seu *Fantástico Grande Livro*?

— Acho melhor não, Charlie. Na verdade, acho melhor a gente se despedir. É que, se o *Fantástico Grande Livro* estiver certo, e não tenho nenhum motivo para achar que não, a gente nem deveria estar conversando.

— Mas a versão que você tem é diferente da minha.

— E você acha que não existe motivo para isso? — perguntou Vern.

Seus olhos, aumentados pela lente dos óculos enormes, fizeram com que ele momentaneamente parecesse um doido.

— Tá certo, então — disse Charlie. — Mas me manda um e-mail, está bem? Isso não deve fazer mal.

Vern ficou olhando para o interior de sua caneca de café como se estivesse refletindo, como se, ao contar a história da sombra que descera da montanha, tivesse ficado com medo. Finalmente, levantou os olhos e sorriu.

— Acho que vou te escrever sim. Preciso de algumas sugestões. E, se alguma coisa esquisita acontecer, a gente para.

— Fechado — disse Charlie. Levou Vern no seu carro até o carro dele, que estava estacionado do outro lado do quarteirão da casa de sua mãe, e os dois se despediram.

Jane foi encontrar Charlie na porta.

— Por onde você andou? Preciso do carro para ir comprar fio dental pra ela.

— Eu trouxe donuts — disse Charlie, segurando a caixa, com ar talvez excessivamente complacente.

— Bom, não é a mesma coisa, não acha?

— O mesmo que fio dental?

— Sim, fio dental. Dá para acreditar? Charlie, se eu ainda me preocupar com fio dental no meu leito de morte, você tem toda a permissão para me estrangular. Não, sério, vou até te deixar *instruções por escrito* para me estrangular com fio dental.

— OK. Mas, fora isso, ela está bem?

Jane estava vasculhando sua bolsa. Havia achado os cigarros e agora tentava encontrar o isqueiro.

— Como se complicações na gengiva fossem um grande perigo a essa altura. Putz! Será que pegaram meu isqueiro no aeroporto?

— Mas você não fuma mais, Jane — disse Charlie.

Ela olhou para ele.

— E daí?

— Nada — disse ele, e entregou as chaves do carro alugado para ela. — Será que você pode comprar pasta de dente para mim?

Ela parou de procurar o isqueiro e jogou o maço de cigarros de volta na bolsa.

— Por que essa família é obcecada com higiene bucal?

— É que eu esqueci de trazer.

— Está bem.

Jane posicionou as chaves na mão, uma delas já pronta para entrar na ignição, e enfiou a bolsa debaixo do braço, como se fosse uma bola de futebol americano. Ficou meio abaixada e colocou os óculos de sol

espelhados que antes estavam apoiados na cabeça. Os óculos, juntamente com o seu cabelo loiro platinado e o terno risca-de-giz preto de Charlie, faziam com que ela parecesse um ciborgue assassino do futuro, prestes a entrar correndo na atmosfera tóxica do planeta Duran Duran.

— Tá quente pra caralho lá fora, não é?

Charlie fez que sim e ergueu a caixa com os donuts.

— Os donuts caramelados até derreteram.

— Ah! — disse Jane, levantando os óculos mais uma vez. — A Cassandra ligou. Depois que você ligou hoje de manhã, ela viu a sua agenda na mesa de cabeceira. Mais exatamente, ela disse que o Alvin e o Maomé a arrastaram para lá e empurraram a agenda na direção dela. Ela queria saber se você precisa da agenda.

— E a Sophie? Ela está bem?

— Não. Foi abduzida por alienígenas, mas achei melhor deixar você digerir primeiro a péssima notícia de que você esqueceu a sua agenda.

— Sabe, é por conta disso que a mamãe tem vergonha de você — disse Charlie.

Jane riu.

— Quer saber de uma coisa? Ela não tem.

— Não tem?

— Não. Hoje de manhã, ela me disse que sempre soube quem eu era, sempre soube o que eu era, e que sempre me amou do jeito que eu era.

— E você pediu os documentos pra confirmar a identidade dela? Obviamente tem uma impostora na cama da nossa mãe.

— Ah, cala a boca. Foi legal da parte dela. Foi importante pra mim.

— Ela provavelmente só disse isso porque vai morrer.

— Mas ela também disse que preferiria que eu não usasse roupa de homem o tempo todo.

— Bom, não é só ela que acha isso.

Jane voltou a se agachar, assumindo a posição de ataque.

— Bom, lá vou eu na minha missão em busca do fio dental. Liga pra Cassandra.

— Pode deixar.

— E o Buddy bem que está precisando de um donut.

Jane abriu a porta de supetão e correu para o calor, gritando feito um guerreiro bárbaro prestes a atacar o exército inimigo.

Charlie fechou a porta depois que ela saiu, para não deixar o ar fresco do ar-condicionado sair, e ficou na janela observando a irmã correr pelo quintal de vegetação nativa de deserto como se fosse uma pessoa em chamas. Olhou para o horizonte, para a plataforma vermelha que se erguia no deserto. Ela parecia estar com uma fissura que ele não havia percebido antes. Olhou de novo e viu que não era uma fissura, e sim uma sombra longilínea e pontiaguda.

Então, correu para a entrada da garagem e verificou a posição do sol, e depois voltou a olhar para a sombra. Ela estava do lado oposto da plataforma rochosa. Não teria como haver sombras ali: o sol também estava daquele lado. Fez uma sombra com a mão sobre os olhos e ficou observando a sombra até sentir o cérebro cozinhando ao sol. Ela se movia — lentamente, mas sem dúvida se movia, e não da mesma maneira que uma sombra se move. Era um movimento determinado, contra o sol, em direção à casa de sua mãe.

— Ai, caramba — disse para si mesmo. — A minha agenda!

PELA SUA MÃE MORTINHA...

Em seu último dia de vida, Lois Asher parecia estar bem melhor. Depois de três semanas sem conseguir nem mesmo levantar para tomar café da manhã à mesa ou se sentar para assistir à TV, levantou-se e dançou com Buddy ao som de uma velha música dos Ink Spots. Estava risonha e brincalhona, implicou de brincadeira com os filhos e os abraçou, tomou um sundae de chocolate com marshmallow e depois escovou os dentes e usou fio dental. Colocou suas joias de prata favoritas e as usou para jantar à mesa — e, quando não conseguiu achar seu colar de motivos indígenas, deu de ombros, como se fosse algo sem importância; imaginou que tinha colocado no lugar errado. Fazer o quê?

Charlie sabia o que estava acontecendo porque já tinha visto aquilo antes, e Buddy e Jane sabiam porque Grace, a enfermeira, explicara para eles.

— Acontece muitas vezes. Já vi até gente sair do coma e começar a cantar suas músicas favoritas. Tudo que eu posso dizer é que vocês devem aproveitar. As pessoas veem os olhos iluminados depois de

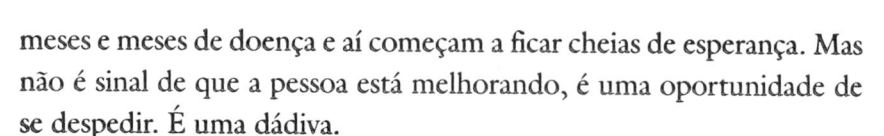

meses e meses de doença e aí começam a ficar cheias de esperança. Mas não é sinal de que a pessoa está melhorando, é uma oportunidade de se despedir. É uma dádiva.

Charlie também aprendeu, por observação, que as pessoas tinham menos dificuldade em aceitar a morte quando estavam medicadas, então ele e Jane tomaram uns calmantes que a terapeuta de Jane havia recomendado e Buddy engoliu um comprimido de morfina de ação prolongada com um pouco de uísque. A atmosfera de perdão, juntamente com os medicamentos, pode proporcionar excelentes momentos com os moribundos — é como se voltassem à infância. E, como o futuro não importa mais, porque já não é necessário dar lições de vida ou se preocupar em criar situações que serão lembradas em momentos práticos e convenientes, pode-se desfrutar a fundo esses últimos momentos e guardá-los no fundo do coração. Foram os melhores e mais íntimos momentos que Charlie teve na vida com sua mãe e sua irmã. E Buddy, ao partilhar disso, também se tornou parte da família.

Lois Asher foi para a cama às nove e morreu à meia-noite.

— Não posso ficar para o funeral — disse Charlie para a irmã, na manhã seguinte.

— Como assim, não vai ficar pro funeral?

Charlie olhou pela janela, para a grande sombra pontiaguda que descia a montanha e se dirigia para a casa de sua mãe. Podia ver as extremidades da sombra se agitarem como se fossem bandos de pássaros ou de insetos. A ponta da sombra estava a menos de um quilômetro de distância.

— Preciso fazer uma coisa em São Francisco, Jane. Quero dizer, esqueci de fazer essa coisa e agora não posso ficar mesmo, de jeito nenhum.

— Deixa de mistério. Que diabos você precisa fazer em São Francisco que é tão urgente a ponto de não comparecer ao funeral da própria mãe?

Charlie forçou sua imaginação de Macho Beta quase a ponto de fritar o cérebro para tentar inventar na hora algo que soasse plausível. E aí a lampadinha acendeu.

— Sabe aquela noite em que você me mandou sair de casa e procurar alguém pra transar comigo?

— Sim?

— Bom, sem dúvida, foi uma grande aventura, mas, quando fui dar os pontos no corte da cabeça, também fiz um teste. Conversei com o médico hoje e preciso fazer um tratamento. Imediatamente.

— Seu imbecil! Eu não te mandei fazer sexo sem proteção. Onde você estava com a cabeça?

— Mas foi sexo seguro.

Arrã... claro, pensou ele, quase rindo de si mesmo. Continuou:

— O problema são os cortes. Se eu tomar remédios imediatamente, tenho grandes chances de não ter problemas.

— Vão te dar o coquetel? Como prevenção?

Isso, isso, o coquetel!, pensou Charlie. Assentiu com a cabeça, com ar solene.

— Está bem, vai, então — disse Jane, virando e escondendo o rosto.

— Talvez eu até consiga voltar a tempo para o funeral — disse Charlie.

Mas será que conseguiria mesmo? Ele precisava recuperar dois receptáculos de alma atrasados em menos de uma semana e torcer para que não houvesse mais nenhum nome na sua agenda.

— Vai ser daqui a uma semana — disse Jane, virando-se para ele, depois de piscar bastante para se livrar das lágrimas. — Você vai pra casa, toma o remédio e volta. Eu e o Buddy vamos organizar tudo.

— Me desculpa, está bem? — disse Charlie, abraçando a irmã.

— E vê se não morre também, seu desgraçado.

— Eu vou ficar bem. Volto assim que for possível.

— Me traz aquele seu terno Armani cinza-escuro para eu usar no funeral. E as sandálias pretas de salto alto da Cassie. Tudo bem?

— Você? Usando sandálias de salto alto pretas?

— A mamãe ia querer que eu usasse — respondeu Jane.

Quando Charlie aterrissou em São Francisco, viu que Cassandra havia deixado quatro mensagens desesperadas em seu celular. Ela sempre dera a impressão de ser uma pessoa calma, serena — um estável contraponto para os caprichos de sua irmã, mas a voz dela estava péssima ao telefone.

— Charlie, ela prendeu o menino e eles vão comê-lo e não sei o que fazer. Não quero ligar para a polícia. Me liga quando o avião pousar.

Charlie ligou e ligou durante todo o percurso no micro-ônibus, do aeroporto até a cidade, mas sempre era transferido para a secretária eletrônica. Quando saiu do micro-ônibus, na frente da loja, ouviu um som sibilante saindo do bueiro da esquina.

— Fiquei chateada por não poder acabar com você, meu amor — disse a voz.

— Estou sem tempo — respondeu Charlie, pulando o meio-fio e correndo para dentro da loja.

— Você nem me ligou — ronronou Morrigan.

Ray estava atrás do balcão, clicando em fotos de belas moças asiáticas, quando Charlie entrou, esbaforido.

— Melhor você subir — disse Ray. — O pessoal tá ficando doido lá em cima.

— Não diga — respondeu Charlie, passando por ele. Subiu dois degraus de cada vez.

Estava tentando enfiar a chave na fechadura quando Cassandra escancarou a porta e o puxou para dentro do apartamento.

— Ela não tá deixando ele sair. Acho que vão acabar comendo ele.

— Quem, o quê? Você só está repetindo o que disse na mensagem que deixou pra mim. Cadê a Sophie?

Cassandra o puxou para o quarto de Sophie: Maomé o recebeu na porta com rosnados.

— Papai! — gritou Sophie. Atravessou correndo o quarto e se jogou nos braços dele. Deu um grande abraço no pai e um beijo melado que deixou carimbada uma boquinha de Sophie com chocolate em sua bochecha.

— Me põe no chão — disse ela. — No chão, no chão!

Charlie a colocou de volta no chão e ela correu para o quarto, mas Maomé não deixou Charlie entrar: pressionou o focinho contra sua camisa, deixando carimbada uma marca de chocolate no formato de nariz de um cachorro gigante. Obviamente estava acontecendo uma orgia de chocolate na sua ausência.

— A mãe dele disse que virá buscá-lo à uma da tarde — disse Cassandra. — Não sei o que fazer.

Charlie esticou o pescoço para ver o que havia atrás do hellhound e viu Sophie de pé, segurando a coleira de Alvin, que rosnava para um menininho encolhido no canto. O menino estava com os olhos arregalados, mas não parecia estar machucado e nem com muito medo. Na verdade, ele estava abraçando uma caixa de salgadinhos de queijo: comia um e depois dava outro para Alvin, que deixava cair baba de helldog nos sapatos do garoto, ansioso pelo salgadinho seguinte.

— Eu adoro ele! — disse Sophie. Foi até o menino e o beijou no rosto, deixando uma mancha de chocolate. E aquele não era o primeiro. Parecia que o menino já estava sendo alvo da afeição de Sophie havia um bom tempo, pois estava todo cheio de chocolate e do pozinho laranja dos salgadinhos.

— Quero ficar com ele! — continuou Sophie.

O menininho sorriu.

— Ele apareceu para brincar com a Sophie. Acho que você marcou de ele vir aqui antes de viajar — disse Cassandra. — Achei que não teria problema. Tentei tirar ele de lá, mas os cachorros não me deixam entrar. O que a gente diz pra mãe dele?

— Quero ficar com ele — repetiu Sophie.

Mais um beijo.

— O nome dele é Matthew — disse Cassie.

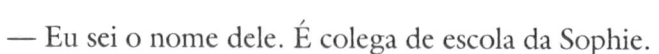

— Eu sei o nome dele. É colega de escola da Sophie.

Charlie tentou entrar no quarto. Maomé bloqueou a porta.

— Matty, está tudo bem com você? — perguntou Charlie.

— Arrã — respondeu o menino coberto de chocolate, pozinho de salgadinho de queijo e baba de cachorro.

— Eu quero que ele fique morando aqui, papai — disse Sophie. — O Alvin e o Maomé também querem.

Charlie pensou que talvez não tivesse sido rígido o suficiente ao estabelecer limites para sua filha. Talvez por ela ter perdido a mãe, ele não tivesse tido coragem de lhe negar nada, e agora lá estava ela fazendo reféns.

— Querida, o Matty precisa ir se limpar. A mamãe dele vai chegar para levar ele embora, para que ele possa ficar traumatizado lá na casa dele mesmo.

— Não! Ele é meu!

— Querida, diz para o Maomé me deixar entrar. Se a gente não deixar o Matty limpinho, ele nem vai mais poder voltar aqui.

— Ele pode dormir no seu quarto. Eu tomo conta dele — insistiu Sophie.

— Não senhora. Anda, mocinha, diz para o Maomé...

— Preciso fazer xixi — disse Matthew de repente. Pôs-se de pé e passou saltitando por Alvin, que o seguiu, depois agachou-se, passou por baixo de Maomé, disse "oi" ao passar por Charlie e Casssandra e seguiu para o banheiro. Fechou a porta e se ouviu o barulhinho do xixi no vaso. Alvin e Maomé abriram caminho, empurrando as pessoas na porta, e ficaram esperando do lado de fora do banheiro.

Sophie sentou toda dura no chão, as pernas abertas, fazendo bico, o lábio inferior esticado para a frente feito um limpa-trilhos de locomotiva. Os ombros dela começaram a se movimentar antes mesmo que Charlie ouvisse o soluço, como se ela estivesse preparando o fôlego para o choro e as lágrimas que vieram logo depois. Charlie foi até a menina e a pegou no colo.

— Eu... eu... eu... eu... ele... ele... ele...

— Está tudo bem, querida. Está tudo bem.

— Mas eu adoro ele!

— Eu sei, meu amor. Vai ficar tudo bem. Ele vai para a casa dele e você ainda vai poder gostar dele.

— Nãããããããããããããããããããããããão...

Ela enterrou o rosto em seu paletó e, por mais que seu coração estivesse em pedaços por ver a filha chorar, ele também estava pensando no quanto Wu Três Dedos iria cobrar para tirar a mancha de chocolate de seu terno.

— Eles deixaram o garoto ir fazer xixi — disse Cassandra, sem acreditar, olhando para os hellhounds. — Do nada. Achei que iam devorar o menino. Não me deixavam nem chegar perto dele.

— Está tudo bem — respondeu Charlie. — Você não sabia.

— Sabia o quê?

— Que eles adoram salgadinho de queijo.

— Você está falando sério?

— É. Desculpa. Olha, Cassie, será que você pode limpar a Sophie e o Matty e cuidar disso aqui? Tenho umas coisas na agenda e preciso cuidar delas agora mesmo.

— Claro, mas...

— A Sophie vai ficar bem. Não vai, bonequinha?

Sophie fez que sim, toda triste, e enxugou os olhos no casaco do pai.

— Eu senti saudade, papai.

— Também senti, meu amor. O papai volta à noite.

Deu um beijo nela, pegou a agenda no quarto e correu para lá e para cá, pegando as chaves, a bengala, o chapéu e sua "bolsa de homem".

— Valeu, Cassie. Você não tem ideia do quanto está ajudando.

— Meus pêsames, Charlie — disse Cassandra quando ele passou.

— Obrigado — disse Charlie, verificando rapidamente se a espada estava afiada.

— Charlie, a sua vida está um caos — continuou ela, agora voltando a adotar a postura imperturbável que todos conheciam.

— É verdade. Também preciso que você me empreste a sua sandália preta de salto alto — disse ele, abrindo a porta.

— É exatamente disso que eu estava falando — exclamou Cassie para ele, que já tinha saído.

Ray ficou na frente de Charlie, no fim da escada, impedindo-o de passar.

— Você tem um minutinho, chefe?

— Na verdade, não, Ray. Estou com pressa.

— Bom, eu só queria me desculpar.

— Pelo quê?

— Agora parece bem idiota, mas eu suspeitava que você fosse um serial killer.

Charlie ficou olhando para ele, meneando a cabeça, como se estivesse refletindo sobre as graves consequências daquela confissão — mas, na verdade, só estava tentando lembrar se ainda tinha combustível no furgão.

— Bom, Ray, desculpas aceitas. E desculpe por passar uma impressão errada.

— Acho que ficar tantos anos trabalhando na polícia acabou me deixando desconfiado de tudo, mas o inspetor Rivera apareceu e me explicou o que houve.

— Ah, é? E o que foi que ele disse?

— Ele disse que você andava investigando umas coisas pra ele, entrando em lugares sem mandado e tal, coisas que acabariam dando problema para vocês se alguém descobrisse, mas que ajudavam a pegar os criminosos. Disse que é por isso que você tem tantos segredos.

— Sim — disse Charlie de um jeito solene. — No meu tempo livre, eu combato o crime, Ray. Desculpe, não podia te contar.

— Eu entendo — disse Ray, afastando-se da escada para que ele passasse. — Desculpa, de novo. Eu me sinto péssimo por ter traído a sua confiança.

— Tudo bem, Ray. Mas preciso mesmo ir agora. Sabe como é, tenho de lutar contra as Forças das Trevas e tal.

Charlie saiu, segurando a bengala como se fosse uma espada, feito um guerreiro prestes a sair em combate — e o estranho era que a bengala era, de fato, uma espada, e ele estava mesmo prestes a sair em combate.

Charlie tinha seis dias para recuperar três receptáculos de alma se quisesse voltar a tempo para o funeral da mãe no Arizona. E, além disso, os nomes que apareceram em sua agenda no mesmo dia que o nome de Madison McKerny estavam bem atrasados. O último tinha aparecido havia uns dois dias, quando ele estava no Arizona — mas a letra era dele. Sempre achou que escrevia os nomes numa espécie de transe de sonambulismo, mas aquilo dava um aspecto totalmente novo à coisa. Prometeu a si mesmo que se permitiria ficar apavorado com aquilo assim que tivesse tempo.

Nesse meio-tempo, devido à punheta que quase o matara e à morte de sua mãe, nem mesmo tinha feito uma pesquisa preliminar sobre os dois primeiros nomes, Esther Johnson e Irena Posokovanovich, e agora os dois já tinham passado da data de coleta — um deles estava com um atraso de três dias. E se as harpias do esgoto já tivessem chegado até elas? Por mais fortes que já estivessem, não queria nem pensar o que fariam se conseguissem outra alma. Pensou em ligar para o Rivera e pedir que lhe desse cobertura ao entrar na casa, mas o que iria dizer ao telefone? O policial sabia que havia alguma coisa sobrenatural acontecendo e confiou em Charlie quando ele disse que estava do lado dos mocinhos, não dos bandidos (o que não era difícil de acreditar, já que Rivera vira a harpia do esgoto enfiando uma garra de 10 centímetros em seu nariz e depois sobrevivendo a nove tiros de 9mm no peito e conseguindo alçar voo depois de tudo isso).

Charlie dirigia sem saber para onde ia, seguindo os carros na direção de Pacific Heights só porque o trânsito parecia mais livre naquela direção. Parou perto da calçada e ligou para as telelistas.

— Preciso do telefone e do endereço de Esther Johnson, por favor.

— Não temos uma Esther Johnson listada, mas tenho aqui três E. Johnsons.

— Você pode me passar os endereços?

A atendente passou dois dos nomes que tinham endereço listado. Uma gravação se ofereceu para ligar para o número desejado por uma taxa adicional de 50 centavos.

— Está bem, e quanto você cobra pra me levar até lá? — perguntou Charlie para a voz eletrônica. Depois desligou e ligou para a E. Johnson que não tinha endereço.

— Alô, eu poderia falar com Esther Johnson? — disse Charlie, em tom alegre.

— Não tem nenhuma Esther Johnson aqui — respondeu uma voz de homem. — Acho que você discou o número errado.

— Espera. Havia alguma Esther Johnson morando aí até uns três dias atrás? Eu vi o nome E. Johnson na lista telefônica.

— É o meu nome. Sou Ed Johnson — respondeu o homem.

— Desculpe o engano, Sr. Johnson.

Charlie desligou e ligou para a outra E. Johnson.

— Alô? — respondeu uma voz de mulher.

— Alô, eu poderia falar com Esther Johnson, por favor?

Um longo suspiro.

— Quem quer falar?

Charlie, então, usou o truque que já tinha funcionado várias vezes antes.

— Meu nome é Charlie Asher, da Asher Artigos de Segunda Mão. Nós estamos com algumas mercadorias em nome de Esther Johnson e eu queria saber se não foram roubadas.

— Bom, Sr. Asher, sinto muito informá-lo, mas a minha tia faleceu há três dias.

— Uhu! — disse Charlie.

— Como?

— Desculpe — emendou Charlie. — É que o meu parceiro está aqui na loja, ele comprou uma raspadinha e acabou de ver que ganhou 10 mil dólares.

— Olha, Sr. Asher, acho que essa não é a melhor hora. A mercadoria que está com o senhor é de grande valor?

— Não, só algumas roupas usadas.

— Então é melhor nos falarmos outra hora, sim? Se o senhor não se importar.

A mulher parecia mais nervosa do que, de fato, triste pela morte da tia.

— Não, tudo bem. Meus pêsames — disse Charlie. Desligou, verificou o endereço, ligou o motor e seguiu em direção ao Golden Gate Park para o Haight.

O Haight: Meca do movimento do Amor Livre na década de 1960, onde a Geração Beat deu origem aos hippies, lugar para onde tinham convergido jovens de todo o país para se ligar, se desligar e viajar com ácido — e continuaram vindo, enquanto o bairro passava por idas e vindas de renovação e declínio. Agora, dirigindo pela Haight Street, em meio a lojas que vendiam parafernália para as mais variadas drogas, restaurantes vegetarianos, brechós, lojas de música e cafés, Charlie viu hippies que tinham desde 15 até 60 anos de idade. Havia velhos grisalhos mendigando ou distribuindo panfletos, e adolescentes brancos de cabelos rastafári usando saias compridas ou calças de cânhamo com barbante na cintura e piercings brilhantes, olhares vagando no barato da maconha. Passou por viciados em crack de dentes podres que gritavam para os carros que passavam, e também por um ou outro remanescente do movimento punk, além de velhos de boina e viajantes sem rumo que pareciam ter saído de um clube de jazz de 1953. Não era exatamente como se os ponteiros do relógio tivessem parado ali — era mais como se o tempo tivesse jogado seus ponteiros para o alto e declarado: "Ah, dane-se! Vou dar o fora daqui."

A casa de Esther Johnson ficava a poucos quarteirões da Haight. Charlie estava com sorte: achou uma vaga em uma zona verde de 20 minutos, bem perto. (Se um dia ele tivesse a oportunidade de falar com alguém responsável pelo assunto, iria defender a ideia de vagas especiais para Mercadores da Morte — afinal, por mais que fosse legal o fato de que ninguém conseguia vê-lo quando tentava recuperar um receptáculo de alma, seria ainda mais legal ter umas placas pretas de Morte ou, melhor ainda, zonas de estacionamento "negras" e reservadas.)

A casa era pequena, térrea, o que era incomum naquele bairro, onde a maioria tinha três andares e cores que pudessem causar o máximo de contraste com a casa do vizinho. Fora ali que Charlie ensinara o nome das cores para Sophie, usando as casas vitorianas como amostras.

— Laranja, papai. Laranja.

— Sim, querida, o vômito do homem era laranja. Olha só aquela casa ali, Sophie. É roxa.

O lugar também tinha sua parcela de vagabundos, então ele sabia que a porta da casa de Esther estaria trancada. *Toco a campainha e tento entrar ou espero?* Mas não podia esperar — já tinha ouvido as vozes sibilantes das harpias do esgoto saindo de um bueiro quando se aproximava da casa. Tocou a campainha e deu um passo para o lado.

Uma morena bonita, de uns 30 anos de idade, trajando calça jeans e uma blusinha solta e bufante, abriu a porta, olhou em volta e disse:

— Sim? Posso ajudá-lo?

Charlie quase caiu janela adentro. Olhou para trás e depois tornou a olhar para a mulher. Não, ela estava mesmo olhando diretamente para ele.

— Sim? Você não tocou a campainha?

— Ah, eu? Sim, sim — disse Charlie. — Eu... hã... você está falando de mim, certo?

A mulher deu um passo para trás.

— O que o senhor deseja? — perguntou ela, agora um pouco ríspida.

— Ah, me desculpe... Meu nome é Charlie Asher, eu tenho uma loja de artigos usados em North Beach. Acho que falei com a senhora pelo telefone.

— Sim, foi comigo. Mas eu disse para o senhor que não era importante.

— Certo, certo. A senhora disse, sim, mas eu estava aqui perto e pensei que podia dar uma passadinha.

— Pensei que o senhor tivesse ligado da sua loja. Como o senhor conseguiu atravessar a cidade inteira em 5 minutos?

— Ah, sim... bom, o furgão é meio que uma loja móvel, sabe?

— Então, a pessoa que ganhou a raspadinha está com o senhor?

— Hã... não, ele se demitiu. Tive que expulsá-lo do carro. Ficou rico, sabe? Começou a se achar importante. Aposto que vai torrar o dinheiro com um monte de cocaína e meia dúzia de prostitutas, e, no próximo fim de semana, não vai ter mais nenhum tostão. Boa sorte para ele...

A mulher deu mais um passo para dentro de casa e fechou um pouco a porta.

— Bom, se o senhor estiver com as roupas aí, acho que posso dar uma olhada.

— Roupas?

Charlie não conseguia acreditar que a mulher pudesse vê-lo. Estava totalmente ferrado agora. Nunca iria conseguir pegar o receptáculo da alma, e aí... bom, era melhor nem pensar no que poderia acontecer depois.

— As roupas que talvez sejam da minha tia. Eu posso dar uma olhada.

— Ah, elas não estão aqui comigo.

Deixou apenas uma fresta aberta na porta, e Charlie só conseguia enxergar um olho azul, o bordado na parte superior da blusa, o botão da calça jeans e dois dedos do pé. (Ela estava descalça.)

— Acho melhor o senhor vir outro dia. Estou tentando organizar as coisas da minha tia e estou fazendo tudo sozinha; então, a casa está a maior bagunça. Ela morou aqui durante quarenta e dois anos. Estou sobrecarregada.

— Mas é por isso mesmo que estou aqui — disse Charlie, pensando *Mas que diabos estou dizendo?* — Eu já estou acostumado a trabalhar com isso... hã... como é mesmo o nome da senhora?

— Sarkoff. Elizabeth Sarkoff. Sarkoff é o nome do meu marido.

— Bom, Sra. Sarkoff, eu tenho experiência com essas coisas. Às vezes, é muito difícil examinar todos os bens de um ente querido, principalmente se a pessoa morou durante muito tempo no mesmo lugar, como a sua tia. E é sempre bom ter alguém que não possui vínculos emocionais para ajudar a organizar tudo. Além disso, tenho ótimo tino para saber quais são ou não os objetos de valor.

Charlie ficou com vontade de falar "mandou bem, hein?" para si mesmo por ter inventado aquilo na hora.

— E o senhor cobra por esse serviço?

— Não, não, não, mas eu faço uma oferta pelos itens que você não quiser mais. Ou, então, você pode colocá-los em consignação na loja, se preferir.

Elizabeth Sarkoff deu um profundo suspiro e inclinou a cabeça.

— O senhor tem certeza? Não quero dar trabalho.

— Será um prazer — respondeu ele.

A Sra. Sarkoff abriu totalmente a porta.

— Graças a Deus o senhor apareceu, Sr. Asher. Fiquei uma hora tentando saber quais conjuntos de saleiro e pimenteiro de elefantinho eu deveria jogar fora e quais deveriam ficar. Ela tem dez conjuntos desses! Dez! Entre, por favor.

Charlie entrou todo saracoteante, orgulhoso de seu feito. Seis horas depois, enfiado até a cintura numa montanha de bibelôs de porcelana em formato de vaquinhas, ainda não havia localizado o receptáculo da alma e seu sentimento de triunfo havia desaparecido.

— Mas, então... ela sentia alguma afinidade especial pelas vacas ou algo assim? — perguntou Charlie para a Sra. Sarkoff, que estava no quarto ao lado, dentro de uma espécie de closet, separando coisas em outra pilha de porcarias colecionáveis.

— Não, acho que não. Ela sempre viveu na cidade. Acho que nunca viu uma vaca. A não ser as vacas falantes das propagandas de queijo da televisão.

— Maravilha — disse Charlie.

Ele já tinha revirado cada centímetro da casa, com exceção do armário onde Elizabeth Sarkoff organizava coisas, e ainda não tinha achado o receptáculo. Deu uma espiada no closet algumas vezes, fazendo um rápido inventário mental do conteúdo, mas não viu nada que tivesse um brilho vermelho. Começava a suspeitar que havia chegado tarde demais e que as habitantes do Mundo Inferior tinham conseguido pegar o receptáculo. Ou, então, que ele tinha sido enterrado junto com Esther Johnson.

Estava se dirigindo mais uma vez para o porão quando seu celular tocou.

— Charlie Asher — respondeu.

— Charlie, é a Cassie. A Sophie quer saber se você vai voltar a tempo de contar uma historinha e colocá-la na cama. Eu já dei o jantar e também dei banho.

Charlie subiu correndo a escada e olhou pela janela. Já estava de noite e ele nem havia percebido.

— Putz, que droga, Cassie. Me desculpe. Não percebi que estava tão tarde. Estou com uma cliente. Mas pode dizer para a Sophie que vou chegar em casa a tempo de colocá-la na cama.

— Está bem, eu falo — respondeu Cassandra. Pela voz, parecia exausta. — E, Charlie, o chão do banheiro você limpa. Você precisa dar um jeito nesses cachorros, eles entram na banheira junto com ela. Tem espuma de xampu infantil pelo apartamento todo.

— É, eles adoram tomar banho.

— É tudo muito fofo, Charlie, mas se eu não amasse a sua irmã, eu juro que iria contratar alguém para quebrar as suas pernas.

— A minha mãe acaba de morrer, Cassie.

— Ah, agora você está apelando para o "minha mãe morreu"? Agora? Charlie Asher, seu...

— Tenho que desligar — interrompeu Charlie. — Eu volto logo.

Charlie apertou o botão para desconectar a chamada quatro vezes, e depois mais uma, só por garantia. Havia poucos dias, Cassandra tinha dado a impressão de ser uma mulher tão meiga. Por que as pessoas eram assim?

Charlie foi correndo para o quarto.

— Sra. Sarkoff?

— Sim, ainda estou aqui — respondeu uma voz vinda do closet.

— Preciso ir andando. A minha filha precisa de mim.

— Não é nada de grave, espero.

— Não, nada de grave, é só que eu viajei e fiquei fora uns dias. Olha, se a senhora precisar de mais ajuda...

— Não, não precisa se incomodar. Por que você não espera uns dias até eu separar tudo e levar algumas coisas lá na sua loja?

— Não, não é trabalho nenhum.

Charlie se sentia meio bobo respondendo em voz alta para alguém que estava dentro de um closet.

— Não, pode deixar que eu ligo. Prometo.

Charlie não conseguia pensar em nada que pudesse dizer naquele momento para tentar resolver a situação. E, além disso, também precisava ir para casa.

— Tudo bem, então. Já vou indo.

— Muito obrigada, Sr. Asher. O senhor ajudou muito.

— Não há de quê. Tchau.

Charlie saiu da casa e fechou a porta. Podia ouvir ruídos embaixo da rua — o farfalhar de penas, os gritos distantes de corvos — enquanto voltava à vaga onde havia deixado seu furgão. Porém, quando chegou lá, obviamente seu furgão já tinha sido guinchado.

* * *

Quando ouviu a porta da frente bater, Audrey foi até os fundos do closet e moveu uma grande caixa de papelão, revelando uma mulher idosa, calmamente sentada numa cadeira de praia, tricotando.

— Ele já foi, Esther. Você já pode sair.

— Então me ajude aqui, querida. Acho que até entalei na cadeira.

— Me desculpe — disse Audrey. — Não imaginava que ele fosse ficar tanto tempo.

— Eu não entendo nem por que você deixou ele entrar — disse Esther, meio torta por ficar tanto tempo naquela posição, mas pelo menos já de pé.

— Para que ele pudesse saciar sua curiosidade. Para ele mesmo procurar.

— E de onde saiu esse nome, "Elizabeth Sarkoff"?

— Era o nome da minha professora na segunda série. Foi a primeira coisa que me veio à cabeça.

— Bom, acho que você conseguiu despistá-lo. Não sei como te agradecer.

— Mas você sabe que ele vai voltar, não sabe? — disse Audrey.

— Espero que não volte neste exato momento, já que preciso muito ir ao banheiro — disse Esther.

— Onde está o objeto, meu amor? — sibilou a Morrigan debaixo de um bueiro na Haight Street, perto de Charlie, que estava tentando chamar um táxi.

— Você está se enrolando, Carne Fresca — disse o coro dos infernos.

Charlie olhou em volta para ver se alguém mais tinha ouvido, mas os transeuntes pareciam muito concentrados em suas próprias conversas ou, se estavam sozinhos, mantinham os olhos fixos em algum ponto da calçada uns 4 metros à frente: as duas estratégias para evitar contato visual com os mendigos e os loucos que andavam pela calçada. Nem mesmo os loucos pareciam ter ouvido.

— Vão se foder — respondeu Charlie, furioso, sussurrando para o meio-fio. — Suas harpias de merda.

— Ah, querido, adoro quando você me provoca. Aposto que o sangue da sua filhinha vai ser delicioso!

O jovem mendigo que estava sentado no meio-fio levantou a cabeça e olhou para Charlie.

— Olha, cara, pede no hospital pra aumentarem a dose de lítio. Aí você para de ouvir. Funcionou pra mim.

Charlie assentiu com um movimento de cabeça e deu um dólar para o sujeito.

— Valeu. Vou pedir pra aumentarem.

Ele precisava ligar de manhã para Jane no Arizona, para perguntar onde a sombra já estava, saber se ela se movera. Mas, por que as coisas que ele fazia ou deixava de fazer em São Francisco teriam influência sobre os acontecimentos em Sedona? Durante todo aquele tempo, tentou se convencer de que nada aquilo tinha a ver com ele, mas agora parecia que era exatamente o contrário. *O Luminatus surgirá na Cidade das Duas Pontes*, disse Vern. E dá para confiar em alguma profecia dita por um sujeito chamado Vern? *(Saiba o seu futuro na Tendinha do Profeta Vern, o Nostradamus com um descontinho amigo.)* Aquilo era absurdo. Mas ele precisava continuar, seguir em frente, fazer tudo o que fosse possível para resgatar todos os receptáculos que aparecessem em seu caminho. E, se não resgatasse, bom... as Forças das Trevas iriam surgir e dominar o mundo. Mas, e daí? Podem vir, suas vagabundas do esgoto! Grande coisa.

Mas seu Macho Beta interior, o gene que garantiu a sobrevivência de sua espécie por três milhões de anos, falou mais alto: *as Forças do Mal dominando o mundo? Não, era uma péssima ideia.*

— Ela adorava o cheiro de Pinho Sol — dizia a terceira mulher a afirmar naquele mesmo dia que era a melhor amiga da mãe de Charlie.

O funeral não foi tão ruim. Mas agora estava acontecendo a típica reunião com comes e bebes no clube de uma comunidade fechada

para idosos ali perto, onde Buddy havia morado antes de se mudar para a casa da mãe de Charlie. O casal sempre voltava ali para jogar cartas e fazer uma social com os velhos amigos de Buddy.

— Você pegou o sanduíche de carne moída com molho? — perguntou a melhor amiga número 3. Apesar de estar fazendo um calor de 37 graus, a mulher usava um moletom rosa decorado com poodles de pedrinhas brilhantes e carregava para lá e para cá um poodlezinho preto e nervoso debaixo do braço. O cachorro lambeu a maionese de batata dela enquanto estava distraída, conversando com Charlie.

— Acho que sua mãe não gostava de sanduíche com carne moída. A única coisa que eu via ela tomando era aquele drinque, o old fashioned. Ela adorava aquilo.

— É, adorava — disse Charlie. — E acho que vou beber um também, agora mesmo. Com licença.

Charlie havia tomado o avião para Sedona naquela manhã, depois de passar a noite inteira tentando achar os dois receptáculos de alma já atrasados em São Francisco. Embora não conseguisse achar nenhuma nota no jornal sobre a morte de Esther Johnson, a morena bonita que estava na casa dela dissera que ela havia sido enterrada um dia depois de ele ir lá. Então imaginara que o receptáculo de alma tivesse sido, mais uma vez, enterrado junto com a falecida. (Como era mesmo o nome da moça? Elizabeth? Claro que era. Estava só se fazendo de bobo, fingindo que não conseguia lembrar. Os Machos Beta não esquecem os nomes das mulheres bonitas. Charlie conseguia lembrar até o nome da modelo do pôster central na primeira *Playboy* que surrupiara da prateleira na loja de seu pai. Lembrava até da lista de coisas de que ela não gostava: mau hálito, pessoas ruins e genocídio. Decidiu que nunca teria, nem seria, nem cometeria nenhuma dessas coisas, para o caso de um dia topar com ela quando ela estivesse casualmente pegando sol, nua, em cima do capô de um carro.) E não havia nem rastro da outra mulher, Irena Posokovanovich, que supostamente havia morrido havia dias. Nenhuma nota no jornal, nenhum registro em hospital, ninguém morando na casa dela. Era como se ela tivesse

evaporado e levado o receptáculo de sua alma junto. Tinha mais algumas semanas para conseguir achar o terceiro nome em sua agenda, mas não sabia o que iria enfrentar para chegar à pessoa. As Trevas estavam emergindo.

Uma voz ao seu lado disse:

— Essas conversinhas-fiadas ficam ainda mais fiadas quando morre algum parente nosso, não é?

Charlie virou-se para ver quem era e ficou surpreso ao ver Vern Glover, o diminuto Mercador da Morte, mastigando salada de repolho com feijão.

— Obrigado por ter vindo — disse Charlie, automaticamente.

Vern fez um gesto com o garfo de "não precisa agradecer".

— Você viu a sombra?

Charlie fez que sim com um movimento de cabeça. Quando chegou à casa de sua mãe pela manhã, a sombra que saía da plataforma rochosa já estava no quintal, e os gritos dos corvos que se agitavam nas extremidades eram ensurdecedores.

— Você não me disse que ninguém mais conseguia ver. Liguei de São Francisco para a minha irmã para saber como a sombra estava, mas ela não viu nada.

— Foi mal. Ninguém além da gente consegue ver. Pelo menos, até agora dá para afirmar que é assim. A sombra ficou cinco dias sumida. E aí voltou hoje de manhã.

— Quando eu voltei?

— Acho que sim. Será que fomos nós que causamos isso? Basta comer uns donuts e tomar um café, e pronto, é o fim do mundo?

— Não consegui resgatar duas almas lá em São Francisco — disse Charlie, sorrindo para um senhor trajando roupas de golfe vermelhas, que colocou a mão sobre o peito como sinal de reverência ao passar por eles.

— Não conseguiu? Então as... como é mesmo que você chama... as *harpias do esgoto* as pegaram?

— Talvez. Mas, o que quer que esteja acontecendo, essa coisa parece estar me seguindo.

— Eu sinto muito — disse Vern. — Mas fico feliz por termos conversado. Agora não me sinto mais tão sozinho.

— Sim — respondeu Charlie.

— E sinto muito pela sua mãe também — Vern apressou-se a acrescentar. — Você está bem?

— A ficha ainda não caiu — disse Charlie. — Acho que agora sou oficialmente órfão.

— Pode deixar que eu vou verificar quem vai ficar com o colar dela. Vou cuidar direitinho dele.

— Obrigado. Diga-me, você acha que exercemos algum controle sobre quem vai pegar a alma depois? Porque... *O Fantástico Grande Livro* diz que ela vai para onde deve ir.

— Acho que é assim mesmo. Toda vez que vendo uma, o brilho some imediatamente. Se não fosse a pessoa certa, isso não iria acontecer, não acha?

— É, imagino que não. Então, existe, de fato, uma ordem nisso tudo.

— Bom, você é o especialista — disse Vern, e aí deixou cair o garfo no prato. — Quem é aquela ali? Ela é muito gostosa.

— É a minha irmã — disse Charlie.

Jane estava indo na direção deles. Usava o terno de Charlie, um Armani cinza-escuro de botões duplos, e também as sandálias pretas de salto alto. O cabelo platinado estava penteado em um estilo meio anos 1930, ondulado. Ela também usava um pequeno chapéu preto com véu que cobria seu rosto até os lábios pintados, que brilhavam feito duas Ferraris vermelhas. Para Charlie, ela parecia, como sempre, um cruzamento entre um robô assassino e um personagem do Dr. Seuss. Mas, se fizesse bastante força para esquecer o fato de que ela era sua irmã, que era lésbica, que era sua irmã — de novo —, então até conseguia entender como o conjunto formado pelo cabelo, lábios e uma silhueta totalmente linear pudesse fazer alguém achá-la gostosa. Principalmente alguém como Vern, que, sem dúvida, precisaria de equipamento de escalada e oxigênio para dar conta de uma mulher da altura de Jane.

— Vern, deixa eu te apresentar a minha irmã supergostosa, Jane. Jane, este é o Vern.

— Oi, Vern — disse Jane, cumprimentando o Mercador da Morte, que fez uma leve careta de dor com seu aperto de mão.

— Meus pêsames — disse Vern.

— Ah, obrigado — respondeu Jane. — Você conhecia a nossa mãe?

— Vern a conhecia muito bem — disse Charlie. — Na verdade, um dos desejos de mamãe em seu leito de morte foi que Vern te convidasse para ir comer um donut um dia desses. Não é verdade, Vern?

Vern fez que sim, balançando a cabeça com tanta veemência, que Charlie pensou ter ouvido suas vértebras estalarem.

— Sim. Era o desejo dela, em seu leito de morte — repetiu Vern.

Jane não se moveu e nem disse nada. Como seus olhos estavam cobertos, Charlie não conseguia ver a expressão da irmã, mas imaginou que ela estivesse com vontade de matá-lo perfurando-lhe a aorta com sua visão de raio laser.

— Olha, Vern, eu adoraria, mas a gente pode deixar pra próxima? Acabamos de enterrar a nossa mãe e eu preciso de um tempo com o meu irmão.

— Tudo bem — disse Vern. — E nem precisa ser donuts, se você estiver de dieta. Pode ser, sei lá, salada, café, o que você quiser.

— Claro — disse Jane. — Já que é o que a mamãe queria, não é mesmo? Eu te ligo. Mas o Charlie te disse que sou lésbica, não é?

— Ai, meu Deus — disse Vern, quase desmaiando de felicidade, mas aí percebeu que estava na recepção de um funeral fantasiando desavergonhadamente um *ménage à trois* com a filha da falecida. — Desculpa — acrescentou, numa vozinha esganiçada.

— Te vejo depois, Vern — disse Charlie quando sua irmã o puxou para a diminuta cozinha do clube. — Eu te mando um e-mail falando daquele assunto, está bem?

Assim que ficaram atrás da parede da cozinha, Jane deu um soco no plexo solar de Charlie, deixando-o sem ar.

— Onde você está com a cabeça? — disse Jane, de dentes cerrados, colocando o pequeno véu para trás, para que ele pudesse ver o quanto ela estava puta, caso o soco na pança não tivesse dado o recado.

Charlie tentava respirar e ria ao mesmo tempo.

— A mamãe ia querer que isso acontecesse.

— A minha mãe acaba de morrer, Charlie.

— Eu sei — respondeu Charlie. — Mas você não tem nem ideia da boa ação que você acabou de fazer para aquele cara.

— Ah, é mesmo? — disse Jane, erguendo uma sobrancelha.

— Juro. Ele vai se lembrar deste dia para o resto da vida. Aquele cara nunca mais vai ter uma fantasia sexual pela qual você não passe, provavelmente usando sapatos de salto alto emprestados.

— E você não acha isso bizarro?

— Bom, sim, claro, você é minha irmã, mas este é um momento muito importante para o Vern.

— Charlie, você é um anjo por cuidar dos interesses de um homenzinho desconhecido assim, do nada...

— Pois é, você sabe...

— ... considerando-se que você é um idiota completo! — disse Jane, dando outro soco no plexo solar do irmão.

Estranhamente, enquanto tentava recuperar o fôlego, Charlie sentiu que, onde quer que sua mãe estivesse naquele momento, estava satisfeita com ele.

Tchau, mãe, pensou.

PARTE TRÊS

CAMPO DE BATALHA

Amanhã teremos um encontro,
a Morte e eu —
E ela fincará a sua espada
Em alguém completamente despertado.

— *Dag Hammarskjöld*

ESTAMOS BEM, CONTANTO QUE AS COISAS NÃO FIQUEM BIZARRAS

ALVIN E MAOMÉ

Quando Charlie chegou em casa, depois do funeral de sua mãe, foi recebido na porta por dois cães muito grandes e muito alegres que, sem precisar vigiar o refém afetivo de Sophie, agora podiam despejar toda a alegria e afeição que sentiam pelo seu senhor que voltava para casa. É consenso geral, na verdade especificado no regulamento do American Kennel Club, que alguém só pode dizer que, de fato, foi vítima da afeição de um cão quando dois hellhounds, de 200 quilos cada, passam a se esfregar não só na perna da pessoa, mas nela inteira (Seção 5, parágrafo 7: Padrões de Esfregamento Sexual Canino). E, apesar de ter usado um desodorante antiperspirante de grande eficácia pela manhã, antes de sair de Sedona, Charlie percebeu que ser cutucado repetidas vezes nas axilas pelos pintos úmidos de dois hellhounds eliminava completamente qualquer sensação de frescor e limpeza.

— Sophie, chama eles! Chama eles!

— Os cachorrinhos estão dançando com o papai! — disse Sophie, rindo. — Dança, papai!

A Sra. Ling cobriu os olhos de Sophie com as mãos para protegê-la da abominação que era a relutante iniciação de seu pai no território da bestialidade sexual.

— Lava a mão, Sophie. Almoça enquanto papai faz *besteila* com shiksas.

Mas a Sra. Ling não resistiu e fez uma breve avaliação monetária daqueles vermelhos membros caninos que, naquele momento, se esfregavam contra a camisa de algodão de seu senhorio tal qual leviatânicos batons vermelhos impulsionados por pistões. O herbanário de Chinatown pagaria uma fortuna pelo pó feito com os membros desidratados de Alvin e Maomé. (No país de origem da Sra. Ling, os homens faziam qualquer negócio para acentuar sua virilidade, inclusive moer espécies ameaçadas de extinção para depois fervê-las em forma de chá — o que não é muito diferente de certos presidentes norte-americanos, para quem nada se compara à ereção resultante do ato de bombardear alguns milhares de estrangeiros.) Mas, pelo jeito, ela não iria ganhar uma fortuna com membros caninos desidratados. A Sra. Ling já tinha desistido havia tempos da ideia de tirar algum pedaço dos cães guardiães do inferno: certa vez, depois de tentar matar Alvin dando-lhe um golpe preciso e barulhento no crânio com sua frigideira de ferro fundido, ele abocanhara a frigideira de suas mãos, deixando só o cabo, mastigara, transformando tudo numa gosma de baba de cachorro e limalha de ferro, e engolira. E aí sentara e pedira mais.

— Joga água neles! — gritou Charlie. — Sai, cachorrinho! Sai de cima de mim! Eca!

A Sra. Ling finalmente partiu para a ação ao ouvir o grito de socorro de Charlie: cronometrou seus movimentos com aquela pirâmide oscilante de homem e cachorros perto da porta, preparou-se e passou correndo por Charlie. Foi para o corredor e desceu a escada.

LILY

Lily estava subindo a escada e parou de repente no corredor, quando viu os cães de guarda se esfregando em Charlie.

— Asher! Seu pervertido!

— Socorro! — disse Charlie.

Lily pegou o extintor de incêndio na parede, arrastou-o até a porta, puxou o pino e começou a jogar o jato sobre o animado trio. Dois minutos depois, Charlie estava caído na soleira da porta, coberto de cristaizinhos de gelo, e Alvin e Maomé, trancados no quarto de Charlie, roendo alegremente o extintor de incêndio vazio. Lily conseguiu fazê-los ir para lá quando tentaram abocanhar o jato de CO_2, aparentemente mais interessados na sensação gelada, que era uma novidade, do que na esfregação de boas-vindas que estavam dando a Charlie.

— Você está bem? — perguntou Lily. Ela estava usando uma de suas roupas de chef sobre uma saia de couro vermelha e botas de plataforma que iam até o joelho.

— Essa semana foi meio difícil — respondeu Charlie.

Ela o ajudou a ficar de pé, tentando não colocar as mãos nos pontos úmidos em sua camisa. Charlie se jogou no sofá e Lily o ajudou a cair; com isso, ela acabou ficando com o braço preso numa posição esquisita atrás das costas dele.

— Obrigado — disse Charlie.

Ainda havia cristaizinhos do extintor em seu cabelo e em seus cílios.

— Asher — disse Lily, tentando não olhar diretamente para ele. — Eu não me sinto muito à vontade falando essas coisas, mas acho que, dadas as circunstâncias, é hora de falar a respeito.

— Está bem, Lily. Você aceita um café?

— Não. Por favor, cala a boca. Obrigada — interrompeu ela. E, então, fez uma pausa, respirou fundo, mas não tirou o braço de trás de Charlie. — Você sempre foi legal comigo todos esses anos. E por

mais que eu jamais admita isso para ninguém, eu provavelmente nunca teria terminado meus estudos ou me saído tão bem se não fosse pela sua influência.

Charlie ainda estava tentando enxergar, piscando para se livrar dos cristais de gelo em suas pálpebras, achando que talvez seus olhos estivessem feridos pelo frio.

— Ah, não foi nada — respondeu ele.

— Por favor, por favor, deixa eu falar — interrompeu ela. Respirou fundo de novo e continuou: — Você sempre foi um cara legal comigo, apesar de alguns de meus momentos mais sacais, e embora você seja um ajudante sombrio da morte e provavelmente tenha outras coisas com que se preocupar... aliás, sinto muito pela sua mãe.

— Obrigado — disse Charlie.

— Bom, considerando o que me contaram sobre sua noitada antes da sua mãe morrer e tal, e também o que vi aqui hoje, acho mais do que justo que eu trepe com você.

— Trepar comigo?

— É. Pelo bem maior, mesmo que você seja um idiota completo.

Charlie esquivou-se dela, ainda sentado no sofá. Olhou para Lily um instante, tentando ver se ela estava de sacanagem com ele, e aí, percebendo que estava falando sério, disse:

— Lily, é muito legal da sua parte e tal...

— Mas nada de bizarrice, Asher. Você precisa entender que eu só estou fazendo isso por uma questão de pura compaixão humana, por pena. Se você quiser fazer algo mais pirado, vá procurar aquelas putas da Broadway.

— Lily, eu não sei o que...

— E na bunda não — acrescentou Lily.

E aí ouviram uma risadinha aguda de menina atrás do sofá.

— Oi, pai — disse Sophie, surgindo atrás dele. — Estava com saudade.

Charlie a puxou por cima do encosto do sofá e deu um grande beijo na filha.

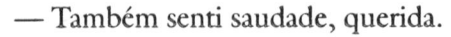

— Também senti saudade, querida.

Sophie tirou o braço de trás de Charlie.

— Por que você está com açúcar no cabelo? — perguntou Sophie.

— Ah, isso? É que a Lily precisou espalhar açúcar de confeiteiro no Alvin e no Maomé para eles ficarem quietos, e aí acabou caindo em mim.

— Eles também estavam com saudades de você.

— É, deu pra ver — disse Charlie. — Querida, você pode ir brincar um pouco no quarto enquanto eu converso com a Lily sobre a loja?

— Cadê os cachorrinhos? — perguntou Sophie.

— Eles estão de castigo no quarto do papai. Vai lá brincar, e aí, daqui a pouco, a gente come uns salgadinhos de queijo. Que tal?

— Oba! — respondeu Sophie, escorregando para o chão. — Tchau, Lily — disse ela, acenando para Lily.

— Tchau, Sophie — respondeu Lily, mais pálida que de costume.

Sophie saiu saltitando ao ritmo da nova musiquinha que acabava de inventar: "Na bunda não — na bunda não — na bunda não..."

Charlie virou-se para Lily e disse:

— Bom, a música deve servir para animar a vida da Sra. Magnussen durante as aulas.

— Tudo bem, pode ser embaraçoso agora, mas um dia ela vai me agradecer — disse Lily, sem perder a piada.

Charlie tentou olhar para os botões da camisa, como se estivesse concentrado, refletindo, mas, em vez disso, começou a rir, tentou parar, e acabou fazendo um barulho engraçado.

— Caramba, Lily. Para mim, você é como se fosse a minha irmã mais nova, eu jamais poderia...

— Ah, que ótimo. Eu te ofereço um presente, por pura bondade, e você...

— Café, Lily — interrompeu Charlie com um suspiro. — Será que você poderia apenas fazer um café pra mim, em vez de trepar comigo, e depois sentar para conversarmos enquanto tomo o café? Só você sabe

das coisas pelas quais Sophie e eu estamos passando, e preciso tentar colocar ordem nas minhas ideias.

— Bom, isso talvez leve mais tempo do que trepar com você — disse Lily, olhando para o relógio em seu pulso. — Deixa eu ligar pra loja, então. Avisar pro Ray que vou demorar um pouco.

— Maravilha — disse Charlie.

— De qualquer forma, eu só ia trepar com você em troca de informações sobre essa coisa de ser Mercador da Morte — disse Lily, pegando o telefone que estava sobre o balcão de café da manhã.

Charlie suspirou de novo.

— É sobre isso que preciso conversar.

— Mas, de qualquer modo, gostaria de informá-lo de que na bunda, não. Nem adianta insistir.

Charlie tentou assentir, com ar solene, mas começou a rir de novo. Lily atirou as Páginas Amarelas de São Francisco nele.

AS MORRIGANS

— Esta alma aqui tem cheiro de presunto — disse Nemain, torcendo o nariz para um pedaço de carne empalado em uma de suas compridas garras.

— Eu quero — disse Babd. — Me dá.

Babd deu um golpe com as garras na carniça, arrancando um pedaço do tamanho de um punho.

As três estavam em um subsolo esquecido embaixo de Chinatown, deitadas sobre vigas de madeira que haviam sido queimadas no grande incêndio de 1906. Macha, começando a exibir o adereço de pérolas que usava na cabeça quando estava em forma humana, examinava o crânio de um pequeno animal à luz da vela que ela havia fabricado com a gordura de bebês mortos. (Macha sempre tivera talentos artísticos e as outras duas sempre tiveram inveja de suas habilidades.)

— Não entendo por que a alma está na carne, mas não em um homem.

— Tem gosto de presunto também, acho eu — disse Nemain, cuspindo pedacinhos de alma com um brilho vermelho enquanto falava.

— Macha, você lembra como era o gosto de presunto? A gente gosta de presunto, aliás?

Babd comeu seu pedaço de carne e limpou as garras nas penas do peito.

— Acho que presunto é uma coisa recente. Como os celulares — disse ela.

— Presunto não é recente — corrigiu Macha. — Presunto é carne de porco defumada.

— Não — disse Babd, horrorizada.

— É sim — disse Macha.

— Não é carne de gente? Então, como é que tem uma alma nela?

— Obrigada — disse Macha. — É o que eu estava querendo dizer.

— Decidi que a gente gosta de presunto — disse Nemain.

— Tem alguma coisa errada — refletiu Macha. — Não devia ser tão fácil assim.

— Fácil? — respondeu Babd. — Fácil? Levamos centenas... não, milhares de anos para chegar até aqui. Quantos milhares de anos, Nemain? — perguntou ela para a irmã com veneno nas garras.

— Muitos — respondeu Nemain.

— Muitos — repetiu Babd. — Muitos milhares de anos. Isso não é fácil.

— Almas que estão vindo até nós, sem corpos, sem os ladrões de almas... parece fácil demais.

— Pois eu acho legal — disse Nemain.

Ficaram em silêncio por alguns instantes, Nemain mordiscando a alma que emitia um brilho vermelho, Babd alisando suas penas com o bico, Macha examinando o crânio animal, revirando-o em suas garras.

— Acho que é uma marmota — disse Macha.

— Dá pra fazer presunto de marmota? — perguntou Nemain.

— Não sei — disse Macha.

— Eu não lembro se já comi marmota — disse Nemain.

Babd deu um suspiro profundo.

— As coisas estão indo tão bem. Vocês duas já pararam pra pensar no que vai acontecer quando a gente estiver o tempo todo no Mundo de Cima e as Trevas tomarem conta de tudo? Tipo, o que acontece depois?

— Como assim, e depois? — perguntou Macha. — Depois nós dominaremos todas as almas e mataremos à vontade até consumir toda a luz da humanidade.

— Eu sei — respondeu Babd. — Mas, e depois? Digo, sei lá, dominar o mundo e tal é legal, mas será que a gente vai ter sempre o Orcus por perto, roncando e grunhindo?

Macha abandonou o crânio e sentou sobre uma viga enegrecida.

— Que papo é esse?

Nemain sorriu, os dentes perfeitamente alinhados, os caninos sobressaindo.

— É que ela está doidinha por aquele ladrão de almas magricelo com a espada.

— O Carne Fresca? — disse Macha, sem conseguir acreditar em seus ouvidos, que tinham se tornado visíveis havia poucos dias, quando a primeira das *almas-presente* fora parar em suas garras; então, havia tempo não eram testados. — Você gosta do Carne Fresca?

— *Gostar* é meio forte — respondeu Babd. — Eu só acho ele interessante.

— Interessante no sentido de que você gostaria de ficar formando figuras com as tripas dele no chão? — perguntou Macha

— Bom... não, eu não sou talentosa como você.

Macha olhou para Nemain, que sorriu e deu de ombros.

— Talvez a gente deva tentar matar o Orcus assim que as Trevas tomarem conta de tudo — disse Nemain. — Estou meio cansada da falação dele. E ele vai ficar insuportável se o Luminatus não aparecer.

Macha deu de ombros, concordando:
— Tudo bem. Por que não?

O IMPERADOR

O Imperador de São Francisco estava angustiado. Sentia que algo de muito errado estava acontecendo com sua Cidade, mas não sabia o que fazer. Não queria deixar as pessoas alarmadas sem razão, mas também queria que elas estivessem preparadas para qualquer perigo que teriam de enfrentar. Era da opinião de que um soberano justo e benevolente não deveria usar o medo para manipular o seu povo. Portanto, até que tivesse uma prova de que havia uma ameaça, seria criminoso conclamar seu povo à ação.

— Às vezes, devemos ter coragem para não fazer nada — disse ele para Lazarus, o fiel labrador dourado. — Quanta humanidade não foi desperdiçada por confundirem movimento com progresso, meu amigo?

Mas ele andava vendo coisas. Coisas estranhas. Certa vez, bem tarde da noite, em Chinatown, vira um dragão feito de fumaça pairando pelas ruas. E outro dia, bem cedo pela manhã, quando estava na Boudin Bakery, na Ghirardelli Square, vira o que parecia ser uma mulher nua coberta com óleo de motor arrastar-se para fora de um bueiro, agarrar um copo de café que estava no lixo, depois voltar rápido para dentro do esgoto quando um policial de bicicleta aparecera na esquina. Sabia que via essas coisas porque era mais sensível do que as outras pessoas, porque morava nas ruas e podia perceber a menor mudança nelas, e também, em grande parte, porque era totalmente insano, doido varrido, louco de jogar pedra. Mas nada disso eliminava o fato de que ele tinha responsabilidades para com seu povo, e muito menos servia para deixá-lo menos perturbado com o que via.

O esquilo usando vestido com saia armada perturbava muito o Imperador, mas ele não sabia dizer exatamente por quê. Gostava de

esquilos — muitas vezes levava seus soldados até o Golden Gate Park para correr atrás deles —, mas um esquilo caminhando ereto e revirando lixo atrás do Empanada Emporium, trajando um vestido de baile cor-de-rosa do século XVIII... bom, aí já era demais. Tinha certeza de que Bummer, dormindo aninhado no bolso gigante de seu casaco, iria concordar com ele. (Bummer, que, no fundo, era um cão caçador de ratos, não tinha uma visão muito iluminada quanto à coexistência com qualquer roedor, muito menos um roedor vestido como se tivesse saído da corte de Luís XVI.)

— Sem querer ser chato, mas uns sapatos cairiam bem para complementar a indumentária dele, não acha, Lazarus? — disse o Imperador.

Lazarus, que, no geral, tolerava todas as criaturas que não vinham em formato de biscoito canino, grandes ou pequenas, rosnou para o esquilo, que parecia ter pés de galinha embaixo de sua saia, o que era bizarro.

Com o rosnado, Bummer se contorceu, acordou e emergiu de seus aposentos de lã feito Grendel saindo de seu esconderijo. Começou a latir furiosamente, como se quisesse dizer *Ei, pessoal, não sei se vocês perceberam, mas tem um esquilo ali revirando o lixo e usando vestido de gala, mas vocês dois estão aí sentados feito duas estátuas de leão na frente de uma biblioteca!* A mensagem, estando latida, disparou feito um míssil peludo na direção do esquilo, pensamento focado em eliminar do mundo qualquer coisa roedora.

— Bummer, espera — disse o Imperador.

Tarde demais. O esquilo havia tentado fugir subindo pela parede do prédio de tijolos, mas sua saia prendeu numa calha e o bicho caiu de volta no beco, exatamente quando Bummer estava indo a toda em sua direção. Então, o esquilo pegou um pedaço de um palete quebrado e jogou-o na direção de seu perseguidor, que pulou bem a tempo de não levar um prego em um de seus olhos esbugalhados.

Seguiu-se um som de rosnados.

O Imperador notou, naquele instante, que as mãos do esquilo eram reptilianas, com unhas pintadas num belo tom de rosa, para combinar com o vestido.

— Taí uma coisa que não se vê todo dia — disse o Imperador.

Lazarus latiu, concordando.

O esquilo largou a tábua e saiu em disparada para a rua, movimentando-se elegantemente sobre pés de galinha, segurando a saia com suas mãos de lagarto. Bummer havia se recuperado do choque inicial de ver um esquilo capaz de empunhar uma arma (algo que até então só tinha encontrado em seus pesadelos caninos, depois de comer uma pizza de chouriço muito tarde da noite, presente de um bondoso funcionário da Domino's) e saiu atrás do esquilo, com o Imperador e Lazarus em seu encalço.

— Não, Bummer! — exclamou o Imperador. — Ela não é um esquilo normal!

Lazarus, como não sabia dizer "dã, não diga", parou de repente e olhou para o Imperador.

O esquilo saiu correndo do beco e fez uma curva perto da calha, agora correndo de quatro.

Assim que chegou à esquina, o Imperador viu a ponta do pequeno vestido cor-de-rosa desaparecer dentro de um cano de esgoto, seguida logo depois pelo intrépido Bummer. O Imperador pôde ouvir os latidos do terrier ecoando pela grade afora, diminuindo à medida que Bummer continuava a perseguir sua presa, escuridão adentro.

RIVERA

Nick Cavuto sentou à frente de Rivera com um prato de cozido de búfalo mais ou menos do tamanho da tampa de uma lata de lixo. Estavam almoçando no Tommy's Joynt, um restaurantezinho tradicional na Van Ness, que servia comida caseira, como bolo de carne, peru assado com farofa e cozido de búfalo todos os dias do ano,

passando jogos com os times de São Francisco na TV do bar sempre que alguém da cidade estivesse jogando.

— Quê? — perguntou o policial grandalhão, quando viu o parceiro revirar os olhos. — O que foi?

— Sabia que os búfalos quase foram extintos? — disse Rivera — Você, por acaso, tem algum ancestral nas Grandes Planícies?

— É uma porção de tamanho especial para os agentes da lei. Se quisermos "proteger e servir" e tal, é necessário consumir proteína.

— Mas um bisão inteiro?

— E, por acaso, eu critico as coisas que você gosta de fazer?

Rivera olhou para sua comida (um sanduíche de peru pela metade e uma tigela de sopa de feijão) e depois para o cozido de Cavuto, e depois para seu sanduíche mirradinho, e depois mais uma vez para o colosso que era o prato de seu parceiro.

— Agora o meu almoço está com vergonha.

— Bem-feito. É a minha vingança pelos ternos italianos que você usa. Adoro atender aos chamados e ver as pessoas pensando que sou a vítima.

— Bom, você podia comprar uma passadeira a vapor. Ou pedir para o cara que me atende conseguir umas roupas legais pra você.

— O cara dono de brechó que é serial killer? Valeu.

— Ele não é serial killer. Tem umas coisas bizarras acontecendo com ele, mas não é assassino.

— Ah, claro, é tudo que a gente precisa, mais bizarrice. Fala sério, o que ele estava fazendo na noite em que você relatou aqueles tiros?

— Eu já disse, eu estava passando e vi um cara armado tentando assaltá-lo. Saquei minha arma, falei pro cara parar, ele sacou a arma dele e eu atirei.

— Conta outra. Você nunca deu onze tiros na vida sem acertar dez na mosca. Que, diabos, aconteceu?

Rivera olhou pro fim da mesa comprida para ter certeza de que os três caras sentados na outra ponta estavam prestando atenção ao jogo na TV.

— Acertei todos os tiros nela.

— Nela? O elemento era mulher?

— Não, eu não disse isso.

Cavuto deixou cair a colher.

— Hã... parceiro? Não me diga que você atirou na ruiva. Achei que você já tivesse superado.

— Não. Foi uma coisa diferente. Tipo... Nick, você me conhece, não uso a arma a não ser que tenha motivo.

— Conta logo o que aconteceu. Eu fico do seu lado.

— Era uma mulher-pássaro, algo assim. Toda preta. Sério, preta feito piche. Ela tinha umas garras que pareciam, sei lá, picadores de gelo. Com uns 10 centímetros de comprimento. Os disparos tiraram pedaços dela — espalhou pena e uma meleca preta pra tudo quanto é lado. Ela levou nove tiros no torso e fugiu voando.

— Voando?

Rivera tomou um gole do café, observando a reação de seu parceiro por cima da xícara. Os dois passaram por coisas incríveis juntos, mas, se estivesse no lugar de Cavuto, não sabia se conseguiria acreditar naquela história.

— Arrã. Voando — disse Rivera.

— Está bem. Dá para entender por que você não colocou isso no relatório.

— Pois é.

— Mas essa mulher-pássaro... ela estava roubando o tal Asher, o cara do brechó? — perguntou Cavuto, como se estivesse tudo certo, como se acreditasse em tudo, só para ver onde ia dar.

— Não. Ela tava batendo uma punheta nele.

Cavuto assentiu silenciosamente, pegou sua colher e enfiou um monte de cozido e arroz na boca, ainda meneando a cabeça enquanto mastigava. Deu a impressão de que ia falar alguma coisa, mas aí logo enfiou outra colherada na boca, como se achasse melhor ficar quieto. Parecia estar distraído pelo jogo e acabou de almoçar sem dizer mais nenhuma palavra.

Rivera também tomou sua sopa e comeu seu sanduíche em silêncio.

Quando estavam indo embora, Cavuto pegou dois palitos de dente do paliteiro perto do caixa e deu um para Rivera, quando os dois saíram para o belo dia de sol que fazia em São Francisco.

— Então, você estava seguindo o Asher?

— É. Ando investigando o cara. Só por garantia.

— E você atirou na mulher nove vezes porque ela estava batendo uma punheta pro sujeito? — perguntou Cavuto, finalmente.

— Mais ou menos — disse Rivera.

— Sabe, Alphonse, é por esse tipo de coisa que não saio com você fora do trabalho. Você tem umas regras de conduta moral completamente fodidas.

— Mas ela não era um ser humano, Nick.

— Mesmo assim. Pô, uma punheta? Usar força letal por causa disso? Eu não sei o...

— Não foi letal. Não matei a mulher.

— Com nove tiros no peito?

— Eu vi ela... digo, a coisa... na noite passada. Na minha rua. Ela estava me olhando de dentro de um bueiro.

— Já pensou em perguntar primeiro pro Asher de onde é que ele conhecia a tal mulher-pássaro voadora à prova de balas?

— Cara, eu perguntei, mas não posso te contar o que ele disse. É bizarro demais.

Cavuto jogou as mãos para cima e exclamou:

— Pô, legal, pelas barbas do profeta, não vamos querer que essa merda toda fique bizarra, certo?

LILY

Estavam na segunda caneca de café e Charlie já tinha contado para Lily que não conseguira recuperar os dois receptáculos de alma. Contara também sobre seu encontro com a harpia do esgoto, a sombra

que viera das montanhas em Sedona, a outra versão de *O Fantástico Grande Livro da Morte* e também sobre sua suspeita de que havia algum problema terrível com sua filha, pois os sintomas eram os dois cães gigantes e a habilidade dela de matar com a palavra *miau*. Mas, para Charlie, Lily estava se interessando pela história errada.

— Você deu uns amassos com uma entidade das trevas, mas eu não sirvo pra você?

— Não é uma competição, Lily. Será que a gente pode não falar disso? Eu sabia que não devia ter te contado. Estou preocupado com outras coisas.

— Quero detalhes, Asher.

— Lily, um cavalheiro não comenta detalhes de seus encontros amorosos.

Lily cruzou os braços e fez uma pose que indicava desgosto e incredulidade — uma pose bastante eloquente, porque, antes mesmo de abrir a boca, Charlie já sabia o que ela ia dizer:

— Deixa de onda. Aquele policial atirou nela até arrancar pedaço e você fica aí preocupado em proteger a honra dela?

Charlie sorriu, saudoso.

— Bom, sabe, teve uma química...

— Putz! Você é uma puta vagabunda, Asher!

— Lily, você não pode ter ficado realmente magoada com a minha... minha reação à generosa oferta que você me fez. E, deixe-me acrescentar, extremamente tentadora. Bacaninha, viu?

— É porque eu sou alegre demais, não é isso? Não sou sombria o suficiente pra você? Já que você é o Sr. Morte e tal.

— Lily, aquela sombra em Sedona estava vindo na *minha* direção. Quando saí de lá, ela sumiu. A harpia do esgoto apareceu *para mim*. O outro Mercador da Morte disse que eu era diferente. Eles nunca causaram mortes com a presença deles, como eu causei.

— Você disse "bacaninha" pra mim? Você acha que tenho o quê, 9 anos de idade? Já sou uma mulher, eu sou adulta, e...

— Acho que eu talvez seja o Luminatus, Lily.

Lily parou de falar e ergueu as sobrancelhas, como se dissesse *"não!"*. Charlie assentiu, como se dissesse *"sim!"*.

— A Grande Morte? — perguntou ela.

— É. Com *M* maiúsculo.

— Bom, você não está nem um pouco capacitado pra isso.

— Ah, obrigado, agora me sinto bem melhor.

MINTY FRESH

Minty sempre ficava nervoso quando estava a 60m abaixo do nível do mar, principalmente se havia passado a noite anterior inteira bebendo saquê e ouvindo jazz, que foi o que acontecera. Ele estava no último vagão do último trem a sair de Oakland, e o vagão estava totalmente vazio, como se fosse seu submarino privado. Minty atravessava a baía com o eco de um sax-tenor ressoando em seu ouvido feito um sonar e meia dúzia de sushis picantes de atum encharcados em saquê em seu estômago, feito cargas de profundidade prestes a detonar.

Ele havia passado a noite no Sato's, na Embarcadero, um restaurante japonês que também era clube de jazz. Sushi e jazz: uma estranha aliança, forjada pelo acaso e pela opressão. Tudo começara no Fillmore, que era um bairro japonês antes da II Guerra Mundial. Quando os japoneses foram mandados para os campos de prisioneiros, e seus bens e suas casas, vendidos, os negros, que vieram para a cidade trabalhar nos estaleiros construindo navios de guerra, passaram a ocupar os prédios vazios. O jazz veio junto.

Durante anos, o Fillmore foi o centro da cena jazzística de São Francisco, e o Bop City, na Post Street, o principal clube de jazz. Quando a guerra acabou e os japoneses voltaram, em muitas madrugadas era possível achar jovens japoneses sob as janelas do Bop City, ouvindo gente como Billie Holiday, Oscar Peterson ou Charles Mingus, ouvindo a arte acontecer e se dissipar pelas noites de São Francisco. O Sato foi um desses jovens.

Não foi só um acaso histórico, como Sato havia explicado para Minty certa vez, bem tarde da noite, depois de a música acabar, falando muito por causa do saquê. Era um alinhamento filosófico: o jazz era uma arte zen, certo? Espontaneidade controlada. Assim como as pinturas sumi-e, o haiku, a arte do arco e flecha e a esgrima kendô, jazz não era algo que se planejava, era algo que se fazia. A pessoa praticava, tocava as escalas todas, aprimorava a técnica e trazia tudo que sabia, todo o seu condicionamento para aquele instante.

"No jazz, cada momento é uma crise", disse Sato, citando Wynton Marsalis. "E aí você pega tudo aquilo que sabe e aplica a essa crise. Como o espadachim, o arqueiro, o poeta e o pintor, está tudo ali: não há passado, não há futuro, somente o momento e o modo como lidamos com ele. E a arte acontece."

E Minty, tomado pela vontade de escapar de sua vida como Morte, tinha ido de metrô até Oakland para tentar fugir para algum lugar onde não tivesse arrependimentos passados nem ansiedade pelo futuro: só o presente mais puro ecoando em um sax tenor. Mas o saquê, o futuro à sua espreita e o excesso de água acima de sua cabeça tinham trazido uma sensação de blues. A sensação de bem-estar passou e Minty agora se sentia meio nervoso. As coisas andavam mal. Não tinha conseguido recuperar seus dois últimos receptáculos, era a primeira vez que isso acontecia em toda a sua carreira. E agora começava a ver, ou ouvir, as consequências disso. Vozes que saíam dos bueiros, caçoando dele, em volume mais alto, em maior número. Coisas que se moviam na escuridão, na sua visão periférica — coisas obscuras, que se mexiam rápido e desapareciam quando ele tentava olhar diretamente para elas.

Chegara a vender três discos da seção em que mantinha os receptáculos para a mesma pessoa, também a primeira vez que isso acontecia com ele. Não havia percebido que era a mesma mulher, mas, quando as coisas começaram a dar errado, lembrou-se da aparência dela e a ficha caiu. Da primeira vez, ela estava vestida de monge, algum tipo de monge budista, usando uma túnica dourada e marrom, o cabelo

muito curto, como se estivesse crescendo depois de ela ter a cabeça raspada. Ele lembrava que os olhos dela eram de um azul cristalino, o que era incomum para alguém com pele e cabelos tão escuros. E o sorriso naqueles olhos o fizera ter a sensação de que a alma estava indo para o lugar certo, que estava encontrando seu lugar em um nível superior de evolução. Ele a vira novamente seis meses depois: ela estava usando calça jeans e jaqueta de couro, o cabelo descuidado. Ela tinha pegado um CD da seção "Só um CD por cliente", um disco da Sarah McLachlan, que era o que teria escolhido para ela se a moça tivesse pedido sua opinião, e os olhos de um azul cristalino não chamaram sua atenção — ele só tivera a impressão de já ter visto aquele sorriso antes. E então, na semana anterior, lá estava ela de novo, com o cabelo já na altura dos ombros, usando uma saia comprida e uma camisa leve e bufante de poeta renascentista, acinturada — como se tivesse acabado de sair de uma feira cultural, algo normal no Haight, mas não muito comum em Castro. Mas ele não vira nada demais — pelo menos não até ela pagar pelo CD e olhar rapidamente por cima dos óculos escuros para contar o dinheiro que havia tirado da carteira. Lá estavam os olhos azuis de novo, arrepiantes, e dessa vez não pareciam sorrir. Ele não sabia o que fazer. Não tinha como provar que ela era a monja ou a moça de jaqueta de couro, mas sabia que era a mesma pessoa. Tentou usar tudo que sabia para entender a situação e, por fim, desistira.

"Você gosta de Mozart, então", perguntara.

"É para uma amiga", dissera ela, e não falara mais nada.

Acabou decidindo que seria estúpido tentar discutir com ela por causa daquilo. Afinal de contas, os receptáculos de alma sempre iam parar com as pessoas que eram suas donas de direito, certo? O livro não dizia que ele precisava vender os receptáculos *diretamente* para elas. Tudo isso tinha acontecido havia uma semana e, desde então, as vozes, os ruídos rápidos na escuridão, a sensação generalizada de coisas estranhas acontecendo eram constantes. Minty Fresh passara grande parte de sua vida adulta sozinho, mas nunca havia sentido uma solidão

tão profunda quanto agora. Nas últimas semanas, sentira-se tentado diversas vezes a ligar para um dos outros Mercadores da Morte, com a desculpa de avisá-los sobre a besteira que havia feito, querendo, na verdade, simplesmente poder conversar com alguém que soubesse como era a sua vida.

Esticou uma de suas pernas compridas sobre três assentos e a outra no corredor do vagão, fechou os olhos e descansou a cabeça contra a janela, sentindo o ritmo do trem trepidante através do vidro frio contra sua cabeça raspada. Ah, não, aquilo não ia funcionar. Ele havia bebido saquê demais, parecia que estava na cama e que ela estava *girando*. Ergueu rapidamente a cabeça e abriu os olhos, e aí viu, pela porta do vagão, que as luzes do trem estavam apagadas dois vagões à frente do seu. Sentou-se direito para observar melhor: as luzes apagaram também no vagão seguinte. Não, não foi bem isso o que aconteceu. A escuridão atravessava o vagão como se fosse um gás, sugando a energia das luzes ao passar por elas.

— Ai, droga — disse Minty para o vagão vazio.

Ele nem conseguia ficar totalmente ereto dentro do vagão, mas acabou ficando, mesmo que meio encurvado, a cabeça batendo no teto, de frente para a escuridão que fluía.

A porta no fim do vagão abriu e alguém entrou. Uma mulher. Bom, não exatamente uma mulher. Parecia mais a sombra de uma mulher.

— Olá, meu amor — disse ela, numa voz sussurrante, rouca.

Ele já tinha ouvido aquela voz antes, ou uma voz parecida.

A escuridão circundava as duas lâmpadas no teto do fim do vagão, deixando iluminado somente o contorno da mulher, um reflexo metálico sobre uma figura completamente negra. Desde que começara a trabalhar como Mercador da Morte, Minty não se lembrava de ter sentido medo, mas agora sentia.

— Não sou seu amor — disse ele, sua voz suave e firme feito um sax barítono, sem que uma nota traísse o medo que sentia. *Uma crise em cada momento*, pensou.

— Dizem que depois que você experimenta um preto de verdade, nunca mais quer outra coisa — disse ela, dando um passo na direção dele, o seu contorno preto-azulado a única coisa visível agora.

Ele sabia que havia uma porta atrás de si, a uma curta distância, trancada por um mecanismo hidráulico poderoso e que levava a um túnel escuro 60 metros abaixo da superfície do mar na baía, e que nele havia um trilho com uma carga elétrica letal — mas, por algum motivo, naquele momento parecia uma ideia muito convidativa.

— Eu já experimentei — disse Minty.

— Não experimentou não, meu amor. Já experimentou tons de marrom, de chocolate e até de café, mas te garanto que nunca experimentou o verdadeiro preto. Porque, assim que você experimentar, nunca, *nunca mais* tem volta.

Ficou olhando enquanto ela vinha em sua direção — melhor, fluía em sua direção. Viu que longas garras prateadas brotaram de seus dedos, agitando-se sob a fraca luminosidade das luzes de emergência, deixando cair uma substância que parecia dissolver o chão. Ouviu ruídos: coisinhas pequenas correndo perto dele, dos dois lados, coisas que se moviam na escuridão, pequenas, rápidas.

— É, tem razão — disse Minty.

O ATAQUE DO HOMEM-CROCODILO

Naquela noite, fazia um calor de matar na cidade. Todos estavam com as janelas abertas. Sobre um telhado do outro lado do beco, o espião conseguia enxergar a menininha brincando alegremente na água em uma banheira cheia de espuma, com dois cães de guarda gigantes perto da banheira, lambendo o xampu da mão dela e arrotando bolhas, enquanto ela dava gritinhos de alegria.

— Sophie, não dá sabão para os cachorrinhos, está bem? — veio a voz do dono da loja, em outro aposento.

— Está bem, papai. Não vou dar, não. Não sou criança, não é? — disse ela, colocando mais xampu de morango e kiwi na palma da mão e esticando o braço para que um dos cães lambesse. O bicho arrotou uma nuvem de bolhas perfumadas, que saíram pela grade da janela e ficaram pairando no ar, sobre o beco.

Os cães de guarda, sem dúvida, eram um problema, mas, se seus cálculos estivessem corretos, o espião conseguiria se livrar deles e chegaria até a criança sem problemas.

No passado, ele havia sido assassino, guarda-costas, lutador de boxe tailandês e recentemente tinha trabalhado como instalador autorizado de isolamento de fibra de vidro — habilidades que lhe seriam bem úteis em sua missão. Tinha a cara de um crocodilo: 68 dentes pontiagudos e olhos que brilhavam feito contas de vidro negras. Suas mãos eram as garras de uma ave de rapina, as unhas negras e ferinas incrustadas de sangue ressecado. Usava um smoking de seda preta, mas estava descalço — seus pés tinham membranas entre os dedos, como os pés de um pelicano, com garras capazes de tirar presas escondidas na lama.

Rolando o grande tapete persa até a extremidade do telhado, ele esperou. E então, exatamente como havia planejado, ouviu: "Querida, vou levar o lixo pra fora e já volto."

— Está bem, papai.

Engraçado como a ilusão de segurança nos faz baixar a guarda, pensou o espião. Ninguém deixaria uma criança pequena sozinha numa banheira, mas a companhia de dois cães significava que ela não estava sozinha, certo?

Esperou. Finalmente, o dono da loja saiu pela porta de aço do térreo, carregando dois sacos de lixo. O homem pareceu ficar momentaneamente perturbado com o fato de que a caçamba de lixo, que normalmente ficava bem perto da porta, agora estava mais para o fundo do beco, uns 6 metros para a frente. Mas depois deu de ombros, chutou a porta para que ficasse aberta e, enquanto a porta sibilava, fechando-se lentamente sob efeito do cilindro pneumático, ele correu na direção da caçamba. Foi então que o espião jogou o tapete. Desenrolando-se durante a queda, pelos quatro andares, e uma vez desenrolado atingiu o dono da loja com um baque surdo, fazendo-o cair no chão.

No banheiro, os enormes cães se levantaram, atentos. Um deles emitiu um latido de advertência.

O espião já estava com a primeira flecha posicionada em seu arco. Disparou: o fio de náilon passou zunindo e a flecha atingiu o tapete

com um baque surdo, penetrando-o e talvez acertando a perna do dono da loja, o que, sem dúvida, o deixaria preso debaixo do tapete, quem sabe até preso ao chão. O dono da loja gritou. Os grandes cães de guarda saíram correndo do banheiro.

O espião colocou outra flecha no arco, atou-a à ponta livre da linha de náilon presa à primeira flecha e então disparou, fazendo-a penetrar em outro pedaço do tapete. O dono da loja continuava a gritar, mas como o tapete pesado estava preso em cima dele, não conseguia sair do lugar. Quando o espião colocava a terceira flecha no arco, os cães de guarda surgiram na porta e saíram em disparada pelo beco.

A terceira flecha não estava presa a um fio — tinha uma extremidade pontiaguda de titânio. O espião mirou no cilindro pneumático da porta e disparou. A flecha acertou o cilindro em cheio e a porta fechou de uma vez, deixando os cães trancados do lado de fora, no beco. Ele havia ensaiado tudo aquilo mentalmente umas dez vezes, e até agora tudo estava saindo exatamente como havia planejado. Já tinha passado cola instantânea nas portas da frente da loja e do prédio antes de subir no telhado — e não havia sido nada fácil cumprir tal tarefa sem que ninguém o visse.

O quarto disparo deixou uma flecha presa na estrutura da janela que ficava acima da janela do saguão de entrada. As grades da janela do banheiro eram estreitas demais, mas ele sabia que o dono da loja devia ter deixado a porta do apartamento aberta. Prendeu um mosquetão no fio de náilon e deslizou silenciosamente até chegar ao peitoril da janela. Destravou o mosquetão e se espremeu por entre as barras da grade, aterrissando no chão do corredor do prédio.

Caminhou bem rente à parede, tomando grande cuidado para não prender inadvertidamente as unhas no carpete. Podia sentir o cheiro de cebola refogada vindo de um dos apartamentos vizinhos e ouvia a voz da menina atrás da porta no fim do corredor, que estava aberta, mesmo que somente uma fresta.

— Papai, já posso sair do banho! Paiê, já posso sair do banho!

Parou na porta e espiou dentro do apartamento. Ele sabia que a menina iria gritar quando o visse — quando visse seus dentes pontiagudos, suas garras, seus olhos frios e negros. Faria de tudo para que seus gritos tivessem pouca duração, mas ninguém era capaz de ficar calmo frente à sua ferocidade. Claro que tal ferocidade acabava sendo reduzida pelo fato de ele ter somente trinta e cinco centímetros de altura.

Escancarou a porta — mas, assim que deu um passo para dentro do apartamento, algo o agarrou por trás, derrubando-o, e, apesar de todo seu treinamento e suas habilidades ninja, ele gritou feito pato prestes a ir para a panela.

Alguém tinha fechado o buraco da fechadura da entrada dos fundos com cola instantânea, e Charlie acabou quebrando a chave ao tentar abrir a porta. Havia uma espécie de flecha presa a um fio cravado na parte de trás de sua perna, e a dor era insuportável. O sangue estava escorrendo para seu sapato. Não sabia o que tinha acontecido, mas sabia que não era um bom sinal o fato de os cães estarem pulando ao seu redor, ganindo.

Bateu na porta repetidas vezes, com os punhos fechados.

— Abra a droga dessa porta, Ray!

Ray abriu a porta.

— O que houve?

Os hellhounds derrubaram os dois ao passar pela porta. Charlie ficou rapidamente de pé e seguiu atrás deles, subindo as escadas, mancando. Ray foi atrás.

— Charlie, você está sangrando.

— Eu sei.

— Espera, tem uma linha presa aqui. Deixa eu cortar.

— Ray, eu preciso...

Antes mesmo que pudesse terminar a frase, Ray já tinha sacado um canivete do bolso de trás e cortado o fio de náilon.

— Quando eu estava na polícia, eu sempre carregava um canivete. Para cortar cintos de segurança e tal.

Charlie assentiu e voltou a subir a escada. Sophie estava de pé na cozinha, enrolada numa toalha verde, ainda com chifrinhos da espuma de xampu na cabeça — parecia uma pequena e ensaboada versão da Estátua da Liberdade.

— Papai, onde você estava? Eu queria sair da banheira.

— Está tudo bem com você, querida? — disse Charlie, ajoelhando-se na frente dela e acariciando a toalha.

— Eu precisava de ajuda pra tirar o xampu. Você é que tem que fazer isso, pai.

— Eu sei, querida. Sou um péssimo pai.

— Oi, Ray — disse Sophie.

Ray estava terminando de subir a escada, com uma flecha ensanguentada nas mãos, presa a um fio.

— Charlie, isso aqui estava enfiado na sua perna.

Charlie virou e olhou para a batata da sua perna pela primeira vez, e então sentou no chão, certo de que ia desmaiar.

— Posso ficar com ela? — perguntou Sophie, pegando a flecha.

Ray pegou um pano de prato na bancada e o pressionou contra o ferimento de Charlie.

— Segura isso contra o ferimento. Vou ligar pra polícia.

— Não, está tudo bem — disse Charlie, agora certo de que iria vomitar.

— O que aconteceu lá fora? — perguntou Ray.

— Eu não sei, eu estava...

Alguém no prédio começou a gritar como se estivesse sendo mergulhado em óleo quente. Ray arregalou os olhos.

— Me ajuda a ficar de pé — disse Charlie.

Saíram correndo do apartamento e foram para o corredor: a gritaria estava vindo da escada.

— Você consegue andar? — perguntou Ray.

— Vai, vai você. Eu te sigo.

Charlie conseguiu ficar de pé, apoiando-se no ombro do Ray, e saiu pulando pela escada com um pé só, atrás dele.

Os gritos terríveis que vinham do apartamento da Sra. Ling agora haviam diminuído e se transformado em pedidos de ajuda em inglês, temperados com palavrões em mandarim.

— Não! Shiksas! Socolo! Sai! Socolo!

Charlie e Ray encontraram a diminuta matrona chinesa encolhida perto do fogão, com Alvin e Maomé perto dela. Ela agitava um cutelo na direção dos cães, para mantê-los afastados, e eles latiam, lançando em sua direção bolhas com sabor morango e kiwi.

— Socolo! Shiksas tentando loubá minha janta — dizia a Sra. Ling.

Charlie viu a panela de ensopado fumegante sobre o fogão com dois pés de pato pra fora.

— Sra. Ling, por acaso aquele pato está vestindo uma calça?

Ela olhou rápido para a panela, depois virou-se e tentou afastar os cães com outro golpe do cutelo.

— Talvez — disse ela.

— Senta, Alvin. Senta, Maomé — ordenou Charlie, mas os cães o ignoraram por completo. Ele virou para Ray e disse:

— Ray, será que você pode pegar a Sophie lá em cima?

O ex-policial, que sempre se considerara capaz de lidar com qualquer situação caótica, disse:

— Hein?

— É que eles só obedecem quando a Sophie manda. Traz a Sophie pra cá, está bem?

Charlie virou-se para a Sra. Ling.

— A Sophie vai fazer os cachorros ficarem quietos, Sra. Ling. Me desculpe.

Enquanto eles falavam, a Sra. Ling examinava o jantar. Tentou enfiar com o cutelo os pés de pato dentro do caldo, mas não conseguiu.

— Leceita antiga da China. A gente não conta plos Demônios Blancos polque senão eles estlagam a leceita. Já viu flango no papelote? Isso aqui é pato de calça.

Os cães de guarda rosnaram.

— Bom, aposto que é uma delícia — disse Charlie, apoiando-se contra a geladeira para não cair no chão.

— O senhô tá sanglando.

— É, estou.

Ray chegou, trazendo no colo Sophie, envolta na toalha. Colocou-a no chão.

— Oi, dona Ling — disse Sophie.

E, então, ela deixou cair a toalha, foi até os cães de guarda, agarrou-os pela coleira e disse:

— Vocês não tiraram o xampu!

Depois, totalmente pelada, o cabelo ainda com chifrinhos de espuma, Sophie levou os cães para fora do apartamento da Sra. Ling.

— Hã... alguém atirou a flecha em você, chefe — disse Ray.

— É — respondeu Charlie.

— Melhor a gente ir a um médico.

— É, é melhor — repetiu Charlie. Seus olhos reviraram nas órbitas e ele escorregou pela porta da geladeira da Sra. Ling, caindo no chão.

Charlie passou a noite inteira na sala de emergência do Hospital St. Francis Memorial, esperando ser atendido. Ray Macy ficou com ele o tempo todo. Embora Charlie achasse interessante ouvir os gritos e gemidos dos outros pacientes à espera de tratamento, o barulho de gente vomitando e o odor resultante passaram a incomodá-lo depois de um tempo. Quando ele começou a ficar verde, Ray tentou usar seu prestígio como ex-policial para ganhar a simpatia da enfermeira-chefe da emergência, que ele conhecia de outra época.

— Ele está bem machucado. Não dá pra passar ele na frente? É um cara legal, Betsy.

A enfermeira Betsy sorriu (era a expressão facial que ela adotava em vez de mandar as pessoas à merda) e varreu com o olhar a sala de espera, para ver se não tinha ninguém prestando atenção na conversa.

— Você consegue trazê-lo até o guichê?

— Claro — disse Ray.

Ajudando Charlie a levantar da cadeira, foi com ele até a pequena janelinha à prova de balas do guichê.

— O nome dele é Charlie Asher — disse Ray. — Ele é amigo meu.

Charlie olhou para Ray.

— Digo, é o meu chefe — corrigiu Ray, rapidinho.

— Asher, você não vai morrer, vai?

— Espero que não. Mas é melhor você perguntar para alguém que tenha mais experiência médica do que eu.

A enfermeira Betsy sorriu.

— Atiraram nele — disse Ray.

— Eu não vi quem atirou — disse Charlie. — É um mistério.

A enfermeira Betsy inclinou-se para fora da janela.

— Bom, você sabe que precisamos relatar todos os ferimentos por arma de fogo para as autoridades, não é? Tem certeza de que não quer pedir a um veterinário pra te dar uns pontos?

— Acho que o meu plano não cobre isso — disse Charlie.

— Além disso, nem foi tiro — acrescentou Ray. — Ele foi atingido por uma flecha.

A enfermeira Betsy fez um movimento afirmativo com a cabeça e perguntou:

— Posso ver?

Charlie começou a enrolar a calça e a erguer a perna para apoiá-la sobre o pequeno balcão. Aí, a enfermeira Betsy esticou o braço pela janelinha e empurrou o pé dele.

— Pelo amor de Deus, não deixa os outros pacientes me verem te examinando!

— Ai! Desculpe.

— Ainda está sangrando?

— Não, acho que não.

— Dói?

— Dói pra burro.

— Mas é um burro grande ou pequeno?

— Gigante — respondeu Charlie.

— Você é alérgico a analgésicos?

— Não.

— Antibióticos?

— Não.

A enfermeira Betsy colocou a mão no bolso do uniforme e tirou um punhado de comprimidos. Pegou dois redondos e um comprido e passou para o outro lado do guichê.

— Pelo poder concedido a mim por São Francisco de Assis, eu vos declaro sem dor. Os comprimidos redondos são Percocet. O oval é Cipro. Vou colocar no seu boletim.

Ela olhou para Ray.

— Preencha os papéis no lugar dele. Em poucos minutos, ele vai ficar muito doido pra conseguir fazer isso sozinho.

— Valeu, Betsy.

— Mas, se você receber alguma bolsa Prada ou Gucci na loja em que você trabalha, ela é minha, entendeu?

— Sem problema — disse Ray. — Charlie é o dono da loia.

— Sério?

Charlie fez que sim.

— E de graça — acrescentou Betsy, passando outra pílula redonda para o outro lado do guichê.

— Pra você, Ray.

— Mas eu não estou sentindo dor.

— É uma longa espera. Qualquer coisa pode acontecer — disse ela, sorrindo, para não mandar Ray à merda.

Um hora depois, toda a papelada já havia sido preenchida, e Charlie estava jogado numa cadeira de fibra de vidro numa posição que só seria possível se seus ossos fossem feitos de marshmallow.

— Foi aqui que mataram a Rachel — disse Charlie.

— É, eu sei. Sinto muito — disse Ray.

— Ainda sinto falta dela.

— É, eu sei. Como está a sua perna?

— Mas me deram a Sophie — respondeu Charlie, ignorando a pergunta. — Então, sabe, isso foi bom.

— É, eu sei. Mas como você está agora?

— Eu estou meio preocupado. Fico pensando que, se ela crescer sem uma mãe presente, não vai ser uma pessoa sensível.

— Você está cuidando muito bem da Sophie. Eu perguntei como você está se sentindo fisicamente.

— Tipo essa coisa de ela matar gente só de olhar pras pessoas. Isso não deve ser saudável para uma garotinha. E é culpa minha, tudo culpa minha.

— Charlie, a sua perna está doendo? — Ray achou melhor não tomar o analgésico que a enfermeira Betsy havia dado para ele, e agora estava arrependido.

— E essa coisa com os hellhounds... Sério, que criança precisa lidar com uma coisa dessas? Isso não pode ser saudável.

— Charlie, como você está se sentindo?

— Estou com um pouco de sono.

— Bom, você perdeu bastante sangue.

— Mas estou relaxado. Sabia que perder sangue relaxa? Será que é por isso que usavam sanguessugas na Idade Média? Hoje em dia podiam usar sanguessugas em vez de tranquilizantes. *"Sim, Bob, eu já estou a caminho da reunião. Mas deixa eu colocar uma sanguessuga aqui, tó meio nervoso."* Tipo isso.

— Ótima ideia, Charlie. Que tal você tomar um pouco d'água?

— Você é um cara legal, Ray. Eu já te disse isso? Mesmo que você seja um serial killer de filipinas desesperadas quando sai de férias.

— Quê?

A enfermeira Betsy apareceu no guichê.

— Asher! — chamou ela.

Ray lançou-lhe um olhar de desespero pela janelinha do guichê — e, alguns segundos depois, ela apareceu pela porta com uma cadeira de rodas.

— Como vai o nosso Anestesiado?

— Ah, Deus, ele está me dando no saco — respondeu Ray.

— Você não tomou o remédio, não é?

— Não gosto de tomar remédio.

— Quem é a enfermeira aqui, Ray? É o ciclo dos medicamentos. Não é só para o paciente, mas para todo mundo em volta. Você não viu *O Rei Leão*?

— Isso aí não está em *O Rei Leão*. É o *ciclo da vida*.

— Sério? Então eu sempre canto a música errado? Pensando bem, nem gosto desse filme, não é? Anda, vai, me ajuda a colocar o Sr. Anestesiado na cadeira de rodas. De manhã, a gente libera o moço a tempo de poder tomar café da manhã em casa.

— Mas a gente chegou aqui no começo da noite! — disse Ray.

— Viu só como você fica quando não toma o seu remedinho?

Quando chegou do hospital, Charlie estava usando um imobilizador no pé e muletas. O efeito do anestésico havia passado o suficiente para ele voltar a sentir dor. Sentia a cabeça latejando, como se dois pequenos alienígenas fossem eclodir de suas têmporas. A Sra. Korjev saiu do apartamento de Charlie e encurralou-o no corredor.

— Charlie Asher, tenho bronca com o senhor. Noite passada vi menina Sophie correr pelo meu apartamento pelada e ensaboada feito urso, puxando cachorros grandes e pretos e cantando "na bunda, não"? Na minha terra tem palavra pra isso, Charlie Asher: *safadeza*. Ainda tenho o número do serviço de proteção do menor, da época que meus meninos eram crianças.

— Ensaboada feito urso?

— Não muda de assunto. É safadeza.

— Sim, sim. Me desculpe. Não vai acontecer de novo. É que atiraram em mim, eu não estava pensando direito.

— O senhor levou tiro?

— Na perna. Mas foi de raspão, não foi nada.

Charlie havia esperado a vida inteira para dizer essas palavras e estava se sentindo muito viril naquele momento.

— Não sei quem atirou em mim. É um mistério. Também atiraram um tapete em cima de mim.

O tapete tirava um pouco a virilidade da coisa. Decidiu deixá-lo de fora da história dali pra diante.

— O senhor entra. Toma café da manhã. A Sophie não come torrada que Vladlena faz. Ela diz que é crua, tem germes de torrada.

— Essa é a minha menina — disse Charlie.

Assim que Charlie entrou, determinado a salvar sua filha dos agentes patogênicos em torradas malpassadas, Maomé agarrou com a boca a ponta de uma de suas muletas e arrastou um saltitante Charlie até o quarto.

— Oi, pai! — cumprimentou Sophie, quando viu o pai passar pulando. — Não pode pular dentro de casa, hein.

Maomé empurrou com a cabeça o infeliz Macho Beta até a agenda. E, nela, havia dois nomes na data daquele dia, o que não era tão incomum. O estranho é que eram os mesmos nomes que haviam aparecido antes: Esther Johnson e Irena Posokovanovich — os dois receptáculos de alma que não tinha conseguido recuperar.

Sentou-se na cama e massageou os alienígenas da dor em suas têmporas. Por onde começar? Será que aqueles nomes iam continuar aparecendo até ele conseguir os receptáculos? Isso não tinha ocorrido no caso da boneca de sexo. O que estava acontecendo de diferente? Sem dúvida, as coisas estavam piorando — agora estavam atirando nele.

Charlie pegou o telefone e ligou para Ray Macy.

Ray levou quatro dias para passar o relatório para Charlie. Na verdade, tinha conseguido as informações em três dias, mas queria ter certeza absoluta de que o efeito dos analgésicos havia sumido e que Charlie não estava mais maluco — ou seja, que não ficava mais a noite inteira dizendo que ele era a grande morte, "com *M* maiúsculo". Ray também

se sentia meio culpado porque estava escondendo de Charlie o fato de não ter obedecido certas regras da loja.

Os dois fizeram uma reunião na sala dos fundos na manhã de quarta-feira, antes que a loja abrisse. Charlie havia feito café e já estava sentado perto da mesa, para poder apoiar o pé. Ray sentou sobre algumas caixas de livros.

— Manda — disse Charlie.

— Bom, em primeiro lugar, encontrei mais três flechas. Duas delas tinham pontas de aço com farpas, como a que estava na sua perna, e a outra tinha uma ponta de titânio. Essa, a de titânio, estava no fecho pneumático da porta dos fundos.

— Não importa, Ray. E quanto às duas mulheres?

— Charlie, alguém atirou em você com uma arma letal. E você diz que não importa?

— Isso mesmo. Não tô nem aí. É um mistério. Sabe por que eu gosto dos mistérios? Porque são misteriosos.

Ray estava usando um boné dos Giants e o virou para trás, para dar ênfase. Se estivesse de óculos escuros, ele os teria tirado, mas não estava, então apertou os olhos e ficou olhando para Charlie.

— Olha, Charlie, desculpa, mas alguém queria que você e os cachorros estivessem fora de casa ao mesmo tempo. Jogaram aquele tapete em cima de você do telhado do prédio no fim do beco, e aí, quando você estava imóvel e com os cachorros do lado de fora, a pessoa atirou no fecho da porta para que ela fechasse e ficasse trancada. Mexeram na fechadura da porta dos fundos e colocaram cola na porta, provavelmente até antes do negócio do tapete. Depois, deslizaram por um cabo até a janela do saguão de entrada, entre as grades e... bom, a partir daí, não dá pra saber o que aconteceu.

Charlie suspirou.

— Você não vai mesmo me falar das duas mulheres até terminar essa história, não é?

— Foi um treco extremamente organizado, profissional. Não foi um ataque fortuito.

— Tem uma grade na janela do saguão de entrada, Ray. Não dá pra ninguém entrar. Ninguém entrou.

— Bom, é aí que a coisa fica meio esquisita. Porque, olha, eu não acho que o intruso fosse humano.

— Não? — perguntou Charlie, agora, de fato, interessado na conversa.

— Para passar pelas barras da grade, o intruso precisaria ter menos de 60 centímetros de altura e menos de, sei lá, 13 quilos. Eu acho que foi um mico.

Charlie botou a caneca na mesa com tanta força que um gêiser de café subiu e caiu sobre alguns papéis em volta.

— Você acha, então, que um mico extremamente organizado e profissional atirou em mim?

— Charlie, não fica agindo como…

— E aí o mico deslizou pelo fio, entrou no prédio e fez o quê? Roubou umas frutas e deu no pé?

— Olha, você devia ter ouvido as coisas doidas que você disse pra mim ontem à noite no hospital. E, por acaso, eu zoei com a sua cara?

— Eu estava sob efeito de medicamentos, Ray.

— Bom, não existe outra explicação pra tudo isso.

Para a imaginação de Macho Beta de Ray, a explicação do macaco parecia completamente plausível — com exceção da falta de motivo para o crime. *Mas você sabe como são os macacos, não é? São uns bichos que jogam cocô em você só de farra; então, quem pode afirmar com certeza que eles não...*

— A explicação é que é um mistério — disse Charlie. — Olha, Ray, sou grato por você tentar colocar esse... esse meliante peludo atrás das grades, mas preciso das informações sobre as duas mulheres.

Ray assentiu, conformado. Devia ter ficado calado até pensar direito sobre quais seriam os motivos para alguém querer que um macaco entrasse no apartamento de Charlie.

— Mas tem gente que treina micos, viu? Você tem alguma joia de valor no seu apartamento?

— Olha — disse Charlie, coçando o queixo e olhando pro teto, como se estivesse se lembrando de algo —, tinha um carro pequeno que ficou o dia inteiro estacionado do outro lado da loja, na Vallejo. E, quando eu olhei, no dia seguinte, tinha uma pilha de cascas de banana perto do carro. Como se alguém estivesse ali, à minha espreita. Alguém que comia bananas.

— Qual era a marca do carro? — perguntou Ray, já com o caderninho de anotações aberto.

— Bom, não sei direito. Mas era vermelho e, sem dúvida, tinha o tamanho perfeito para um mico.

Ray tirou os olhos do caderninho e encarou Charlie.

— Sério?

Charlie fez uma pausa, como se estivesse refletindo cuidadosamente para dar a resposta.

— Sim — disse ele, com muita sinceridade na voz. — Perfeito para um mico.

Ray voltou a abrir o caderninho nas páginas iniciais.

— Olha, Charlie, não precisa me sacanear. Eu só estou tentando te ajudar.

— Talvez fosse um pouco maior — disse Charlie, fazendo cara de quem estava se lembrando. — Tipo um utilitário para micos. O que você usaria para transportar um contêiner de micos, por exemplo.

Ray franziu a testa e passou a ler as notas em seu caderninho.

— Eu fui até a casa da tal da Johnson. Não tem ninguém morando lá, mas a casa também não está à venda. Não vi a sobrinha de que você falou. O engraçado é que os vizinhos sabiam que ela estava doente, mas ninguém sabia que ela havia morrido. Na verdade, um cara disse que achou ter visto a mulher saindo num caminhão de mudança na semana passada.

— Na semana passada? A sobrinha disse que ela morreu duas semanas atrás.

— Ela não tem sobrinha.

— Hein?

— Esther Johnson não tem uma sobrinha. Ela era filha única. Não tinha irmãs nem irmãos, e também nenhuma sobrinha na família do marido, já falecido.

— Então, ela está viva?

— Aparentemente, sim. Ray entregou a Charlie uma fotografia.

— Essa é a última foto da habilitação de motorista dela. Isso muda tudo. Agora estamos procurando uma pessoa desaparecida, alguém que vai acabar deixando pistas. Mas as informações sobre a outra, a tal da Irena, são ainda melhores.

Entregou a Charlie outra foto.

— Ela também não morreu?

— Bom, publicaram uma nota no jornal há três semanas, mas é aí que está a coisa: todas as contas dela continuam a ser pagas com cheques dela. Cheques que *ela* assinou.

Ray sentou na banqueta, sorrindo, degustando o doce sabor da vingança depois da teoria do mico e também se sentindo um pouco menos culpado por não ter contado a Charlie as transações "especiais" na loja.

— E aí? — perguntou Charlie, finalmente.

— E aí que ela está na casa da irmã, em Sunset. Eis o endereço.

Ray rasgou uma página de seu caderninho e entregou-a para Charlie.

UMA SIMPLES QUESTÃO DE EDUCAÇÃO

Charlie estava dividido: queria muito levar sua bengala-espada, mas não podia segurar a bengala e as muletas ao mesmo tempo. Pensou em prendê-la com fita adesiva a uma das muletas, mas achou que isso poderia chamar atenção.

— Quer que eu vá com você? Digo, você consegue dirigir, com o problema na sua perna e tal? — perguntou Ray.

— Não, eu estou bem. Alguém precisa ficar aqui tomando conta da loja.

— Charlie, antes de você ir, posso te fazer uma pergunta?

— Claro.

Mas não pergunta aquilo, não pergunta aquilo, não pergunta aquilo, repetia Charlie mentalmente.

— Por que você queria que eu encontrasse essas duas mulheres?

Seu desgraçado de pescoço duro, você tinha de perguntar.

— Eu já te disse, são objetos no espólio delas — respondeu Charlie, dando de ombros. *Nada demais, Ray, deixa pra lá, esquece esse assunto.*

— É, sei que você me disse isso, e, no geral, faz sentido, mas descobri muitas outras coisas sobre essas duas quando eu estava procurando por elas. Por exemplo: ninguém na família delas morreu recentemente.

— Interessante — disse Charlie, tentando equilibrar as chaves, a bengala, a agenda e as muletas ao sair pela porta dos fundos. — Os dois testamentos foram feitos por não parentes. Amigos de longa data — acrescentou. *Não me admira que mulheres não gostem de você. Você simplesmente não deixa as coisas em paz.*

— Arrã — disse Ray, sem se deixar convencer. — Sabe, quando as pessoas desaparecem, quando chegam ao cúmulo de fingir que morreram para conseguir fugir; no geral, elas estão é fugindo *de* alguma coisa. Não seria de você, Charlie?

— Ray, presta atenção no que você está falando. Você já voltou com essa coisa de serial killer? Pensei que o Rivera tivesse explicado tudo a você.

— Então, isso é para o Rivera?

— Digamos que ele está interessado no caso.

— E por que você não me disse, então?

Charlie suspirou.

— Ray, não posso falar dessas coisas, você sabe disso. Estou protegido pela Quarta Emenda da Constituição, coisa e tal. Falo com você sobre essas coisas porque você é bom nisso e tem os seus contatos. Sei que posso contar com você, eu confio em você. Acho que você sabe que pode contar comigo, que pode confiar em mim, não sabe? Quer dizer, esses anos todos, eu sempre tomei cuidado para não contar para ninguém sobre o acordo que a gente fez, porque assim você não iria perder a sua pensão por invalidez, não é verdade?

Era uma ameaça, por mais sutil que fosse, e Charlie se sentia mal por ameaçar Ray, mas não podia deixar que ele continuasse tentando saber a verdade, principalmente quando o próprio Charlie não sabia onde estava pisando — nem mesmo sabia o que, exatamente, estava tentando esconder

— Então, a Sra. Johnson não vai acabar morta se eu encontrá-la pra você?

— Eu não vou encostar um dedo na Sra. Johnson nem na Sra. Pojo... Sra... Pokojo... na outra mulher, enfim. Te dou a minha palavra de honra — disse Charlie, erguendo a mão como se estivesse jurando em cima da Bíblia e deixando cair uma das muletas.

— Por que você não usa somente a bengala?

— É verdade.

Apoiou as muletas na porta e experimentou apoiar o peso do corpo na perna ruim e na bengala. Os médicos já tinham dito que era apenas um ferimento na carne, que nenhum tendão tinha sido danificado, somente o músculo — mas, mesmo assim, doía pra burro pisar com aquele pé. Mas já dava para andar somente com a bengala.

— Eu volto às cinco, aí você vai poder ir pra casa.

E foi embora, mancando.

Ray não gostava que mentissem pra ele. Já tinha sido enganado o suficiente pelas filipinas desesperadas e estava ficando cansado de ser feito de bobo. Quem Charlie Asher achava estar enganando? Decidiu que, assim que abrisse a loja, ligaria para o Rivera para saber se aquilo tudo era mesmo verdade.

Entrou na loja, espanou algumas coisas e depois foi até a estante "especial" de Charlie, onde ele mantinha todos os objetos com os quais se preocupava especialmente. As ordens eram de que só vendessem um item por cliente, mas Ray havia vendido cinco para a mesma mulher nas duas últimas semanas. Sabia que devia ter confessado para Charlie, mas, pensando bem... por quê? Charlie também não estava sendo sincero com ele.

Além disso, a mulher que comprara as coisas era bonitinha e havia sorrido para Ray. Tinha um cabelo bonito, um corpo bonito e olhos de um azul radiante. Ainda por cima, tinha uma voz meio diferente — parecia tão... tão o quê, mesmo? Serena, talvez. Como se soubesse que

tudo ia ficar bem, que ninguém precisava se preocupar. Talvez ele só estivesse imaginando coisas. E ela também não tinha pomo de adão, o que, ultimamente, já era uma grande vantagem. Tentou descobrir o nome da moça, até tentou dar uma olhada nos documentos na carteira dela, mas ela pagou em dinheiro e escondia seus cartões tão bem quanto se fossem cartas num jogo de pôquer. Se tinha ido de carro, devia ter estacionado longe da loja, e ele não a viu entrar em carro nenhum, ou seja, não tinha como levantar os dados dela com o número da placa.

Decidiu que, se ela aparecesse de novo, perguntaria seu nome. E, sem dúvida, ela iria aparecer. Só aparecia quando ele estava sozinho na loja. Certa vez, Ray a viu olhando pela vitrine quando estava trabalhando com Lily, mas ela só entrou na loja depois que Lily foi embora. Estava ansioso para que ela aparecesse.

Tentou se acalmar para poder ligar para Rivera. Não queria parecer ingênuo diante de um policial. Ligou para o inspetor de seu próprio celular, para que ele pudesse ver quem era que estava ligando.

Charlie não gostava muito da ideia de deixar Sophie sozinha tanto tempo devido ao que havia acontecido há poucos dias — mas, por outro lado, qualquer que fosse a ameaça, sem dúvida fora algo causado pelo fato de ele não ter recuperado os dois receptáculos. Quanto mais rápido solucionasse aquele problema, menor seria a ameaça. Além disso, os cães de guarda eram a melhor defesa da filha, e ele havia expressamente proibido a Sra. Ling de separar Sophie e os cães, independentemente do motivo ou do período de tempo.

Pegou a Presidio Boulevard, passou pela Golden Gate até chegar em Sunset. No caminho, lembrou que precisava levar Sophie para passear no Japanese Tea Garden, para dar de comer às carpas, agora que seu efeito maléfico sobre bichinhos de estimação parecia ter diminuído.

O bairro de Sunset Strip fica ao sul do Golden Gate Park. De um lado, a American Highway e a Ocean Beach, e do outro estão Twin Peaks e a University of San Francisco. O bairro tinha sido um

subúrbio até a expansão da cidade, que o engoliu. Muitas casas ali eram modestas: casas de apenas um andar para famílias pequenas, construídas em grande número, durante as décadas de 1940 e 1950. Lembravam os mosaicos de casas em formato de caixinha que passaram a infestar os bairros pelo país afora no período pós-guerra, mas, em São Francisco, onde muitos prédios foram construídos depois do terremoto e incêndio de 1906 e durante a expansão econômica do fim do século XX, pareciam construções anacrônicas das duas eras. Charlie tinha a impressão de estar dirigindo em uma cidade da época de Eisenhower, pelo menos até passar por uma mãe com a cabeça raspada e tatuagens tribais no couro cabeludo, empurrando um carrinho duplo de bebê com seus filhos gêmeos.

A irmã de Irena Posokovanovich morava numa casinha de madeira de um único andar, com uma varanda coberta na entrada e vinhas de jasmim crescendo nas treliças de cada lado da porta, espetadas para cima, feito o cabelo de alguém depois de uma noite de sexo. O restante do pequeno jardim parecia meticulosamente cuidado, desde as sebes de azevinho que ladeavam a calçada até os gerânios vermelhos nas laterais da passagem que levava até a casa.

Charlie estacionou a um quarteirão de distância e foi andando até a casa. No caminho, foi quase atropelado por dois praticantes de corrida, um deles uma jovem mãe empurrando um carrinho de bebê próprio para corrida. Eles não o viram — ou seja, Charlie estava no caminho certo. Bom, mas como entrar na casa? E depois? Se ele era mesmo o Luminatus, então sua mera presença talvez já desse cabo da situação.

Foi até a parte de trás da casa e viu que havia um carro na garagem, mas as persianas nas janelas estavam fechadas. Finalmente, decidiu adotar uma abordagem mais direta e tocou a campainha.

Alguns segundos depois, a porta foi aberta por uma mulher baixinha, de uns 70 anos de idade, usando um robe de chenile rosa.

— Sim? O que o senhor deseja? — disse ela, meio desconfiada, olhando para o pé imobilizado de Charlie e passando o trinco na porta de tela.

Era a mulher da foto.

— Com licença, minha senhora. Estou procurando uma mulher chamada Irena Posokovanovich.

— Bom, ela não mora aqui — respondeu Irena Posokovanovich. — O senhor bateu na casa errada.

E começou a fechar a porta.

— Mas não publicaram o obituário dela no jornal umas semanas atrás? — interrompeu Charlie.

Até o momento, sua majestosa presença como o Luminatus não estava surtindo nenhum efeito sobre a mulher.

— Bom, publicaram sim — disse a mulher, buscando uma brecha para se safar. Abriu a porta um pouquinho mais. — Que tragédia. A gente adorava a Irena. Era a mulher mais gentil, mais generosa, mais amorosa, mais culta, mais atraente... para a idade dela, pelo menos...

— E, sem dúvida, também era uma mulher que não sabia que, por uma simples questão de educação, é de bom tom morrer antes e depois publicar um obituário no jornal! — exclamou Charlie, mostrando para ela a foto ampliada da habilitação de motorista. Pensou em dizer também *arrá!*, mas achou que seria meio exagerado.

Irena Posokovanovich bateu a porta com força.

— Olha, não sei quem é o senhor, mas o senhor bateu no endereço errado — disse ela, do outro lado da porta.

— A senhora sabe quem eu sou — disse Charlie. Na verdade, ela talvez não tivesse a menor ideia de quem ele era. — E eu sei quem a senhora é. E a senhora deveria ter morrido há três semanas.

— O senhor está enganado. Agora vá embora antes que eu chame a polícia e diga a eles que tem um estuprador tentando entrar na minha casa.

Charlie se atrapalhou um pouco, mas continuou a falar.

— Não sou um estuprador, Sra. Poso... Posokev... Eu sou a Morte, Irena. É o que eu sou. E você já passou da hora. Você precisa morrer. Neste exato momento, se possível. Não precisa ter medo. É como dormir, só que a diferença é que... bom...

— Eu ainda não estou pronta — choramingou Irena. — Se estivesse, não teria me mudado. Não estou pronta.

— Eu sinto muito, minha senhora, mas preciso insistir.

— Tenho certeza de que o senhor se enganou. Talvez seja outra pessoa com o nome Posokovanovich.

— Não. Está bem aqui na minha agenda, com o seu endereço. É a senhora — disse Charlie, segurando a agenda aberta na página com o nome dela contra a janelinha na porta.

— O senhor, então, está dizendo que esta é a agenda da Morte?

— Isso mesmo, minha senhora. Veja a data. E, veja bem, esta já é a sua segunda notificação.

— E você é a Morte?

— Isso mesmo.

— Mas que grande bobagem, hein?

— Não é bobagem nenhuma, Sra. Posokovanovich. Eu sou a Morte.

— Mas você não devia ter uma foice e usar uma roupa preta?

— Não, não se faz mais isso. Mas pode acreditar, eu sou a Morte — disse ele, tentando soar bem fúnebre.

— A morte é sempre alta nas fotos, mas você não parece ser muito alto — disse ela, na ponta dos pés; ele podia vê-la dando pulinhos para tentar olhar pela janela.

— Não temos exigência de altura mínima.

— Posso ver o seu cartão, então?

— Claro.

Charlie pegou um cartão e o segurou contra o vidro da janelinha.

— Aqui diz "Compra e Venda de Roupas e Assessórios Finos" — disse Irena.

— Isso mesmo! Exatamente! — Charlie sabia que devia ter mandado imprimir outro cartão de visita. — E de onde a senhora acha que pego essas coisas? Dos mortos. Entendeu?

— Sr. Asher, por favor, vai embora.

— Não, minha senhora, devo insistir para que a senhora faleça neste exato momento. A senhora está atrasada.

— Vai embora! O senhor é um charlatão! E precisa de um psiquiatra!

— Eu sou a Morte! A senhora está mexendo com a Morte! Com *M* maiúsculo, sua vaca! — exclamou Charlie.

Também não precisava apelar. Charlie se sentiu mal ao dizer aquilo.

— Desculpe — murmurou ele para a porta.

— Vou ligar pra polícia!

— Vá em frente, Sra.... hã... Irena. A senhora sabe o que a polícia vai dizer. Que a senhora está morta! O obituário foi publicado no *Chronicle*. Eles raramente publicam notícias falsas.

— Por favor, vá embora. Eu fiquei tanto tempo praticando para conseguir viver mais tempo... Não é justo!

— Hein?

— Vai embora!

— Essa parte eu ouvi, o que não entendi foi a parte de praticar.

— Deixa pra lá. Por favor, leve outra pessoa.

Na verdade, Charlie não tinha a menor ideia do que iria fazer se ela o deixasse entrar. Talvez tivesse de tocá-la para que suas habilidades de Morte finalmente se manifestassem. Lembrou de um episódio de *Além da Imaginação* que vira quando era criança, em que o Robert Redford fazia o papel da Morte. Havia uma velhinha que não o deixava entrar em casa, então ele fingira que tinha se machucado e aí, quando ela viera ajudá-lo... *TCHARAM!* Ela bater as botas e ele a levara em paz até Hole in the Wall, onde a velhinha passara a ajudá-lo a produzir filmes independentes. Talvez desse certo. Afinal de contas, ele estava com o pé machucado e com uma bengala.

Olhou para os dois lados da rua, para ver se não tinha ninguém observando, e então deitou no chão, metade do corpo na pequena varanda e metade para fora, nos degraus. Jogou a bengala contra a porta

e deixou-a caír com um baque no concreto. E aí começou a gemer e a choramingar de um jeito que considerava bastante convincente.

— Aaaaaaaaaah! A minha perna está quebrada!

Ouviu passos do lado de dentro e viu cabelos grisalhos na janelinha, pulando: era a velhinha tentando ver o que estava acontecendo.

— Ai, como dói! — choramingou Charlie. — Alguém me ajude!

Mais passos do lado de dentro, e um olho apareceu espiando pela persiana na janela do lado direito. Charlie continuou fingindo, fazendo uma careta de dor.

— O senhor está bem? — perguntou a Sra. Posokovanovich.

— Preciso de ajuda. Eu já tinha machucado a perna, mas escorreguei aqui nos degraus. Acho que quebrei alguma coisa. Tem sangue e um pedaço de osso saindo pra fora.

Deixou a perna mais para baixo, de modo que ela não pudesse ver.

— Minha nossa! Espera um pouco — disse ela.

— Me ajuda, por favor. Que dor. Que... dor... horrível... — disse Charlie, como se estivesse sem ar, do jeito que os caubóis fazem nos filmes quando estão deitados de cara no chão, morrendo.

Ouviu o trinco e a porta interna abrindo.

— O senhor está mal mesmo.

— Por favor, me ajude — disse Charlie, estendendo a mão.

Ela abriu o fecho da porta de tela. Charlie fez um esforço para não sorrir.

— Ah, muito obrigado — disse ele, meio ofegante.

Então, ela escancarou a porta de tela e jogou um jato de spray de pimenta no rosto dele.

— Eu vi aquele episódio de *Além da Imaginação*, seu desgraçado! Em seguida, fechou as portas. As duas. E passou o trinco.

Charlie sentia como se seu rosto estivesse pegando fogo.

Quando, finalmente, voltou a enxergar o suficiente para conseguir andar, ouviu uma voz feminina enquanto voltava mancando para o furgão:

— Pois eu teria deixado você entrar, meu querido.

E depois ouviu um coro de risadinhas femininas lúgubres vindo do bueiro. Recostou-se no furgão, já preparado para sacar a espada de dentro da bengala, mas aí ouviu, de dentro do bueiro, o que pareciam ser latidos de um cachorro pequeno.

— Mas de onde ele saiu? — perguntou uma das harpias.

— Ele me mordeu! Seu merdinha!

— Pega ele!

— Eu odeio cachorros! Quando a gente dominar o mundo, vou eliminar todos os cachorros.

E o latido foi sumindo, afastando-se aos poucos, seguido pelas vozes das harpias. Charlie respirou fundo e ficou piscando para ver se a dor nos olhos ia embora. Precisava planejar outra coisa, mas aí levar a velha de qualquer jeito, com ou sem spray de pimenta.

Levou quase uma hora para conseguir ficar numa posição ideal; porém, assim que se posicionou no lugar certo, depositou o bloco de concreto no telhado, abriu o celular e discou o número que tinha conseguido com o serviço telefônico.

Uma voz de mulher atendeu.

— Alô?

— Olá, minha senhora, aqui é da empresa de gás — disse Charlie, tentando fazer sua melhor imitação de funcionário-da-empresa-de-gás. — Os nossos dados aqui mostram um excesso de pressão no endereço da senhora. Vamos mandar um caminhão até aí agora, mas a senhora precisa tirar todo mundo de casa neste exato momento.

— Estou sozinha em casa. Mas, olha, você me desculpe, não estou sentindo nenhum cheiro de gás.

— O gás pode estar se acumulando debaixo da casa — disse Charlie, sentindo-se orgulhoso por voltar tão rápido à sua velha forma. — Tem mais alguém em casa com a senhora?

— Não, só eu e a minha gatinha, a Samantha.

— Minha senhora, por favor, peço que pegue a gata e vá para a rua. O nosso caminhão está a caminho. Saia agora mesmo, está bem?

— Bom... Está bem, então.

— Muito obrigado.

Charlie desligou. Podia sentir a velha se movimentando dentro da casa. Foi até a beirada do telhado da varanda e ergueu o bloco de concreto sobre a cabeça. *Vai parecer um acidente, como se o bloco de concreto tivesse caído da beira do telhado da varanda*, pensou. Estava aliviado por ninguém conseguir enxergá-lo ali em cima. E também todo suado por ter subido no telhado, com manchas de suor nas axilas da camisa, as calças amarrotadas.

Ouviu a porta abrir e se preparou para jogar o bloco de concreto assim que seu alvo aparecesse debaixo do telhado.

— Boa-tarde, minha senhora.

Uma voz de homem na rua. Charlie olhou para baixo e viu o inspetor Rivera na calçada. Tinha acabado de sair de um carro sem o emblema da polícia. Mas que diabos ele estava fazendo ali?

— O senhor é funcionário da empresa de gás? — perguntou a Sra. Posokovanovich.

— Não, sou da polícia de São Francisco — disse ele, mostrando o distintivo.

— Me falaram que tinha um vazamento de gás aqui em casa.

— Já cuidamos disso, minha senhora. Pode voltar para dentro da sua casa. Daqui a pouco entro para falar com a senhora, tudo bem?

— Ah, tudo bem, então.

Charlie ouviu a porta abrindo e fechando de novo. Seus braços tremiam por causa do peso do bloco de concreto que segurava acima da cabeça. Tentava respirar sem fazer barulho, desconfiado de que, se respirasse de um jeito ofegante, acabaria atraindo a atenção de Rivera.

— Sr. Asher, o que o senhor está fazendo aí em cima?

Charlie quase caiu do telhado.

— O senhor consegue me ver?

— Sim, senhor. Sem a menor dúvida. E também posso ver que o senhor está segurando um bloco de concreto.

— Ah, essa besteirinha aqui?

— O que o senhor estava pensando em fazer com ele?

— Hmm... Consertar o telhado? — arriscou Charlie.

Como Rivera conseguia enxergá-lo se ele estava invisível, no modo resgate-de-receptáculo-de-alma?

— Desculpe, mas não acredito no senhor, Sr. Asher. O senhor vai ter que soltar esse bloco de concreto.

— Acho que não, viu? Foi bem difícil chegar aqui em cima.

— Compreendo, mas insisto para que o senhor solte o bloco de concreto.

— Era o que eu estava planejando fazer, mas aí o senhor apareceu.

— Por favor. Estou pedindo. Olha, o senhor está suando. Se descer daí, o senhor pode sentar um pouco no meu carro, lá tem ar-condicionado. Vamos conversar sobre ternos italianos, sobre beisebol, sei lá, e aí o senhor me conta por que estava prestes a jogar um bloco de concreto na cabeça daquela pobre e inocente velhinha. Ar-condicionado, hein, Sr. Asher? Não vai ser legal?

Charlie abaixou os braços e descansou o bloco de concreto sobre a coxa, sentindo o tecido da calça rasgar, sem esperança de conserto.

— Esse papo não é um grande incentivo. O senhor acha que eu sou o quê, um índio na floresta amazônica? Eu já estive em ambientes com ar-condicionado. E tenho ar-condicionado no meu furgão também.

— Está bem, eu sei que não é exatamente a mesma coisa que passar um fim de semana em Paris, mas a outra opção é eu atirar no senhor. Daí o senhor vai cair do telhado e vão colocar o seu corpo dentro de um saco mortuário onde, num dia como este, fica quente pra burro.

— Ah, sim — disse Charlie. — Aí, sem dúvida, o ar-condicionado parece bem mais convidativo. Obrigado. Vou, então, jogar o bloco lá embaixo, pode ser?

— Seria ótimo, Sr. Asher.

* * *

Desiludido com as *Filipinas Desesperadas*, Ray estava vasculhando galerias de fotos na web mostrando solitárias professoras com mestrado em Física Nuclear no endereço *MoçasUcranianas LindaseArdentes.com* quando ela entrou na loja. Ouviu a sineta da porta e viu a moça com o canto dos olhos; esquecendo-se de que as vértebras de seu pescoço não se moviam, acabou distendendo um tendão no lado esquerdo do rosto ao se virar para olhá-la.

Ela o viu olhando e sorriu.

Ray retribuiu o sorriso, e aí, com o canto do olho, viu que no monitor estava a foto de uma professora ucraniana mostrando os seios, e então acabou distendendo o tendão do lado direito do rosto ao tentar virar a tempo de desligar o monitor antes que ela passasse pelo balcão.

— Só estou dando uma olhada — disse o amor de sua vida. — Como vai você?

— Oi — disse Ray. Sempre que havia ensaiado aquela cena mentalmente, ele começava a conversa dizendo "oi", e acabou dizendo "oi" automaticamente, antes de perceber que, na verdade, aquela era uma resposta fria. — Digo, estou bem, obrigado. Desculpe. Eu estava trabalhando.

— É, eu percebi — disse ela. E sorriu mais uma vez.

Parecia tão compreensiva, tão tolerante — e gentil, dava para ver nos olhos dela. Ele sabia, bem no fundo, que suportaria assistir a um filme romântico de época por aquela mulher. Assistiria a *Uma Janela Para o Amor* e TAMBÉM a *O Paciente Inglês*, um após o outro, só para poder comer uma pizza com aquela mulher. E ela o impediria de mastigar seu revólver de policial na metade do segundo filme, porque era assim: bondosa.

A moça fingiu que estava vendo os objetos na loja, mas não ficou nem dois minutos nisso: foi direto para a estante de objetos especiais

de Charlie. Até a placa na estante dizia OBJETOS ESPECIAIS — APENAS UM POR CLIENTE. Mas não dizia se a regra era vender só um objeto por dia ou só um objeto para cada cliente, para todo o sempre. Pensando bem, na verdade, Charlie nem havia especificado direito.

Sim, claro, a Lily falara inúmeras vezes o quanto era importante seguir aquela regra, mas, caramba, era a Lily; ela até podia estar mais madura agora, mas ainda era uma pessoa perturbada.

Depois de algum tempo, ela pegou um despertador eletrônico e levou-a até o balcão. É agora! É agora! Mas aí Ray ouviu a porta dos fundos abrir.

— Vai levar mais alguma coisa? — perguntou Ray.

— Não, só isso — respondeu a futura Sra. Ray Macy. — Eu estava atrás de um despertador assim.

— É, essa marca Sunbeam é imbatível — disse Ray. — São dois dólares e dezesseis. Deixo por dois dólares, vai.

— Ah, que gentil, você — disse ela, enfiando a mão numa bolsinha bordada, de algodão guatemalteco, toda colorida.

— Oi, Ray — disse Lily, aparecendo de repente ao seu lado, feito uma assombração maligna surgida do nada para acabar com a alegria de todo e qualquer momento de sua vida.

— Oi, Lily.

Lily digitou umas letras no teclado. Meio lento por causa dos músculos doloridos no rosto, Ray não conseguiu virar a tempo de impedi-la de apertar o botão para ligar o monitor.

— Que isso? — perguntou Lily.

Com a mão que estava livre, Ray deu um soco na coxa de Lily, atrás do balcão.

— Ai! Seu doido!

— Tenho certeza de que você vai gostar de acordar com ele — disse Ray, entregando o despertador para sua rainha.

— Muito obrigada — disse a linda morena, deusa do universo de Ray.

— A propósito — disse Ray, continuando a conversa —, você já apareceu algumas vezes e eu fiquei pensando, porque, sabe, eu sou curioso mesmo... hã... como você se chama?

— Audrey.

— Oi, Audrey. O meu nome é Ray.

— Prazer em conhecê-lo, Ray. Preciso ir andando. Tchau.

A mulher virou para trás, deu tchauzinho por cima do ombro e saiu da loja.

Ray e Lily ficaram olhando enquanto ela ia embora.

— Bumbum bonito — disse Lily.

— Ela falou o meu nome — disse Ray.

— Ela é meio... sei lá... *totalmente fora da realidade* pra você, Ray.

Ray virou para Lily, sua arqui-inimiga, e disse:

— Você tem que ficar tomando conta da loja, porque eu preciso sair.

— Por quê?

— Preciso ir atrás dela, descobrir quem ela é.

Ray começou a pegar suas coisas — o celular, as chaves, o boné de beisebol.

— É, Ray, relacionamento bem saudável, este.

— Diz pro Charlie que eu... não, não diz nada pro Charlie.

— Está bem. Mas, então, tudo bem se eu fechar o site MULAS?

— Hein? Do que você está falando?

Lily se afastou da tela e apontou para as letrinhas no endereço enquanto lia:

— Moças Ucranianas Lindas e ArdenteS. M-U-L-A-S, entendeu?

Lily sorriu, um sorriso petulante, presunçoso, igual ao sorriso daquele menino que ganhara o campeonato de ortografia na terceira série. Todo mundo o odiava. Ray não conseguia acreditar. Os caras nem tentavam mais camuflar aquelas coisas.

— Não dá pra falar agora. Preciso ir — disse ele.

Saiu correndo pela porta e subiu a Mason Street, atrás da adorável e bondosa Audrey.

Rivera pegou o carro e foi para o Cliff House Restaurant, que tinha vista para Seal Rocks, e lá obrigou Charlie a pagar uma bebida para ele. Os dois ficaram sentados, observando os surfistas na praia. O inspetor

não era um sujeito mórbido, mas sabia que, se fosse ao restaurante um número suficiente de vezes, teria maiores chances de ver um surfista ser atacado por um tubarão-branco. Na verdade, ele esperava muitíssimo que isso acontecesse porque, do contrário, o mundo não fazia sentido, não havia justiça alguma no universo e a vida seria um completo caos. Milhares de focas na água, descansando sobre as rochas — o principal ingrediente da dieta dos tubarões-brancos —, centenas de surfistas na água, vestidos como focas; bom, era algo que precisava acontecer para que tudo ficasse bem no mundo.

— Nunca acreditei no senhor, Sr. Asher, quando me disse que era a Morte. Mas já que eu não tinha como explicar aquela coisa que estava no beco com o senhor... Como eu não queria explicar, na verdade, deixei pra lá.

— Fico muito grato — disse Charlie, embaraçado por estar bebendo uma taça de vinho usando algemas. Seu rosto estava vermelho feito uma maçã do amor por causa das queimaduras do spray de pimenta. — Esse é um procedimento normal nos interrogatórios?

— Não. No geral, a prefeitura é quem paga as despesas, mas depois eu peço pro juiz descontar a bebida da sentença que ele te der — respondeu Rivera.

— Ah, ótimo. Valeu. E pode me chamar de Charlie.

— Certo. E você pode me chamar de inspetor Rivera. Bom, mas então... Jogar um bloco de concreto na cabeça da velhinha... O que o senhor tinha em mente, afinal?

— Eu preciso de advogado para falar?

— Claro que não. Está tudo bem, o bar está cheio de testemunhas.

Rivera já fora um policial correto, que seguia todas as regras. Mas isso antes dos demônios, das corujas gigantes, de ter ido à falência, antes dos ursos polares, dos vampiros, do divórcio, daquela coisa com garras que parecia mulher e se transformara em pássaro. Agora, menos.

— Neste caso específico, achava que ninguém podia me ver — disse Charlie.

— Porque você estava invisível?

— Não exatamente. Só imperceptível, digamos.

— Muito bem, digamos que seja verdade. Não acho que seja motivo para esmagar a cabeça de uma vovó.

— Você não tem como provar isso.

— Claro que tenho — disse Rivera, levantando o copo para pedir à garçonete outro Glenfiddich com gelo. — Eu vi as fotos dos netos dela. Ela me mostrou quando entrei na casa.

— Não, eu quis dizer que você não tem como provar que eu ia esmagar a cabeça dela.

— Ah, entendi — disse Rivera, que, na verdade, não estava entendendo nada. — Como você ficou conhecendo a Sra. Posokovanovich?

— Não fiquei. O nome dela simplesmente apareceu na minha agenda, como já te mostrei.

— É, mostrou. Mostrou, sim. Mas isso não é desculpa para matar a mulher, certo?

— Esta é a questão. Ela deveria ter morrido há três semanas. Tinha até um obituário no jornal. Eu só estava tentando acertar tudo.

— Então, em vez de pedir para o *Chronicle* publicar uma errata, você achou melhor esmagar a cabeça da velhinha.

— Era isso ou então pedir pra minha filha dizer "miau" pra ela, e me recuso a explorar a minha filha dessa maneira.

— Eu te admiro por adotar o caminho mais ético nesse caso, Charlie — disse Rivera, ao mesmo tempo que pensava *Em quem eu preciso atirar para que finalmente venham me servir uma bebida?* — Mas vamos supor que eu acredite em você, nem que seja por um milissegundo. Que a velhinha tinha de morrer mas não morreu, e que, por causa disso, acertaram você com uma flecha, e que também tenha sido por isso que aquela coisa na qual atirei lá no beco apareceu. Digamos que eu acredite em tudo isso. O que devo fazer a respeito?

— Você precisa tomar cuidado. Talvez esteja se transformando em um de nós.

— Hein?

— Foi assim que aconteceu comigo. Quando a minha mulher faleceu, no hospital, eu vi o cara que veio recolher o receptáculo da alma dela, e pronto, virei um Mercador da Morte. Você me viu hoje quando mais ninguém conseguia me ver. E você também viu a harpia do esgoto naquela noite no beco. Na maioria das vezes, sou a única pessoa que consegue vê-las.

Rivera queria muito, muito mesmo, levar aquele sujeito para um hospital psiquiátrico e nunca mais ter de olhar para a cara dele, mas o problema era que ele próprio também tinha visto a mulher-pássaro naquela noite e também em outra ocasião, em sua própria rua. E também tinha ouvido relatos de coisas estranhas acontecendo na cidade nas duas últimas semanas. Não as coisas estranhas típicas de São Francisco: eram coisas realmente bizarras, como um bando de corvos atacando um turista na Coit Tower, um sujeito que enfiara o carro na vitrine de uma loja em Chinatown, dizendo que tinha tentado desviar de um dragão, e pessoas em Mission dizendo que tinham visto um iguana vestido de mosqueteiro, revirando o lixo — com direito a espadinha na cintura e tudo.

— Eu tenho como provar — disse Charlie. — Basta você me levar até aquela loja de discos em Castro.

Rivera olhou para os cubos de gelo nus e tristonhos em seu copo e disse:

— Já te disseram que é meio difícil entender o modo como você pensa, Charlie?

— Você precisa falar com o Minty Fresh.

— Claro, isso, sem dúvida, vai esclarecer tudo. Quem sabe também não seja uma boa ideia falar com o Krispy Kreme?

— O Minty também é Mercador da Morte. Ele pode confirmar que estou te dizendo a verdade. E aí você pode me soltar.

— Levanta — disse Rivera, levantando-se.

— Mas não terminei de tomar o meu vinho.

— Paga as bebidas e levanta, por favor — ordenou Rivera, que fez um gancho com o dedo e prendeu-o nas algemas de Charlie, fazendo-o levantar. — A gente vai lá no Castro.

— Acho que não consigo andar direito com a minha bengala, usando algemas.

Rivera suspirou e olhou para os surfistas lá adiante. Pensou que tivesse visto algo grande movendo-se numa onda, atrás de um surfista, mas, assim que seu coração deu um pulo frente à expectativa, um leão marinho emergiu e Rivera ficou novamente desapontado. Jogou a chave das algemas para Charlie.

— Me espera lá no carro. Preciso dar uma mijada.

— Mas eu poderia fugir.

— OK, foge então, Charlie. Mas paga primeiro.

REPENSANDO A CARREIRA EM
VENDAS DE SEGUNDA MÃO

Anton Dubois, o proprietário da Book'em Danno no bairro Mission, era um Mercador da Morte havia mais tempo que todos os outros em São Francisco. Claro que, no começo, ele não pensava em si mesmo como Mercador da Morte, mas, quando um sujeito chamado Minty Fresh, que abrira uma loja de discos em Castro, inventara o nome, ele não conseguia se imaginar como qualquer outra coisa. Anton tinha 65 anos e sua saúde não era lá essas coisas, já que quase sempre usava seu corpo como meio de transporte para sua cabeça, dentro da qual ele vivia a maior parte do tempo. Ao longo de seus anos de leitura, havia adquirido um conhecimento enciclopédico sobre a ciência e a mitologia da morte. Então, naquela noite de terça-feira, logo depois de o sol se pôr, quando as janelas de sua loja ficaram negras, como se toda a luz tivesse sido eliminada de repente do universo, e três figuras femininas vieram em sua direção, atravessando a loja, quando ele estava sentado sob sua pequena lâmpada de leitura no balcão dos fundos, uma

pequena ilha amarela no vasto breu, ele foi o primeiro homem, em 1.500 anos, que sabia exatamente o que — *quem* — elas eram.

— As Morrigans — disse Anton, sem sinal de temor na voz. Fechou o livro sem marcar a página que estava lendo. Tirou os óculos e limpou-os na camisa de flanela, e depois colocou-os de volta, para não perder nenhum detalhe. Agora elas eram somente reflexos negro-azulados movendo-se na profunda escuridão da loja, mas ele conseguia vê-las. Pararam quando ele falou. Uma delas sibilou de raiva — não o som longo e contínuo que os gatos fazem, e sim algo parecido com o ar escapando por um orifício num bote de borracha que está entre você e um oceano negro repleto de tubarões, o sibilar de uma vida que se esvai.

— Imaginei que alguma coisa estivesse acontecendo — disse Anton, agora um pouco nervoso. — Com todos os sinais e a profecia do Luminatus, sabia que alguma coisa estava acontecendo. Mas não sabia que seriam vocês... em carne e osso, por assim dizer. É bem empolgante.

— Um devoto? — perguntou Nemain.

— Um fã — disse Babd.

— Um sacrifício — disse Macha.

Continuaram a se movimentar até ficarem ao redor dele, logo atrás do círculo de luz que o envolvia.

— Tirei os receptáculos de alma daqui — disse Anton. — Imaginei que algo tivesse acontecido com os outros.

— Ah... Você está decepcionado por não ter sido o primeiro? — perguntou Babd.

— Vai ser exatamente como se fosse a primeira vez, meu caro. Pelo menos pra você — disse Nemain, e riu.

Anton colocou a mão embaixo do balcão e apertou um botão. Portas corrediças de aço começaram a descer, cobrindo a frente da loja sobre as janelas e a porta.

— Está com medo de que possamos fugir, homem-tartaruga? — perguntou Macha. — Vocês não acham que ele parece uma tartaruga?

— Ah, não, eu sei que as portas de aço não são capazes de prender vocês. Não é para isso que elas estão aí. Os livros dizem que vocês são imortais, mas acho que isso não é bem verdade. Existem muitas lendas que falam de guerreiros que conseguiram feri-las e viram vocês se curando no campo de batalha.

— Nós ainda estaremos aqui dez mil anos depois da sua morte, a qual começará em breve, aliás — disse Nemain. — As almas, homem-tartaruga. Onde você as colocou?

Nemain deixou aparecer suas garras e esticou as mãos, para que brilhassem sob a luz da luminária de Anton. Veneno caiu das pontas das garras, corroendo o chão.

— Você é a Nemain, então — disse Anton.

A Morrigan sorriu. Ele conseguia enxergar seus dentes no escuro.

Anton sentiu ser invadido por uma estranha tranquilidade. Durante trinta anos ele havia se preparado para aquele momento, mesmo que precariamente. O que era mesmo que os budistas diziam? *Só quando ficamos preparados para morrer é que podemos, de fato, viver.* Se coletar almas e ver pessoas falecendo durante trinta anos não era capaz de preparar alguém, o que mais seria? Com cuidado, ele desenroscou sob o balcão a tampa de aço inoxidável que ocultava um botão vermelho.

— Instalei essas quatro caixas de som nos fundos da loja há alguns meses. Tenho certeza de que vocês conseguem enxergá-las, mesmo que eu não consiga — disse Anton.

— As almas! Onde estão? Onde? — grunhiu Macha.

— Claro que não sabia que seriam vocês. Pensei que seriam aquelas criaturazinhas que vi andando por aí. Não obstante, acho que vocês vão gostar da música.

As Morrigans entreolharam-se.

— Quem, diabos, diz coisas como "não obstante"? — grunhiu Macha.

— Ele só está falando besteira — disse Babd. — Vamos torturá-lo. Arranca os olhos dele, Nemain.

— Vocês se lembram de como eram as *claymores*? — perguntou Anton.

— A *claymore* era uma espada típica da Escócia, de dois gumes — respondeu Nemain. — Ótima para decepar cabeças.

— Ah, eu sabia isso aí — disse Babd. — Ela só está querendo aparecer.

— Bom, hoje em dia, uma *claymore* é outra coisa. Quando uma pessoa trabalha trinta anos no ramo de vendas de segunda mão, ela adquire objetos interessantíssimos — disse Anton, e depois fechou os olhos e apertou o botão. Esperava que sua alma fosse parar em um livro, de preferência a sua primeira edição de *Cannery Row*, guardada em um lugar seguro.

As minas militares *claymore* que ele havia instalado nos gabinetes das caixas de som nos fundos da loja explodiram, atirando 2.800 bolinhas na direção das portas corrediças de aço, a uma velocidade quase igual à do som, estraçalhando Anton e o que mais estivesse à frente delas.

Ray seguiu o amor de sua vida durante um quarteirão inteiro na Mason. Lá, ela pegou um bonde e seguiu até Chinatown. O problema era que, embora fosse bastante fácil saber para onde o bonde estava indo, eles só passavam de dez em dez minutos. Ray não podia ficar aguardando até o próximo chegar, depois pular dentro e gritar "Siga aquele transporte público antiquado e simpático. Pisa fundo!" E não havia nenhum táxi à vista.

Ray acabou descobrindo que subir correndo uma ladeira da cidade, em num dia quente de verão, com roupas normais, era bem diferente de correr numa esteira de academia, no ar-condicionado, atrás de uma fileira de bonecas de sexo em boa forma. Portanto, quando finalmente chegou à California Street, estava ensopado de suor, e não apenas odiava a cidade de São Francisco e todos os seus habitantes, mas também tinha certeza de que ia desistir de Audrey e voltar para

o relativo desespero que eram as Moças Ucranianas Lindas e Ardentes por ele.

Resolveu fazer uma pausa no cruzamento da Powell Street, onde os bondes pegam passageiros em Chinatown, e até conseguiu pegar o bonde que estava exatamente atrás do bonde de Audrey — sendo possível, assim, dar continuidade àquela perseguição de tirar o fôlego a dez quilômetros por hora, durante mais uns dez quarteirões, até chegar à Market Street.

Audrey saltou do bonde, foi direto para a plataforma na Market e subiu em um dos bondes antigos, que foi embora antes mesmo de Ray chegar lá. Ela devia ser uma mulher fatal diabólica dos bondes, pensou Ray. Pareciam surgir do nada quando ela precisava deles, mas desapareciam assim que Ray chegava lá. Sem dúvida, era adepta de alguma feitiçaria maligna específica para controlar bondes. (Em assuntos do coração, a imaginação do Macho Beta pode rapidamente convencê-lo de que é um homem apaixonado enfrentando obstáculos e, àquela altura, a pouca autoconfiança que Ray tinha já começava a falhar.)

Mas aquela era a Market Street, a rua mais movimentada da cidade, e Ray conseguiu pegar um táxi rápido na qual seguiu Audrey até o bairro Mission. Continuou no táxi por mais alguns quarteirões, enquanto ela seguia à pé.

Ray se manteve a um quarteirão de distância de Audrey. Seguiu-a até um casarão verde, construído num estilo vitoriano Queen Anne, perto da Seventeenth Street. Nele havia uma pequena placa na coluna da varanda de entrada: CENTRO BUDISTA TRÊS JOIAS. Ray recuperou o fôlego e a compostura, confortavelmente escondido atrás de um poste do outro lado da rua, e viu Audrey subindo os degraus da entrada do centro budista. Quando ela chegou ao último degrau, as portas com vitrais abriram-se e duas senhoras saíram correndo lá de dentro, aparentemente desesperadas, querendo dizer alguma coisa a Audrey. Ele já tinha visto aquelas senhoras em algum lugar. De repente, Ray parou de respirar e enfiou a mão no bolso de trás da calça jeans. Tirou de lá a fotocópia que tinha guardado, com as fotos das mulheres que

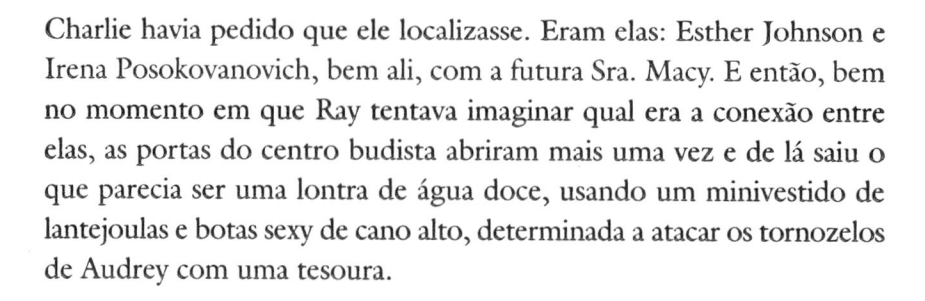

Charlie havia pedido que ele localizasse. Eram elas: Esther Johnson e Irena Posokovanovich, bem ali, com a futura Sra. Macy. E então, bem no momento em que Ray tentava imaginar qual era a conexão entre elas, as portas do centro budista abriram mais uma vez e de lá saiu o que parecia ser uma lontra de água doce, usando um minivestido de lantejoulas e botas sexy de cano alto, determinada a atacar os tornozelos de Audrey com uma tesoura.

Charlie e o inspetor Rivera estavam do lado de fora da Fresh Music em Castro, tentando enxergar através das vitrines o que havia atrás dos estandes de papelão e das capas de disco gigantes. De acordo com o horário na porta, a loja já devia estar aberta. Mas estava trancada e, lá dentro, escuro. Pelo que Charlie conseguia enxergar, a loja continuava exatamente como era anos atrás, quando fora confrontar Minty Fresh, com exceção de uma marcante diferença: a prateleira cheia de receptáculos de alma vermelhos e brilhantes não estava mais lá.

Havia uma loja de sorvete de iogurte ao lado, e Rivera foi com Charlie até lá para conversar com o dono, um sujeito que parecia demasiado em forma para alguém que tinha uma loja de sorvete e que disse:

— Ele não abre a loja há uns cinco dias. Não falou nada pra ninguém. Sabem se está tudo bem com ele?

— Tenho certeza de que ele está bem — respondeu Rivera.

Três minutos depois, Rivera já tinha conseguido o telefone e o endereço da residência de Minty Fresh com um sujeito da polícia de São Francisco. Depois de tentar ligar e só conseguir ouvir a secretária eletrônica, os dois foram até o apartamento de Fresh, em Twin Peaks, e viram jornais empilhados na porta.

Rivera virou para Charlie e disse:

— Quem mais poderia me confirmar que o que você está contando é verdade?

— Você diz outros Mercadores da Morte? Eu não os conheço exatamente, mas sei quem são. Eles provavelmente não vão falar nada pra você.

— Por acaso seriam um sujeito dono de um sebo em Haight e uma dona de uma loja de bugigangas no fim da Fourth Street?

— Não — respondeu Charlie. — Não conheço. Por que você está perguntando?

— Porque os dois estão desaparecidos. As paredes do escritório da loja de bugigangas estavam cobertas de sangue. E achamos a orelha de uma pessoa no chão do sebo.

Charlie deu um passo para trás, encolhendo-se contra a parede, e disse:

— Mas não apareceu nada no jornal.

— É, a gente não fala de coisas assim pra imprensa. Os dois moravam sozinhos, ninguém viu nada, nem mesmo sabemos se foi um ato criminoso. Mas agora, com esse tal de Fresh desaparecido...

— Você acha que esses outros caras eram Mercadores da Morte também?

— Não estou dizendo que acredito nessa história, Charlie. Pode ser apenas uma coincidência. Mas, quando Ray Macy me ligou hoje para me falar sobre você, foi exatamente por isso que resolvi te seguir. Ia te perguntar se você os conhecia.

— Foi o Ray que me dedurou?

— Deixa isso pra lá. Talvez ele tenha salvado a sua vida.

Charlie pensou em Sophie pela centésima vez naquela noite, preocupado por não estar com ela.

— Posso ligar pra minha filha?

— Claro. Mas então...

— O nome da loja é Book'em Danno. Fica em Mission — disse Charlie, tirando o celular do bolso do paletó. — Não deve ficar nem a 10 minutos daqui. Acho que o dono da loja é um de nós.

Sophie estava bem: no momento, dando salgadinhos de queijo para os cães, em companhia da Sra. Korjev. Ela perguntou ao pai se ele precisava de ajuda, e os olhos de Charlie se encheram d'água. Teve de controlar a voz antes de responder.

Sete minutos depois, tinham parado o carro na diagonal, no meio da Valencia Street: na rua havia carros de bombeiro parados, jogando água no segundo andar do prédio onde ficava a Book'em Danno. Saíram do carro, e Rivera mostrou o distintivo para o policial que chegara primeiro à cena.

— Os bombeiros não conseguem entrar — disse o policial. — Tem uma porta de aço pesada nos fundos, e essas portas corrediças na vitrine também são de aço e devem ter meio centímetro de espessura ou mais.

As portas corrediças estavam envergadas para fora, com milhares de protuberâncias.

— O que houve? — perguntou Rivera.

— Não sabemos ainda — respondeu o policial. — Os vizinhos entraram em contato falando que houve uma explosão. É tudo o que sabemos até o momento. Ninguém morava no andar de cima. Evacuamos todos os prédios da área.

— Obrigado — disse Rivera. E aí olhou para Charlie, erguendo uma das sobrancelhas.

— Fillmore. Uma loja de penhores na esquina da Fulton com a Fillmore — disse Charlie.

— Vamos lá — disse Rivera, pegando o braço de Charlie para ajudá-lo a ir mais rápido até o carro, já que ele estava mancando.

— Então, não sou mais um suspeito?

— Bom, vamos descobrir isso se você sobreviver — disse Rivera, abrindo a porta.

Assim que entraram no carro, Charlie ligou para a irmã.

— Jane, preciso que você pegue Sophie e os cachorrinhos, e leve todo mundo pra sua casa.

— Está bem, Charlie, mas os caras acabaram de limpar o meu carpete... O Alvin e o...

— *Nunca* deixe Sophie e os cães de guarda separados, nem por um segundo, Jane. Entendeu?

— Nossa, Charlie. Está bem, está bem.

— É sério. Ela pode estar correndo perigo. Eles vão protegê-la.

— Mas o que está havendo? Quer que eu ligue para a polícia?

— Eu já estou com a polícia, Jane. Por favor, pegue a Sophie e leve pra sua casa agora.

— Vou agora mesmo. Mas como é que enfio todo mundo no meu Subaru?

— Descobre um jeito. Se não tiver outra maneira, amarre o Alvin e o Maomé no seu para-choque e vá devagar.

— Isso é horrível, Charlie.

— Não, não é não. Eles vão ficar bem.

— Não, eu quis dizer que eles arrancaram o meu para-choque da última vez que fiz isso. O conserto custou 600 dólares.

— Vai lá pegar a Sophie. Te ligo daqui a uma hora.

— Olha, essas *claymores* são uma droga, hein? — disse Babd. — Eu gostava daquela *claymore* que era uma espadona, mas agora... agora elas explodem e são cheias desse treco... Como é mesmo o nome, Nemain?

— Estilhaços.

— Isso, estilhaços. Logo quando eu começava a sentir que voltava à minha antiga forma...

— Cala a boca! — exclamou Macha.

— Mas está doendo! — disse Babd.

Elas fluíam pelo cano de esgoto sob a Sixteenth Street, em Mission. Agora estavam quase bidimensionais e pareciam estandartes de batalha rasgados, sombras maltrapilhas que deixavam cair uma meleca negra ao passar pelo cano. Uma das pernas de Nemain tinha sido totalmente arrancada e ela a segurava debaixo do braço. Suas irmãs a carregavam pelo cano.

— Você consegue voar, Nemain? — perguntou Babd. — Você está ficando meio pesada.

— Aqui embaixo não. E não voltarei lá em cima.

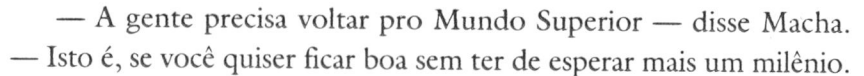

— A gente precisa voltar pro Mundo Superior — disse Macha. — Isto é, se você quiser ficar boa sem ter de esperar mais um milênio.

Assim que as três divas da morte chegaram num amplo entroncamento de canos sob a Market Street, ouviram um barulho: alguma coisa caminhando sobre a água, num cano mais à frente.

— O que foi isso? — perguntou Babd.

Ficaram paradas. Som de passos rápidos no cano perto delas.

— O que foi isso? O que foi isso? — perguntou Nemain, que não conseguia ver nada atrás de suas irmãs.

— Parecia um esquilo usando vestido de gala — disse Babd. — Mas eu estou fraca, talvez eu esteja vendo coisas.

— E também é idiota — disse Macha. — Aquilo era uma almapresente! Pega! A gente pode curar a perna da Nemain com ela!

Macha e Babd soltaram sua irmã aleijada e correram para o entroncamento, e foi aí que o boston terrier apareceu na frente delas.

O som que as Morrigans fizeram ao andar de costas no cano lembrava gatos rasgando um tecido de renda.

— Epa, epa, epa — disse Macha, arrastando o que restava de suas garras no cano, indo para trás.

Bummer latiu para as Morrigans, um latido agudo de ameaça, e então saiu correndo atrás delas.

— Plano B, plano B! — disse Babd.

— Odeio cachorro! — disse Macha.

Agarraram a irmã e saíram correndo com ela.

— Cá estamos nós, deusas da morte prestes a cobrir o mundo com as trevas, fugindo de um cachorro diminuto — disse Nemain.

— E qual a sua genial conclusão, ô perneta? — perguntou Macha.

Em Fillmore, Carrie Lang havia fechado sua loja de penhores no horário de sempre e estava esperando que as joias recebidas naquele dia terminassem de passar pelo limpador ultrassônico para exibi-las sob o vidro do balcão. Queria terminar e ir embora para casa, jantar e talvez sair um pouco. Era uma mulher de 36 anos, solteira, e se sentia obrigada

a sair, só porque talvez conhecesse algum sujeito legal, embora, na verdade, quisesse mesmo ficar em casa vendo os seriados sobre crimes na TV. Ela tinha orgulho de não encarar a vida com cinismo. Uma pessoa que trabalha com penhores, assim como um agente que paga a fiança de um preso, costumam sempre ver o pior lado das pessoas, e todos os dias ela lutava contra a ideia de que o último homem decente no mundo poderia ter virado baterista de rock ou viciado em crack.

Ultimamente, não tinha vontade de sair por causa das coisas esquisitas que andava vendo e ouvindo na rua — criaturas que corriam pelas sombras, sussurros que saíam do bueiro; cada vez mais, ficar em casa parecia uma excelente ideia. Ela até começou a trazer Cheerful, seu bassê de 5 anos de idade, para ficar com ela na loja. Ele não podia protegê-la muito, a menos que o atacante batesse na altura dos joelhos, mas latia bem alto. Assim, havia uma grande chance de que ele latisse para o malfeitor, contanto que o meliante não tivesse um biscoito canino. E, coincidentemente, as criaturas que invadiram sua loja naquela noite batiam na altura do joelho.

Carrie trabalhava como Mercadora da Morte havia nove anos. Depois que seu choque inicial com o fenômeno da transferência de almas diminuíra (o que levou somente quatro anos), ela passara a gostar daquilo como se fosse outra parte de seu trabalho. Mas sabia, depois de ler *O Fantástico Grande Livro da Morte*, que alguma coisa estava acontecendo, e isso a assustava.

Quando foi para a frente da loja, para baixar as portas corrediças, ouviu alguma coisa se movendo atrás dela, no escuro — alguma coisa baixa, perto das guitarras. A coisa encostou numa corda da guitarra, emitindo um *mi* grave, um som de advertência. Carrie parou de fechar as portas corrediças e verificou se as chaves estavam com ela, para o caso de precisar fugir pela porta da frente. Tirou o coldre com o .38 do ombro e pensou: *Mas que diabos, eu não sou policial*, e sacou a arma, apontando para a guitarra que ainda emitia a nota. Um policial que ela havia namorado anos antes conseguira convencê-la a ficar

armada com o Smith & Wesson enquanto estivesse na loja, e por mais que ela nunca precisasse ter sacado a arma antes, sabia que tinha servido para desanimar os ladrões.

— Cheerful? — chamou ela.

Ouviu como resposta um barulho de passos arrastados na sala dos fundos. Por que ela tinha desligado a maioria das luzes? Os interruptores ficavam na sala dos fundos, e ela agora se movimentava orientada pelas luzes que saíam dos mostruários de vidro dos balcões, que quase não iluminavam o chão, e que era exatamente de onde estavam vindo os ruídos.

— Eu estou armada! E sei atirar! — disse ela, sentindo-se idiota só por pronunciar as palavras.

Dessa vez, a resposta foi um choramingo canino meio abafado.

— Cheerful!

Ela se abaixou sob a cancela do balcão e correu para a sala dos fundos, varrendo-a com a arma apontada, como via os policiais fazerem na TV. Outro choramingo. Conseguiu enxergar com dificuldade o vulto de Cheerful deitado em seu lugar favorito, perto da porta dos fundos, mas havia alguma coisa ao redor de suas patas e seu focinho. Fita adesiva.

Ela esticou a mão para acender a luz e algo a atingiu na parte de trás dos joelhos. Tentou virar e foi atingida no peito, perdendo o equilíbrio. Garras afiadas arranharam seus pulsos quando caiu e ela acabou soltando o revólver sem querer. Bateu com a cabeça na ombreira da porta, e o golpe gerou algo parecido com uma luz estroboscópica em sua cabeça. E aí algo a atingiu na nuca, com força, e tudo ficou escuro.

Ainda estava escuro quando ela voltou a si. Não sabia dizer quanto tempo havia ficado desacordada e também não conseguia se mexer para olhar o relógio de pulso. *Ai, meu Deus, quebraram o meu pescoço,* pensou. Viu objetos se movendo perto dela, cada um deles com um brilho vermelho opaco, mal iluminando os seres que os carregavam — rostos diminutos, de esqueleto: caninos protuberantes, garras, órbitas

vazias, mortas. Os receptáculos de alma pareciam estar flutuando pelo chão com um cortejo de marionetes-zumbis. E, então, sentiu as garras: eram as criaturas que a tocavam, que se movimentavam debaixo dela. Tentou gritar, mas sua boca estava tapada com fita adesiva.

Sentiu que erguiam seu corpo do chão. E, então, viu que estavam passando com ela pela porta dos fundos da loja, e que estava sendo carregada a uns 30 centímetros de altura do chão. As criaturas a ergueram e ela ficou quase ereta. Por fim, sentiu que caía num abismo escuro.

Encontraram a porta dos fundos da loja de penhores aberta e o bassê amarrado com fita adesiva num canto. Rivera varreu a loja com a arma e uma lanterna na outra mão e, quando estava certo de que não havia ninguém ali, chamou Charlie, que estava esperando no beco.

Charlie acendeu as luzes da loja quando entrou.

— Ihhh — disse ele.

— O quê? — perguntou Rivera.

Charlie apontou para a vitrine do balcão, cujo vidro estava quebrado.

— Era ali que ela deixava os receptáculos de alma. Estava quase cheio quando eu vim aqui. E agora...

Rivera olhou para a vitrine vazia.

— Não toque em nada. O que quer que tenha acontecido aqui, não acho que tenha sido obra do mesmo criminoso que atacou os outros lojistas.

— Por quê?

Charlie olhou para os fundos da loja, para o bassê preso.

— Por causa dele — disse Rivera. — Ninguém amarra um cachorro se vai matar pessoas e deixar sangue e partes do corpo em tudo quanto é lugar. Não é o mesmo tipo de mentalidade.

— Talvez ela estivesse amarrando o cachorro quando a surpreenderam — disse Charlie. — Ela tinha jeito de quem era policial.

— É. E todos os policiais gostam de um sadomasô com cachorro, é isso?

Rivera guardou a arma, tirou um canivete do bolso e foi até onde estava o bassê, que se contorcia no chão.

— Não, não acho. Desculpe. Mas ela tinha uma arma.

— Ela devia estar aqui — disse Rivera. — Do contrário, o alarme teria tocado. O que é isso aí na ombreira da porta? — perguntou Rivera, enquanto cortava a fita adesiva que amarrava as patas do cão, tomando cuidado para não feri-lo. Fez um gesto com a cabeça apontando na direção da porta dos fundos da loja.

— Sangue — respondeu Charlie. — E um pouco de cabelo.

Rivera fez um movimento afirmativo com a cabeça.

— Aquilo ali no chão é sangue também? Não toque em nada.

Charlie olhou para uma poça de sangue de uns 8 centímetros de diâmetro, à esquerda da porta.

— É, acho que sim.

Rivera tinha tirado a fita das patas do cachorro e estava ajoelhado sobre ele para mantê-lo quieto enquanto tirava a fita de seu focinho.

— Essas pegadas no sangue, tome cuidado para não estragar. O que são elas? Marcas de sola de sapato?

— Parecem pegadas de aves. De galinhas, talvez?

— Não.

Rivera libertou o bassê, que imediatamente tentou pular nas calças italianas do inspetor e lamber seu rosto para celebrar a ocasião. Ele segurou o cachorro pela coleira e foi até onde estava Charlie, examinando as pegadas.

— Parecem mesmo pegadas de galinha — disse.

— É — respondeu Charlie. — E você está com baba de cachorro no paletó.

— Preciso avisar a polícia, Charlie.

— Baba de cachorro é fator determinante para pedir reforço?

— Esquece a baba de cachorro. A baba de cachorro não tem importância. Preciso relatar o que houve aqui e chamar o meu parceiro. Ele vai ficar revoltado porque esperamos tanto tempo. Preciso te levar pra casa.

— Se você não conseguir tirar a baba desse paletó, que custa mil dólares, você vai achar que tem importância.

— Concentre-se, Charlie. Assim que eu pedir o reforço, vou te mandar pra casa. Você tem o meu número de celular. Me avisa se alguma coisa acontecer. Qualquer coisa.

Rivera ligou de seu celular para a central e pediu para mandarem policiais uniformizados e o pelotão de cena de crime assim que estivessem disponíveis. Quando fechou o aparelho, Charlie perguntou:

— Então, não estou mais preso?

— Não. Mas fique em contato. E tome cuidado, está bem? Talvez até seja bom passar alguns dias fora da cidade.

— Não posso. Eu sou o Luminatus. Tenho responsabilidades.

— Mas você não sabe o que essas...

— Só porque não sei o que essas coisas são, não significa que não sei lidar com elas — disse Charlie, talvez num tom meio defensivo demais.

— E você tem certeza de que não sabe quantos desses Mercadores da Morte existem na cidade, ou onde eles poderiam estar?

— O Minty Fresh disse que havia, pelo menos, uns dez deles. É tudo que eu sei. Essa mulher e o cara em Mission foram os que eu notei enquanto dava meus passeios.

Ouviram um carro estacionar no beco e Rivera voltou para a porta dos fundos, fazendo um sinal para os policiais. Virou-se para Charlie e disse:

— Vai pra casa e tenta dormir um pouco, se possível, Charlie. Eu entro em contato.

Charlie deixou que o policial uniformizado o levasse até o carro e o ajudasse a entrar na parte de trás, e então acenou para Rivera e o bassê enquanto a viatura saía do beco.

UM DIA DE CÃO

Foi um dia de cão em São Francisco. Logo cedo, bandos de urubus pousaram nas estruturas mais altas da Golden Gate Bridge e da Bay Bridge. E lá ficaram, olhando feio para as pessoas que passavam embaixo, a caminho do trabalho, como se achassem ofensivo que ainda tivessem coragem de estar vivas, dirigindo. Os helicópteros que analisavam o fluxo do trânsito mudaram de rota para fotografar as fileiras de aves de rapina e acabaram fotografando uma nuvem em espiral de morcegos que ficou circulando a pirâmide Transamerica durante dez minutos e depois pareceu evaporar numa névoa escura flutuando sobre a baía. Três nadadores que estavam competindo no Campeonato de Triátlon de São Francisco se afogaram na baía e um dos helicópteros conseguiu fotografar alguma coisa debaixo d'água: uma sombra escura se aproximando de um dos nadadores e puxando-o para baixo. Diversos replays da filmagem revelaram que a sombra, em vez de ter o formato delgado de um tubarão, tinha grande envergadura

e uma cabeça com chifres bastante visíveis, e também não parecia nenhuma espécie conhecida de arraia. Os patos do Golden Gate Park alçaram voo de repente e abandonaram a área. Centenas de leões-marinhos, que geralmente ficavam deitados ao sol no Pier 39, também desapareceram. E até os pombos pareciam ter sumido da cidade.

Um repórter iniciante, que cobria a ação policial noturna, percebeu a coincidência de sete relatos de violência ou pessoas desaparecidas nos brechós da área e, no começo da noite, as estações de TV falaram do assunto e também mostraram as impressionantes cenas do incêndio no prédio da Book'em Danno, em Mission. Também houve centenas de outros acontecimentos intrigantes: criaturas movimentando-se nas sombras, vozes e gritos saindo dos esgotos, leite azedando, gatos arranhando seus donos, cães uivando e milhares de pessoas surpresas por perceber que tinham acordado naquele dia sem gostar mais de chocolate. Foi um dia de cão.

Charlie passou o resto da noite preocupado, verificando as fechaduras, depois verificando mais uma vez, depois procurando na Internet pistas sobre os habitantes do Mundo Inferior, caso alguém tivesse inserido algum documento antigo recém-encontrado desde a última vez que checara. Escreveu um testamento e diversas cartas: saiu e colocou-as na caixinha do correio da rua, em vez de deixar junto com a correspondência a ser enviada, que ficava sobre o balcão da loja. E então, perto do amanhecer, completamente exausto mas com sua imaginação de Macho Beta a todo vapor, Charlie tomou dois comprimidos para dormir, que Jane lhe dera, e dormiu durante todo o dia. Foi acordado no começo da noite pelo telefone: era sua filha querida.

— Alô?

— A tia Cassie é antissemita! — disse Sophie.

— Querida, são seis da manhã. Será que a gente pode falar da tia Cassie mais tarde?

— Não é não. São seis da tarde. E é hora do banho e a tia Cassie não me deixa levar Alvin e Maomé pro banheiro comigo pra tomar banho de banheira. Porque ela é antissemita.

Charlie olhou para seu relógio de pulso. Até ficou feliz por já serem seis da tarde e por estar conversando com a filha. O que quer que tivesse acontecido enquanto ele dormia, pelo menos não havia afetado aquele ritual.

— A Cassie não é antissemita — agora era a voz de Jane do outro lado da linha.

— É, sim! — disse Sophie. — Toma cuidado, papai. A tia Jane é defensora dos antissemitas.

— Não sou não.

— Olha só como a minha filha é inteligente. Eu não sabia palavras como *antissemita* e *defensora* quando tinha a idade dela. Você sabia?

— Não dá pra confiar nos *goyim*, papai — disse Sophie. Ela abaixou a voz, sussurrando: — Eles odeiam tomar banho, os *goyim*.

— Mas o papai também é *goyim*, querida.

— Ai, meu Deus, eles estão em todos os lugares!

Ouviu a filha deixar cair o telefone e gritar, e depois o barulho de uma porta batendo.

— Sophie! Destranca essa porta agora mesmo! — disse Cassie, mais ao fundo.

E Jane:

— Charlie, onde ela aprende essas coisas? É você que está ensinando?

— É a Sra. Korjev. Ela é descendente de cossacos e sente um pouco de culpa pelo que os ancestrais dela fizeram com os judeus.

— Ah — disse Jane, agora desinteressada, já que não podia mais culpar Charlie. — Bom, Charlie, você não devia deixar os cachorros entrarem no banheiro com ela. Eles comem o sabonete e, às vezes, entram na banheira, e aí...

— Deixa eles entrarem, Jane — interrompeu Charlie. — Talvez só eles consigam protegê-la.

— Está bem. Mas só vou deixar eles comerem os sabonetes baratos. Nada de sabonete artesanal francês.

— Sabonete comum está ótimo, Jane. Olha, eu fiz um testamento holográfico na noite passada. Se alguma coisa acontecer comigo, quero que você cuide da Sophie. Está tudo lá.

Jane não respondeu. Ele podia ouvir a respiração dela do outro lado da linha.

— Jane?

— Sim, sim. Claro. Mas que diabos está acontecendo com vocês? Que enorme perigo é esse que a Sophie está correndo? Por que você está me assustando desse jeito? E por que você não ligou antes, seu desgraçado?

— Fiquei acordado a noite inteira fazendo umas coisas. E aí tomei dois daqueles comprimidos que você me deu. E aí, puf!, doze horas se passaram.

— Você tomou dois? Nunca tome dois.

— Obrigado pela informação. Enfim, acho que nada de ruim vai acontecer comigo. Mas, se por algum motivo acontecer, preciso que você pegue a Sophie e fique uns tempos fora da cidade. Tipo, sei lá, vai para Sierras. Também mandei uma carta pra você, explicando tudo. Tudo o que eu sei, pelo menos. Só abra a carta se alguma coisa acontecer, está bem?

— Melhor que nada aconteça com você, seu palhaço. Acabo de perder a mamãe e... Por que, diabos, você está falando essas coisas, Charlie? No que foi que você se meteu?

— Não posso te contar, Jane. Você precisa confiar em mim, precisa acreditar que eu não tive escolha.

— E como eu posso ajudar?

— Fazendo exatamente o que você está fazendo: tomando conta da Sophie, deixando ela segura, deixando ela sempre em companhia dos hellhounds.

— Está bem. Mas é bom que nada de ruim aconteça com você, hein? Cassie e eu vamos nos casar e eu quero que você me leve até o altar. E também quero pegar o seu smoking emprestado. Ele é Armani, não é?

— Não, Jane.

— Você não quer me levar até o altar?

— Não, não é isso. Eu *pagaria* para te levar até o altar. Não é isso.

— Então, você acha que os homossexuais não devem se casar, é isso? Finalmente você falou o que pensa. Eu sabia! Afinal de contas...

— Eu só não acho que homossexuais devem se casar usando o meu smoking.

— Ah.

— Porque aí você vai usar o meu Armani e eu vou ter que alugar alguma porcaria ou comprar alguma coisa nova e barata, e vou passar uma eternidade parecendo um idiota nas fotos de casamento. E eu sei como vocês gostam de mostrar fotos de casamento. Parece doença.

— Esse "vocês" você quer dizer as lésbicas? — perguntou Jane, com um tom de voz muito semelhante ao de um advogado de acusação.

— Exatamente, eu quis dizer as lésbicas mesmo, sua otária — disse Charlie, com um tom de voz muito semelhante ao de uma testemunha hostil.

— Ah, tudo bem — respondeu ela. — É o meu casamento, acho que posso comprar um smoking.

— Seria ótimo.

— Eu estou mesmo precisando de umas calças mais folgadas que as suas na bunda.

— Maravilha.

— Então você vai tomar cuidado, não é? Para poder me levar até o altar.

— Farei o possível. Você acha que a Cassandra vai me deixar levar a minha menininha judia?

Jane riu e disse: — Me liga de hora em hora, combinado?

— Isso não dá.

— Está bem. Quando você puder.

— Está bem. Tchau.

Charlie sorriu para si mesmo e saiu da cama, imaginando se aquela seria a última vez que faria aquilo. Sorrir.

Charlie tomou banho, comeu um sanduíche de geleia com manteiga de amendoim e vestiu um terno de mil dólares pelo qual pagara somente quarenta. Ficou andando alguns minutos pelo quarto, mancando, e decidiu que a perna não estava mais doendo tanto assim, que podia andar sem o imobilizador; então, deixou-o no chão, perto da cama. Enquanto a cafeteira trabalhava, ligou para o inspetor Rivera.

— Foi um dia de cão — disse Rivera. — Charlie, preciso que você pegue a sua filha e saia da cidade.

— Não posso fazer isso. Tudo que está acontecendo tem a ver comigo. Me mantenha informado, entendeu?

— Então me promete que não vai tentar fazer nada bizarro e nem bancar o herói.

— Não está no meu DNA, inspetor. Eu ligo se vir alguma coisa estranha.

Charlie desligou, sem a mínima ideia do que faria, mas sentindo que deveria fazer alguma coisa. Ligou para a casa de Jane para desejar boa noite a Sophie.

— Só queria dizer que te amo muito, querida.

— Eu também, papai. Mas por que você ligou?

— Por quê? Você está em reunião ou algo assim?

— A gente está tomando sorvete.

— Que legal. Olha, Sophie, o papai precisa fazer umas coisas agora. Então, quero que você fique na casa da tia Jane uns dias, está bem?

— Está. Você está precisando de ajuda? Eu posso ir te ajudar.

— Não, querida. Mas obrigado.

— Está bem, papai. O Alvin está olhando pro meu sorvete. Parece que ele está com fome. Feito um urso. Preciso ir.

— Eu te amo, querida.

— Também te amo, papai.

— Pede desculpas pra tia Cassie por ter chamado ela de antissemita, combinado?

— Combinado.

Clique.

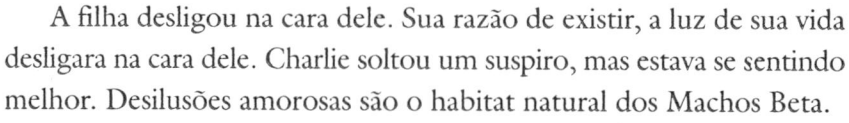

A filha desligou na cara dele. Sua razão de existir, a luz de sua vida desligara na cara dele. Charlie soltou um suspiro, mas estava se sentindo melhor. Desilusões amorosas são o habitat natural dos Machos Beta.

Charlie ficou alguns minutos na cozinha afiando o corte de sua espada na parte de trás de um abridor de latas elétrico que ele e Rachel tinham ganhado como presente de casamento e depois foi ver como estava a loja.

Mal abriu a porta que dava para a escada dos fundos, Charlie ouviu na loja ruídos estranhos, animalescos. Pareciam vir da sala dos fundos. As luzes de lá estavam apagadas, mas a sala, bem-iluminada pela luz da loja. O que seria aquilo? Acabou resolvendo o problema de não saber o que fazer.

Sacou a espada da bengala e desceu a escada sem fazer barulho, meio agachado, pisando com a lateral dos pés para diminuir o barulho das solas dos sapatos. Quando estava na metade da escada, viu o que estava causando aqueles sons animalescos. Recuou, dando um pulo para trás na escada.

— Pelo amor de Deus!

— Não tinha jeito, eu precisava fazer — disse Lily. Ela estava por cima de Ray Macy, com uma perna de cada lado, a saia plissada xadrez cobrindo (graças aos céus) as partes que teriam feito Charlie arrancar os próprios olhos, que já era o que ele estava pensando em fazer de qualquer modo.

— É, não tinha jeito — concordou Ray, sem fôlego.

Charlie esticou o pescoço para espiar: os dois não interromperam o que estavam fazendo. Lily cavalgava Ray como se ele fosse um touro mecânico, um de seus seios balançando para fora da lapela de seu uniforme de chef.

— Ele estava desesperado — explicou ela. — Encontrei o Ray tentando dar chupões no próprio pescoço com o aspirador de pó da loja. É pelo bem maior, Asher.

— Parem com isso — disse Charlie.

— Não, não, não, não, não! — disse Ray.

— É por caridade — disse Lily.

— Sabe, Lily — disse Charlie, cobrindo os olhos —, você pode exercer sua caridade de outras maneiras, como os caras vestidos de Papai Noel do Exército da Salvação, coisas assim.

— Não quero transar com aqueles caras. A maioria é alcoólatra e fede. Pelo menos, o Ray é limpinho.

— Eu não quis dizer *transar* com eles, e sim *agir* como eles. Ficar batendo a sinetinha e pedindo dinheiro para os pobres. Caramba, hein.

— Eu sou limpinho — disse Ray.

— Cala a boca, Ray. Ela tem idade pra ser sua filha!

— Ele estava à beira do suicídio — justificou-se Lily. — Eu posso estar salvando a vida dele.

— Ela está mesmo — disse Ray.

— Cala a boca, Ray! Isso é sexo patético, desesperado e por pura piedade!

— Mas ele sabe disso — respondeu Lily.

— É, não ligo — disse Ray.

— E também estou fazendo isso pela causa. O Ray tava escondendo coisas de você.

— Estava? — disse Ray.

— Que coisas? — perguntou Charlie.

— Ele achou a mulher que estava comprando todos os receptáculos de alma. Ela estava com as clientes que você não conseguiu achar. Em algum lugar em Mission. Ele não queria te falar dela.

— Não sei do que você está falando — disse Ray, e depois acrescentou: — Mais rápido, por favor.

— Diz pra ele o endereço — ordenou Lily.

— Lily, você não precisa fazer isso — disse Charlie.

— Não! — respondeu Ray.

Charlie ouviu um *PAF!* bem alto. Abriu os olhos. Eles ainda estavam ali, fazendo a coisa, mas o lado direito do rosto de Ray estava vermelho e Lily já levantava a mão para dar mais um tapa.

— Anda, diz pra ele!

— Na Guerrero Street, entre a Eighteenth e a Nineteenth. Não sei o número, mas é uma casa vitoriana grande, verde, não tem como errar. Centro Budista Três Joias.

E *PAF!*

— Ai! Mas eu já falei o endereço — reclamou Ray.

— Isso é por não ter anotado o endereço direito, vagabundo! — disse Lily, e depois, para Charlie: — Pronto, Asher. Quero um cargo de destaque quando você finalmente for o Senhor do Mundo Inferior!

Charlie pensou que uma das primeiras coisas que ia mudar quando fosse o Senhor do Mundo Inferior seria *O Fantástico Grande Livro da Morte*. Incluiria nele dicas sobre como lidar com situações como aquela. Mas então disse:

— Fechado, Lily. Você vai ficar encarregada da tortura e das normas de vestuário.

— Oba! — disse Lily. — Agora dá licença, Asher. Preciso terminar isso aqui.

E depois, dirigindo-se a Ray:

— Você ouviu o que ele disse? Nunca mais você vai usar camisa de flanela, seu cafona! — *PAF!*

Os gemidos de Ray aumentaram de frequência e intensidade.

— Está certo, então — disse Charlie. — Vou sair pela outra porta.

— Até mais — disse Ray.

— Nunca mais vou ter coragem de olhar na cara de nenhum de vocês dois, entenderam?

— Sem problema, Asher — disse Lily. — Se cuida.

Charlie subiu a escada, saiu pela porta da frente de seu apartamento e pegou o elevador até a entrada que dava para a rua, o tempo todo tentando reprimir a ânsia de vômito. Na rua, fez sinal para um táxi. Entrou e foi até o Mission, tentando esquecer a cena de seus dois funcionários dando umazinha.

As Morrigans haviam seguido as *almas-presente* que tinham escapado pelo esgoto até uma rua deserta no Mission. Agora aguardavam, observando a casa vitoriana verde, debaixo da grade dos bueiros no fim de cada lado da rua. Dessa vez estavam mais cautelosas: sua natureza predatória tinha sido moderada pela explosão da noite anterior.

Elas as chamavam de *almas-presente* porque as criaturinhas remendadas levavam as almas diretamente para elas nos esgotos — e os presentes apareciam sempre que as Morrigans estavam mais fracas. Depois que o maldito boston terrier as perseguira durante quilômetros nas galerias de esgoto, fazendo com que elas, cansadas e esfoladas, buscassem refúgio numa plataforma em um entroncamento dos canos, apareceram umas vinte criaturinhas de pesadelo mais ou menos, todas usando roupas de gala, trazendo exatamente aquilo de que elas precisavam para curar seus ferimentos e recuperar suas forças: almas humanas. E assim, renovadas, conseguiram assustar aquele cachorro insuportável e fazê-lo sumir. As Morrigans estavam de volta à velha forma — não com a força que tinham antes da explosão, talvez até mesmo sem força para voar, mas, sem dúvida, resistentes o suficiente para se aventurar no Mundo Superior mais uma vez, principalmente depois de tantas almas.

Não havia ninguém nas ruas naquela noite, só os drogados, as prostitutas, os mendigos. Depois daquele dia de cão na cidade, quase todo mundo decidiu que era mais seguro ficar em casa. Para as Morrigans (que não davam a mínima), as pessoas estavam mais seguras em suas casas do mesmo modo que um atum estava mais seguro dentro de uma lata, só que ninguém sabia disso ainda. Ninguém sabia do que estavam fugindo, exceto Charlie Asher, e ele estava saindo de um táxi exatamente na frente delas, precisamente naquele momento.

— Olha, é o Carne Fresca — disse Macha.

— Melhor a gente pensar num outro nome pra ele — disse Babd. — Afinal, ele não é mais fresco a essas alturas.

— Shhh! — disse Macha, pedindo silêncio.

— Ei, meu amor — disse Babd, dirigindo-se a ele. — E aí, sentiu saudades de mim?

Charlie pagou ao motorista e ficou no meio da rua, olhando para a grande casa vitoriana verde. Viu a luz acesa em uma janela da torrezinha do andar superior e outra em uma janela no térreo. Era o suficiente para ele conseguir ler a placa, que dizia CENTRO BUDISTA TRÊS JOIAS. Começou a caminhar em direção à casa e viu um movimento atrás da treliça sob a varanda da entrada — olhos brilhando. Talvez um gato. O celular tocou e ele atendeu.

— Charlie, é o Rivera. Tenho uma boa notícia: encontramos a Carrie Long, a mulher da loja de penhores. Ela está viva. Foi amarrada e jogada numa caçamba a um quarteirão da loja dela.

— Maravilha — respondeu Charlie.

Mas ele não estava achando tudo tão maravilhoso assim: as coisas que se mexiam debaixo da varanda agora estavam saindo. Subindo a escada, indo para a varanda, fazendo uma fileira. E encarando Charlie. Umas 20 ou 30, com pouco mais de 30 centímetros de altura, usando roupas antigas, de gala. Cada uma tinha como rosto o esqueleto de um animal morto: gatos, raposas, texugos — animais que Charlie não conseguia identificar, a não ser seus crânios, com órbitas negras, vazias. Mesmo assim, olhavam fixamente para ele.

— Você não vai acreditar como ela disse que foi parar lá, Charlie. Ela disse que quem fez isso foram criaturinhas, monstros pequeninos.

— Com uns 30 centímetros de altura — disse Charlie.

— É. Como você sabe?

— Cheios de dentes e garras, como se fossem feitos de partes costuradas de outros bichos, vestidos como se estivessem indo para um baile de gala?

— Como assim, Charlie? O que você sabe sobre isso?

— Só imaginando — disse Charlie, desprendendo o fecho de sua bengala-espada.

— Ei, queridinho — disse uma voz feminina atrás dele. — Sentiu saudades de mim?

Charlie virou-se. Ela estava se arrastando para fora do bueiro, bem atrás dele.

— Mas a má notícia é que achamos a vendedora de bugigangas e o cara do sebo Book'em Danno. Pedaços deles.

— É, má notícia — repetiu Charlie. Começou a subir a rua, afastando-se da harpia do esgoto e da varanda cheia de fantoches de Satã.

— Carne Fresca — chamou uma voz do outro lado da rua.

Charlie olhou e viu outra harpia do esgoto saindo do bueiro, os olhos negros brilhando sob a luz do poste. Atrás dele, ouviu o tiritar de dentinhos de animal.

— Charlie, eu ainda acho que seria bom você sair da cidade uns tempos. Mas, se você não sair, e não diga pra ninguém que eu te disse isso, hein?, é melhor você arranjar uma arma. Talvez duas.

— Acho que seria uma excelente ideia — disse Charlie.

As duas harpias moviam-se bem lentamente na direção dele, de um jeito esquisito, como se estivessem com curto-circuito no sistema nervoso. Aquela que estava mais perto, a mesma que ele havia encontrado no beco em North Beach, lambia os lábios. Parecia estar com uma aparência pior, se comparada à noite em que seduzira Charlie. Ele continuou andando pela rua, afastando-se delas.

— Uma espingarda. Aí você não vai precisar aprender a atirar. Não posso te dar uma, mas...

— Inspetor, depois eu falo com você.

— Eu estou falando sério, Charlie. Não importa o que sejam essas coisas, elas estão atrás de gente como você.

— Você não tem ideia do quanto isso já está bem claro para mim, inspetor.

— Esse aí é o que atirou em mim? — perguntou a harpia mais próxima. — Diz pra ele que eu vou arrancar os olhos do infeliz e enfiar nas orelhas dele.

— Ouviu isso, inspetor? — disse Charlie.

— Ela está aí?

— Elas — corrigiu Charlie.

— Por aqui, Carne Fresca — disse a terceira harpia do esgoto ao sair do bueiro no fim do quarteirão.

Ela ficou ali, as garras estendidas, e, com um movimento rápido do dedo, fez cair uma linha de veneno na lateral de um carro estacionado. A pintura do carro fervilhou e escorreu.

— Onde você está, Charlie? Onde?

— Estou em Mission. Perto de Mission.

As criaturinhas agora estavam descendo os degraus, indo para a calçada perto da rua.

— Olha! — disse a harpia. — Ele nos trouxe presentes.

— Onde, exatamente, Charlie?

— Preciso ir, inspetor.

Charlie fechou o celular e deixou-o cair no bolso de seu casaco. Então sacou a espada de dentro da bengala e virou-se para a harpia que vinha do beco.

— Isso aqui é pra você — disse, fazendo um floreio com a espada.

— Ah, que fofo — disse ela. — Você sempre pensa em mim.

O Cadillac Eldorado Brougham, modelo 1957, era uma máquina letal e perfeita para ser exibida. Consistia em quase três toneladas de aço moldado em um monstro de mandíbulas poderosas e traseira alta. Tinha detalhes de cromo em quantidade suficiente para construir um Exterminador do Futuro inteiro e ainda sobrar — a maioria eram lâminas compridas e afiadas que se soltavam numa colisão, transformando-se em foices letais capazes de arrancar pedaços dos pedestres. Sob os quatro faróis, o carro tinha duas imponentes "balas" de cromo sobressaindo do para-choque: pareciam torpedos ou, então, os sutiãs fetiche da Madonna, só que maiores. A coluna do volante não era retrátil, ou seja, iria empalar o motorista em qualquer colisão mais

séria. Não tinha cintos de segurança. Seus vidros elétricos podiam decepar a cabeça de uma criança. Tinha um motor V8 de 325 cavalos que bebia uma quantidade tão absurda de combustível, que dava para ouvir o carro tentando sugar da terra os fósseis liquefeitos de dinossauros quando passava. Em sua velocidade máxima de cento e oitenta quilômetros por hora, a suspensão leve e macia não contribuía em nada para estabilizar o carro. Para terminar, os freios eram subdimensionados e completamente incapazes de parar a máquina. As barbatanas que saíam da parte traseira eram tão altas e afiadas, que o carro constituía um perigo mortal para os pedestres mesmo quando estacionado. E tudo isso descansava sobre largos pneus com cinta branca, que mais pareciam donuts gigantes cobertos de açúcar — e que também geravam o atrito de donuts gigantes cobertos de açúcar. Detroit não teria gerado uma máquina de barbatanas mais letal nem se tivesse fabricado uma orca coberta com brilhantes pontiagudos. Uma verdadeira obra de arte.

E você precisa saber disso tudo porque, além das Morrigans meio detonadas e das quimeras bem-vestidas, um Cadillac Eldorado 57 aproximava-se rapidamente de Charlie.

O Cadillac vermelho-sangue derrapou na esquina, os pneus gritando feito perus em chamas, as calotas girando perto do meio-fio, o motor rangendo, cuspindo fumaça azul das rodas traseiras como um dragão com flatulência. A primeira Morrigan virou a tempo de receber o choque de uma das garras do para-choque na coxa. Foi arrastada e arrebentada pelas rodas do carro, e finalmente cuspida pelos pneus de trás, virando somente um farrapo negro no chão. Os faróis acenderam e o Cadillac fez a curva, indo na direção da Morrigan que estava mais próxima de Charlie.

As criaturas-animais voltaram correndo para a calçada. Charlie correu, escalou o capô de um Honda estacionado, e o Cadillac atingiu a segunda Morrigan. Ela ricocheteou feito uma boneca de pano sobre

o capô quando o carro freou e depois voou uns 20 metros para o outro lado da rua. O Cadillac deu marcha a ré e atingiu-a novamente, dessa vez passando por cima dela, fazendo-a rolar pelo asfalto e deixar pedaços no chão; depois acelerou, indo na direção da última Morrigan.

Mas ela, que já estava um pouco mais adiantada que suas irmãs, começou a correr pela rua, mudando de forma, os braços transformando-se em asas, tentando formar as penas do rabo, mas aparentemente não conseguiu se transformar a tempo de voar. O Cadillac avançou sobre ela, freou, deu marcha a ré e deixou a marca dos pneus em suas costas.

Charlie correu para cima do teto do Honda, já determinado a pular para a calçada, mas o Cadillac parou ao seu lado e o vidro elétrico da janela, totalmente escuro, desceu.

— Entra logo na porra do carro — disse Minty Fresh.

Minty Fresh atingiu a última Morrigan mais uma vez ao descer a rua a toda velocidade. Seguiu em frente, virou duas esquinas à esquerda, cantando pneu, estacionou perto do meio-fio, abriu a porta, saiu e correu para a frente do carro.

— Mas que merda — disse Minty Fresh (*merda* caindo no compasso, prolongado e com sentimento). — Mas que merda, o capô e a grade ficaram totalmente fodidos. Que merda! Eu até tolero que as forças das trevas tomem conta do mundo, mas *ninguém* fode com o meu carro.

Entrou novamente no carro, engatou a marcha e virou na esquina seguinte, cantando pneu.

— Pra onde a gente tá indo? — perguntou Charlie.

— Vou atropelar aquelas vagabas de novo. *Ninguém* fode com o meu carro.

— Bom, e você achava que ia acontecer o quê, quando passou por cima delas?

— Não pensei que fosse acontecer isso. Nunca atropelei ninguém antes. E não fica com cara de quem está surpreso.

Charlie ficou olhando o interior impecável do carro, os bancos de couro vermelhos, o painel de nogueira, os botões dourados.

— Esse carro é uma maravilha. O meu carteiro ia adorar.

— O seu carteiro?

— Ele coleciona objetos *vintage* de cafetão.

— O que você tá insinuando?

— Nada.

Elas já se encontravam na Guerrero Street; então, quando se aproximaram do quarteirão em que estavam antes, Minty acelerou. A primeira Morrigan que ele havia atingido mal tinha acabado de se levantar quando ele a atingiu de novo, fazendo-a rolar sobre dois carros estacionados e ir parar na lateral de um prédio abandonado. A segunda virou-se para eles e revelou as garras, que arranharam o capô quando Minty passou por cima dela e a fez quicar sobre o carro. E, então, ele passou por cima das pernas da terceira, enquanto ela tentava se arrastar de volta para o bueiro.

— Caramba — disse Charlie, virando e olhando pelo vidro de trás.

Agora, Minty Fresh parecia determinado a dirigir lentamente, com cuidado.

— Mas que diabos são essas coisas?

— Eu chamo de harpias do esgoto. São elas que ficam chamando a gente de dentro dos bueiros. Agora elas estão bem mais fortes do que antes.

— Elas são de dar medo, isso sim — respondeu Minty.

— Ah, não sei não, viu? Você olhou direito pra elas? Porque essas periguetes têm um baita pandeirão e umas bazucas maneiras na frente, sacô, bródi? Toca aqui, mermão! — disse Charlie, oferecendo o punho fechado para que Minty desse um toque, mas infelizmente o bródi mentolado deixou-o no vácuo.

— Para com isso.

— Foi mal — disse Charlie.

— Que foi, você comprou o curso *Fale Feito Negão em Dez Dias ou Menos — Edição Especial de Contrabandista de Crack*? — perguntou Minty.

— É. A gente recebeu o CD na loja uns meses atrás. Eu pratico sempre quando estou no furgão. Acha que estou indo bem?

— Nossa, a sua negro-osidade é do outro mundo. Tive que ficar olhando pra ter certeza se você ainda era branco.

— Obrigado — agradeceu Charlie, e aí exclamou, como se uma lâmpada tivesse acendido sobre sua cabeça:

— Ei! Eu estava te procurando! Por onde é que você andava?

— Estava escondido. Uma daquelas coisas veio atrás de mim de noite, quando eu estava no metrô BART, há alguns dias, voltando de Oakland.

— E como é que você conseguiu escapar?

— Foram aqueles bichinhos, as coisinhas que parecem animais. Vários a atacaram no escuro. Dava pra ouvir ela gritando com os bichinhos, despedaçando os coitados, mas eles conseguiram segurar ela até o trem parar na estação, que estava cheia de gente. E aí ela escapou pelo túnel. Tinha pedacinhos dos bichos pra todo lado, dentro do vagão.

Minty fez a curva na Van Ness e começou a ir em direção ao bairro de Charlie.

— Aquelas coisas te ajudaram? Mas, então, elas não fazem parte do grupo de seres do Mundo Inferior que querem dominar o universo?

— Parece que não. Salvaram a minha pele.

— Então, você já está sabendo que alguns Mercadores da Morte morreram?

— Não, não estava. Não saiu nada no jornal. Eu vi o incêndio na loja do Anton na noite passada. Ele não conseguiu fugir?

— Acharam pedaços dele — disse Charlie.

— Charlie, acho que fui eu quem causou tudo isso — disse Minty Fresh, virando o rosto e olhando para Charlie pela primeira vez, com uma expressão triste em seus olhos dourados. — Não consegui recuperar os meus dois últimos receptáculos de alma, e aí tudo isso começou.

— Também achei que tinha sido por minha causa, e, assim como você, não consegui recuperar dois. Mas não acho que tenha sido a gente. Essas duas clientes estão vivas e eu acho que elas estão naquela casa para onde eu estava indo quando você me salvou. É um centro budista. Centro Budista Três Joias. Tem uma mulher lá que também anda comprando os receptáculos de alma.

— Uma morena bonitinha? — perguntou Minty.

— Não sei. Por quê?

— Ela também comprou de mim. Tentou disfarçar, mas sei que era ela.

— Bom, ela está naquela casa. Preciso voltar pra lá.

— Não quero ficar por perto daquelas vagabas de unhas compridas — disse Minty.

— Isso aí, mano — respondeu Charlie. — Rolou uma parada entre eu e uma delas.

— Não brinca.

— Sério. Ela deu um chega em mim, mas tive que mandar a vagaba dar um rolé, sacou?

— Para.

— Desculpa. Enfim, preciso voltar.

— Tem certeza? Eu acho que elas não morreram. Parece que elas não *podem* morrer.

— Você podia passar por cima delas de novo. Aliás, como é que você sabia onde eu estava?

— Depois que eu fiquei sabendo que a loja do Anton pegara fogo, tentei ligar pra ele e o telefone só dava a mensagem de que a linha havia sido desconectada. Então, fui pra sua loja. Falei com aquela mocinha gótica que trabalha pra você. Ela me contou onde você estava. Ficamos uns dez minutos conversando. Ela sabe de mim? Digo, da gente? Sobre os Mercadores da Morte?

— Sabe, eu contei pra ela há muito tempo. Mas ela não estava... hã... ocupada quando você chegou? Com um cara, digo.

— Não. Ela tem namorado?

— Mas você não é gay?

— Eu nunca disse que era gay.

— É, mas você também não se esforçou pra negar o fato.

— Charlie, eu sou dono de uma loja de discos em Castro, um bairro que é reduto dos gays. Eu vendo mais se parecer um Mercador da Morte gay do que um vendedor hetero.

— É, faz sentido. Nunca tinha pensado nisso.

— Nossa, estou preto de espanto. E então? Ela tem namorado?

— Ela tem metade da sua idade. Eu acho que ela é meio perturbada. Sexualmente falando, digo.

— Mas ela tem namorado ou não tem?

— Olha, Fresh, ela é como se fosse a minha irmã mais nova. Você não tem nenhum funcionário assim, que você considere parte da família?

— Você já conheceu esse pessoal que trabalha em loja de discos? Os caras são o maior repositório de arrogância injustificada que existe no mundo. Se eu pudesse achar substitutos, envenenaria os meus funcionários de bom grado.

— Acho que ela não tem namorado, mas, já que o mundo vai ser mesmo tomado pelas Forças das Trevas, talvez você não tenha tempo pra isso.

— Sei lá. Ela parece curtir as Forças das Trevas. Eu gostei dela. Ela é divertida, de um jeito meio macabro. E gosta do Miles.

— A Lily gosta de Miles Davis?

— Ué, você não conhece a sua irmã mais nova?

Charlie ergueu as mãos e disse:

— Olha, pega a menina, usa, abusa e joga fora, não tô nem aí: ela só trabalha em meio período, mesmo. Aliás, que tal você namorar a minha filha também? Daqui a pouco ela faz 6 anos e, se bobear, até gosta do Coltrane.

— Fica frio, você está exagerando.

— Por favor, dá meia-volta e me leva lá pro centro budista. Preciso dar um jeito nisso. Tudo depende de mim, Fresh. Eu sou o Luminatus.

— Ah, qualé!

— Eu sou, juro — disse Charlie.

— Você é a Grande Morte? Com *M* maiúsculo? Você? Como sabe disso?

— Eu sei.

— Eu sabia que você tinha alguma coisa de diferente, mas pensei que o Luminatus fosse... sei lá.... mais alto.

— Nem vem, OK?

Minty saiu da Van Ness e fez a volta em uma rotatória de um hotel.

— Pra onde você está indo?

— Vou atropelar umas harpias de esgoto.

— A gente está voltando pro centro budista?

— Arrã. Você tem alguma arma além dessa sua espada idiota?

— O meu amigo policial me falou para arranjar um revólver.

Minty colocou a mão dentro do paletó verde e tirou de lá a maior pistola que Charlie já tinha visto. Colocou-a sobre o banco do carro.

— Toma. É uma Desert Eagle .50. Ela consegue abater até um urso.

Charlie pegou a pistola cromada. Devia pesar uns dois quilos, e o polegar de uma pessoa parecia caber tranquilamente dentro do cano.

— Mas esse negócio é enorme!

— Eu sou um cara grande. Presta atenção: tem oito balas aí. Uma já está no tambor. Você precisa tirar a trava de segurança e armar o gatilho primeiro. Aqui e aqui — disse ele, apontando para a trava e para o cão. — Se precisar atirar, segura bem firme. O negócio te joga no chão se você não estiver preparado.

— Mas, e você?

Minty deu um tapinha do outro lado do paletó.

— Eu tenho outra.

Charlie ficou revirando a arma na mão, olhando para as luzes da rua refletidas na superfície cromada. (Os Machos Beta, que se sentem

inerentemente em desvantagem competitiva, adoram coisas espalhafatosas que possam deixá-los no mesmo nível dos Alfa.)

— Você é cheio de segredos, Sr. Fresh. Você não é só mais um Mercador da Morte com mais de 2 metros de altura usando terno verde.

— Muito obrigado, Sr. Asher. Muita gentileza sua.

— O prazer é todo meu.

O celular de Charlie tocou e ele atendeu. Era Rivera.

— Asher, onde diabos você está? Estou te procurando em Mission, mas não tem nada aqui além de um monte de penas pretas flutuando.

— Está tudo bem. Eu estou bem, inspetor. Eu achei o Minty Fresh, o cara da loja de discos. Estou no carro dele agora.

— Então, você está bem? Está seguro?

— Acho que sim.

— Ótimo. Tente ficar mais oculto agora. Eu te ligo, está bem? Quero conversar com o seu amigo amanhã.

— Está bem, inspetor. Obrigado por ter vindo me ajudar.

— Toma cuidado, Asher.

— Pode deixar. Vou tomar cuidado. Tchau.

Charlie fechou o celular, virou-se para Minty Fresh e disse:

— Você está pronto?

— Sem sombra de dúvida — disse o mentolado.

A rua estava deserta quando estacionaram na frente do Centro Budista Três Joias.

— Eu vou pelos fundos — disse Minty.

— Olha, vou te contar, carros são uma droga — disse Babd, tentando não se despedaçar por completo enquanto voltava mancando com as outras Morrigans para o grande navio. — Cinco mil anos com cavalos e estava tudo ótimo, e aí, de repente, todo mundo quer estradas asfaltadas e carros. Não sei qual é a graça.

— E eu nem sei se precisamos mesmo subir ao Mundo Superior e deixar que as Trevas dominem — disse Nemain. — Falando como agente das Trevas, acho que precisam de tempo.

Ela havia sido esmagada numa forma metade corvo e metade mulher, deixando cair penas pelos canos enquanto mancava.

— É como se aquele Carne Fresca tivesse alguém sempre tomando conta dele — disse Macha. — Da próxima vez, melhor a gente deixar o Orcus cuidar do assunto.

— É, vamos falar para o Orcus ir atrás dele — disse Babd. — Pra ver o que ele acha dos carros.

AUDREY E AS PESSOINHAS-ESQUILO

Charlie podia ouvir coisinhas correndo embaixo da varanda enquanto caminhava em direção à porta de entrada do centro budista, mas o peso da enorme pistola que havia enfiado na parte de trás do cinto o deixava mais calmo, mesmo que com as calças meio caídas. A porta de entrada tinha quase quatro metros de altura. Era vermelha, com vidro canelado e, de cada lado, coloridas rodas de prece tibetanas, como se fossem carretéis de linha. Charlie sabia o que eram porque, certa vez, um ladrão tentara vender algumas que havia roubado de um templo.

E também sabia que devia arrombar a porta, mas ela era bem grande, e, embora tivesse visto muitos programas e filmes na TV em que policiais arrombavam portas, ele mesmo tinha pouca experiência no assunto. Outra opção era sacar a pistola e atirar na fechadura, mas ele sabia tanto sobre a arte de atirar em fechaduras quanto sobre arrombar portas, então decidiu tocar a campainha.

Os barulhinhos de passos embaixo dele aumentaram e ele ouviu outros mais pesados lá dentro. A porta abriu e a morena bonita que ele conhecia como Elizabeth Sarkoff — a sobrinha falsa de Esther Johnson — apareceu.

— Ora, ora, Sr. Asher. Mas que surpresa agradável.

Mas não por muito tempo, minha cara, pensou seu eu interior durão.

— Sra. Sarkoff, é um prazer revê-la. O que está fazendo aqui? — perguntou Charlie.

— Eu sou a recepcionista. Entre, por favor.

Charlie entrou e ficou no saguão de entrada, que dava para uma escada. O saguão tinha portas duplas deslizantes dos dois lados. Viu que ao fundo ele dava para uma sala de jantar com uma mesa comprida e que depois dela havia uma cozinha. A casa tinha sido muito bem restaurada e não aparentava ser um lugar público.

E o eu interior durão em sua cabeça disse: *Não tente me enganar, boneca. Nunca bati numa mulher antes, mas, se você não abrir o bico e disser o que quero ouvir, posso mudar de opinião.* Charlie disse:

— Não tinha a menor ideia de que você era budista. Muito interessante. E, a propósito, como vai a sua tia Esther?

Ah, agora ela não tinha como escapar. Nem precisei dar uns tapas.

— Morta, ainda. Mas obrigada por perguntar. O que posso fazer pelo senhor, Sr. Asher?

A porta corrediça à esquerda abriu um pouquinho, e alguém, com uma voz jovem de homem, disse:

— Mestra, precisamos da senhora.

— Já estou indo — disse a suposta Sra. Sarkoff.

— Mestra? — perguntou Charlie, com uma sobrancelha erguida.

— É que as recepcionistas são muito respeitadas na tradição budista — disse ela, sorrindo, um sorriso grande e bobo, como se nem ela mesma acreditasse no que estava dizendo. Charlie ficou encantado com aquele sorriso, a franqueza em seus olhos. Via confiança nos olhos dela sem que houvesse nenhum motivo para isso.

— Deus do céu, você mente muito mal — disse ele.

— Acho que você percebeu logo, não é?

E de novo o sorriso enorme.

— Então, qual o seu nome? — perguntou Charlie, estendendo a mão.

— Eu sou a Venerável Amitabha Audrey Rinpoche — respondeu ela, fazendo uma mesura. — Mas pode me chamar só de Audrey, se estiver com pressa.

A morena bonita apertou dois dedos na mão de Charlie.

— Eu sou Charlie Asher — disse ele. — Então, você não é a sobrinha da Sra. Johnson.

— E você não é vendedor de roupas usadas?

— Bom, na verdade...

Foi só isso que Charlie conseguiu dizer. Em seguida, ouviu-se um estrondo na frente do prédio, um barulho de vidro e madeira quebrando. E, então, ele viu a mesa do aposento ao lado ser derrubada e ouviu a voz de Minty Fresh gritando "Todo mundo parado!" Minty pulou sobre a mesa caída e caminhou na direção deles com a arma na mão, evidentemente sem perceber que tinha dois metros e dez de altura e que a porta, construída em 1908, somente dois metros e três.

— Fica parado! — gritou Charlie, mais ou menos meio segundo depois do ocorrido, bem quando Minty Fresh deu com uns 10 centímetros de testa no belo friso de carvalho acima da porta, gerando com isso um baque que fez a casa inteira tremer. Mas seus pés continuaram, seu corpo oscilou para trás e, em determinado momento, ele estava paralelo ao piso, a uns 2 metros de distância do chão. Foi quando a gravidade finalmente resolveu se manifestar.

A Desert Eagle cromada escorregou pelo chão do saguão até bater na porta de entrada. Minty Fresh caiu duro e completamente inconsciente no chão, entre Charlie e Audrey.

— E este é o Minty Fresh, um amigo meu — disse Charlie. — Ele não costuma fazer isso sempre.

— Nossa, taí uma coisa que não se vê todo dia — disse Audrey, olhando para o gigante adormecido.

— É. Não sei onde é que ele foi arranjar seda crua nesse tom de verde.

— Isso não é linho? — perguntou Audrey.

— Não, é seda.

— Hmm. Está tão amarrotado que achei que fosse linho, ou então um tecido misto.

— Bom, acho que com toda essa atividade...

— É, imagino que sim — assentiu Audrey, e então voltou a olhar para Charlie. — Então...

— Sr. Asher? — disse uma voz feminina à sua direita. As portas corrediças abriram completamente, revelando uma mulher idosa: Irena Posokovanovich. Da última vez que a vira, Charlie estava no banco de trás do carro de Rivera, algemado.

— Sra. Posokov... Sra. Posokovano... Irena! Como vai você?

— O senhor não estava tão preocupado assim comigo ontem.

— Não, estava sim. De verdade. Me desculpe — disse Charlie, tentando usar o seu sorriso mais encantador. — Espero que a senhora não esteja com aquele seu spray de pimenta.

— Não, não estou.

Charlie virou-se para Audrey.

— É que nós tivemos um certo desentendimento...

— Eu estou com isto aqui — disse Irena, mostrando a arma imobilizadora que estava escondendo atrás das costas e pressionando-a contra o peito de Charlie, fazendo com que uma corrente de 125 mil volts passasse pelo seu corpo. Enquanto se contorcia de dor no chão, ele conseguiu ver que se aproximavam dele animais, ou criaturas parecidas com animais, vestidos em ricas vestes de época.

— Amarrem os dois, pessoal — disse Audrey. — Vou fazer um chá.

— Aceita chá? — perguntou Audrey.

Então, pela segunda vez em sua vida, Charlie Asher se encontrava amarrado a uma cadeira, com uma pessoa oferecendo-lhe uma bebida quente. Audrey estava inclinada sobre ele, segurando uma xícara, e, por mais estranha e perigosa que fosse aquela situação, Charlie se deu conta de que olhava fixamente por dentro do decote dela.

— Que chá é esse? — perguntou Charlie, tentando ganhar tempo, observando as pequenas rosas de seda bordadas acima do fecho frontal do sutiã.

— Gosto de chá como gosto dos homens: fracos e verdes — disse Audrey, com um sorriso irônico.

Agora Charlie fitara os olhos dela, que tinham uma expressão risonha.

— A sua mão direita está livre — disse ela. — Mas a gente precisou tirar a sua arma e a sua bengala-espada, porque não gostamos dessas coisas aqui.

— Você é a pessoa mais legal que já me capturou — disse Charlie, pegando a xícara.

— O que você está querendo dizer com isso? — perguntou Minty Fresh.

Charlie olhou para a direita: Minty Fresh estava amarrado a uma cadeira que o fazia parecer refém de crianças que brincavam de chá de bonecas — seus joelhos estavam próximos ao queixo e um dos pulsos preso com fita à cadeira, bem perto do chão. Alguém tinha deixado um saco de gelo grande sobre sua cabeça, e o negócio lembrava vagamente uma daquelas boinas usadas pelos escoceses.

— Nada — disse Charlie. — Você também foi legal quando me manteve preso, não me entenda mal.

— Aceita um chá, Sr. Fresh? — perguntou Audrey.

— Você tem café?

— Sim. Já trago — disse Audrey, e saiu da sala.

Eles tinham sido levados para uma das salas que davam para o saguão, mas Charlie não sabia exatamente qual. Na época em que

a casa fora construída, aquela devia ter sido uma sala de visitas, mas era agora um misto de escritório e sala de recepção: ali havia mesas de metal, um computador, alguns armários de arquivo e diversas cadeiras de escritório de carvalho, para as pessoas que trabalhavam e as que aguardavam.

— Acho que ela gosta de mim — comentou Charlie.

— Ela te amarrou numa cadeira — disse Minty Fresh, tirando a fita que prendia seus tornozelos com a mão livre. O saco de gelo resvalou de sua cabeça e caiu no chão com um barulho alto.

— Eu não tinha percebido o quanto ela era atraente na primeira vez que a vi.

— Será que você pode me ajudar aqui, por favor? — disse Minty.

— Não dá. Estou tomando chá — disse Charlie, mostrando a xícara.

Ouviram uns barulhinhos na porta. Ergueram o olhar e viram quatro pequenos bípedes com roupas de seda e cetim entrando na sala com passos rápidos. Um deles, que tinha cara de iguana, mãos de guaxinim e estava vestido feito um mosqueteiro, com direito a chapéu com uma enorme pluma, sacou uma espada e espetou Minty Fresh na mão que ele usava para tirar a fita.

— Ai, caramba! Sua... coisa!

— Acho que ele não quer que você se solte — disse Charlie.

O iguana fez uma saudação para Charlie com um floreio da espada e um gesto com a mão livre, como se dissesse: *Exatamente, meu caro.*

— Vejo que vocês já conheceram as pessoinhas-esquilo — disse Audrey, entrando na sala com uma bandeja e o café de Minty.

— Pessoinhas-esquilo? — perguntou Charlie.

Uma pequena dama com cara de pato e mãos de réptil, usando um vestido de cetim roxo, fez uma pequena mesura na direção de Charlie, que correspondeu com um meneio de cabeça.

— É o nome que damos para eles — disse Audrey. — Porque os primeiros que fiz tinham rostos e mãos de esquilo, mas aí as partes de esquilo se extinguiram e eles acabaram ficando mais elaborados.

— Eles não são criaturas do Mundo Inferior? — perguntou Charlie. — Foi você que os fez?

— Mais ou menos — respondeu Audrey. — Seu café é com leite e açúcar, Sr. Fresh?

— Sim, por favor — disse Minty. — Então, é você quem faz esses monstros?

Todas as quatro criaturinhas viraram-se para ele ao mesmo tempo e ficaram mais altivas, como se dissessem *Ei, meu chapa, quem você tá chamando de monstro?*

— Eles não são monstros, Sr. Fresh. As pessoinhas-esquilo são tão humanas quanto você.

— É, a diferença é que elas se vestem melhor — disse Charlie.

— Eu não vou ficar pra sempre preso a essa cadeira, Asher — disse Minty. — Minha filha, quem ou o quê você é, afinal?

— Seja gentil — repreendeu Charlie.

— Imagino que é melhor eu explicar — disse Audrey.

— Ah, você imagina? — disse Minty.

Audrey sentou no chão com as pernas cruzadas e as pessoinhas-esquilo ficaram ao redor dela para ouvir o que iria dizer.

— Bom, é meio embaraçoso falar dessas coisas, mas acho que tudo começou quando eu era criança. Eu já sentia certa afinidade por coisas mortas.

— Tipo gostar de tocar em coisas mortas? — perguntou Minty Fresh. — Ficar nua com coisas mortas?

— Será que você pode deixar a moça falar? — repreendeu Charlie.

— Essa mulher é doida — disse Minty.

Audrey sorriu.

— Sim, sim, sou sim, Sr. Fresh. E o senhor está amarrado na minha sala de jantar, à mercê de qualquer maluquice que possa me ocorrer.

Ela deu uma batidinha com a colherinha de prata que estava usando para mexer o chá em um de seus dentes da frente e revirou os olhos, como se estivesse imaginando algo delicioso.

— Por favor, continue — disse Minty Fresh, meio assustado. — Desculpe por ter interrompido.

— Não era uma coisa de gente doida — disse Audrey, olhando para Minty, com ar de desafio. — Eu só tinha um senso muito desenvolvido de compaixão pelos mortos; no geral, pelos animais. Mas, quando a minha avó faleceu, eu consegui sentir a morte dela mesmo a quilômetros de distância. Enfim, não era algo que me atrapalhava nem nada, mas quando fui para a faculdade, para ver se eu conseguia controlar a coisa, decidi estudar filosofia oriental. Ah, sim, e também moda.

— Eu acho que é importante se vestir bem ao lidar com o mundo dos mortos — disse Charlie.

— Hã... é... — disse Audrey. — E eu costurava bem. Gostava muito de fazer fantasias. Bom, então eu conheci um cara e me apaixonei.

— Um cara morto? — perguntou Minty.

— Logo depois, Sr. Fresh. Ele faleceu logo depois — disse Audrey, olhando para o carpete.

— Viu, seu insensível! Você deixou a moça magoada — disse Charlie.

— Escuta, eu estou amarrado a uma cadeira. Cercado de monstrinhos, Asher. Não sou eu o insensível nessa história.

— Tudo bem, desculpa — disse Charlie.

— Tudo bem — continuou Audrey. — O nome dele era William-Billy. Nós ficamos juntos durante dois anos e aí ele adoeceu. Estávamos noivos havia somente um mês quando ele foi diagnosticado com um tumor no cérebro que não podia ser operado. Deram apenas alguns meses de vida pra ele. Então, eu saí da faculdade e fiquei cuidando de William o tempo todo. Uma das enfermeiras sabia que eu estudava filosofia oriental e disse que eu deveria conversar com Dorje Rinpoche, um monge do Centro Budista Tibetano em Berkeley. Ele falou com a gente sobre o *Bardo Thodol*, aquilo que conhecemos como *O Livro Tibetano dos Mortos*. E me ajudou a preparar Billy para

transferir sua consciência para o mundo seguinte — para sua vida seguinte. Isso fez com que a gente parasse de se concentrar nas coisas negativas e transformasse a morte em algo natural, cheio de esperança. Eu estava com Billy quando ele morreu e podia sentir a consciência dele continuar — senti isso, de verdade. Dorje Rinpoche disse que eu tinha um talento especial. E achou que eu devia estudar com um lama.

— E aí você virou monge? — perguntou Charlie.

— Pensei que *lhama* fosse só uma ovelha mais alta — disse Minty Fresh.

Audrey ignorou o comentário.

— Eu estava desolada e precisava de um rumo na vida, então fui para o Tibete. Lá, fui aceita num mosteiro, onde fiquei estudando o *Bardo Thodol* durante doze anos, sob a supervisão do Lama Karmapa Rinpoche, a décima sétima reencarnação do bodhisattva que fundou a nossa escola de budismo, há mil anos. Ele me ensinou a arte do *p'howa* — a transferência da consciência no momento da morte.

— Para que você pudesse fazer o que o monge tinha feito com o seu noivo? — perguntou Charlie.

— Sim. Fiz *p'howa* para diversos habitantes dos vilarejos nas montanhas. Era meio que a minha especialidade, além de fazer as vestes de todo mundo no mosteiro. Lama Karmapa me disse que achava que eu era uma alma muito antiga, a reencarnação de um ser superiluminado de muitas gerações anteriores. Imaginei que ele só estivesse tentando me testar, tentando me fazer sucumbir ao ego, mas, quando estava prestes a morrer, ele me chamou para fazer o *p'howa* e me dei conta de que aquele era o teste, de que ele estava confiando a transferência de sua própria alma a mim.

— Eu só queria deixar claro que eu não confiaria nem a chave do meu carro a você — disse Minty Fresh.

O iguana mosqueteiro espetou Minty na canela com sua pequena espada e o grandalhão deu um grito.

— Viu? — disse Charlie. — Quando você é mal-educado, acaba recebendo o troco. É o carma.

Audrey sorriu para Charlie, colocou sua xícara de chá no chão e ficou em posição de lótus.

— Quando o Lama faleceu, vi a consciência dele abandonar o corpo. E, então, senti a minha própria consciência abandonar o meu corpo e segui o Lama até as montanhas; lá ele me levou até uma pequena caverna, bem escondida sob a neve. E, naquela caverna, havia uma caixa de pedra, lacrada com cera e corda. Ele me disse que eu deveria encontrar a caixa e então foi embora, ascendeu. E eu vi que estava de volta no meu corpo.

— Você já era superiluminada? — perguntou Charlie.

— Eu nem sei direito o que isso quer dizer — disse Audrey. — O Lama estava errado a esse respeito. Mas algo havia mudado em mim depois que fiz o *p'howa* para ele. Quando eu saí do aposento com o corpo dele, eu podia ver um ponto vermelho brilhando nas pessoas, bem no chacra do coração. Era a mesma coisa que eu havia seguido nas montanhas, a consciência imortal. Eu conseguia ver a alma das pessoas. O mais assustador era que eu podia ver que o brilho não existia em algumas pessoas, ou então eu não conseguia vê-lo nelas ou em mim mesma. Não sabia exatamente o porquê, mas sabia que precisava achar aquela caixa de pedra. Segui exatamente o mesmo caminho até as montanhas que o Lama havia me mostrado. Dentro da caverna estava um pergaminho que a maioria dos budistas achava — e ainda acha — ser um mito: o capítulo perdido do *Livro Tibetano dos Mortos*. Ele descrevia duas artes há muito perdidas, o *p'howa da projeção forçosa* e outra de que eu nunca tinha ouvido falar, o *p'howa da imortalidade*. A primeira permite que você force a transferência de um ser para outro, e a segunda permite que o praticante prolongue a transição, o *bardo*, entre a vida e morte, indefinidamente.

— Isso significa que você pode fazer as pessoas viverem para sempre? — perguntou Charlie.

— Mais ou menos. É como se parassem de morrer, na verdade. Então, fiquei meses meditando sobre esse dom fantástico que eu havia

recebido, com medo de tentar fazer os rituais. Então, estando eu presente certo dia no *bardo* de um velho que estava morrendo com um câncer doloroso no estômago, eu não conseguia mais vê-lo sofrer e tentei fazer o *p'howa da projeção forçosa*. Guiei a alma dele até o corpo de seu neto recém-nascido, que não exibia nenhum brilho no chacra do coração. E realmente consegui ver o brilho mover-se pela sala até a alma entrar no bebê. O homem morreu em paz, segundos depois. Daí a semanas, me chamaram para o *bardo* de um menino que tinha adoecido e que parecia estar prestes a morrer. Eu não queria deixar isso acontecer, já que sabia ser capaz de fazer alguma coisa, então fiz o *p'howa da imortalidade* nele, e ele não morreu. Na verdade, até melhorou. E, aí, sucumbi ao ego e comecei a realizar o ritual nos outros habitantes do vilarejo, em vez de ajudá-los a passar para a vida seguinte. Fiz uns cinco num período de alguns meses, mas então aconteceu um problema: os pais do menininho me chamaram e disseram que ele não estava mais crescendo. Nem mesmo seu cabelo ou suas unhas. Ele ficou parado na idade de 9 anos. Mas, àquela altura, os habitantes do vilarejo já traziam os moribundos até mim, e os rumores se espalharam pelas montanhas até outros vilarejos. Faziam fila do lado de fora do mosteiro, exigindo que eu fosse vê-los. Eu me recusava a realizar o ritual, por ter me dado conta de que não estava ajudando aquelas pessoas, e sim deixando-as congeladas em um ponto de sua progressão espiritual — e, além disso, assustando todo mundo.

— O que é compreensível — disse Charlie.

— Eu não conseguia explicar para os outros monges o que estava acontecendo. Então, numa noite, fugi. E me pus à disposição de um centro budista em Berkeley, onde me aceitaram como monge. Foi nessa época que vi, pela primeira vez, uma alma humana em um objeto inanimado, quando fui a uma loja de CDs no Castro. Era a sua loja de CDs, Sr. Fresh.

— Eu sabia que era você — disse Minty. — Eu falei para o Asher sobre você.

— Falou — confirmou Charlie. — E disse que você era muito atraente.

— Não disse não — retrucou Minty.

— Disse sim. "Olhos bonitos", foi o que ele disse. Continue, por favor.

— Não podia ser outra coisa: o brilho no CD era exatamente a mesma presença que eu conseguia sentir nas pessoas que tinham uma alma. Nem preciso dizer que fiquei muito assustada.

— Sim, entendo. Eu tive uma experiência semelhante — disse Charlie.

Audrey assentiu e continuou:

— Eu ia discutir tudo isso com o meu mestre no centro. Falar francamente sobre o que eu havia aprendido no Tibete e passar os pergaminhos para alguém que talvez pudesse entender o que estava acontecendo com essa coisa de almas dentro de objetos. Mas, depois de alguns meses, eles receberam mensagens do Tibete dizendo que eu havia fugido sob circunstâncias suspeitas. Não sei exatamente o que disseram, mas acabaram me pedindo para sair do centro.

— E aí você formou um bando de bichos assustadores e veio pra Mission — disse Minty Fresh. — Muito bacana. Mas agora já pode me soltar da cadeira. Vou embora e te deixo em paz.

— Fresh, será que você pode, por favor, deixar a Audrey terminar a história dela? Tenho certeza de que existe um motivo perfeitamente inocente para ela andar por aí com um bando de bichos assustadores.

Audrey continuou:

— Eu consegui um emprego como figurinista de um grupo de teatro. E ficar perto de gente de teatro, basicamente um monte de gente que adora se mostrar, pode trazer qualquer um de volta ao ritmo mundano da vida. Aí eu tentei esquecer o que eu fiz no Tibete e me concentrei no meu trabalho, tentando deixar a minha criatividade fluir. Eu não tinha dinheiro para fazer roupas de tamanho normal, então comecei a criar versões menores. Comprei uma coleção de esquilos de uma loja de segunda mão em Mission e usei como meus

primeiros modelos. Depois, usei outras partes de animais taxidermizados como modelos, misturando e combinando peças, mas a essa altura eu já tinha começado a chamá-los de pessoinhas-esquilo. Muitos têm pés de aves, galinha e pato, porque dava para comprar essas coisas em Chinatown, além de cabeças de tartaruga e... bom, em Chinatown dá para comprar muitas partes de animais mortos.

— Nem me fale — disse Charlie. — Eu moro a um quarteirão da loja que vende partes de tubarão. Mas nunca tentei reconstruir um tubarão com as partes. Aposto que deve ser divertido.

— Vocês são completamente loucos — disse Minty. — Os dois. Vocês sabem disso, não é? Com essa ideia de mexer com coisas mortas e tal.

Charlie e Audrey olharam para ele, cada um com uma sobrancelha erguida. Uma criatura num quimono azul, cujo rosto era o crânio de um cachorro, também lançou a Minty um olhar crítico com suas órbitas vazias, e também teria erguido uma sobrancelha se tivesse uma.

— Tudo bem, tudo bem, continua. Já deu para entender — disse Minty, fazendo um gesto com a mão livre pra que Audrey continuasse.

Audrey suspirou.

— Então eu comecei a ir a todos os brechós da cidade, procurando de tudo, de botões a mãos. E, em pelo menos oito delas, achei os objetos que continham almas — e todos ficavam juntos, em cada loja. E aí me dei conta de que eu não era a única que conseguia enxergar o brilho vermelho neles. Alguém estava aprisionando aquelas almas nos objetos. Foi quando fiquei sabendo dos senhores — o que quer que os senhores sejam. Eu precisava tirar essas almas de vocês. Então eu as comprava. Queria fazê-las passar para o seu próximo renascimento, mas eu não sabia como. Pensei em usar o *p'howa da projeção forçosa*, forçando uma alma em alguém que, como eu podia ver, não tinha alma, mas é um processo que leva tempo. O que eu poderia fazer? Amarrar a pessoa? E nem sabia se isso iria funcionar. Afinal, esse método já tinha sido usado para forçar uma alma a passar de uma pessoa para outra, mas nunca a partir de um objeto inanimado.

— Então, você tentou essa coisa da projeção forçosa com uma das pessoinhas-esquilo? — perguntou Charlie.

— É. E funcionou. Mas eu não imaginava que ela fosse deixar de ser inanimada. Ela começou a andar, a fazer coisas. Coisas inteligentes. E foi assim que eles se tornaram essas pessoinhas que vocês estão vendo. Aceita mais chá, Sr. Asher? — perguntou Audrey, sorrindo, segurando o bule na direção de Charlie.

— Essas coisas têm almas humanas? — perguntou Charlie. — Mas que coisa horrível!

— Ah, claro, é melhor deixar a alma aprisionada num par de tênis velhos na sua loja. As almas só ficam nas pessoinhas-esquilo até eu descobrir como colocá-las nas pessoas. Eu queria salvar as almas de você, de pessoas como vocês.

— Mas nós não somos os vilões da história. Anda, Fresh, fala pra ela. Nós não somos os vilões.

— É, nós não somos os vilões — disse Minty. — Será que eu poderia tomar mais um café?

— Nós somos Mercadores da Morte — disse Charlie, mas a frase soou bem menos positiva do que ele imaginava. Estava desesperado: não queria que Audrey achasse que ele era o cara malvado. Assim como a maioria dos Machos Beta, não se dava conta de que ser o cara bonzinho não era necessariamente um atrativo para as mulheres.

— É disso que eu estou falando — disse Audrey. — Eu não podia simplesmente deixar que vocês vendessem as almas com o resto das quinquilharias de segunda mão.

— Mas é assim que elas passam a renascer — disse Minty.

— Hein? — perguntou Audrey, olhando para Charlie, em busca de confirmação.

Charlie concordou.

— Ele está certo. Nós recebemos as almas quando alguém morre, e aí alguém compra e elas passam para a próxima vida. Eu já vi isso acontecer.

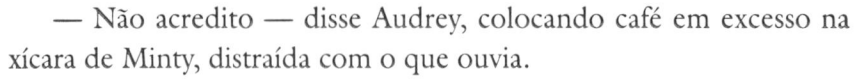

— Não acredito — disse Audrey, colocando café em excesso na xícara de Minty, distraída com o que ouvia.

— Mas é — confirmou Charlie. — A gente também consegue ver o brilho vermelho, mas não no corpo das pessoas, como você. Só nos objetos. Quando alguém que precisa de uma alma entra em contato com o objeto, o brilho some. A alma entra na pessoa.

— Eu achava que vocês estivessem prendendo as almas entre uma vida e outra. Então, vocês não aprisionam as almas?

— Não.

— Então, no fim das contas, não foi a gente — disse Minty Fresh para Charlie. — Foi ela que causou tudo isso.

— Causei o quê? — perguntou Audrey.

— Existem *Forças das Trevas...* Nós não sabemos exatamente o que elas são — disse Charlie. — O que nós vimos até agora foram corvos gigantes e mulheres demoníacas que chamamos de harpias do esgoto, porque saem dos bueiros. Elas ficam mais fortes quando conseguem um receptáculo de alma — e estão ficando *bem* fortes. A profecia diz que elas irão surgir na cidade de São Francisco e que as trevas tomarão conta do mundo.

— E elas ficam nos esgotos? — perguntou Audrey.

Os dois Mercadores da Morte fizeram que sim.

— Ah, não! É pelo esgoto que as pessoinhas-esquilo andam pela cidade sem ser vistas. Eu pedi que elas fossem a diferentes lojas de São Francisco para recuperar as almas. E devo ter mandado as almas direto para essas criaturas. Muitas delas não voltaram para casa. Imaginei que estivessem andando por aí, perdidas. Às vezes, elas fazem isso. Elas têm o potencial da consciência humana total, mas algo acaba se perdendo à medida que o tempo passa e a alma fica fora do corpo. Às vezes, elas são meio tolinhas.

— Não diga — disse Charlie. — É por isso que o iguana ali tá roendo aquele fio elétrico?

— Ignatius, sai daí! Se você se eletrocutar, o único lugar onde eu vou colocar a sua alma é naquele frango que eu trouxe do supermercado.

Ele ainda está congelado e eu não tenho nenhuma calça que cabe nele — disse Audrey, e depois para Charlie, com um sorriso meio constrangido: — Ai, a gente nunca imagina que um dia vai dizer essas coisas.

— É, crianças são assim mesmo, fazer o quê? — disse Charlie, tentando parecer gentil. — Sabe, uma das suas pessoinhas-esquilo me atingiu com arco e flecha.

Audrey agora parecia abalada. Charlie quis confortá-la. Dar-lhe um abraço. Beijar o topo de sua cabeça e dizer que tudo ia ficar bem. Talvez até convencê-la a desamarrá-lo da cadeira.

— Ah, é? Arco e flecha... Ah, deve ter sido o Sr. Shelly. Ele foi espião ou algo assim numa vida passada, e tinha o hábito de sair em missões. Então, pedi que ele ficasse de olho em você e me relatasse o que visse, para que eu soubesse o que você andava fazendo. Não tive a intenção de deixar ninguém ferido. E ele nunca voltou pra casa. Eu sinto muito.

— Relatasse o que visse? Então eles podem falar? — perguntou Charlie.

— Bom, eles não falam. Porém, alguns sabem ler e escrever. O Sr. Shelly até sabe digitar. Eu estou tentando achar uma solução pra isso. Preciso de uma caixa de voz que funcione. Tentei tirar uma caixa de voz de uma boneca, mas, no fim, eu só consegui um furão vestido de samurai que chorava e ficava pedindo para ir brincar no parquinho; foi uma decepção. É um processo estranho. Contanto que existam partes orgânicas, coisas que uma vez já foram vivas, elas se juntam e funcionam. Músculos e tendões se conectam. Eu uso presunto para o torso, porque aí eles têm bastante músculo para poder usar e cheiram melhor quando ficam prontos. Sabem, como presunto defumado. Mas certas coisas são um mistério. Elas não conseguem criar um mecanismo de fala.

— E parece que não conseguem criar olhos, também — disse Charlie, fazendo um gesto com a xícara na direção de uma criaturinha cuja cabeça era o crânio sem olhos de um gato. — Como conseguem enxergar?

— Não tenho ideia — disse Audrey, encolhendo os ombros. — O livro não falava nada.

— Sei bem como é isso de não achar nada no livro — disse Minty Fresh.

— Bom, então ando fazendo experimentos com uma caixa de voz feita de tripa de animais e concha de molusco. Aí vou ver se eles aprendem a falar.

— E por que você não coloca as almas de volta em corpos humanos? — perguntou Minty. — Digo, você consegue fazer isso, não?

— Acho que sim — respondeu Audrey. — Mas, para falar a verdade, não tinha nenhum cadáver humano na casa. É preciso ter um pedaço de ser humano neles — aprendi isso experimentando. Um dedo, sangue, qualquer coisa. Consegui pechinchar e comprar uma coluna vertebral numa loja de objetos no Haight. Eu uso uma vértebra para cada um deles.

— Então, você é tipo aqueles cientistas malucos que reanimam cadáveres — disse Charlie, e depois apressou-se a acrescentar: — E eu digo isso com a melhor das intenções.

— Ah, obrigada, Sr. *Mercador da Morte* — disse Audrey, sorrindo, indo até uma mesa ali perto para pegar uma tesoura. — Pelo jeito, vou ter que soltar vocês dois para que me contem como é que começaram a trabalhar com isso. Sr. Greenstreet, será que você pode trazer mais chá e café, por favor?

Uma criatura com crânio de castor, usando um chapéu turco e um paletó de smoking de cetim vermelho, fez uma mesura e passou correndo por Charlie, indo em direção à cozinha.

— Paletó bonito — disse Charlie.

A criaturinha-castor respondeu fazendo um sinal de aprovação com o polegar. Tinha polegares de lagarto.

O RITMO DOS ACHADOS E PERDIDOS

O Imperador estava acampado em meio a arbustos perto de um canal que ia para o riacho Lobos, em Presidio, o ponto perto da Golden Gate Bridge do lado de São Francisco em que havia fortificações na época dos espanhóis, mas que recentemente havia sido transformado em um parque. O Imperador ficou dias andando a esmo pela cidade, gritando para dentro dos bueiros, seguindo o som dos latidos de seu soldado perdido. Fora Lazarus, seu fiel golden retriever, que o levara até ali, um dos poucos escoadouros da cidade por onde o boston terrier poderia sair sem ser levado pela água até a baía. Ficaram acampados escondidos sob um poncho, esperando. Felizmente não havia chovido desde que Bummer saíra correndo atrás do esquilo e entrara no bueiro, mas havia dois dias que nuvens escuras pairavam sobre a cidade — e, fossem ou não prenúncio de chuva, elas deixavam o Imperador temeroso por sua cidade.

— Ah, Lazarus — disse o Imperador, coçando atrás da orelha de seu protegido —, se tivéssemos metade da coragem de nosso pequeno

companheiro, poderíamos entrar naquele escoadouro para procurá-lo. Mas de que valemos sem ele? De que vale nossa coragem, nossa honra? Podemos ser resolutos e virtuosos, meu amigo, mas sem coragem para nos arriscar pela vida de nosso irmão somos apenas políticos, meras meretrizes da retórica.

Lazarus deu um grunhido e se entrincheirou um pouco mais debaixo do poncho. O sol tinha acabado de se pôr, mas o Imperador conseguia enxergar algo se movimentando no cano. Quando ficou de pé, o cano de quase 2 metros de altura foi tomado por uma criatura que saiu de lá se arrastando e praticamente se desdobrou no riacho — uma coisa enorme, com cabeça de touro, olhos verdes e brilhantes e asas que se abriram igual a guarda-chuvas feitos de couro.

Ficaram olhando a criatura dar três passos e saltar para o céu do crepúsculo, as asas batendo feito as velas de um barco da morte. O Imperador estremeceu de medo e até pensou na hipótese de irem para a cidade, talvez passar a noite na Market Street, com pessoas e policiais ao redor, mas então ouviu um latido distante lá no fundo do escoadouro.

Audrey estava mostrando para eles o resto do centro budista, o qual, com exceção do escritório na frente e de uma sala de estar que tinha sido convertida em sala de meditação, era exatamente como todas as outras espaçosas casas vitorianas. Sim, tinha uma decoração modesta e oriental, e talvez estivesse impregnado com um cheiro de incenso, mas ainda era apenas uma casa grande e antiga.

— É só uma casa grande e antiga, mesmo — disse ela, levando-os até a cozinha.

Minty Fresh deixava Audrey nervosa. Ele ficava tirando pedacinhos de fita adesiva que tinham ficado colados na manga de seu paletó verde e olhava para Audrey de um jeito que parecia dizer *É melhor esse treco sair na lavagem a seco, senão você vai ver.* Só o tamanho dele já intimidava, mas agora vários galos grandes começavam a despontar em sua testa devido ao choque contra a porta, e ele lembrava um guerreiro

Klingon — menos o terno verde-pastel, é claro. Talvez o agente de um guerreiro Klingon.

— Mas, então, se as pessoinhas-esquilo achavam que eu era um dos vilões, por que elas me salvaram da harpia do esgoto no trem, na semana passada? — perguntou ele. — Elas atacaram a harpia e me deram tempo de fugir.

Audrey deu de ombros.

— Não sei. Teoricamente, eles só deviam ficar vigiando você e relatar o que viam. Devem ter percebido que o que estava em seu encalço era bem pior que você. No fundo, essas criaturas são humanas, certo?

Ela parou em frente à porta da despensa e virou-se para eles. Não tinha visto a catástrofe na rua, mas Esther ficou olhando pela janela e contou a ela o que havia acontecido — sobre as criaturas com aparência de mulher que estavam atrás de Charlie. Evidentemente, aqueles estranhos homens eram aliados, de certa maneira, e praticavam aquilo que ela considerava sua função sagrada: ajudar almas a passar para a existência seguinte. Mas, e quanto ao método? Será que podia confiar neles?

— Então, de acordo com o que vocês estão dizendo, existem milhares de seres humanos andando por aí sem alma?

— Talvez milhões — disse Charlie.

— Isso pode explicar a última eleição — disse ela, tentando ganhar tempo.

— Você disse que podia ver se as pessoas tinham alma — disse Minty Fresh.

Ele tinha razão, era verdade; mas ela vira pessoas sem alma sem nunca parar para pensar sobre quantas existiam, sobre o que acontecia quando os que morriam não correspondiam aos que nasciam. Balançou a cabeça e disse:

— Então a transferência de almas depende de uma aquisição material? Isso é tão... sei lá... *vulgar*.

— Audrey, eu garanto a você que nós dois estamos tão confusos com o funcionamento da coisa quanto você, e nós somos instrumentos desse processo — disse Charlie.

E, então, ela olhou para Charlie, dessa vez com atenção. Ele estava dizendo a verdade. Tinha ido até ali para fazer a coisa certa. Ela abriu a porta da despensa e uma luz vermelha derramou-se sobre eles.

A despensa era quase tão grande quanto um quarto moderno, e cada prateleira, do chão até o teto, e quase todo o chão estavam cheios de receptáculos de alma brilhando.

— Minha nossa! — disse Charlie.

— Peguei o máximo que consegui. Digo, as pessoinhas-esquilo pegaram.

Minty Fresh abaixou a cabeça e entrou na despensa. Ficou em frente a uma prateleira cheia de discos e CDs. Pegou um monte deles na mão e começou a revirá-los. E aí se virou para ela, segurando em leque umas seis embalagens de CD.

— Estes aqui são da minha loja.

— Sim. Nós pegamos todos — disse Audrey.

— Vocês invadiram a minha loja!

— Ela estava protegendo os receptáculos dos vilões, Minty — disse Charlie, entrando na despensa. — Pode ser que tenha salvado todos. Talvez até tenha salvado a gente.

— Não, cara, nada disso estaria acontecendo se não fosse por causa dela.

— Não, ia acontecer de qualquer maneira. Eu vi isso no outro *Grande Livro*, no Arizona.

— Eu só estava tentando ajudar as almas — disse Audrey.

Charlie ficou olhando para os CDs na mão de Minty. Ele agora parecia estar numa espécie de transe: esticou a mão e pegou os CDs, movimentando-se lentamente, como se estivesse mergulhado em um líquido espesso — e aí foi repassando os CDs, com exceção de um, para o qual ficou olhando fixamente. Em seguida, ele virou o CD para olhar o verso. De repente, caiu sentado no chão, e Audrey segurou sua cabeça para que ele não batesse com ela na prateleira.

— Charlie, está tudo bem? — perguntou ela.

Minty Fresh ficou de cócoras perto de Charlie e olhou para o CD. Esticou a mão para pegá-lo, mas Charlie puxou a mão para mais perto de si.

Minty olhou para Audrey e explicou:

— É a mulher dele.

Audrey pôde ver o nome Rachel Asher gravado na parte de trás da embalagem do CD e sentiu uma enorme tristeza por ver Charlie daquele jeito. Abraçou-o.

Eu sinto muito, Charlie. Sinto muito.

Lágrimas caíram na caixinha do CD. Charlie não olhou para cima.

Minty Fresh ficou ali parado e pigarreou, agora sem nenhum traço de raiva ou acusação no rosto. Quase dava a impressão de estar embaraçado.

— Audrey, estou há dias dirigindo pela cidade. Será que tem algum lugar onde eu possa descansar?

Ela fez que sim, o rosto apoiado nas costas de Charlie.

— Pode pedir para a Esther. Ela mostra onde você pode dormir.

Minty Fresh abaixou a cabeça e saiu da despensa.

Audrey ficou abraçando Charlie, ninando-o durante um bom tempo; por mais que ele estivesse perdido no mundo daquele CD que guardava o amor de sua vida, e por mais que ela estivesse do lado de fora desse mundo, agachada numa despensa que pulsava com o brilho vermelho de bricabraques cósmicos, ela chorou com ele.

Depois de uma hora, ou talvez umas três, porque é assim que o tempo passa quando sentimos o peso do amor e da tristeza, Charlie virou-se para ela e disse:

— Eu tenho alma?

— Hein?

— Você disse que podia ver as almas das pessoas brilhando nelas. Eu tenho alma?

— Sim, Charlie. Sim, você tem alma.

Ele assentiu, mais uma vez virando o rosto, mas ficando mais próximo dela.

— Você quer a minha alma? — ofereceu ele.

— Não, está tudo bem — disse ela.

Mas não estava tudo bem.

Ela pegou o CD da mão dele — na verdade, abriu os dedos dele, que seguravam o CD com firmeza — e colocou junto com os outros.

— Vamos deixar a Rachel descansar. Vamos ali para a outra sala.

— Está bem.

Charlie deixou que ela o ajudasse a levantar.

No andar de cima, num pequeno quarto com várias almofadas no chão e quadros do Buda meditando entre lótus, eles sentaram e ficaram conversando à luz de velas. Falaram sobre suas vidas, sobre como chegaram até ali, sobre o que eram e, depois, conversaram sobre as pessoas que perderam.

— Eu presenciei isso diversas vezes — disse Charlie. — Mais com os homens do que com as mulheres, mas acontecia com os dois: a mulher ou o marido morre e aí é como se aquele que sobreviveu estivesse amarrado ao outro feito um alpinista amarrado a outro que tivesse caído. Se aquele que não morreu não deixar tudo para trás, se não cortar a corda, a pessoa morta poderá levá-lo para o túmulo também. Acho que é o que teria acontecido comigo se não fosse a Sophie. Talvez ter me tornado um Mercador da Morte também tenha ajudado. Havia algo maior do que eu acontecendo, algo maior que a minha dor. Esse é o único motivo pelo qual consegui chegar inteiro até aqui.

— É a fé — disse Audrey. — O que quer que ela seja. É engraçado. Quando a Esther veio até mim, ela estava com raiva. Estava morrendo e sentia raiva. Ela disse que tinha acreditado em Jesus a vida inteira e que agora estava morrendo e Ele havia prometido que ela viveria para sempre.

— E aí você virou para ela e disse "Que azar o seu, hein, Esther?".

Audrey jogou uma almofada nele. Ela gostava do modo como Charlie ainda conseguia achar algo engraçado em um assunto tão sinistro.

— Não. Eu disse que Ele havia dito que ela iria viver para sempre. A diferença é que Ele não havia dito como. Ela não tinha sido traída

em sua fé: só precisava abrir a mente a uma nova compreensão do mundo.

— Grande merda. Pura embromação — brincou Charlie.

Outra almofada quicou em sua testa.

— Não, não é besteira. Se alguém compreende o significado de o livro não explicar tudo nos mínimos detalhes, essa pessoa deve ser você. Nós.

— Você não consegue tirar sarro e dizer "grande merda", não é?

Audrey sentiu o rosto quente e ficou aliviada por estarem sob a luz alaranjada da vela.

— Olha, eu estou aqui falando sobre fé. Será que você não pode me dar um desconto?

— Desculpa. Eu sei... Bom, eu acho que sei o que você está querendo dizer. Digo, sei que existe alguma ordem em tudo isso, mas não sei como alguém consegue conciliar, digamos, sua fé católica com o *Livro Tibetano dos Mortos*, com *O Fantástico Grande Livro da Morte*, com vendedores de artigos de segunda mão negociando objetos com almas humanas e mulheres-corvo malignas que habitam o esgoto. Quanto mais eu sei, menos eu entendo. Só sigo em frente.

— Bom, o *Bardo Thodol* fala que você irá encontrar centenas de monstros durante a jornada da sua consciência entre a morte e o renascimento. Mas somos instruídos a ignorá-los, já que eles são ilusões. São os seus próprios medos tentando impedir a sua consciência de seguir em frente. Eles não podem machucar você de verdade.

— Acho que se esqueceram de mencionar isso no livro, Audrey, porque eu vi esses monstros. Eu lutei com eles e até arranquei almas de suas mãos. Eu estava lá quando atiraram em uma delas e quando elas foram atropeladas por um carro e ainda assim continuaram vivas. Elas definitivamente não são ilusões. E, *sem dúvida,* podem machucar alguém. *O Fantástico Grande Livro* não fala de detalhes, mas ele certamente fala que as Forças das Trevas tentarão dominar o mundo, que o Luminatus irá surgir e lutar contra elas.

— Luminatus? Tem algo a ver com luz?

— A grande Morte — explicou Charlie. — A morte com M maiúsculo. É o chefão. Tipo o Poderoso Chefão da Morte. Tipo assim, Minty e os outros Mercadores da Morte seriam os ajudantes do Papai Noel. E o Luminatus seria o Papai Noel.

— O Papai Noel é a grande Morte?! — perguntou Audrey, de olhos arregalados.

— Não, é só um exemplo... — começou Charlie, mas aí viu que ela estava tentando não rir. — Ei, dá um desconto, vai. Hoje eu fui ferido, eletrocutado e amarrado. Estou traumatizado.

— Então, quer dizer que a minha estratégia de sedução está funcionando? — perguntou Audrey, sorrindo.

Charlie ficou nervoso.

— Eu não... eu não estava... eu, por acaso, estava olhando para os seus seios? Porque, se eu estava, juro que foi totalmente sem querer, porque, bom, eles estão aí e...

— Shhh — disse ela, esticando a mão e colocando um dedo em seus lábios para que ele se calasse. — Charlie, neste momento eu me sinto muito próxima de você, muito ligada a você. E eu quero que essa conexão continue, mas estou exausta e acho que não consigo mais ficar conversando. Acho que eu quero ir para a cama com você.

— Sério? Você tem certeza?

— Se tenho certeza? Eu não faço sexo há quatorze anos. Se você tivesse me pedido ontem, eu teria te dito que preferiria enfrentar um dos tais monstros-corvos do que ir para a cama com um homem. Mas agora que estou aqui, com você, tenho certeza absoluta disso — disse ela; depois, sorriu, desviou o olhar e acrescentou: — Bem, se você também quiser.

Charlie pegou a mão dela.

— Eu quero. Mas eu ia te contar uma coisa importante.

— Não dá para esperar até amanhã de manhã?

— Claro.

Passaram a noite nos braços um do outro. Quaisquer que fossem os medos e inseguranças que tivessem antes, perceberam que eram meras ilusões. A solidão foi se dissipando deles como o vapor se dissipa da superfície do gelo seco. Pela manhã, a solidão de ambos era somente uma névoa no teto do quarto, que logo desapareceu com a luz.

Durante a noite, alguém endireitou a mesa de jantar e arrumou a bagunça que Minty Fresh fizera ao arrombar a porta da cozinha. Ele estava sentado à mesa quando Charlie desceu.

— Guincharam o meu carro — disse Minty Fresh. — Tem café pronto.

— Obrigado.

Charlie passou pela sala de jantar e foi até a cozinha. Serviu-se do café e sentou com Minty.

— Como está a sua cabeça? — perguntou.

O grandalhão tocou o hematoma roxo em sua testa.

— Está melhor. E como está você?

— Acidentalmente transei com uma monja na noite passada.

— Às vezes, em épocas de crise, não dá pra evitar coisas assim. E como você está, fora isso?

— Estou me sentindo ótimo.

— É. Agora imagine o resto da humanidade, completamente triste com o fim do mundo e se sentindo mal.

— Não é o fim do mundo. São apenas as trevas tomando conta de tudo — disse Charlie, em tom alegre. — E, quando escurece, a gente acende a luz.

— Que bom, Charlie. Agora, com licença. Preciso ir pegar o meu carro no depósito antes que você venha com um papinho do tipo *Se a vida te der limões, faça uma limonada*. Porque aí eu vou te encher de porrada.

(É verdade, não há nada mais insuportável do que um Macho Beta apaixonado. Ele está tão acostumado à ideia de que jamais conseguirá encontrar o amor que, quando finalmente encontra, é como se pensasse

que o mundo todo estivesse em sintonia com seus desejos — e então, sob essa ilusão, pode até passar a agir assim. É um momento de grande alegria para ele, e também de grande perigo.)

— Espera, a gente pode dividir o táxi. Eu preciso ir pra casa, pegar a minha agenda.

— Eu também. Deixei a minha no banco da frente do carro. Sabe aqueles dois clientes que eu não consegui resgatar? Eles estão aqui. Vivos.

— Audrey me falou — disse Charlie. — São seis ao todo. Ela fez o tal *p'howa da imortalidade* neles. Obviamente, é isso que está causando as merdas cósmicas todas, mas o que podemos fazer? Não podemos matá-los.

— Não, acho que é como você disse. A batalha vai acontecer aqui, em São Francisco. E vai acontecer agora. E já que você é o Luminatus, acho que a coisa toda está nas suas mãos. Então eu diria que estamos todos ferrados.

— Talvez não. Digo, todas as vezes que elas quase conseguiram me matar, sempre acontecia alguma coisa para intervir e eu conseguia me safar. Acho que o destino está do nosso lado. Estou bem otimista quanto a isso.

— Isso é só porque você transou com a monja — disse Minty.

— Eu não sou uma monja — disse Audrey, entrando com uma resma de papéis na mão.

— Ai, droga — disseram os Mercadores da Morte, ao mesmo tempo.

— Não, tudo bem — continuou Audrey. — Ele, de fato, trepou comigo. Ou, para ser mais exata, nós trepamos. Mas não sou mais monja, e não é porque trepamos, foi uma decisão pré-trepada.

Audrey jogou os papéis na mesa e sentou no colo de Charlie.

— E aí, bonitão? Tudo bem?

Deu um beijo de quebrar o pescoço em Charlie e grudou nele feito uma estrela marinha tentando abrir uma ostra. Minty Fresh pigarreou. Ela se virou para ele e disse:

— Ah, e bom-dia, Sr. Fresh.

— Ah, sim. Obrigado — disse Minty, e depois se inclinou de lado para poder ver Charlie. — Olha, não importa se elas estavam atrás de você ou dos clientes que não morreram. Elas vão voltar. Você sabe disso, não sabe?

— As Morrigans? — disse Audrey.

— Hã? — disseram os Mercadores da Morte, mais uma vez em coro.

— Vocês são tão fofos — disse Audrey, toda efusiva. — Elas são as Morrigans. Mulheres-corvo. Personificações da morte na forma de belas mulheres guerreiras que podem se transformar em pássaros. São três. Todas elas são parte da mesma entidade-rainha do Mundo Inferior conhecida como A Morrigan.

Charlie se afastou dela um pouco, para poder olhá-la melhor no rosto.

— E como é que você sabe disso?

— Acabei de pesquisar na Internet — disse ela, e aí desceu do colo de Charlie, pegou os papéis na mesa e começou a ler. — As Morrigans consistem em três entidades distintas: Macha, que assombra os campos de batalha e recolhe a cabeça dos guerreiros como oferenda durante a batalha; dizem que pode curar os ferimentos mortais de um guerreiro, caso seus soldados lhe ofereçam um número suficiente de cabeças. Os guerreiros celtas chamavam as cabeças cortadas de "frutos de Macha". Ela é considerada a deusa-mãe das três. Babd é o furor, a paixão da batalha, da matança; dizem que ela coletava o esperma dos guerreiros feridos e usava seu poder para inspirar um delírio sexual pela batalha, literalmente um desejo por sangue. E Nemain é o delírio. Dizem que ela impelia os soldados a lutar com um grito tão potente que era capaz de matar de medo os homens do exército inimigo. Suas garras eram venenosas, e o menor furinho feito com elas era capaz de matar um soldado. Mas ela jogava o veneno nos olhos dos soldados inimigos para cegá-los.

— São elas — disse Minty Fresh. — Eu vi veneno cair das garras de uma delas no metrô.

— É — disse Charlie. — E eu acho que eu me lembro da Babd... essa aí do desejo por sangue. São elas. Preciso falar com a Lily. Eu pedi que ela fosse até a biblioteca de Berkeley para descobrir algo sobre elas, mas Lily não conseguiu achar nada. Ela nem deve ter olhado essas coisas.

— É. Aproveita e pergunta se ela está namorando — disse Minty Fresh, e depois, virando-se para Audrey: — Por acaso, você achou alguma coisa sobre como matá-las? Quais são os pontos fracos delas?

— Só achei um trecho dizendo que os guerreiros levavam cães para a batalha. Para se protegerem das Morrigans.

— Cães! — repetiu Charlie. — Isso explica por que os hellhounds vieram proteger a minha filha. Estou te falando, Fresh. Vai ficar tudo bem. O destino está ao nosso lado.

— É, você já disse isso. Chama um táxi, vai.

— Mas, por que será que de todos os deuses e demônios diferentes que existem no Mundo Inferior só os celtas estão aqui?

— Talvez todos eles estejam aqui — disse Minty. — Uma vez, um índio maluco me disse que eu era filho de Anúbis, o deus dos mortos egípcio, aquele com cabeça de chacal.

— Que máximo! — disse Charlie. — O chacal é um tipo de cachorro. Você tem habilidades naturais para combater as Morrigans, viu só?

Minty olhou para Audrey e disse:

— Olha, se você não fizer alguma coisa para decepcioná-lo e deixá-lo menos otimista, vou dar um tiro nele.

— Ah, sim. Será que eu ainda posso ficar com a sua arma? — disse Charlie.

Minty ficou de pé.

— Eu vou chamar um táxi e ficar esperando lá fora, Charlie. Se você vem junto, melhor começar a se despedir agora, porque eu vou embora assim que o táxi chegar.

— Maravilha — disse Charlie, olhando embevecido para Audrey.

— Eu acho que durante o dia a gente não corre perigo mesmo.

— Seu tarado por monjas — grunhiu Minty, abaixando a cabeça para sair pela porta.

Tia Cassie abriu a porta para que Charlie entrasse em sua pequena casa, no bairro Marina, e Sophie ralhou com os hellhounds para que parassem de se esfregar em Charlie.

— Papai!

Charlie pegou Sophie nos braços e a apertou tanto que ela até começou a mudar de cor; e, então, quando Jane saiu da cozinha, ele a puxou com o braço e a agarrou também.

— Hã... me solta — disse Jane, empurrando-o. — Você está com cheiro de incenso.

— Ah, Jane... Não dá para acreditar. Ela é tão maravilhosa.

— Ih... Ele deu umazinha — disse Cassandra.

— Você trepou? — perguntou Jane, dando um beijo no rosto do irmão. — Que bom! Fico feliz por você. Agora me solta.

— O papai trepou — disse Sophie para os cães de guarda, que pareciam muito contentes com a notícia.

— Não, não trepei — disse Charlie, e a notícia foi recebida com um suspiro coletivo de decepção.

— Bom, sim, trepei — corrigiu ele, e a notícia foi recebida com um suspiro coletivo de alívio. Charlie continuou: — Mas não é isso. O que importa é que ela é maravilhosa. Ela é linda, gentil, doce e...

— Charlie — interrompeu Jane —, você ligou pra gente falando que havia um grande perigo, que a gente precisava pegar a Sophie e ficar cuidando dela, e enquanto isso você estava namorando?

— Não, não, era verdade... digo, é verdade, o perigo ainda existe, pelo menos de noite, e precisava mesmo que você cuidasse da Sophie. Mas conheci alguém.

— O papai trepou! — celebrou Sophie mais uma vez.

— Querida, é feio dizer essas coisas, está bem? — disse Charlie. — E a tia Jane e a tia Cassie também não deviam dizer. Não é legal.

— Que nem "miau" e "na bunda não"?

— Exato, querida.

— Está bem, papai. Então, não foi legal?

— O papai precisa ir lá em casa para pegar a agenda dele, querida. A gente fala sobre isso depois. Me dá um beijo.

Sophie deu-lhe um grande abraço e um beijo. Charlie ficou com vontade de chorar. Durante tanto tempo ela tinha sido sua única esperança, sua única alegria na vida, e agora ele tinha outra fonte de alegria que queria compartilhar com ela.

— Eu já volto, está bem? — disse ele para Sophie.

— Está bem. Me põe no chão.

Charlie deixou que ela escorregasse até o chão, e a menina correu para outro aposento da casa.

— Então, não foi legal? — perguntou Jane.

— Desculpa, Jane. Tudo isso é uma loucura. Odeio ter colocado vocês no meio. Eu não queria assustar você.

Jane deu-lhe um soco no braço.

— Anda, fala, foi legal ou não foi?

— Foi muito bom — disse Charlie, dando um grande sorriso. — Ela é muito legal. Ela é tão legal que sinto falta da nossa mãe.

— Agora eu me perdi — disse Cassandra.

— Porque eu queria que a nossa mãe visse que está tudo bem, que eu estou bem. Que encontrei alguém legal pra mim. Uma pessoa que vai ser boa para a Sophie.

— Opa, opa, não põe o carro na frente dos bois, hein? — disse Jane. — Você acaba de conhecer a mulher, precisa ir com calma. E lembre-se de que esse conselho vem de alguém cujo segundo encontro típico é trazer a pessoa para morar junto.

— Vagaba — murmurou Cassie.

— Sério, Jane. Ela é maravilhosa.

Cassie olhou para Jane e disse:

— Você tinha razão, ele precisava mesmo dar umazinha.

— Não é isso! — disse Charlie, e aí seu celular tocou. — Só um instante.

Abriu o aparelho.

— Asher, que diabos você fez? — disse Lily do outro lado. Ela estava chorando. — Que diabos você libertou por aí?

— O quê, Lily? O que houve?

— Acabou de aparecer aqui! A vitrine da frente da loja já era! Já era! A coisa entrou, arrombou a loja e levou todas as suas coisas que tinham almas. Colocou tudo dentro de um saco e saiu voando. Caralho, Asher. Puta que pariu! A coisa era enorme, horrível!

— Lily, você está bem? O Ray está bem?

— É, eu estou bem. O Ray não veio pra loja. Eu corri pros fundos quando a coisa entrou pela vitrine. Parecia que ela não estava interessada em nada que não fossem as coisas naquela prateleira. Asher, o treco era enorme, do tamanho de um touro, e saiu voando!

Ela parecia estar à beira de um ataque histérico.

— Calma, Lily. Fica aí, estou indo para aí. Vai para a sala dos fundos e só abre a porta quando ouvir a minha voz, combinado?

— Asher, que porra era aquela?

— Eu não sei, Lily.

A Morte com cabeça de touro voou para dentro do escoadouro e imediatamente ficou de quatro para caminhar pelo cano, arrastando o saco com almas atrás de si. Não por muito tempo — ele não iria precisar se arrastar por muito mais tempo. Havia chegado a hora. Orcus podia sentir. Podia sentir que convergiam para a Cidade — a Cidade que ele havia escolhido como seu território tantos anos antes, a sua cidade. Mesmo assim, eles viriam e tentariam tomar aquilo que era seu de direito. Todos os antigos deuses da morte: Yama, Anúbis, Mors, Tânatos, Caronte, Mahakala, Azrael, Balor, Érebo e Nix — dezenas deles, deuses criados pela energia do maior medo do ser humano, o medo da morte —, todos surgindo para tentar reinar como líder das trevas e dos mortos, como o Luminatus. Mas ele havia chegado ali

primeiro e, com A Morrigan, seria ele o escolhido. Mas, antes, precisava angariar forças, curar as Morrigans e derrotar os malditos ladrões de almas humanas da Cidade.

O saco de almas ajudaria muito no processo de cura de suas concubinas. Caminhou com passos pesados até a caverna onde estava o grande navio e alçou voo, o bater de suas grandes asas feito o ruflar de um tambor de guerra, ecoando nas paredes da caverna, fazendo morcegos voarem, circundando em grandes nuvens os mastros do navio.

As Morrigans, despedaçadas e mutiladas, estavam à sua espera no convés.

— E aí, o que foi que eu te disse? — disse Babd. — Não é tão legal assim no Mundo Superior, não é? Eu, pelo menos, passo muito bem sem carros.

Jane dirigia enquanto Charlie fazia ligações de seu celular, primeiro para Rivera, depois para Minty Fresh. Em meia hora, todos já estavam esperando na frente da loja de Charlie, ou dos destroços do que antes fora a loja de Charlie. Policiais uniformizados haviam interditado a calçada até tirar o vidro.

— Os turistas vão adorar — disse Nick Cavuto, falando com um charuto apagado na boca. — Bem de frente para a linha do bonde. Maravilha.

Rivera estava na sala dos fundos entrevistando Lily. Enquanto isso, Charlie, Jane e Cassandra tentavam organizar a bagunça e colocar coisas de volta nas prateleiras. Minty Fresh ficou parado na porta de entrada, de óculos escuros, com um jeitão demasiado *cool* para a destruição que o circundava. Sophie deu-se por satisfeita em ficar sentada num canto, alimentando Alvin e Maomé com sapatos.

— Então quer dizer que um monstro voador entrou pela sua vitrine e mesmo assim você achou que seria uma ótima ideia trazer sua filha aqui? — perguntou Cavuto para Charlie.

Charlie virou-se para o policial grandalhão e se apoiou no balcão.

— Me diga uma coisa, detetive: na sua opinião de profissional, que procedimento devo tomar ao lidar com um roubo causado por um monstro voador? O que diz o protocolo da bosta da polícia de São Francisco sobre como lidar com um monstro voador gigante, hein, detetive?

Cavuto ficou olhando para Charlie como se este tivesse jogado água em sua cara — não zangado de fato, só muito surpreso. Finalmente, os lábios ao redor do charuto abriram-se num sorriso, e ele disse:

— Sr. Asher, vou precisar sair para fumar, telefonar para a polícia e me informar qual é o protocolo. Agora você me pegou. Será que você pode avisar o meu parceiro?

— Pode deixar — disse Charlie, voltando em seguida para o escritório onde estavam Lily e Rivera. — Rivera, será que você pode arrumar uns policiais para ficarem no meu apartamento? Policiais com rifles?

Rivera fez que sim, dando um tapinha consolador na mão de Lily quando se virou para falar com ele.

— Posso te arranjar dois policiais, Charlie, mas não dá para ser por um período maior que vinte e quatro horas. Tem certeza de que não acha melhor sair da cidade?

— O andar de cima está protegido com barras e portas de aço, temos os cães de guarda e as armas do Minty Fresh e, além disso, os seres já estiveram aqui. Acho que já pegaram o que queriam, mas a presença da polícia me deixaria mais seguro.

Lily olhou para Charlie. O rímel dela estava completamente escorrido e metade de seu rosto borrado de batom.

— Desculpa, Asher, achei que ia conseguir lidar melhor com a coisa. Foi muito assustador. Não foi um negócio *cool*, misterioso. Foi horrível. Os olhos, os dentes... eu até fiz xixi de medo, Asher. Me desculpa.

— Não precisa se desculpar, moça. Você fez tudo certo. Que bom que você teve bom-senso e fugiu.

— Asher, se você é o Luminatus, então aquela coisa deve ser a sua concorrência.

— Hein? Como é que é? — perguntou Rivera.

— É só conversa maluca de menina gótica, inspetor. Não liga — disse Charlie.

Charlie olhou para a porta e viu Minty Fresh na frente da loja. Minty olhou para ele e encolheu os ombros, como se estivesse dizendo *E aí?* Então, Charlie perguntou:

— Lily, você está namorando?

Lily enxugou o nariz na manga de sua roupa de chef.

— Olha, Asher... eu... hã... acho que vou ter que voltar atrás em relação àquela oferta que te fiz. Digo, depois do Ray, não sei se quero fazer aquilo de novo. Nunca mais.

— Eu não estou perguntando por minha causa, Lily — disse Charlie, fazendo um gesto com a cabeça na direção de Fresh.

— Ah — disse Lily, seguindo seu olhar, agora limpando os olhos nas mangas. — Ah. Caramba. Me dá cobertura, preciso me ajeitar.

Foi correndo para o banheiro dos funcionários e bateu a porta.

Rivera olhou para Charlie.

— Mas que diabos está acontecendo aqui?

Charlie ia tentar inventar alguma resposta quando seu celular tocou; então, ele ergueu o dedo em riste, como se quisesse parar o tempo, e atendeu.

— Alô?

— Charlie, é a Audrey — disse a voz do outro lado da linha, num sussurro. — Elas estão aqui. Neste exato momento. As Morrigans estão *aqui*.

ORFEU NOS ESGOTOS

Charlie largou o furgão de qualquer jeito na rua e subiu correndo os degraus da entrada do centro budista, chamando por ela. A enorme porta de entrada estava arrombada, torta, pendurada por uma dobradiça, com o vidro quebrado; gavetas e armários tinham sido abertos e revirados; todos os móveis estavam revirados ou quebrados.

— Audrey!

Ele ouviu uma voz na frente da casa e voltou correndo para a varanda.

— Audrey?

— Aqui embaixo — disse ela. — A gente ainda está embaixo da varanda.

Charlie desceu os degraus e foi até a lateral da varanda. Pôde ver algo se movimentando atrás da treliça. Achou um pequeno portão e abriu. Lá dentro estava Audrey, agachada, com mais umas seis pessoas e um bando de pessoinhas-esquilo. Ele se arrastou para debaixo da

varanda e tomou Audrey nos braços. Charlie tentou continuar a falar com ela durante o percurso que fizera de carro até ali, mas a poucos quarteirões de distância a bateria de seu celular morreu — e ele tentou, naqueles breves e aterrorizantes momentos, imaginar que a havia perdido (o seu futuro, a sua esperança) logo agora que tinha voltado a sentir esperança. Estava tão aliviado que mal conseguia respirar.

— Elas já foram? — perguntou Audrey.

— Sim, acho que sim. Estou tão feliz por você estar bem.

Charlie tirou todos dali debaixo e levou-os de volta para dentro da casa, as pessoinhas-esquilo movimentando-se rápido e bem rente às paredes, para que ninguém as visse da rua.

Charlie sentiu um tapinha no ombro e virou-se: era Irena Posokovanovich, sorrindo para ele, que deu um pulo e gritou.

— Não precisa me dar choque de novo! Eu sou um cara legal!

— Eu sei, Sr. Asher. Eu só queria saber se o senhor gostaria que eu estacionasse o seu furgão antes que o guincho o leve embora.

— Ah, sim, seria ótimo — disse ele, entregando-lhe a chave do carro. — Muito obrigado.

Dentro da casa, Audrey disse:

— Ela só está tentando ajudar.

— Ela é muito esquisita — disse Charlie, mas aí ele viu o que parecia ser uma expressão de desaprovação nos olhos de Audrey e acrescentou:
— Mas de um jeito superfofo, claro.

Seguiram direto para a cozinha e ficaram de frente para a despensa, que estava aberta.

— Pegaram todos — disse Audrey. — É por isso que não nos machucaram. Elas não estavam interessadas em nós.

Charlie estava com tanta raiva que nem conseguia pensar direito. Mas, sem ter uma válvula de escape para sua fúria, ele só conseguia tremer e tentar manter a voz sob controle.

— Fizeram a mesma coisa na minha loja. Digo, alguma coisa fez.

— Devia ter umas trezentas almas aqui — disse Audrey. — E levaram a alma da Rachel.

Audrey colocou um de seus braços nas costas dele, mas a única reação de Charlie foi sair da cozinha.

— Chega, Audrey. Pra mim, chega.

— Como assim, chega, Charlie? Você está me deixando assustada.

— Pergunta pras suas pessoinhas-esquilo como é que eu faço para entrar nas galerias pluviais do esgoto. Elas conseguem te dizer como?

— Talvez. Mas você não pode fazer isso.

Ele se virou de repente, avançando sobre Andrey, e ela deu um passo para trás.

— Mas eu preciso fazer isso. Preciso descobrir, Audrey. Anda, coloca todo mundo no meu furgão. Quero que todo mundo fique lá no meu prédio. Lá é seguro.

Estavam todos reunidos na sala de estar do apartamento de Charlie: Sophie, Audrey, Jane, Cassandra, Lily, Minty Fresh, os clientes não mortos do centro budista, os hellhounds e mais ou menos umas cinquenta pessoinhas-esquilo. Lily, Jane e Cassandra estavam de pé sobre o sofá para fugir das pessoinhas-esquilo, que ficavam andando para lá e para cá em cima e ao redor da bancada de café da manhã.

— Eles têm umas roupas legais — disse Lily. — Mas... eca.

— Obrigado — disse Audrey.

Sophie estava perto de Audrey, olhando-a de cima a baixo, como se estivesse tentando adivinhar seu peso.

— Eu sou judia — disse Sophie. — Você é judia?

— Não, eu sou budista — respondeu Audrey.

— Isso é que nem shiksa?

— É, acho que é. É um tipo de shiksa.

— Ah. Acho que não tem problema, então. Os meus cachorrinhos também são shiksas. É assim que a Sra. Ling chama eles.

— Seus cachorrinhos são bem impressionantes também — disse Audrey.

— Eles querem comer as suas pessoinhas, mas eu não vou deixar, está bem?

— Obrigada. Você é muito legal.

— A não ser que você seja malvada com o papai. Porque aí eles já eram.

— Claro — disse Audrey. — Aí a coisa muda.

— Ele gosta muito de você.

— Fico feliz. Eu gosto muito dele.

— Eu acho que você é até legal.

— Ah, eu devolvo o elogio — disse Audrey. Sorriu para a menininha de cabelos escuros e lindos olhos azuis, cheia de atitude, e teve que se segurar para não levantá-la do chão e abraçá-la até a menina reclamar.

Charlie pulou no sofá e ficou perto de Jane, Cassandra e Lily, e aí se deu conta, quando olhou para Minty Fresh, que estava do outro lado da sala, que mesmo assim ele não ficava mais alto que o Mercador da Morte, o que era perturbador. (Minty parecia só estar prestando atenção em Lily, o que também era um pouco perturbador.)

— Pessoal, preciso fazer uma coisa e talvez eu não volte. Jane, naquela carta que eu te mandei estão todos os documentos que passam para você a guarda da Sophie.

— Ai, eu vou embora — disse Lily.

— Não — disse Charlie, pegando-a pelo braço. — Preciso que você ouça também. Vou deixar a loja para você, mas com uma condição: uma porcentagem do lucro precisa ir para a Jane, para ajudá-la a cuidar da Sophie e também financiar os estudos dela. Sei que você já tem a sua carreira de chef, mas eu confio em você e você é boa nos negócios.

Parecia que Lily queria dizer algo sarcástico, mas acabou encolhendo os ombros e falou:

— Está bem, claro. Eu posso cuidar da sua loja e cozinhar também. E você continua a fazer a sua coisa de Mercador da Morte e cuida da sua filha.

— Obrigado. Jane, você vai ficar com o prédio, claro, mas quando a Sophie crescer, se ela quiser ficar na cidade, você precisa dar um apartamento para ela.

Jane ficou em pé de repente.

— Charlie, isso é tudo uma grande bobagem. Eu não vou deixar você fazer nada que...

— Por favor, Jane, eu preciso ir. Já disse tudo isso por escrito, mas queria falar pessoalmente para reafirmar o que eu quero.

— Está bem — disse ela.

Charlie abraçou a irmã, Cassandra e Lily, e então se dirigiu ao quarto, fazendo um gesto para que Minty Fresh o seguisse.

— Minty, eu vou descer até o Mundo Inferior. Vou atrás das Morrigans. Vou atrás da alma de Rachel, de todas as almas. Chegou a hora.

O grandalhão assentiu, com ar grave.

— Eu vou com você.

— Não, preciso que você fique aqui para cuidar da Audrey e da Sophie e das outras pessoas. Tem policiais lá fora, mas acho que o fato de não acreditarem no que está acontecendo pode fazer com que hesitem, caso as Morrigans apareçam. Você não vai hesitar.

Minty balançou a cabeça.

— Mas que chance você tem se for sozinho lá embaixo? Deixa eu ir com você. Lutaremos juntos contra essa coisa.

— Acho melhor não — ponderou Charlie. — Eu sou abençoado ou algo assim. A profecia diz: "O Luminatus irá surgir e combater as Forças das Trevas na Cidade das Duas Pontes". Ela não diz "O Luminatus e seu fiel escudeiro, Minty Fresh".

— Eu não sou seu escudeiro.

— É isso que estou querendo dizer — disse Charlie, que não quis dizer nada daquilo. — O que eu quero dizer é que alguma coisa me protege, mas talvez não funcione assim com você. E, se eu não voltar, você precisa continuar a ser o Mercador da Morte da cidade. E talvez fazer a coisa melhorar para o nosso lado.

Minty Fresh fez que sim, cabisbaixo.

— Mas, então, você leva as pistolas Desert Eagle? Para dar sorte? — disse Minty, levantando o rosto, agora sorrindo.

— Eu levo uma — disse Charlie.

Minty Fresh tirou o coldre do ombro e ajustou as amarras até servirem em Charlie, depois ajudou-o a colocá-lo.

— Tem mais dois pentes de bala aqui, debaixo do seu braço direito — disse Minty. — Espero que você não precise atirar tantas vezes lá embaixo. Do contrário, vai se tornar um camarada realmente surdo.

— Valeu.

Minty ajudou-o a vestir seu paletó de tweed, cobrindo o coldre.

— Olha, você pode até estar bem-armado, mas ainda assim está com cara de professor de literatura. Será que você não tem umas roupas mais apropriadas para quem vai se meter numa briga?

— O James Bond sempre usa smoking — disse Charlie.

— Bom, eu entendo que a linha entre a ficção e a realidade anda meio confusa ultimamente, mas...

— Estou brincando — disse Charlie. — Tem umas jaquetas e protetores de motocross na loja que servem em mim. Só preciso achar.

— Ótimo. — Minty ajeitou os ombros do terno de Charlie, como se quisesse fazê-lo parecer maior. — Se você vir aquela vadia que tem as garras de veneno, acaba com ela por mim, está bem?

— Pode deixar. Vou mandar chumbo na fuça da vagaba — disse Charlie.

— Para com isso.

— Desculpa.

A parte mais difícil veio minutos depois.

— Querida, o papai precisa ir fazer uma coisa.

— Você vai pegar a mamãe?

Charlie estava agachado na frente da filha e quase caiu pra trás com a pergunta. Ela não havia mencionado a mãe nem dez vezes nos últimos dois anos.

— Por que você está dizendo isso, querida?

— Eu não sei. Eu estava pensando nela.

— Bom, você sabe que ela te amava muito, não é?

— É.

— E você sabe que, não importa o que aconteça, eu também te amo muito.

— É. Você disse isso ontem.

— E eu estava falando a verdade. Mas, dessa vez, preciso mesmo ir. Vou ter que lutar com uns caras malvados e talvez eu não vença.

Sophie esticou o lábio inferior feito uma prateleira molhada.

Não chora, não chora, não chora, não chora, repetia Charlie mentalmente. *Eu não vou aguentar, se você chorar.*

— Não chora, querida. Vai ficar tudo bem.

— Nãããããããããããooooo — choramingou Sophie. — Eu quero ir com você! Eu quero ir com você! Não vai, papai. Eu quero ir com você.

Charlie a abraçou e olhou desesperado para a irmã, do outro lado da sala. Ela veio e pegou Sophie nos braços.

— Nãããããããão! Eu quero ir com você!

— Mas você não pode ir comigo, querida.

E Charlie saiu rápido do apartamento, antes que seu coração se partisse mais uma vez.

Audrey estava esperando no corredor na companhia de cinquenta e três pessoinhas-esquilo.

— Eu te levo de carro até a entrada — disse ela. — Nem adianta argumentar.

— Não — disse Charlie. — Não vou te perder logo depois de ter te achado. Você fica aqui.

— Seu louco! O que te dá o direito de agir dessa maneira? Eu também acabo de te conhecer.

— É, mas eu não sou lá essas coisas.

— Você é um idiota — disse ela, aninhando-se em seus braços e dando-lhe um beijo. Depois de uma longa pausa, Charlie olhou em volta. As pessoinhas-esquilo estavam todas olhando para eles.

— O que eles estão fazendo aqui?

— Eles vão com você.

— Não. É arriscado demais.

— Então, é arriscado demais pra você também. Você nem mesmo sabe o que pode estar lá embaixo. Essa coisa que arrombou a sua loja não era uma Morrigan.

— Eu não vou ficar com medo, Audrey. Talvez existam cem demônios diferentes lá embaixo, mas *O Livro Tibetano dos Mortos* tem razão. Eles só impedem que a gente siga o nosso caminho. Acho que essas coisas existem pelo mesmo motivo que eu fui o escolhido para fazer isso, por causa do medo. Eu tinha medo de viver, então me tornei a Morte. O poder deles é o medo que nós temos da morte. Eu não estou com medo. E não vou levar as pessoinhas-esquilo.

— Mas elas sabem o caminho. E, além disso, elas só têm 30 centímetros de altura. Que graça tem a vida delas?

— Ei, alto lá — disse um alabardeiro da guarda real, cuja cabeça era o crânio de um lince.

— Ele falou? — perguntou Charlie.

— Falou. É um dos meus experimentos com vozes.

— A voz dele está meio esganiçada.

— Ei, alto lá!

— Hã, hum, desculpe — disse Charlie. As criaturas pareciam determinadas a acompanhá-lo. — Bom... avante, então!

Charlie saiu correndo pelo corredor para não ter que se despedir mais uma vez. Atrás dele, a uns 10 metros de distância, marchava um pequeno exército de criaturinhas de pesadelo, feitas com partes de centenas de animais diferentes. E aconteceu que, exatamente quando estavam chegando na escada, a Sra. Ling vinha descendo para ver o que era todo aquele barulho — e todo o exército parou e olhou para ela.

A Sra. Ling era, e sempre foi, budista, então ela acreditava piamente no conceito de carma, que as lições que não aprendemos continuam a se apresentar até finalmente aprendermos — do contrário, a nossa

alma não pode passar para o próximo nível. Naquela tarde em que as Forças da Luz estavam prestes a entrar em combate com as Forças das Trevas para ver quem iria dominar o mundo, a Sra. Ling teve sua própria epifania ao olhar fixamente para as órbitas vazias das pessoinhas-esquilo, e nunca mais comeu carne alguma. Seu primeiro ato de reparação foi fazer uma oferenda àqueles que acreditava ter injustiçado.

— Vocês quelem um lanchinho? — perguntou ela.

Mas as pessoinhas-esquilo seguiram em frente.

O Imperador viu o furgão parar perto do riacho, e um homem usando uma roupa de motociclista amarela saiu lá de dentro. O homem esticou o braço para a parte traseira do furgão e pegou o que parecia ser um coldre com uma marreta dentro e o prendeu no peito. Se o contexto não fosse tão bizarro, o Imperador poderia jurar que era o seu amigo Charlie Asher, do brechó em North Beach. Mas o Charlie? Ali? Com uma arma? Não.

Lazarus, que não dependia tanto de seus olhos para reconhecer os outros, deu um latido de saudação.

O homem virou-se para eles e acenou. Era mesmo Charlie. Ele desceu até a outra beirada do riacho, ficando mais perto deles.

— Sua Majestade — disse Charlie.

— Você parece chateado, Charlie. Está tudo bem?

— Não, não, está tudo bem. Acabei de pedir informações a um castor mudo usando chapéu turco para conseguir chegar aqui. Foi meio perturbador.

— Bom, imagino — disse o Imperador. — Mas é uma vestimenta interessante, a sua. A roupa de couro e a pistola. Um tanto diferente do seu esplendor habitual, com seus ternos de alfaiataria.

— É. Eu estou numa missão. Vou entrar naquele escoadouro, achar o caminho até o Mundo Inferior e combater as Forças das Trevas.

— Que bom. Que bom. As Forças das Trevas parecem estar tomando conta da minha cidade nos últimos tempos.

— Você percebeu, então?

O Imperador ficou meio cabisbaixo.

— Sim. Infelizmente, acho que perdemos um de nossos homens para os demônios.

— O Bummer?

— Ele entrou num bueiro há alguns dias e ainda não saiu.

— Sinto muito, meu senhor.

— Será que você poderia ir atrás dele, Charlie? Por favor. Traga-o de volta.

— Sua Majestade, eu nem mesmo sei se conseguirei voltar. Mas prometo que, se achá-lo, vou tentar trazê-lo de volta. Agora, com a sua licença. Vou abrir o furgão e não desejo que o senhor fique assustado com o que irá presenciar. Pretendo entrar no escoadouro enquanto ainda está de dia e a luz penetra pelas grades. O que o senhor verá saindo do furgão são seres amigos.

— Prossiga, por favor — disse o Imperador.

Charlie abriu a porta corrediça e as pessoinhas-esquilo saltaram e saíram correndo com passinhos rápidos, descendo a margem do rio, na direção do escoadouro. Charlie esticou o braço para dentro do furgão, tirou de lá sua bengala-espada e uma lanterna e fechou a porta com a bunda. Lazarus choramingou e olhou para o Imperador, como se achasse que alguém capaz de falar devesse dizer alguma coisa.

— Boa sorte, então, meu valente Charlie — disse o Imperador.

— Levais nossa memória em vosso coração, e também deixais vossa memória no nosso.

— O senhor cuida do furgão pra mim?

— Cuidarei dele até a Golden Gate se transformar em pó, meu amigo — disse o Imperador.

E, então, Charlie Asher, o defensor da vida, da luz e de todos os seres vivos, na esperança de resgatar a alma do amor de sua vida, seguiu em frente, liderando um exército de coisinhas de 30 centímetros

de altura feitas com partes animais, que carregavam todo tipo de armas, desde agulhas de crochê até uma colher-garfo, para o interior das galerias pluviais de São Francisco.

Caminharam durante horas em meio à água. Às vezes, os canos ficavam tão estreitos que Charlie precisava ficar de quatro; outras vezes, abriam-se em junções tão amplas quanto salas com paredes de concreto. Ele ajudava as pessoinhas-esquilo a subir nos canos mais altos. Achou um capacete de construção que tinha uma lanterna de LED, o qual acabou sendo de grande utilidade nas passagens mais estreitas em que não conseguia enxergar com a lanterna. E também estava batendo a cabeça, pelo menos, umas dez vezes a cada hora e, por mais que o capacete o protegesse, ele agora estava com uma dor de cabeça latejante. Suas roupas de couro — que não eram de couro, na verdade, e sim de um náilon mais pesado com proteções de policarbonato nos joelhos, ombros, cotovelos, pernas e antebraços — protegiam-no dos choques e abrasões contra os canos, mas já estavam encharcadas e deixando a parte de trás de seus joelhos um tanto assada. Num amplo entroncamento, com uma grade de bueiro no teto, ele subiu a escada e tentou olhar ao redor, para ter uma ideia de onde estavam, mas já havia escurecido desde que entraram ali e a grade estava embaixo de um carro estacionado.

Mas que ironia: ele finalmente havia tido coragem para enfrentar o mundo dos bueiros e agora estava perdido na sarjeta. Um erro de cálculo.

— Onde, diabos, a gente está? — perguntou ele.

— Não tenho ideia — disse a pessoinha-lince, a que podia falar.

Era perturbador ver o pequeno alabardeiro falando, já que ele não tinha exatamente um rosto, só o crânio, e também falava sem jamais pronunciar o som de *P* e *B*. Além disso, em vez de segurar um alabardo, que para Charlie deixaria a roupa mais autêntica, o lince estava armado com uma colher-garfo.

— Será que você pode perguntar aos outros se eles sabem onde a gente está?

— Sim — disse ele. O lince virou para o bando de pessoinhas-esquilo que enchiam a galeria úmida e perguntou: — Ei, algum de vocês sabe onde a gente está?

Todos balançaram a cabeça, dizendo não, olhando uns para os outros, encolhendo os ombros.

— Não. Não sabem — disse o lince.

— Bom, eu mesmo podia ter feito isso — disse Charlie.

— Então faz. É seu gru_o, afinal.

Charlie se deu conta de que ele queria dizer "grupo".

— Por que você não pronuncia o *P* e o *B*?

— Não tenho lá_ios.

— Ah, sim. Lábios. Desculpe. O que você pretende fazer com essa colher-garfo?

— Quando a gente encontrar os vilões, eu vou enfiar a colher-garfo na _unda deles.

— Maravilha. Você será o meu tenente, então.

— _or causa da colher-garfo?

— Não, porque você consegue falar. Qual o seu nome?

— Lin.

— Não, é sério.

— Eu estou falando sério. O meu nome é Lin.

— Imagino que o seu sobrenome então seja Ce.

— É Wilson.

— Tá. Só checando. Desculpe.

— Não esquenta.

— Você lembra quem você foi na sua última vida?

— Lem _ro um _ouco. Acho que eu era contador.

— Então, você não tem nenhuma experiência militar?

— Se você quer alguém _ara anotar os mortos em _atalha, eu sou o cara. Digo, a coisa.

— Ah, que ótimo. Alguém aqui, por acaso, lembra se já foi soldado, ninja ou algo do tipo? Ponto extra para quem foi ninja, ou viking, ou coisas assim. Será que ninguém aqui foi Átila, o Huno numa vida passada? Ou um soldado muito bom?

Um furão com um vestidinho curto de lantejoulas e botas de cano alto deu um passo à frente, a pata erguida.

— Você foi soldado?

O furão aparentemente estava sussurrando algo perto do chapéu de Lin (já que Lin não tinha mais orelhas).

— Ela disse que não, que entendeu errado. Achou que você queria alguém que havia "dado muito".

— Ela era prostituta?

— Ela tra_alhava com filantro_ia — disse Lin.

— Desculpa — disse Charlie. — Foram as botas.

O furão fez um gesto com a mão, como se dissesse "não esquenta". Depois, chegou mais perto de Lin e sussurrou de novo.

— O que foi? — perguntou Charlie.

— Nada — disse Lin.

— Sem essa de nada. Eu achava que eles não podiam falar.

— Eles não conseguem falar com *você* — disse Lin.

— O que foi que ela disse?

— Ela disse que nós estamos fodidos.

— Bom, essa não é uma atitude muito otimista — disse Charlie, mas ele já começava a desconfiar que o furão com botas de prostituta estava certo, e então se recostou contra o cano, meio agachado, para descansar.

Lin subiu num cano menor e sentou na beirada, deixando os pezinhos para fora; gotas de água caíam de seus pequenos sapatos de couro, encharcados, mas suas fivelas de latão com padrões florais ainda brilhavam sob a luz do capacete de Charlie.

— Sapatos bonitos — disse Charlie.

— Ah. É que a Audrey gosta de mim — disse Lin.

Antes mesmo que Charlie pudesse responder, o cachorro já tinha abocanhado Lin por trás e o sacudia feito uma boneca de pano. Sua imponente colher-garfo caiu do cano, tilintando, e se perdeu na água.

BITCH'S BREW

Lily tinha ficado a noite inteira pensando numa maneira de se aproximar de Minty Fresh. Fez contato visual com ele umas dez vezes naquela noite, e também sorriu, mas, com a atmosfera lúgubre que havia tomado conta da sala, não conseguia inventar uma desculpa para abordá-lo. Finalmente, quando um filme selecionado pela Oprah começou a passar na televisão e todo mundo se reuniu para assistir à diva midiática bater em Paul Winfield com um ferro de passar roupa até matá-lo, Minty foi até a bancada de café da manhã e começou a folhear sua agenda. Então, Lily mandou ver.

— E aí... está vendo os seus compromissos? — perguntou ela. — Você deve estar otimista quanto às coisas todas, não?

Ele balançou a cabeça e disse:

— Não muito.

Lily ficou encantada. Ele era bonito *e* mal-humorado — pratica mente um presente dos deuses em forma de homem.

— Mas o que poderia ser tão ruim assim? — perguntou Lily, tirando a agenda de sua mão e folheando as páginas. Ela parou na data em que estavam. — Por que o nome do Asher está aqui?

Minty abaixou a cabeça.

— Ele disse que você já sabe sobre a gente há um tempo.

— É, mas... — Ela fez uma pausa e olhou de novo para o nome. Quando se deu conta do que aquilo significava, foi como levar um soco no estômago. — Isto aqui é aquela agenda? A agenda para *aquela coisa*?

Minty fez que sim, lentamente, sem olhar para ela.

— E quando foi que o nome dele apareceu?

— Ele não estava aí uma hora atrás.

— Ai, caralho — disse ela, sentando num banquinho perto do grandalhão.

— Pois é — disse Minty Fresh, colocando um braço em volta do ombro dela.

Com Charlie puxando as pernas da pessoinha-lince (que gritava de maneira impressionante para alguém cujas cordas vocais eram apenas um protótipo) e as pessoinhas-esquilo pulando em cima do Boston terrier, finalmente foi possível resgatar o tenente das mandíbulas daquele ser furioso de olhos esbugalhados, com apenas alguns rasgos em sua roupa de alabardeiro.

— Senta, Bummer — disse Charlie. — Relaxa!

Ele não sabia se *relaxa* era um comando oficial para cães, mas bem que deveria ser. Bummer resfolegou e deu alguns passos para trás, afastando-se do grupo de pessoinhas-esquilo que o cercava.

— Não um de nós — disse a pessoinha-lince, apontando para Bummer. — Não um de nós!

— Cala a boca — disse Charlie, e tirou do bolso um pedaço desidratado de carne que havia trazido como ração de reserva. Arrancou um pedaço e estendeu-o na direção de Bummer.

— Vem cá, amigão. Eu disse para o Imperador que ia te procurar.

Bummer foi até Charlie e pegou o pedaço de carne, depois virou-se para encarar as pessoinhas-esquilo enquanto comia. As pessoinhas-esquilo faziam barulhinhos e brandiam suas armas.

— Não um de nós! Não um de nós! — entoava Lin.

— Para com isso — disse Charlie. — Você não pode incitar um brado de guerra, Lin: só você tem voz.

— Ah, é — disse Lin, parando a gritaria. — _ om, ele não é um de nós — acrescentou, em sua defesa.

— Agora é — respondeu Charlie. Virou-se para Bummer e disse: — Será que você pode nos levar para o Mundo Inferior?

Bummer olhou para Charlie com ar de quem sabia exatamente o que ele queria, mas precisava comer o outro pedaço de carne antes de seguir em frente. Charlie deu o resto da carne para ele e Bummer imediatamente pulou para um cano mais alto, com pouco mais de um metro de altura. Parou, latiu e saiu em disparada pelo cano.

— Corram atrás dele — disse Charlie.

Depois de uma hora seguindo Bummer pelo esgoto, os canos começaram a se transformar em túneis que ficavam cada vez maiores à medida que corriam. Logo estavam correndo em cavernas com tetos altos e estalactites que brilhavam em diferentes cores, iluminando o caminho com um brilho opaco, sombrio. Charlie já tinha lido várias coisas sobre a geologia da área, então sabia que aquelas cavernas não eram naturais da cidade. Imaginou que estivessem em algum ponto sob o distrito financeiro, que fora construído em grande parte sobre o aterro da época da Corrida ao Ouro, então ali não poderia haver nada com aparência tão antiga e tão sólida quanto aquelas cavernas.

Bummer continuou correndo pelos canos, virando uma esquina após a outra sem hesitar, até que finalmente a caverna abriu-se numa gruta enorme. Era uma câmara tão grande que a escuridão engolia a luz da lanterna e do capacete de Charlie, mas o teto, que ficava a centenas de metros do chão, estava cheio de estalactites luminosas que refletiam sua luz vermelha, verde e roxa no lago negro lá embaixo, cuja

superfície parecia um espelho. No meio deste lago, talvez a uns 200 metros de distância, estava um navio negro de grandes mastros, como um galeão espanhol, com uma luz vermelha e pulsante saindo das janelas da cabine na parte de trás e uma única lamparina a iluminar o convés. Charlie tinha ouvido histórias sobre navios inteiros terem sido enterrados em escombros durante a Corrida do Ouro, mas eles não estariam tão bem-conservados assim. As coisas haviam mudado, aquelas cavernas eram resultado do Mundo Inferior que estava emergindo. Foi quando se deu conta de que aquilo era somente o começo do que iria acontecer com a cidade, caso as Trevas tomassem conta de tudo.

Bummer latiu e o som agudo ecoou pela caverna, fazendo com que uma nuvem de morcegos alçasse voo.

Charlie viu um movimento no convés do navio, o contorno negro-azulado de uma mulher, e então teve certeza de que Bummer os havia levado ao lugar certo. Entregou a lanterna para Lin e apoiou sua bengala-espada no chão da caverna. Sacou a Desert Eagle do coldre, verificou se havia uma bala já na câmera, engatilhou e travou a pistola, colocando-a novamente no coldre.

— Vamos precisar de um barco — disse Charlie para Lin. — Tentem achar alguma coisa para fazermos uma balsa.

A pessoinha-lince começou a iluminar a margem com a lanterna de Charlie, procurando alguma coisa nas rochas que pudesse servir. Bummer grunhiu e fez um movimento rápido com a cabeça, como se estivesse com carrapatos na orelha ou para indicar que Charlie era louco, e saiu em disparada na direção do navio. A uns cinquenta metros de distância, a água ainda batia em seus ombros.

Charlie olhou para o navio negro e se deu conta de que estava suspenso sobre a água — na verdade, o seu casco estava pousado em terra firme e havia, talvez, 15 centímetros de água.

— Hã... Lin... — disse Charlie. — Esquece o barco. A gente vai andando. Todo mundo em silêncio.

Desembainhou a espada e começou a caminhar na água. À medida que chegavam mais perto do navio, podiam discernir melhor os detalhes

da construção. As amuradas eram feitas de fêmures amarrados, os ganchos de amarração eram bacias humanas. A lamparina que iluminava o convés era, na verdade, um crânio humano. Charlie não sabia exatamente como seus poderes de Luminatus iriam se manifestar, mas, quanto mais perto chegavam do casco do navio, mais ele desejava que se manifestassem logo, assim como desejava que o poder de levitar fizesse parte do pacote.

— Estamos fodidos — disse Lin, olhando para o grande casco negro acima deles.

— Não estamos não — corrigiu Charlie. — Só precisamos de alguém para chegar até lá em cima e nos jogar uma corda.

Houve certa comoção entre as pessoinhas-esquilo, e então uma delas deu um passo à frente: parecia um dândi francês do século XIX, com cabeça de lagarto. Suas roupas — os frufrus na manga e o casaco —, na verdade, lembravam Charlie de umas fotos de Charles Baudelaire que Lily havia lhe mostrado.

— Você consegue? — perguntou Charlie para a pessoinha-lagarto.

Ela ergueu as mãos e tirou um dos pés da água: patas de esquilo. Charlie levantou a pessoinha-lagarto o mais alto que conseguiu sob o casco, ela se agarrou à madeira negra e, então, subiu correndo pela lateral do navio, escalando a amurada.

Depois de alguns minutos, Charlie estava concentrado, tentando ouvir alguma coisa que indicasse o que se passava lá em cima. Quando a pesada corda caiu ao seu lado, ele deu um pulo e mal conteve um grito de susto.

— Maravilha, hein? — disse Lin, sarcástico.

— Vai você primeiro, então — disse Charlie, testando a corda para ver se ela aguentava o seu peso. Esperou até o lince estar a mais ou menos 1 metro de altura acima de sua cabeça antes de enfiar a bengala-espada na proteção em suas costas e começar a subir. Quando já havia percorrido uns três quartos da corda, seus bíceps pareciam estar prestes a explodir feito balões cheios d'água, ele entrelaçou uma de suas botas de motocross na corda, para descansar. Como se os deuses

tivessem lhe dado novo fôlego, seus bíceps relaxaram e ele voltou a subir: era como se seus poderes de Luminatus estivessem finalmente se manifestando. Quando, enfim, chegou lá em cima, agarrou uma das alças de amarração feitas de osso e puxou o corpo para cima até conseguir se sentar, com uma perna para fora, sobre a amurada.

Virou-se, e a luz de seu capacete refletiu no brilho negro dos olhos dela. Ela segurava a pessoinha-lince feito um milho cozido, uma de suas garras enfiada em seu crânio, prendendo a mandíbula. Pedacinhos de carne e sangue com um brilho vermelho opaco escorriam pelo rosto da pessoinha-lince, caindo sobre seus seios. Ela deu mais uma mordida, arrancando outro pedaço do alabardeiro.

— Quer um pouco, querido? — disse ela. — Tem gosto de presunto.

Apoiada na bancada de café da manhã, na cozinha de Charlie, Lily perguntou:

— A gente não devia contar pra elas?

— Elas não sabem sobre a gente. Sobre essas coisas — disse Minty, segurando a agenda. — Só a Audrey sabe.

— Mas, então, a gente não devia contar pra ela?

Minty olhou para Audrey, que estava sentada dormindo meio embolada no sofá, perto da irmã de Charlie e de um dos hellhounds, parecendo muito serena.

— Não, acho que não adiantaria nada a essa altura.

— Ele é um bom sujeito — disse Lily. Ela tirou um pedaço do rolo de toalha de papel na bancada e enxugou os olhos antes que seu rímel a fizesse ficar parecendo de novo um guaxinim.

— Eu sei — disse Minty. — Ele é meu amigo.

Quando disse isso, sentiu que alguém puxava a perna de sua calça. Olhou para baixo e viu Sophie olhando para ele.

— Ei, você tem carro? — perguntou ela.

— Tenho, Sophie.

— A gente pode ir dar uma volta?

* * *

Sem hesitar nem um segundo, Charlie sacou a bengala-espada das costas e bateu com ela no pulso da Morrigan. Ela deixou a pessoinha-lince cair e o bichinho saiu correndo e gritando pelo convés, na direção da amurada oposta. A Morrigan agarrou a bengala-espada e tentou arrancá-la das mãos de Charlie. E ele deixou: puxou a espada de dentro da bengala e enfiou no plexo solar da Morrigan com tanta força que seu punho bateu contra as costelas e a lâmina saiu do outro lado, penetrando no casco de madeira do barco salva-vidas atrás dela. Por um breve segundo, o rosto dele ficou a poucos centímetros do dela.

— Sentiu saudades? — perguntou ela.

Ele rolou para longe quando ela o golpeou com as garras, levantando o antebraço bem a tempo de impedi-la de acertar seu rosto: a espessa proteção no braço impediu que as garras arrancassem fora a sua mão. Ela investiu contra ele, mas a espada a manteve presa ao barco. Charlie correu pelo convés, afastando-se dela, que urrava com ódio.

Viu uma luz saindo de uma porta que devia levar até a cabine na popa do navio — era o mesmo brilho vermelho — e se deu conta de que, sem dúvida, devia estar vindo dos receptáculos de almas. A alma de Rachel talvez estivesse lá. Quando chegou a um passo da entrada, o corvo gigante apareceu à sua frente e abriu as asas sobre o convés, como se quisesse bloquear toda a parte traseira do navio. Ele deu alguns passos para trás e sacou a Desert Eagle do coldre. Tentou segurar a arma com firmeza, tirando a trave de segurança. O corvo tentou bicá-lo e ele deu um salto para trás. E, então, o bico diminuiu, mudou e se transformou no rosto de uma mulher — mas as asas e garras continuavam sendo as de um pássaro.

— Carne Fresca... Você tem muita coragem de vir até aqui — disse Macha.

Charlie puxou o gatilho. O cano cuspiu quase 1 metro de rastro de fogo, e foi como se alguém o tivesse atingido com um martelo na

palma da mão. Pensou que tivesse mirado bem no meio dos olhos dela, mas a bala atravessou o pescoço, tirando junto metade da carne negra. A cabeça dela ficou meio caída de lado e o corpo de corvo agitava as asas na direção dele.

Charlie caiu de costas no convés, mas apontou a pistola para cima e disparou mais uma vez quando o corvo descia sobre ele. Dessa vez, o tiro a atingiu bem no meio do peito e fez com que ela desse um salto para trás, batendo no telhado da cabine.

O zunido em seus ouvidos dava a impressão de que alguém tinha enfiado diapasões em sua cabeça e batido neles com baquetas: um som comprido, doloroso, um lamento agudo. Mal conseguiu ouvir o grito que vinha da esquerda quando a outra Morrigan pulou por trás dele. Ele rolou na direção da amurada e levantou a arma bem na hora em que ela tentava golpear o seu rosto. A arma e seu antebraço absorveram a maior parte do golpe, mas a Morrigan conseguiu derrubar a Desert Eagle, que saiu deslizando pelo convés.

Charlie deu uma cambalhota, ficou de pé e saiu correndo atrás da arma. Nemain fez um movimento com as garras na direção de suas costas e ele ouviu o chiado do veneno penetrando a proteção da roupa, caindo pelas suas costas e queimando o convés. Jogou-se em direção ao chão, tentando rolar e parar com a pistola apontada para a Morrigan, mas calculou mal a distância e acabou batendo a parte de trás dos joelhos na amurada de osso. Nemain pulou, esticando as garras, e o atingiu no peito bem na hora em que disparou a Desert Eagle novamente, sendo empurrado para trás, por sobre a amurada.

Bateu de costas na água lá embaixo. Era como se o ar tivesse explodido em seu corpo, como se tivesse sido atropelado por um ônibus. Não conseguia respirar, mas podia enxergar, podia sentir seus membros, e, depois de alguns segundos arfando, finalmente conseguiu respirar.

— E então, como está indo até agora? — perguntou a pessoinha-lince, a meio metro da cabeça de Charlie.

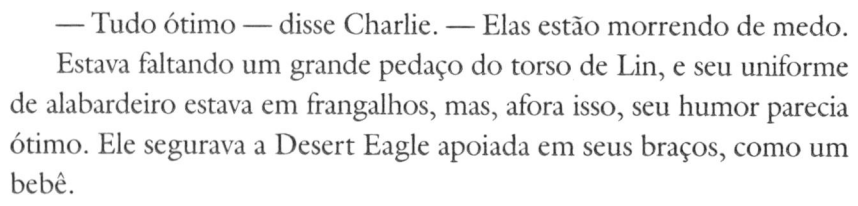

— Tudo ótimo — disse Charlie. — Elas estão morrendo de medo.

Estava faltando um grande pedaço do torso de Lin, e seu uniforme de alabardeiro estava em frangalhos, mas, afora isso, seu humor parecia ótimo. Ele segurava a Desert Eagle apoiada em seus braços, como um bebê.

— Acho que você vai _recisar disso. E você acertou o último tiro, a _ro _ósito. Conseguiu arrancar metade da ca _eça dela.

— Ótimo — disse Charlie, ainda com um pouco de dificuldade de respirar. Sentiu uma dor terrível no peito e achou que talvez tivesse quebrado uma costela. Ficou sentado e olhou para a proteção peitoral. As garras da Morrigan tinham arranhado a proteção, mas em um determinado ponto ele viu que a garra conseguira passar por baixo da proteção e alcançar seu peito. Não estava sangrando muito, mas sangrava, e doía bastante. — Elas ainda estão vindo?

— Não as duas em que você atirou. Mas não sabemos onde está a outra, aquela na qual você enfiou a espada.

— Não sei se consigo subir por aquela corda de novo — disse Charlie.

— Talvez não seja necessário — comentou Lin, olhando para o teto da caverna, onde um redemoinho de morcegos barulhentos voava em espiral ao redor do mastro, mas, acima deles, ouvia-se o bater de asas de uma criatura bem diferente.

Charlie tomou a pistola de Lin e ficou de pé com dificuldade. Quase caiu, mas se equilibrou e se afastou do casco do navio. As pessoinhas-esquilo se espalharam ao seu redor. Bummer soltou uma saraivada de latidos irritados.

O demônio bateu na água a uns 10 metros de distância. Charlie segurou um grito que queria sair da sua garganta. A coisa tinha quase 3 metros de altura e as asas, quase uns 10 metros de envergadura. A cabeça era do tamanho de um barril de cerveja e parecia ter o formato e os chifres de um touro, com exceção das mandíbulas, que eram as de um predador, cheias de dentes, como um cruzamento entre um tubarão e um leão. Seus olhos eram verdes e brilhantes.

— Ladrão de almas — grunhiu o demônio, contraindo as asas, que formaram duas dobras bem altas em suas costas, e deu um passo na direção de Charlie.

— Bom, na verdade, o ladrão é você, não? — disse Charlie, ainda um pouco sem fôlego. — Eu sou o Luminatus.

O demônio parou. Charlie aproveitou o momento de hesitação para levantar a pistola e disparar. O tiro atingiu o demônio bem no ombro e fez com que ele girasse, ficando meio de lado. Ele voltou a ficar de frente para Charlie e rugiu.

Charlie sentiu o bafo da criatura em torno dele, como uma lufada, um bafo de carne podre. Ele se afastou e atirou mais uma vez. Agora sua mão estava dormente com os coices da grande pistola. O tiro fez com que o demônio desse um passo para trás. Ouviu gritos agudos e eufóricos lá em cima.

Charlie atirou de novo, e de novo. As balas abriram crateras no peito do demônio. Ele cambaleou e caiu de joelhos. Charlie mirou e puxou o gatilho mais uma vez. E aí a arma só fez "clique".

Charlie deu mais alguns passos para trás e tentou lembrar como podia recarregar a arma, como Minty havia mostrado. Conseguiu apertar um botão que soltou o pente da pistola e o deixou cair na água. Então, abriu um dos bolsos sob o braço para retirar de lá o pente extra, mas este escorregou e também caiu no lago. Lin e outras pessoinhas-esquilo correram pela água e mergulharam, procurando o pente.

O demônio rugiu mais uma vez, abriu as asas e, num único e grande movimento, pôs-se de pé.

Charlie abriu o bolso do segundo pente e, com as mãos trêmulas, conseguiu encaixá-lo na parte de baixo da Desert Eagle. O demônio se agachou, como se fosse dar um salto. Charlie conseguiu colocar uma bala na câmera e atirar ao mesmo tempo. O demônio caiu para trás quando a grande bala arrancou um pedaço de sua coxa.

— Muito bem, Carne Fresca! — disse uma voz feminina lá de cima.

Charlie olhou para cima rapidamente, mas tornou a olhar para o demônio com cabeça de touro, que já estava de pé novamente. E, então, segurou seu pulso com a outra mão e disparou, e mais uma vez, andando para a frente, enfiando balas no peito do demônio a cada passo, sentindo que seu pulso estava prestes a se esfacelar com os coices da arma, até que o cão clicou na câmara vazia. Parou a pouco mais de um metro do demônio quando este caiu de cara na água. A Desert Eagle escorregou de suas mãos e Charlie caiu de joelhos. A caverna parecia estar se inclinando diante dele, seu campo de visão ficando cada vez mais estreito.

As Morrigans aterrissaram ao redor dele. Cada uma delas segurava um receptáculo de alma brilhante nas garras, esfregando-os nos ferimentos.

— Você foi muito bem, meu amor — disse a mulher-corvo que estava mais perto do demônio caído. Charlie a reconheceu: era a mulher-corvo do beco. O ferimento causado por sua espada na barriga dela estava cicatrizando rapidamente enquanto olhava para ela. A mulher-corvo deu um chute no corpo do demônio. — Viu só? Eu te falei que armas de fogo são uma droga.

— Você foi *muito* bem, Carne Fresca — disse a Morrigan à direita de Charlie. O pescoço dela ainda não estava completamente normal. Fora ela que havia caído sobre o telhado da cabine.

— Vocês se recuperam bem rápido, com um charme tipo o Coiote do Papa-Léguas — disse Charlie. Ele sorriu, agora sentindo-se embriagado, como se estivesse observando tudo aquilo de outro lugar.

— Ele não é uma graça? — disse a harpia da punheta. — Dá vontade de comê-lo.

— Excelente ideia — disse a Morrigan à esquerda de Charlie, aquela cuja cabeça ainda estava meio torta.

Charlie viu o veneno pingando de suas garras e, então, olhou para o ferimento debaixo da sua proteção peitoral.

— Sim, meu querido — disse a da punheta —, infelizmente acho que a Nemain te machucou. Você é mesmo um grande guerreiro por ter durado tanto tempo.

— Eu sou o Luminatus — disse Charlie.

As Morrigans riram; a que estava na frente de Charlie fez uma pequena dancinha. E, enquanto ela dançava, o demônio-touro levantou a cabeça da água.

— Eu sou o Luminatus — disse o demônio, água e uma gosma preta escorrendo por entre seus dentes enquanto falava.

A Morrigan parou de dançar, agarrou um dos chifres do demônio e puxou sua cabeça para trás.

— Ah, você acha, é? — disse ela. E, então, enfiou as garras na garganta do demônio. Ele rolou e a jogou para longe, lançando-a a uns seis metros no ar. Ela acabou se chocando contra o casco do navio.

A Morrigan atrás de Charlie deu-lhe um tapinha carinhoso na cabeça quando passou por ele.

— Já, já estaremos de volta, meu caro. A propósito: meu nome é Macha. E nós somos o Luminatus — ou seremos, daqui a pouquinho.

As Morrigans caíram sobre o demônio com cabeça de touro, arrancando grandes pedaços de carne e ossos de seu corpo a cada golpe de suas garras. Duas delas alçavam voo e caíam sobre o demônio, golpeando-o, enquanto ele tentava atacá-las — às vezes, conseguia, mas os ferimentos das balas haviam-no deixado fraco demais. Em dois minutos, tudo chegou ao fim, e a maior parte de sua carne já tinha sido arrancada. Macha segurou sua cabeça pelos chifres, como se estivesse segurando o guidom de uma moto, e mesmo assim as mandíbulas do demônio continuavam a morder o ar.

— Agora é a sua vez, ladrão de almas — disse Macha.

— É, agora é a sua vez — disse Nemain, mostrando as garras.

Macha segurou a cabeça do demônio à sua frente, empurrando-a na direção de Charlie. Ele se afastou dos dentes, que passaram a poucos centímetros de distância de seu rosto.

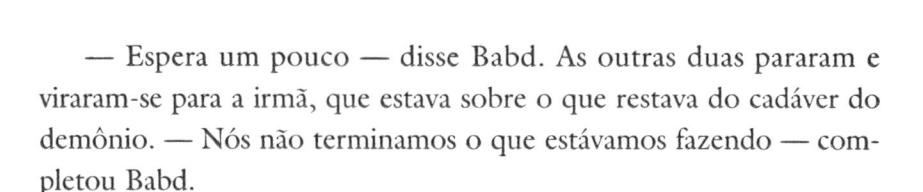

— Espera um pouco — disse Babd. As outras duas pararam e viraram-se para a irmã, que estava sobre o que restava do cadáver do demônio. — Nós não terminamos o que estávamos fazendo — completou Babd.

Ela deu apenas um passo antes que algo a atingisse, como se fosse uma bola feita de escuridão, derrubando-a e fazendo-a sumir de vista. Charlie olhou para a cabeça do demônio, que vinha novamente em sua direção, então ouviu um barulho alto e Macha foi atirada para o lado, como se tivesse sido puxada por uma corda amarrada a seu tornozelo.

Os gritos recomeçaram, e Charlie conseguiu enxergar a Morrigan ser arremessada para todos os lados no escuro, a água espirrando, um verdadeiro caos — ele não conseguia acompanhar o que estava acontecendo. Seus olhos não focavam mais.

Olhou para Nemain, que agora estava vindo em sua direção, o veneno pingando de suas garras. Uma pequena mão surgiu na visão periférica de Charlie e a cabeça da Morrigan explodiu, transformando-se no que parecia ser centenas de estrelas.

Charlie olhou para onde a mão havia aparecido.

— Oi, papai — disse Sophie.

— Oi, querida.

Agora ele podia ver o que estava acontecendo: os hellhounds estavam atacando as Morrigans. Uma delas escapou, deu um salto para cima, abriu as asas e deu um voo rasante na direção de Sophie, gritando.

Sophie ergueu a mão como se estivesse dando tchau, e a Morrigan se transformou numa chuva de meleca preta. As milhares de almas que ela havia consumido, ao longo dos milênios, flutuavam no ar — luzes vermelhas que rondavam a caverna, fazendo com que a enorme câmara parecesse fazer parte de uma cena congelada de fogos de artifício.

— Você não devia estar aqui, querida — disse Charlie.

— Sim, eu devia sim — respondeu Sophie. — Eu precisava consertar tudo isso, mandá-las de volta. Eu sou o Luminatus.

— Você...

— Sim — disse ela de maneira despreocupada, num tom de voz de Mestre de Todas as Mortes e das Trevas, que soa tão irritante numa menina de 6 anos.

Os hellhounds agora estavam sobre a Morrigan que restava, partindo-a ao meio, enquanto Charlie observava.

— Não, querida — disse Charlie.

Sophie ergueu a mão e Babd também evaporou feito as outras, e as almas capturadas ergueram-se feito as faíscas de uma fogueira.

— Vamos pra casa, papai — disse Sophie.

— Não — respondeu Charlie, mal conseguindo levantar a cabeça. — Precisamos pegar uma coisa.

Ele caiu para a frente e um dos hellhounds já estava perto para que ele se apoiasse. Todo o exército de pessoinhas-esquilo estava saindo pela parte da frente do navio, cada uma delas carregando um brilhante receptáculo de alma que haviam descoberto na cabine do navio.

— É isto aqui? — perguntou Sophie, pegando um CD da mão de Lin e entregando a Charlie.

Ele revirou o CD nas mãos e o levou ao peito.

— Você sabe o que é isto aqui, querida?

— Sei. Vamos pra casa, papai.

Charlie caiu sobre as costas de Alvin. Sophie e as pessoinhas-esquilo o carregaram para fora dali, até saírem do Mundo Inferior.

Minty Fresh carregou Charlie até o carro.

O médico veio e depois foi embora. Quando Charlie acordou, ele estava em sua cama, em casa, e Audrey passava um tecido úmido em sua testa.

— Oi — disse ele.

— Oi.

— A Sophie te contou?

— Sim.

— Crianças crescem tão rápido.

— É — disse Audrey, e sorriu.

— Eu peguei isto aqui.

Ele colocou a mão atrás da proteção peitoral e tirou de lá um CD da Sarah McLachlan que pulsava com uma luz vermelha.

Audrey assentiu em silêncio e esticou a mão para pegar o CD.

— Vamos colocar ali. Aí você pode ficar de olho nele.

Assim que seus dedos tocaram na embalagem plástica, a luz sumiu e Audrey estremeceu.

— Minha nossa! — disse ela.

— Audrey? — disse Charlie, tentando sentar, mas foi forçado a ficar deitado por causa da dor. — Ai. Audrey, o que aconteceu? Elas pegaram? Pegaram a alma dela?

Audrey ficou olhando para o próprio peito e depois levantou o olhar para Charlie, com lágrimas nos olhos.

— Não, Charlie, sou eu — disse ela.

— Mas você já tinha tocado o CD antes, naquela noite, na despensa. Por que não aconteceu naquela hora?

— Acho que eu não estava pronta.

Charlie pegou sua mão e apertou, e então apertou com muito mais força do que pretendia quando sentiu uma onda de dor tomar conta dele.

— Caramba — disse ele, agora ofegante, respirando como se estivesse hiperventilando.

— Eu achava que tudo era escuridão, Audrey. Que todas as coisas espirituais eram assustadoras. Mas você me fez ver a verdade.

— Fico feliz — disse Audrey.

— Isso me faz pensar que eu deveria ter dormido com uma poeta para poder entender o modo como o mundo pode ser destilado em palavras.

— Sim. Eu acho que você tem alma de poeta, Charlie.

— E eu devia ter feito amor com uma pintora, também, para sentir o movimento do pincel, para poder absorver as cores e texturas e poder ver o mundo como ele é.

— Sim — repetiu Audrey, acariciando seus cabelos com os dedos. — Você tem grande imaginação.

— Eu acho — disse Charlie, a voz ficando mais aguda à medida que sua dificuldade para respirar aumentava — que eu devia ter levado uma cientista para a cama. Aí eu poderia entender a mecânica do mundo.

— Sim, para que você pudesse sentir o mundo — disse Audrey.

— Com peitos bem grandes — acrescentou Charlie, as costas arqueadas de dor.

— Sim, claro, meu amor — disse Audrey.

— Eu te amo, Audrey.

— Eu sei, Charlie. Eu também te amo.

E, então, Charlie Asher, Macho Beta, marido de Rachel, irmão de Jane, pai de Sophie (o Luminatus, que comandava a Morte), prometido a Audrey, Mercador da Morte e colecionador de roupas e acessórios vintage de luxo, deu seu último suspiro e morreu.

Audrey levantou os olhos e viu Sophie entrar no quarto.

— Ele se foi, Sophie.

Sophie colocou a mão na testa de Charlie.

— Tchau, papai.

EPÍLOGO

AS MENINAS

As coisas ficaram mais calmas na Cidade das Duas Pontes, e todos os deuses das trevas que tencionavam aparecer no mundo lembraram qual era, de fato, o seu lugar e retornaram aos seus domínios, nas profundezas do Mundo Inferior.

Jane e Cassie se casaram numa cerimônia civil que foi anulada e confirmada, pelo menos, uma seis vezes com o passar dos anos. Mesmo assim, elas eram felizes e o ambiente na casa, sempre alegre.

Sophie foi morar com suas tias Jane e Cassandra. Ela viria a ser uma mulher alta e bonita, e um dia tomaria seu lugar como Luminatus, mas, até então, frequentava a escola, brincava com seus cachorrinhos e se divertia a valer, enquanto esperava que seu pai viesse buscá-la.

O PESSOAL DAS LOJAS

Embora Minty Fresh acreditasse no ditado segundo o qual em cada momento existe uma crise, essa sua crença era mais teórica que prática — pelo menos, até ele começar a namorar Lily Severo, e aí o ditado se

tornou bem real. A sua vida ficou bem mais interessante, a tal ponto que suas tarefas como Mercador da Morte passaram a ser a parte mais prosaica dela. Os dois ficaram famosos na cidade: o gigante com ternos de tom pastel em companhia da chef baixinha e gótica. Mas os habitantes de São Francisco realmente lhes deram atenção quando os dois abriram o Jazz and Gourmet Pizza Place, em North Beach, no mesmo prédio em que costumava ficar a Asher Artigos de Segunda Mão.

Quanto a Ray Macy, o inspetor Rivera o apresentou a uma moça que trabalhava numa loja de penhores em Fillmore, Carrie Lang. Os dois se deram bem desde o início: tinham em comum a paixão pelas histórias de detetive e pelas armas de fogo, e também tinham grande desconfiança da maioria das pessoas. Ray apaixonou-se perdidamente e, seguindo sua natureza de Macho Beta, era extremamente fiel, embora nunca tenha deixado de suspeitar que ela fosse uma serial killer.

RIVERA

O inspetor Alphonse Rivera havia passado grande parte de sua vida tentando mudá-la. Já tinha trabalhado em uns seis departamentos diferentes na polícia, em diferentes cargos. E, por mais que fosse um excelente policial, sempre dava a impressão de querer parar. Depois de toda aquela confusão com os Mercadores da Morte e as coisas estranhas e inexplicáveis que aconteceram, sentia-se completamente exausto. Houve uma curto período em que conseguiu deixar de ser policial e abriu um sebo de livros raros: tinha a impressão de que aquela foi a única época em que, de fato, havia sido feliz. Agora, aos 49 anos, estava pronto para tentar de novo: ele se aposentaria cedo e ficaria lendo e vivendo no mundo calmo e sereno dos livros.

Portanto, Rivera até achou graça quando foi pegar sua correspondência, duas semanas depois da morte de Charlie Asher, e encontrou

um envelope grosso, que só poderia conter um livro. Era um presságio, pensou enquanto se sentava à mesa da cozinha para abrir o pacote. E *era* um livro: parecia um livro infantil bizarro, uma raridade. Abriu a capa e foi para o primeiro capítulo, que dizia: *Agora você é a Morte — Aqui Está uma Lista do Que Você Vai Precisar.*

O IMPERADOR

O Imperador teve um feliz reencontro com seu soldado e deu continuidade a seu benevolente reinado na cidade de São Francisco até o fim de seus dias. Por ter mostrado a Charlie o caminho até o Mundo Inferior, e por sua infinita coragem, o Luminatus concedeu a Bummer a força e a durabilidade de um hellhound. E, agora, cabia ao Imperador explicar aos outros como o seu companheiro, agora totalmente preto, conseguia ser mais rápido que um guepardo e mastigar os pneus de um Toyota, embora não pesasse mais do que três quilos, mesmo molhado.

AUDREY

Audrey continuou a trabalhar no centro budista e a fazer roupas para o grupo de teatro, mas também era voluntária num asilo, onde ajudava as pessoas a passarem para o outro mundo, como havia feito durante tanto tempo no Tibete. Mas o emprego no asilo também lhe dava acesso aos corpos que tinham ficado recentemente sem almas, e ela usava tais oportunidades para fazer com que as pessoinhas-esquilo retornassem ao fluxo humano do nascimento e renascimento. E, durante um tempo, houve casos notáveis em que pessoas se recuperavam de doenças terminais, já que ela aplicava o *p'howa da imortalidade.*

Mas Andrey não abandonou de todo o seu trabalho com as pessoinhas-esquilo: era uma habilidade que ela havia refinado depois de muito tempo e dedicação, e que ainda lhe trazia enorme satisfação.

Pelo menos era assim que ela se sentia ao olhar para sua última obra de arte, na sala de meditação do Centro Budista Três Joias.

Ele tinha rosto de crocodilo: 68 dentes pontudos e olhos que brilhavam feito contas negras de vidro. As mãos eram garras de um réptil, com unhas negras, terríveis, com crostas de sangue ressecado. Os pés tinham membranas entre os dedos como os de um pato, com garras para pegar as presas na lama. E ele vestia um roupão de seda roxa, com adornos de zibelina, e um chapéu combinando, com uma estrela de mago bordada em fio dourado.

— É só temporário, até a gente achar alguém — disse Audrey. — Mas pode acreditar, você está maravilhoso.

— Não, não estou. Só tenho 30 centímetros de altura.

— É, mas eu te dei um bilau de 25 centímetros.

Ele abriu o roupão e olhou para baixo.

— Nossa! Olha só isso — disse Charlie. — Legal!

NOTA DO AUTOR
E AGRADECIMENTOS

Como com qualquer livro, sou muito grato àqueles que serviram de inspiração e também àqueles que, de fato, ajudaram na pesquisa e na produção.

No caso da inspiração, meus agradecimentos vão para a família e os amigos de Patricia Moss, que partilharam comigo seus pensamentos e sentimentos depois que Pat faleceu. Também devo agradecer aos funcionários de asilos, em todas as suas funções, que partilham suas vidas e seus sentimentos todos os dias com os moribundos e suas famílias.

A cidade de São Francisco é sempre uma inspiração, e eu me sinto grato por seus habitantes permitirem que eu fique zanzando pelos bairros e por compreenderem minhas brincadeiras. Embora eu tenha tentado "representar" a atmosfera dos diferentes bairros de São Francisco, estou ciente de que os estabelecimentos do livro, como a loja de Charlie e o Centro Budista Três Joias, na verdade, não existem nos endereços indicados. Caso você ache imprescindível me escrever para me avisar sobre essas inconsistências, serei forçado a explicar que você também não encontrará hellhounds gigantes comedores de xampu em North Beach.

Não fui até o esgoto para confirmar os detalhes das descrições nas cenas que se passam lá porque, basicamente, é O ESGOTO! São Francisco é uma das poucas cidades litorâneas que combinam o sistema pluvial com o esgoto — fato que ignorei por completo na minha descrição desse mundo subterrâneo. Mas, se você se importa mesmo com a aparência dos esgotos, então... que nojo. Pode acreditar: todas essas coisas poderiam acontecer lá embaixo e seria melhor você não estragar a história atendo-se a detalhes. Afinal, pelo amor de Deus, tem um esquilo usando vestido de gala nessa história!, vamos deixar a coisa do esgoto pra lá.

Quanto a outros *faux pas* factuais, não sei se é mesmo possível decepar uma criança com o vidro elétrico de um Cadillac Eldorado fabricado em 1957 — só achei que ficou bom para este livro. Por favor, não tente fazer isso em casa.

Agradeço de coração a Monique Motil, pois foi, na sua arte fantástica, que encontrei inspiração para as pessoinhas-esquilo. Acabei conhecendo suas esculturas, que ela chama de "Sartorial Creatures", em Paxton Gate, uma galeria no bairro Mission, em São Francisco, e fiquei tão encantado com a extravagância macabra delas que escrevi para Monique perguntando se poderia dar-lhes vida em *Um Trabalho Sujo*, e ela generosamente permitiu. Você pode apreciar a arte de Monique em http://www.moniquemotil.com/sartcre.html e ler sobre sua carreira paralela como cantora zumbi de música lounge (é sério) e sua determinação para dar aos zumbis o ar sério e sensual dos vampiros em zombiepinups.com

Agradeço também a Betsy Aubrey pela frase "Gosto de chá como gosto dos homens: fracos e verdes". Assim que a ouvi, soube que precisava colocar no livro. (E agradeço também a Sue Nash, cujo chá era, de fato, fraco e verde.)

Agradeço a Rod Meade Sperry, da Wisdom Press, por ter me enviado um pacote de última hora com livros sobre o budismo tibetano e o *p'howa* quando eu estava no fim do prazo e sem fontes de pesquisa.

Agradeço a meu agente, Nick Ellison, e a Abby Koons e Jennifer Cayea, da Nicholas Ellison Inc., por me manterem alimentado.

E obrigado também à minha editora brilhante, Jennifer Brehl, que sempre me faz parecer inteligente sem fazer com que eu me sinta burro. Muito obrigado a Michael Morrison, Lisa Gallagher, Mike Spradlin, Jack Womack, Leslie Cohen, Dee Dee DeBartolo e Debbie Stier, que sempre acreditaram em mim e ajudaram a fazer com que meus livros chegassem até vocês, leitores.

E, como sempre, agradeço a Charlee Rodgers, por ser tão tolerante e compreensiva durante o processo de criação deste livro, e também por sua coragem e compaixão extraordinárias ao cuidar de sua mãe e também da minha em seus últimos momentos — eventos que ajudaram a dar alma a esta história.

"VOCÊ É UM MACHO BETA?" — O quiz oficial

Beleza. Você leu *Um Trabalho Sujo*. Você riu, você chorou. Mas, além das gargalhadas e das lágrimas e da sua suspeita sobre a sanidade mental do autor, ficou uma pulguinha atrás da orelha, não ficou? Você talvez esteja se perguntando se não se identificou um pouquinho demais com Charlie Asher. Ou, então, se o seu próprio eu (insira aqui a estranha tendência neurótica de estar preocupado com isso) o distancia um pouco do Macho Alfa original e o aproxima bastante do... Macho Beta? Bem, não se preocupe, em alguns instantes, você terá a resposta para esta pergunta.

SEREI EU UM MACHO BETA?

(Obs.: Senhorita, se você quer descobrir se o seu macho é um Beta, apenas substitua o "SEREI EU" por "SERÁ ELE". Talvez seja melhor manter o resultado para si mesma.)

1) Em uma festa, você geralmente é encontrado:
   a) Num canto, na sua, de rabo de olho
   b) Passando o raio X na sala, xavecando as garotas disponíveis
   c) Colado na mesa de salgadinhos, comendo a pimenta da azeitona e/ou lambendo castanhas de caju
   d) Distribuindo seu cartãozinho de visita, deixando claro que tem lugar no seu carro para caronas de volta pra casa

2) No trabalho, você é o cara para:
   a) Fazer apresentações e organogramas inúteis — bom no carisma, fraco nas estatísticas
   b) Tirar o papel que ficou atolado na impressora, entregar projetos no prazo e burlar o filtro de Internet da empresa para sites pornôs
   c) Oferecer chocolates e lenços nos dias em que as meninas estão meio caidinhas
   d) Tomar decisões executivas importantes sob alta pressão.

3) Você resolveu seus traumas da adolescência geralmente interagindo com:
   a) Garotas
   b) Esportes
   c) Pirotecnia
   d) Bolo

4) Quando você morrer, quer que o seu corpo seja:
   a) Enterrado no cemitério da sua cidade natal, em uma jazida de bom gosto e com palavras de louvor
   b) Empalhado e exposto no museu do centro comunitário do seu bairro
   c) Cremado, e as cinzas, lançadas de um avião
   d) *Não* seja encontrado, de modo a livrar seus entes queridos da preocupação com futilidades

5) Na academia, você costuma ser encontrado:
   a) Correndo uma maratona na esteira
   b) Levantando peso enquanto consome um energético Flash-Power-Energy-Protein
   c) Brincando com seu IPod e oferecendo uma trilha para o fortão da alternativa acima
   d) Na aula de ioga, comparando os méritos da Vinyasa versus Ashtanga com as mulheres da sala

6) Seus amigos lhe confiam tudo, exceto:
   a) Seus animais de estimação
   b) Suas plantas
   c) Suas namoradas periguetes
   d) Todas as alternativas acima

7) Você dirige:
   a) Igual a um pancadão dos infernos
   b) Um pouco acima do limite de velocidade
   c) Apenas quando seus pais emprestam o carro
   d) Nas tardes de domingo, na Nova Inglaterra, no outono, para assistir às folhas caindo

8) Quando você fica sabendo que aquela deusa de Hollywood vai se casar, você fica:
   a) Arrasado pela oportunidade perdida
   b) Triste pelo fato de que o casamento está condenado a acabar em $(x/3)y$ dias/meses/anos, onde x = tempo em que a celebridade está namorando seu futuro marido; e y = o cachê por filme dela dividido pela conta bancária dele
   c) Aborrecido porque sabe que sua namorada considerará interessante este tópico para se debater, pelo menos, durante as duas semanas seguintes
   d) Você não lê a respeito de celebridades. Ou casamentos

9) Quando precisa consertar alguma coisa em casa, você:
   a) Encontra rapidamente a ferramenta adequada e se lança à tarefa
   b) Faz uma lista do que precisa e corre para a loja de ferramentas
   c) Chama um profissional qualificado
   d) Tenta se sair bem dando uma de MacGyver, mas acaba morrendo com a mistura doméstica fatal de água e eletricidade

Respostas:
1 a=1; b=3; c=0; d=2
2 a=3; b=1; c=0; d=2
3 a=3; b=1; c=1; d=0
4 a=2; b=3; c=1; d=0

5 a=2; b=3; c=1; d=0
6 a=1; b=0; c=3; d=2
7 a=3; b=2; c=1; d=0
8 a=1; b=0; c=2; d=3
9 a=3; b=1; c=0; d=2

Agora, some seus pontos! Se sua pontuação ficar entre

21-27. *Macho Alfa*. Parabéns! Você faz parte daquela espécie rara de criaturas de fibra para quem a liderança se dá de maneira tão corriqueira quanto algemas e escoltas. Há uma grande chance de você vir a ser um atleta profissional, um executivo poderoso, um comandante militar, enfim, um indivíduo privilegiado com tamanho, força, velocidade e boa aparência. É também universalmente odiado por qualquer um que não seja um Macho Alfa; leia-se, a grande maioria da população mundial.

13-20. *Macho Beta*. Tudo bem. Você chegou a pensar que fosse um Macho Alfa, estou certo? Aqui vai a notícia ruim: você estava enganado. Você é um Beta. Mas a notícia boa é: o mundo pode ser liderado por Machos Alfa, mas é *conduzido* por Machos Beta. Os Beta são a verdadeira espinha dorsal da sociedade ocidental. Eles estão por trás dos mais atrozes projetos políticos e das abomináveis babaquices humanas. O capitalismo colapsaria sem a prontidão, a eficiência e a dependência do Macho Beta. Um lado bom: o Macho Beta quase sempre se dá bem com a garota, no final — desde que ela tenha levado suficientes pés na bunda de um Alfa e decidido que convém dispensar um cara com uma conta bancária polpuda ou um abdômen tanquinho se é mais fácil arranjar um sujeito estável, de temperamento brando, responsável, um bom pai. Parabéns: este é você, Macho Beta!

6-12: *Macho Omega*. As coisas não vão nada bem, Macho Omega. Você sequer se qualificou para Macho Beta. Aqui vai um conselho: desligue o computador (Não se preocupe, a SexiSadica313 não vai ficar chateada, eu prometo.). Saia da toca. Jogue no lixo os biscoitos do Senhor dos Anéis, dos quais você tem se alimentado. Tome um banho, raspe essa barba de mendigo. Raspe as costas também. Agora vá comprar um jeans e uma camisa branca básicos da Gap e dirija-se até a Starbucks mais próxima com um jornal ou um livro cult. Notou a diferença? Continue com o bom trabalho, e é possível que você se torne um Beta em apenas seis meses!

0-5: Ninguém é tão patético assim. Por quanto tempo você tem sido um mentiroso compulsivo ou um trapaceiro? Há grupos de apoio para este tipo de gente, sabia?